KB241502

당신도 나도 아닌

NI TOI NI MOI

by Camille Laurens

Copyright ⓒ Editions P.O.L, 2006
Korean Translation Copyright ⓒ MUNHAKDONGNE Publishing Corp., 2010

This Korean Edition is published by arrangement
with Les Editions P.O.L through Sibylle Books Literary Agency.
All rights reserved.

이 책의 한국어판 저작권은 Sibylle Books Literary Agency를 통해
Les Editions P.O.L과 독점 계약한 (주)문학동네에 있습니다.
저작권법에 의해 한국에서 보호를 받는 저작물이므로
무단 전재 및 무단 복제를 금합니다.

이 도서의 국립중앙도서관 출판시도서목록(CIP)은
e-CIP 홈페이지(http://www.nl.go.kr/cip.php)에서 이용하실 수 있습니다.
(CIP제어번호: CIP2010003275)

ni toi ni moi

당신도 나도 아닌

카미유 로랑스 장편소설 | 송의경 옮김

문학동네

"여자에게 남자란 무엇인가?"
"여자의 번민이다."
_ 자크 라캉

"당신의 말은 더할 나위 없이 올바른 것이라 그 역逆도 완벽하
게 진실이다."
_ 뱅자맹 콩스탕

마리안 : 우리가 총체적 혼돈 속에서 산다고 생각해?
조안 : 당신과 나 말이야?
마리안 : 아니, 우리 모두.
_ 잉마르 베리만, 영화 〈부부생활의 장면들〉에서

작가 노트

　　앞으로 전개될 텍스트는 내 책들 중의 하나를 영화로 만들 목적으로 외국에 거주하는 어느 젊은 프랑스 영화감독과 내가 주고받은 이메일들에 근거한 것이다. 그는 자신이 암시하기도 했던 작업 진행일지의 출간에 전적으로 동의하면서도 단 한 통의 메일을 제외하곤, 본인의 이름이나 자신이 보낸 메일들이 공개되는 것을 꺼렸다. 그래서 독백이 아닌데도 한쪽 내용만 공개되는 이상한 서신 교환을 읽게 될 독자의 이해를 돕기 위해서, 경우에 따라 내가 보낸 메일들의 원본을 조금씩 수정해야만 했다. 나는 어설픈 문장은 그대로 두면서 중언부언을 삭제하고, 모순은 남기되 오류를 제거하고, 틈새와 공백에는 손대지 않은 채 글자만 압축시켜 밀도를 높이려 했다. 그리고 장章과 시퀀스의 범

주들을 나누어 공동 작업의 단계와 작업이 단절되었던 기간(며칠 혹은 수주일)도 나타내보고자 했다. 사실 이 텍스트에서 시간상의 전후맥락은 뒤죽박죽일 뿐 아니라, 그 재단마저 예술의 일반규칙과는 상당한 차이가 있다. 하지만 그대로 두었다. 소위 시나리오의 여러 버전을 보여주거나, 우리 두 사람 각자의 몫을 밝힐 필요가 없다는 생각에서였다. 가령 그가 혹은 내가 제안한 어떤 장면이 당일 하루 동안 그에 의해 혹은 나에 의해 수차례 수정되기도 했는데, 그걸 전부 읽는 것은 반복에 불과한 지겨운 일이 될 것이다. 게다가 언젠가는 나올 작업의 결과물인 영화를 보면 우리의 공동 작업을 좀더 잘 평가할 수 있으리라. 이와는 다른 관점에서, 나는 이 텍스트에 첨부파일들(소설 초고, 단장斷章, 토막난 메모들, 영화 컷에 대한 제안……)까지 모조리 포함시켰다. 보내지 않은 메일들까지 '휴지통'의 명목 아래 추가했다. 이 모든 것이 바로 이 책을 무질서, 허섭스레기, 의혹들로 빼곡한 일종의 두뇌 속 작업장으로 만든다. 그런데 현실에 접근하려면 우리가 헤쳐온 사고의 흐름인 말과 이미지들의 행렬의 방향을 인위적으로 틀지 않고 그저 따라갈밖에 무슨 다른 수가 있겠는가? 그렇게 따라가다보면, 아무튼 카오스이던 것이 형태(사람의 형태)를 띠고, 부옇고 흐릿한 반영反影에서나마 이따금 우리는 다른 시선으로 바라보듯 자신의 모습을 보게 되지 않을까?

I

위에 놓인 당신 손. 내 손 바로 옆에 놓인 당신 손은 하나의 사물을 만지고 싶은 충동을 억누르며, 손을 가로막는 것은 무엇인가? 지금 해야 할 일은 시소를 움직이는 것, 사랑 쪽으로 살짝 밀어주는 것뿐이다.

실내, 밤. 아파트, 파티. 시끌벅적한 소리, 사람들. 그들은 술을 마시고, 담배를 피우고, 말을 하고, 춤을 춘다. 우선 그 남자의 얼굴이 정면에서 클로즈업된다. 최초의 이미지가 그의 얼굴인 것이다. 잘생기고, 윤곽이 선명하고, 남성적임. 숱이 많고 새까만 눈썹, 오뚝한 콧날, 말려올라간 입술, 거무스레한 얼굴빛. 객석의 관람객이 영화 팬이라면 아마 마우로 볼로니니 감독의 1960년 작품 〈미남 안토니오〉에 출연한 배우 마르젤로 마스트로얀니를 떠올릴 것이리라. 둘의 비교는 단순히 그들이 배우라는 사실 이상으로 적절한데, 이 배우가 칠 년간 췌장암을 앓다가 2003년 1월 오늘 밤 죽었다는 사실만 잊기로 한다면, 둘의 나이가 정확히 서른여섯 살로 일치하는 탓이다. 카메라는 앞쪽에서 약간 이동, 부옇게 처리된 군중을 테두리 밖으로 슬쩍 밀어내고는 다시 남자에게 접근한다. 어느 한순간도 그를 가리는 사람은 없다. 사람들은 그저 들러리 역할을 하는 소리의 마그마에 불과하다.

도무지 무엇을 바라보는지 알 수 없는 그의 시선 때문에 관객들은 당혹감을 느낀다. 시선이 정면을 향해 있으므로, 그는 당연히 당신, 관객, 증인, 카메라맨을 볼 테지만, 당신은 그 사실을 믿을 수 없다. 어둠 속에 앉아 있는 당신을 그가 알아볼 리 없는 데다, 더구나 첫눈에 그토록 강렬한 시선을 끌었을 리 만무하다는 것을 알기 때문이다. 그렇다면 익명인 당신, 욕망의 대상이 되는 당신은 대체 누구인가? 이렇게 묻는 것은, 이 시선이 우리 눈길을 사로잡고 아연실색하게 하는 까닭이 비록 당신 눈에는 보이지 않을망정, 그의 눈에는 어떤 식으로든 보여서 그가 흡족해하며 불가사의하게도 완전히 홀려 있기 때문이다. 당신을 향한 그의 시선은 그와 당신 사이의 빈 공간인 어둠을 정면으로 바라보고 있다. 따라서 그의 시야에는 응시의 대상이 없다. 그것은 보이지 않는 뭔가를 바라보는 시선, 부재하는 어떤 것으로 충족된 시선이다.

하지만 그럴 수는 없다, 불가능하다. 부재가 그런 시선에 생기를 불어넣을 수는 없지 않은가. 이런 사실을 설명하려면 반드시 어떤 형체가 있어야 하고, 그런 황홀경의 타당성을 입증하려면 눈부시게 아름다운 이미지가 필요한 법이다. 카메라를 더 접근시켜봐야 소용없다. 클로즈업으로는 넋을 잃은 그의 눈에서 아무것도 밝혀내지 못한다. 기껏해야 멀리 가구 위에 놓인 전등(전등 불빛이 없다면 이 장면도 볼 수 없을 것이다)이 노란 점으로 비치거나, 벽에 걸린 거울이 훨씬 흐릿한 은빛 점으로 비칠 따름이니까. 혹시 이 거울 속의 뭔가가 느닷없이 그의 시선을 끈 것일까, 거기 비친 어떤 이미지를 향해 미소 짓는 것일까? 알 수 없나. 하지만 시각적 법칙들을 깡그리 무시하고 일은 그렇게 시작된다. 그렇게 해서 당신은 이미지 안으로 들어가게 된다. 열쇠 구멍으로, 열리는 커튼 사이로, 혹은 어느 날 저녁 불현듯 요란한 소리를 내며 지면들이 살아 움직이는 마법의 책을 통해서가 아니라, 천만의 말씀, 당신은 거울을 통해 들어갈 것이고, 그 원경遠景에서 흐릿한 이미지의 주인이 되리라. 뒷면에 주석이 칠해지지 않은 거울 속으로 들어가 그것의 두 눈目이 되리라.

내 생각에는 솔직히 좋은 아이디어 같지 않고, 과연 영화로 만들어질 수 있을지도 모르겠어요. 내가 라디오에서 「내 죽음의 남자」를 낭독할 때 들었다니까, 당신은 그 작품이 아주 짧은 이야기, 불과 몇 페이지, 고작 이십 분 분량이라는 걸 알 테지요. 글자도 몇 자 안 되는데, 하물며 이미지는 훨씬 더 적을밖에요. 둘, 이미지라곤 딱 두 개뿐인걸요. 괜찮은 단편영화가 될 만한 고정 컷이 둘, 그러니까 결국 당신이 구상하는 그런 영화가 될 수 없다는 것만큼은 확실해요. 당신은 이 이미지들을 알고 있으니, 틀림없이 눈앞에 그려보고 있을 테죠. 그렇지 않다면 내게 메일을 보냈을 리 만무하니까요. 이 텍스트가 영화인인 당신의 흥미를 끌었다는 건 나도 이해가 돼요. 사실 이 텍스트는 두 이미지를 묘사하고, 두 컷을 병치시키고 있을 따름이거든요. 여자를 바라보는 남자의 최초의 시선과 마지막 시선, 즉 만남과 결별을요.

그 사진들을 다시 꺼내보고 싶군요. 사진들은 내 기억의 비밀 서랍 속에 있어요. 늘 사진들이 삐져나오거나 튀어나오는 바람에 그 서랍은 한 번도 완전히 닫힌 적이 없어요. 나는 사진 두 장을 꺼내 나란히 놓아요. 평소엔 꺼리는 일이지만 당신을 위해서예요. 그러고 보니, 마치 한 남자의 사진 두 장(아이 사진과 노인 사진) 같아서 분명 동일인인데도 전혀 다른 두 사람을 대조하는 것과 비슷한 느낌이군요. 두 장의 사진 사이에서 뭔가가 빠져나갔는데, 아니, 더 정확히 말하면 뭔가를 빼앗겼는데, 자발적인 것도 소명도 아닌 뭔가예요. 우리가 할 수 있는 말이라고는, 한 장의 사진에서 다른 사진으로 바뀌면서 뭔가가 지워졌어, 그게 더는 여기에 없어, 사라졌어, 빠져 있어, 라는 게 고작이죠.

당신의 권유로 곰곰이 생각해봤는데, 혹시 내가 당신과 함께 이 영화를 만들게 된다면 그 유일한 이유는 둘 중 어느 이미지 때문도 아니에요. 나는 이미지를 있는 그대로 묘사하는 데 흥미를 잃었어요. 내게 감동을 주던 이미지의 위력은 거의 사라졌거든요. 심지어 이미지들 안에는 나를 얼어붙게 하고 혀를 마비시키는 뭔가가 있어요.. 오! 그것을 어떤 배우가 아주 멋지게 연기해내리라는 건 의심치 않아요. 오직 인간만이 지을 수 있는 가슴에는 고통스러운 표정을 지어 보여서, 타인의 존재를 우리 내면에 불어넣고, 그 존재를 마음 깊은 곳에 선명히 아로새길 테지요. 먼 타국에 있는 당신에게도 필시 염두에 둔 배우가 있을 텐데, 내게는 귀띔조차 해주지 않는군요. 하긴 시기상조니까요. 그래도 머릿속에는 분명 점찍어둔 배우가, 빛과 어둠을 고루 갖춘 아름다운 얼굴이 있을 거예요. 그런데 말이에요, 내가 원하는 건 뭔지 알아요? 그건 이미지들이 아니라, 한 이미지에서 다른 이미지로의 변환을 살피는 거랍니다. 그러한 이행, 페이지의 바뀜은 어떻게 일어나는지, 커브길, 도로의 출구는 어떻게 알아볼 수 있는지, 어떻게 진행되는지, 순조로운지, 삐걱대는지, 두 이미지 사이에서 어떤 일이 발생하는지, 무엇이 변하는지, 그 변화는 어떻게 일어나는지 알아보자는 거예요. 당신은 사랑이 변하는 게 당연한 것 같아요? 변해야 하는 거라고 생각해요? 여기 있던 사랑이 금방 없어지다니, 설명할 수 있어요? 행복한 이미지의 가장자리, 액자의 테두리, 틈새에 있는 무엇, 피사被寫 범위를 벗어난 뭔가를 보여줄 수 있어요? 사랑의 실종을 확인하는 것만으로는 석연치 않아서 그래요. 모호한 생략, 어둠 속으로 페이드아웃, 그건 너무 쉽잖아요. 나는 '어떻게'를 알고 싶고, '왜'도 알고 싶다고요. 사태의 원인, 사태가 진행되는 방향과 진행될 방

향, 일이 왜 틀어지는지, 어째서 궤도를 벗어나는지, 대체 내가
뭘 어쨌다는 건지, 당신은 왜 그런 말을 하는지, 대관절 내가 무
슨 짓을 했는지, 무슨 까닭으로 이제 나를 사랑하지 않는지, 그
런 걸 알고 싶다고요. 때로는 말이 사랑의 부재를 설명해주기도
해요. 그럴 수 있죠. 그런데 이미지라뇨! 당신도 알겠지만, 더
생각할 것도 없어요. 영화는 한정된 시간 안에서 전개되는, 가장
보편적인 경험들을 흉내낸 사랑 이야기를 추구하잖아요. 가령
만남, 행복감, 그리고 환멸이나 권태, 배신, 결별에 이르기까지
말이죠. 그런데 여기엔 그런 게 하나도 없어요. 알아차릴 만한
움직임, 영화가 없다고요. 그러니 부자연스러운 영화, 돌처럼 굳
어진 영화가 될밖에요. 고정된 두 컷(얼굴 a, 얼굴 a')과 경직된
두 문장(당신을 사랑해, 이젠 당신을 사랑하지 않아)밖에 없으
니까요. 카메라를 설치해야 할 곳은 거기, 컷이 변하는 지점,
"커트"를 외치는 바로 그 대목이에요. "사랑해"와 "사랑하지 않
아" 사이의 쉼표 위에 균형을 잡아 설치해야 한다고요. 여기서
느닷없이 의미가 역전되고, 급격한 전환이 일어나며, 백색에서
검은색이 나타나고, 전체에서 빈틈이 생기기 시작하고, 종말의
시작이 싹트거든요. 당신은 이런 영화를 대체 어떻게 찍을 셈인
가요? 이건 그야말로 시소나 다름없어요. 컷이 바뀐다기보다는
사진의 상像이 지극히 미세하게 다른 상으로 바뀔 따름이고, 걸

리는 시간이라야 그저 눈 한 번 깜박할 사이 정도라고요. 점진적 쇠퇴나 이동은 없어요. 헤어지기까지 이십 년이 걸린 부부의 이야기가 아니라고요. 그런 것을 원한다면 이미 드렸잖아요. 눈여겨봐요, 내가 쓴 다른 소설들을 각색하면 될 거예요. 하지만 이건 달라요. 볼 시간도 없지만, 볼 것도 없어요. 이십 년은커녕, 천만에, 일 초에 스물네 개의 영상인걸요. 당신은 두 다리로 버티고 서 있을 때 지구가 도는 걸 느끼나요? 물론 못 느끼죠. 그와 비슷해요. 별일도 아니라고요. 소리 없는 지구의 공전. 언제나 있지만 우리가 느끼지 못하는 것, 육안으로나 평상시에는 감지되지 않는 것, 가령 낮과 밤 같은 것. 눈에 보이지 않는 반회전半回傳, **그래도 지구는 돈다.** 쉿, 촬영 들어갑니다. 친구들과 술잔을 기울이는 남자를 떠올려봐요. 이 남자가 갑자기 사무실 안으로 사라지더니 머리에 총을 쏘아요. 그 행위 자체엔 아무 의미가 없어요. 설령 그 자신에게는 어떤 의미가 있다 해도, 내비치지 않았으니 아무튼 남들에겐 없는 셈이죠. 그래서 친구들은 하나같이 이렇게 말해요. "그는 아주 명랑했어요. 낌새도 못 챘다니까요." 당신이 지금 만들려는 영화는 그런 거라고요. "볼 게 아무것도 없다"고요? 그렇다면 하얀 화면, 검은 화면인가요? 관객들을 열받게 하고 싶어요? 자, 볼 게 아무것도 없으니 관객들은 돌아가세요!

게다가 난 당신에게 솔직하지 못했어요. 현실은 생각보다 훨씬 더 나빠요. 모든 이야기, 모든 서술적 전개를 방해하거든요. 생략을 해서라도요. 사실 이미지도 둘이 아니고, 문장도 둘이 아니에요. 하나뿐이죠. 따라서 병치의 문제가 아니라 중복의 문제이고, 하나에서 다른 하나로 넘어가는 게 아니라, 오직 하나를 파고들어가 그 밑에 숨겨진 다른 하나를 보려는, 적어도 보려고 애쓰는 거예요. 무대 안쪽과 속셈*, 행간, 스크린 프로세스**를 철저하게 활용해서요. 노인의 얼굴은 어린아이의 또렷한 윤곽을 흐릿하게 만들고, 증오는 사랑을 왜곡시키고, 미술관의 화폭들에 칠해진 물감 밑에는 지워진 것이 아니라 숨겨진 장면이 있는 거지요. 구부린 팔 밑으로 내뻗은 팔이 비쳐 보이거나 개 밑에 고양이가 그려져 있다고요. 그 역逆도 항상 진실이다, 그야말로 영화를 황당하게 만드는 경구군요(문학은 괜찮아요. 말은 이중의 유희에 능하니까. 그런데 이미지는 아니잖아요! 대체로 우리는 눈에 보이는 것을 믿는다고요). 그 역도 항상 진실이다, 하지만 나중에가 아니라, 그렇다면 더할 나위 없을 텐데, 동시에란 말이

---

* arrière-plan과 arrière-pensée로 '뒷부분' '뒤'의 의미인 arrière를 이용한 언어유희.

** 특수 투과 스크린에 배경이 되는 화면을 비추고 그 앞에서 배우가 연기하는 것을 촬영해 실제 배경에서 연기하는 것처럼 보이게 하는 촬영기법.

죠. 둘 다 동일한 시간, 동일한 공간에서 발생하고, 둘 다 변함없이 이미 여기 있으며, 이미 이루어졌고, 이미 부인否認되었고, 이미 끝장나버렸단 말이죠. 두 문장은 지속을 전제로 한 "당신을 사랑해"와 "이젠 당신을 사랑하지 않아"가 아니에요. 그건 양피지에 쓰인 글씨*처럼 "당신을 사랑해"인 동시에 "이젠 당신을 사랑하지 않아"라고요. 그래서 당신의 작업이 몹시 난감해지는 거예요! 만일 끝내 이 계획을 밀고 나갈 작정이라면, 당신은 모든 이미지에 그 음화陰畵가, 얼굴에는 데스마스크가, 장식에는 그 이면이, 컷에는 그 안개가 내포된 영화를 만들어야 해요. 투사透寫의 유희에 초점을 맞춰야 한다고요. 누군가의 뒤에는 숨겨진 누군가가, 보이지 않는 이미지가, 옥에 티가 있게 마련이니까요. 환영과 유령들을 촬영하고, 의미가 없는 것에 의미를, 형태가 사라진 것에 형태를 부여해야 할 거예요.

당신에게 그럴 역량이 있나요? 이게 첫번째 질문이에요. 당신이 만든 예전 영화 비디오테이프들을 보내줘요, 네, 당연히 그래야죠. 그리고 이렇게 써 보내줘요. '내 죽음의 남자'를 더 잘 알고 싶고, 그를 상상하기 위해 실제로 있었던 일로 짐작되는 이야기의 전모를 알고 싶다고. 지금 당장 알려주고 싶은 사실 하나

---

* 이미 쓴 글을 지우고 그 위에 다시 글을 쓰므로 먼저 썼던 글씨가 비쳐 보인다.

는, 내가 망설이는 동시에 이끌리는 이유이기도 한데, 그도 당신처럼 영화감독이라는 거예요. 당신, 그 남자, 둘의 이미지가 또 한 번 겹치면서 자석처럼 서로를 끌어당기는데, 나는 속수무책이에요. 마치 당신은 그 남자가 보고 싶어하지 않는 것이 무엇인지 보여줄 테니, 그가 알고 싶어하지 않는 것이 무엇인지 말해달라고 요구하는 것 같아요. 내가 글을 쓸 때도 마찬가지로 인물들은 서로 뒤섞여요. '나'는 그녀 혹은 나이고, '그'는 당신 혹은 당신들이며, 이름은 전부 지어낸 거예요. 이 텍스트를 낭독하는 내 목소리를 들었다고 했지요. 어느 늦은 밤 오지奧地의 호텔에서 말이에요. 내 목소리는 당신의 내면에 어떤 신기루를 만들었어요? 당신은 누구를 떠올렸나요? 나라는 유령에게 속내를 털어놓는 자는 누구일까요? '내 죽음의 남자' 맞은편 거울에 '당신 삶의 여자'가 있나요? 유령들끼리는 늘 만나는 게 아닐까요?

　나는 당신을 데리고 내 유령의 성으로 돌아가고 싶은 걸까요? 당신에게 시하 감옥까지 보조리 +경시켜주고 싶은 걸까요? 그러고는 당신의 성으로 가려는 걸까요? 이건 다른 질문인데요, 유령들이 출몰하게 그냥 내버려둘까요? 생각할 시간을 좀 줘요. 마음을 정할게요. 판단이 서야 하니까요.

나는 층계를 내려가고 있어요. 당신이 이름과 주소를 적어준 쪽지를 손에 꼭 쥐고서. 나는 당신이 마음에 들고, 당신은 날 마음에 들어하니까, 우리는 만나게 될 거예요, 당신과 나는.

첫 장면을 이곳, 층계 위에서 문이 닫히자마자 시작해도 좋아요. 방금 여자가 떠나온 파티장의 시끌벅적한 소리, 그 소음은 차츰 잦아들어요. 혹은 좀더 있다가 여자가 아래쪽 현관문을 열고 나와 엄습하는 한기를 느끼는 장면으로 시작해도 무방해요. 추위가 달갑지 않은 듯 그녀는 입을 삐죽거리고는, 목을 잔뜩 움츠려 양어깨 사이에 묻고 손으로 외투 깃을 여며요. 그러고는 종종걸음을 쳐요. 집의 정면이 나타나고, 창틀 안으로 어른거리는 그림자들이 보이는군요. 카메라는 그녀를 따라가며 아르쉬브 거리(단단해 보이는 파란색 표지판, 가장자리가 얼어붙었음)를 비출 거예요. 처음에는 뒷모습만 보이던 그녀가 걸어가면서 행인들과 엇갈려요. 주로 둘씩 동행인 남자들이네요. 얼어붙는 말들처럼 하얗게 서리는 입김, 두 눈에 고이는 눈물. 그리고 그녀의 옆얼굴. 그녀가 쪽지를 다시 읽는군요. 놀라는 모습(중성적인 글, 꼭꼭 눌러쓴 글씨), 자신의 삶에 이름 하나가 불쑥 들어오다니! 어머, 놀래라! 그녀는 쪽지를 도로 접어서 장갑 속에 끼워넣어요. 보물섬 지도!

그다음은 훨씬 난감해요. 사랑이 여기 있는데, 그것을 어떻게 보여줘야 하는 건가요, 보여주기만 하면 관객이 볼 수는 있는 건가요? 그게 아니라면, 모조리 바꿔야겠군요. 봄 혹은 여름, 그리고 다른 구역, 초점을 무한대에 맞춰 원근법으로 포착한 거리(가령 프티 퐁 다리에서 바라본 생 자크 거리)로 하죠. 볕 좋은 날 거슬러 올라가다보면 이 거리는 우리 내면의 뭔가를 열어젖혀 가슴이 탁 트이게 해줘요. 마치 바다를 향해 가는 기분이라고나 할까요. 그래요, 이거면 되겠어요, 이런 무중력 상태를 표현하기엔 제격일 테니까요. 들이마시는 공기가 자신에게만은 기쁨으로 느껴질 때, 그리고 갑자기 세상에 퍼지는 빛이 이 신비를 설명해줄 때, 맞아요, 생 자크 거리, 소르본 대학의 벽이나 저 아래 보이는 둥근 지붕(아마도 발 드 그라스?) 위로 쏟아져내리는 빛, 그것이면 충분할 거예요. 그녀는 다른 사람들 틈에서 경쾌하고 도도하게 걸어가겠지요. 코셍 병원을 향해 전속력으로 질주하는 구급차의 사이렌 소리, 급브레이크를 잡는 타이어 마찰음, 경찰차들. 죄수들을 싣고 법원에서 상테 감옥으로 가는 호송차의 철망 너머에서 남자 죄수들이 그녀를 향해 휘파람을 불어대는군요. 그러자 그녀는 고개를 돌려 건성으로 그들을 바라보는데, 그들은 그 얼굴을 보면서 자신이 포로라든가 죄수라는 걸 잠시 잊어버려요. 주변의 모든 것에 대한 우월감, 장난기 어린 명랑함, 일상적 근심에서 완전히 벗어난 초연함, 우리가 사는 세상이 더는 우리를 해치지 못하리라는 확신, 살랑거리는 밝은 빛깔의 얇은 원피스에 담아 이미 멀리 가져가버린emporte, 그녀가 지닌porte 너그러운 위력, 사람 좋은 식료품상의 매대에서 훔친 사과, 집배원과 그의 행낭을 피하기 위한 앙트르샤*, 꽃 배달원 혹은 일본인 관광객과 함께 추는 대무對舞. 사랑은 영원토록 사랑이리라.

하지만 이게 아니에요. 이렇게 시작되지 않아요. 아무튼 이건

---

* 무용 용어로, 공중에 떠서 양발을 서로 엇갈리게 하는 동작을 가리킨다.

첫 장면이 될 수 없어요.

인도에서 겨우 두 걸음을 떼었을 뿐인데, 건조하고 차디찬 공기 때문에 숨쉬기조차 힘들더군요. 그가 알려준 이름을 되뇌면서 나는 아르쉬브 거리를 거슬러 올라갔어요. 그가 마음에 들었고, 그의 이름도 마음에 들었고, 파티 장소로 되돌아가 나를 바라보는 그의 눈길을 손길처럼 느끼고 싶더라고요.

그런데 무슨 까닭일까요. 아래쪽 문이 열리자마자, 그가 남아 있을 파티 장소의 음악 소리가 도시의 소음에 묻히자마자, 밤공기가 가슴 안쪽을 대번에 훑어내리기라도 하듯, 가슴이 아픈 것은 왜일까요? 양쪽 늑골이 조여들고, 목구멍이 꽉 막히고, 허공을 향해 불끈 쥔 주먹처럼 응어리진 까닭 모를 두려움이 느껴지는 것은 대체 어째서일까요?

그건 이렇게 시작되었어요. 바로 이것을 보여줘야 해요. 사랑의 시작, 태어나는 사랑(나타나는 두려움)을 말이에요. 사랑의 시초를 보여주어야 하는 까닭은 우리가 이내 그것을 망각하고, 생략이 일어나며, 삶의 초기에 발생하는 부분적 기억상실과 흡사한 공백이 생기기 때문이에요. 우리 기억은 곧장 가족사진과 생일날의 간식거리, 엄마, 엄마의 품과 곰 인형으로 건너뛰지요. 출생은 잊어버리고, 춥고 아프고 두려웠다는 사실은 잊어버리고, 알려고도 하지 않아요. 그럼에도 불안감은 사랑의 첫번째 기호인 동시에 그 종말의 기호이기도 한데, 참으로 이상한 대칭이죠. 사랑은 끝날 때처럼 시작되고, 시작되었듯이 끝나요. 허전함 이상으로 가슴을 죄는 두려움, 숨이 끊어질 것만 같은 질식 상태에서 구조를 요청하듯 헉하고 벌어지는 입, 공기를 불어넣고 내뱉는, 이완되고 수축되는, 뜨겁고 찬 내면의 아코디언, 바람 빠진 펌프의 움직임에 의해서 말이죠. 바로 그런 일이, 행복하고도 불행한 사건이 아르쉬브 거리에서 그녀에게 일어나요. 그녀가 세상에 태어난다고요. 다시 말해 사랑의 출생, 사랑이라는 출생을 겪어요. 사랑은 우리가 세상에 오듯이 시작되어요. 그것은 떫고, 줄로 쓸듯 우리를 쓸어대고, 아프게 하죠. 공기가 폐를 찢는 동시에 결핍되는 까닭에 우리는 살려달라고 울부짖고 싶어져요. 연약하고, 알몸으로 노출되어 있고, 두려움에 떠는 우리. 어린아이나 다름없는 우리가 영혼 속에서 죽음으로 태어나는 거죠.

우리가 영혼 속에서 죽음으로 태어나는 이유는 이 모든 사실을 알기 때문이에요. 아는 게 틀림없어요. 모른다면, 두려울 리가 없잖아요. 이런 일은 예전에 이미 발생했고, 만남도 이미 있었고, 어디선가 이미 서로 본 적이 있는 거예요. 과거를 기억함으로써 우리는 사랑에 눈뜨게 되지요. 비록 나이가 열다섯에 불과해도, 비록 처음일지라도(절대 그럴 리는 없지만) 말이에요.

놀라서 가슴이 콩닥콩닥 뛰는데도, 우리는 신참내기가 아니므로, 사랑이 어떻게 오는지 알고 어떻게 되는지 기억하며 그 미래까지 아는 거예요. 배우지 않아도 아는 게 있는 것처럼 사랑에 대한 불안은 지켜지지 않은 약속에서 비롯되고, 상심은 저버린 맹세에 대한 경련성 기억이라는 걸 아는 거라고요. 예전에 굳은 언약이 있었고, 그것이 눈 깜짝할 새에 파기되면서 잔인하게도 기억만 남은 탓이에요. 따라서 사랑에 빠진다는 것은 태어난 사실을 기억하며 태어나는 거예요. 어떤 출생도 순진하지 않고 이 세상만큼이나 오래되었어요. 뭔가가 재연되는데, 그것이 우리를 두려움으로 몰아넣어요. 우리는 이미 이 정글에서 걷고 망을 보고 위기에 처한 적이 있었거든요. 하지만 언제였는지, 어디였는지, 두려움이 모든 걸 설명해주지는 못해요. 두려움에도 비밀이 있으니까요. 그래서 우리는 화를 내고, 흥분하고, 낙담하기도 해요. 우리는 태어나게 해달라고 요구하지 않았다고요.

나는 그와 나 둘 모두의 친구인 한 여자의 집에서 그를 처음 만났어요. 2003년 1월 20일 그녀의 생일이었죠. 나는 누군가에게 얘기하는 중이었는데, 문득 나만 그 공간에서 뚜렷이 부각되는 느낌, 플래시 세례를 받는 듯한 느낌이 온몸으로 느껴졌어요. 그래서 고개를 돌렸죠. 벽난로 위에 걸린 거울 속에서 그가 나를 바라보고 있었어요. 우리는, 그와 나 단둘만 금빛 테두리의 거울 한가운데 있었고, 다른 사람들은 움직이는 흐릿한 무리에 불과했어요. 우리가 만난 건 바로 그 거울 속에서였어요. 눈빛이 어찌나 강렬하던지 처음엔 그가 바라보는 대상이 나일 리 없다고 생각했어요. 그런데 그가 내게로 와서 이렇게 말하는 거예요. "제 소개를 할게요. 안 그러면 아무도 소개해주지 않을 것 같네

요." 나는 어떤 이름을 말해줘야 될지 몰라서 망설이느라 잠시
뜸을 들였어요. 나는 여러 개의 이름을 쓰는 터라, 그 선택의 문
제가 갑자기 심각하게 여겨지더군요. 어떤 게 진짜 이름인지, 그
에게는 어떤 이름을 말하는 게 좋을지. 그때 그가 손을 내밀면서,
나를 안심시키려는 듯 말했어요. "당신이 누군지 알고 있어요."

우리는 샴페인을 마시며 이야기를 나누었어요. 나는 〈로마의
휴일〉에서 오드리 헵번이 입었던 것과 같은 원피스를 입고 있었
는데, 아니, 일부러 그랬던 건 아니에요. 우리는 음악이며 문학,
영화에 관한 인상들을 주고받았지요. 나는 그가 만든 영화들을
몰랐고, 그는 내가 쓴 책을 한 권도 읽지 않았더라고요. 다만 일
년 전 텔레비전에서 나를 봤다는데, 파티 장소에 들어서면서 내
모습을 보자마자(그는 기억을 떠올리는 듯 미소지었어요) 나를
알아보았다고 했어요. "춤추시나요?" (그는 인터뷰 내용을 잊었
나봐요. 그래도 그 프로가 끝날 무렵 내가 "죽음의 신이 남자였
으면 좋겠어요"라고 한 것만은 기억하고 있더군요.) 그러자 어
느 순간 누가 〈알렉상드리, 알렉상드라〉*를 크게 틀었고, 나는
춤을 추고 싶어 안달이 났지만 참을 수밖에 없었어요. 그가 구스
타프 말러를 얼마나 좋아하는지 설명하기 시작했거든요. 자정

---

* 알렉산드리아 태생의 가수 클로드 프랑수아가 부른 대중적인 상송.

무렵, 난 이제 그만 가봐야겠다고 했어요. 아니, 마차가 호박으로 변할까봐 그랬던 건 아니에요, 단지 베이비시터가 마지막 전철을 놓칠까봐서요. "애들이 있어요?" 그가 물었어요. 수다가 길었나보다고 자책하면서 그는 복도까지 나를 바래다주었고, 아무튼 다시 만나고 싶다고 하더군요. "기다리면서 빨리 당신 소설들을 읽고 싶어요. 편지해도 되지요?" 나는 종이쪽지에 주소를 적어 내밀었고, 그는 그 종이를 반으로 찢더니 다른 반쪽에 자기 연락처를 적어넣었어요. 그가 발음하는 coordonnées(연락처)란 말이 corps donnés(주어진 육체들)처럼 들리더군요. 우리는 층계참에서 헤어졌어요. 그의 눈에 미소짓는 내가 비쳤어요. 그 눈이 얼마나 아름답던지! 나는 뒤돌아보지 않고 층계를 내려가기 시작했어요. 귓가에 그의 목소리가 울렸어요. "당신이 누군지 알고 있어요, 당신이 누군지 알고 있어요." 그게 사실이라면, 내가 누군지 아는 사람이 있다는 거잖아요?

(휴지통)

당신 말이 맞아요. 나는 소설을 쓰기 시작했고, 사실 이 이야기에 관해서예요. 열 장 남짓 쓴 원고, 중구난방인 단장들, 그때그때 반쯤 끼적이다 만 메모들, 신문기사들, 인용문들, 잡다한 생각들이 있지요. 하지만 그중에 쓸 만한 것은 별로 없어요. 하긴, 다른 것도 아닌 환상에 관한 이야기인걸요! 나를 사랑하지 않았던 한 남자—흥미로운 문제죠! 새로운 문학 장르예요, 증오소설이라고나 할까! 종이뭉치에 불과한 원고는 내가 묘지도 마련해주지 못한 시체일 따름이에요. 이것이 한 편의 영화가 될 수 있다면 시신을 떨쳐버릴 수도 있으련만, 그마저 여의치 않군요! 하지만 나는 이제 법의학자가 시신을 살피듯 내 과거에 정신을 쏟고 싶지 않고, 목수가 관을 짜듯 책을 쓰고 싶지 않고, 매장꾼이 시신을 던져넣고 부식토로 덮을 묘혈을 파듯 언어에 천착하고 싶지 않아요. 사랑하는 이들의 얼굴에 삽으로 퍼붓게 될 말들이 지겹다고요. 끝일 때는, 특히 무덤에 꽃을 던지거나 고인을 칭찬하고 싶지 않을 때는 정말이지 너무 힘들어요. 게다가 누구나 죽는걸요. 우리의 입 안에는 늘 약간의 흙이 있는 셈이라고요. 시체의 맛, 역겨워요. 죽어가는 사람에 대해 써놓은 모든 책들, 무덤에 한 발을 들이민 채 제 집인 양 편안해하는 모든 작가들, 죽음이야말로 그들의 단골 메뉴죠. 독자들은 임종을 보러 가는 거예요—수고스럽지만 들어오세요. 오늘 읽으실 책은 열린 묘혈의 소설이랍니다.

내가 이 책을 계속 쓸 수 없었던 이유는 부고란을 채우는 일이, 끝이라는 단어를 찾으려고 부식토를 헤집는 일이 지겨웠기 때문이에요. 당신이 라디오에서 들었다는 짧은 이야기, 그 방송 원고를 쓰는 것만으로도 나는 기진맥진했고, 물이 말라버린 우물이 되었어요. 열정 없이 글을 쓴다는 건 사망 기록부에 기재하는 것이나 마찬가지예요. 애도가 결국 우리를 집어삼키니까요. 관 속에 드러눕듯 서재에 앉아 있는 날들도 있었어요. 그런데 춥더라고요, 아주 추웠어요! 이건 더는 자전적 허구autofiction라고 할 수 없겠네요. 이쯤 되면, 사체 부검autopsie이 아닐지요! 문학은 사후死後─사망 후, 성교 후, 심지어 유치 우편*─에 쓰이는 것이에요. 반드시, 그리고 자주 그렇답니다! 게다가 우리가 살아야 할 곳은 바로 여기예요. 그런데 여기에 우리를 살게 해주는 것이 있나요? 우리는 사랑의 시체 위로 달려드는 독수리들일까요?

당신과 헤어지고서, 묘혈에서 나올 셈으로 내가 뭘 했는지 아세요? 처음엔 책도 읽을 수 없었어요. 하지만 극장엔 갔어요. 자주, 될 수 있는 한 자주요. 주로 무용 공연을 관람했는데, 대개 현대무용(소위 활기 넘치는 공연이라 할 만한 온갖 춤)이었어요. 나는 일절 말을 하지 않고 지내고 싶었는데, 마침 무용엔 움직이는 육체들만 있더라고요. 그리고 되도록 앞좌석에 앉으려고 했어요. 존재로서 부재에 의미를 부여하는 것들(꽉 움켜쥐는 손, 눈물을 흘리거나 깜박이는 두 눈, 후들거리는 두 다리, 팔딱이는 가슴, 촉촉한 피부)을 가까이서 보고 싶었거든요. 삶의 맨 앞줄에 앉아 하나도 놓치지 않고 죽음이 변모되기 이전에 최초의 질료로 살아 있는 모습을 보고 또 보고 싶었어요.

하지만 영화는 안 봤어요. 안 본 지 거의 이 년쯤 돼요. 영화, 그것 역시 죽은 거예요. 아예 시작부터요. 스크린은 수의壽衣예

---

* 발신인의 청구에 따라 지정 우체국에 유치해두었다가 수취인이 직접 받아가는 우편 제도.

요. 사라진 육체의 흔적밖에 읽을 수 없는 염포殮布라고요.

　아무튼 더는 이야기를 써나갈 수 없어요. 분명히 말하지만, 이야기가 어디로 향할지 나는 너무 잘 알아요. 이야기를 할 때는 이미 그 이야기가 끝나 있게 마련이고, 따라서 우리는 이미 죽은 이야기로 살아 있는 파롤*을 만들려고 애쓰는 데 지나지 않아요. 스스로 아닌 척해봐야 소용없고, 천만에요, 당신에게 이야기해본들 부질없는 짓이라고요. 더는 나 자신에게조차 이야기를 계속할 수 없는걸요. 이 소설에서 나는 한 남자의 영혼('영혼'이란 단어를 쓰는 걸 용서하세요)을 파악해보고 싶었어요. 내가 말하는 일체의 무기력을 오직 자신에게만 구현하는 남자, 내 영혼에 결합돼 있으면서 멀리 떨어져 혼자 있는가 하면, 그럼에도 이제는 나를 비롯한 일체의 것에서 멀리 떨어져 홀로 지낼 수 없는 한 남자의 영혼을. 이 년 전부터 나는 글을 쓰지 않아요. 글이 아무 쓸모가 없기 때문이에요. 글을 써봐야 사랑도 영혼도 돌이킬 수 없어요. 무엇 하나 창조하지도 못하고요. 육체에 생명을 불어넣을 수도, 동물적 자력磁力을 회복시킬 수도 없다고요. 그러니 글을 써본들 무슨 소용이 있나요. 파베제**의 말에 따르면,

---

* 언어학 용어로, 개인이 발화하는 언어를 말함.
** 이탈리아의 시인이자 비평가, 소설가, 번역가. 1950년 『아름다운 여름』으로 문학상을 받은 직후 토리노의 한 호텔 방에서 자살했다.

고통을 토로하는 게 부질없음을 깨달을 때는 이미 젊음이 사라진 후라고 해요. 그가 토리노의 호텔 방에 들어서는 모습이 보이는군요. 때는 그가 사망한 1950년 8월 27일, 그가 윗옷을 벗어 의자 등받이에 걸쳐놓네요. 그 모습이 눈에 선해요. 내가 만년필을 쥘 때마다 보이는 모습이죠. 스크린에 영상이 나타나듯 그의 이미지가 지면紙面에도 그려져요. 그러니 내가 직접 카메라 뒤로 가서, 한 남자가 구겨지지 않게 윗옷을 개켜 걸쳐놓고 알약을 삼키는 모습을 찍어야 할지도 모르겠어요. 그러니까 내 말은, 그를 연기하거나 그 역할을 즐기는 한 남자를 촬영해야 할지도 모른다고요. 말의 자리에 이미지를 놓고, 표정으로 감정을 표현하게 하고, 눈물을 흘리게 할 음악, 가령 바흐의 미사곡이나 아코디언 곡인 〈될 대로 되라지〉*를 고르는 것, 그게 바로 당신이 하는 일이지요? 나라면 도저히 못 할 거예요. 깊은 생각에 잠긴 채 윗옷을 개켜 의자에 걸쳐놓는 그의 모습을 일고여덟 번씩 지켜볼 배짱이 없을 게 뻔한데, 보는 척하는 게 무슨 소용이 있을까요. "그래봐야 아무 소용 없다." 아마도 이래서 내가 도저히 글을 쓸 수 없고, 더구나 이 이야기만은 쓸 수 없는 모양이에요. 왜냐하면 바로 무기력에 관한 이야기이니까요. 나는 무슨 일이 벌어질

---

* e la nave va. 직역하면 '그리고 배는 간다'로, 페데리코 펠리니 감독의 영화 제목이기도 하다.

지 알기 때문에, 끝이 어떨지 뻔히 보이기 때문에 아무것도 할 수 없어요. 역설적이죠. 다 아는데 아무것도 할 수 없다니요. 어디로 가게 될지 너무 잘 아니까 안 가겠다는 거라고요. 아슬아슬한 정글에서 자칫하면 짐승들에게 잡아먹힐지도 모르잖아요(고깃덩어리는 자기가 어디로 끌려갈지 알고 있거든요).

그래요, 내가 도저히 이 이야기를 계속할 수 없는 이유는, 쓸 수 없어서일 뿐만 아니라, 쓰고 싶지도 않기 때문이에요. 내가 이 지경까지 이르게 된 우여곡절, 그건 남에게 이야기할 수 없는 거잖아요. 게다가 특히 그건, 죽음을 앞둔 우리 할아버지가 침대에서 몸을 일으켜 울고 있는 할머니에게 하신 말씀처럼(죽음이 실연의 슬픔인 양 말씀하셨지요) 누구에게나 일어나는 일인걸요. 누구에게나 일어나는 일을 이야깃거리로 삼을 수는 없지 않겠어요?

그런데 이제 더는 이야기를 쓰지 않는다면, 그럼 난 어떤 존재일까요? 주소도 쓰지 않고 우표도 붙이지 않은 채 보낸 편지 겉봉 같을 거예요. 목적지도 수취인도 없는 거죠. 여기서 내가 뭘 하는지, 대체 앞으로 뭘 하려는지 모르겠어요. 이렇게 빈둥거린 지 이 년도 넘어요. 나 자신이 구석에 놓인 사물처럼 느껴져요. 나는 로마 호텔의 의자고, 윗옷이고, 편지 겉봉이에요. 내게는 운명조차 없다고요.

이제는 골방에서 나와 기운을 차려야겠어요. 그러면 말들이 되살아날 테고, 나도 언어에 편승해서 부질없는 말들이나마 지껄일 수 있을지 모르니까요. 그런데 이 년 전부터 그래보려고 안간힘을 쓰고 있지만 별 소용이 없네요. 이 남자가 내게서 목소리를 앗아갔기 때문이에요. 불공평한 이혼에서처럼, 그가 내 말들을 모조리 가져가버렸다고요. 나는 이제 언어 안에서 살지 못해요. 침묵의 법칙 아래 살고 있지요. 스무 줄만 써도 이내 팔 힘이 빠져버려요. 나는 도저히 이 상황에서 벗어날 수 없고, 그렇다고 미련 없이 과거를 넘어버리지도 못해요. 이놈의 고질병, 자신의 불행을 말하는 병을 앓고 있는 거죠. 누가 내 말에 귀를 기울여주면, 병이 나을까요? 귀머거리의 귀에 대고 말하는 게 아니라면, 그리 우스운 일도 아니겠죠? 편지 겉봉에 쓰인 게 당신 이름인가요? 어느 겨울밤, 내가 읽고 또 읽던, 반으로 찢은 쪽지에 쓰인 그의 이름을 당신 이름이 대신하게 될까요? 당신 이름을 적어도 될까요? 당신에게 편지를 써도 될까요? 말을 걸어도 될까요? 그래도 돼요? 당신은 칠흑같이 캄캄한 하늘에 나타난 별인가요?

이것은, 누가 뭐래도 소설감밖에 못 돼요. 터무니없는 기대는 하지 마세요. 삭가블의 이기수의는 낱이 없거든요. 당신은 영화를 만들 생각인데, 그런 당신에게서 나는 독자를 찾아내려고 안

달하잖아요. 내가 당신 입맛에 맞는 시나리오를 쓸 거라는 기대
는 버리세요. 몇몇 장면이나 심리를 지시하는 것과 약간 관련된
대화들뿐인 시나리오, 그건 너무 싱거워요! 그런 시나리오를 쓸
생각은 추호도 없어요. 게다가 이미지들이 말들 아래 너무 깊이
가라앉아 있어서, 말로 하는 건 소용없는 일 같아요. 나는, 최소
한 때로는, 눈에 보이지 않는 것을 묘사할 수 있는데, 당신은 어
떤가요? 말로 표현할 수 없는 것을 눈에 보이게 할 수 있나요?
영혼이 무엇을 닮았는지 알아요? 영혼의 대혼란, 영혼의 불타는
방은 어떤가요? 그럼 유령은요?

추신 : 내가 쓴 메일을 방금 다시 읽어보았어요. 교정자의 눈
으로 보니 e la nave va의 철자는 et la navet va로 고쳐써야 할
것 같군요.[*] 내 말이 맞아요, 당신도 알 거예요. 그래서 미리 말
했잖아요, 이 이야기는 이미지로 나타내기 어렵다고.

---

[*] 이탈리아어 'nave'(배)를 동음이의어인 프랑스어 'navet'(졸작 영화)로 바꾼
언어유희. 이 이야기를 영화로 만드는 것이 어려움을 암시하고 있다.

영화를 고집하니까 하는 말인데, 우선 당신이 꼭 지켜줘야 할 조건(계약조건 제1항)이 있어요. 바로 뱅자맹 콩스탕을 읽어야 한다는 것. 다른 건 좋을 대로 하세요. 하지만 영화에는 반드시 그가 나와야 해요. 주인공이니까요. 그의 책을 읽으면, 당신도 그가 '타이틀롤'('내 죽음의 남자'가 바로 그예요)이라는 걸 납득할 거예요. 사실, 당신 말대로라면, 바다 건너 저편에서 18세기 프랑스 작가를 알기는 어려울 것 같아서(여기서도 모르기는 매한가지예요), 오늘 콩스탕의 책 몇 권을 보내요. 그 책들을 읽으면 당신도 쟁점이 될 사안을 알 거예요!

그는 1767년 로잔에서 출생했고, 며칠 후 그의 어머니가 사망했어요. 많은 책을 썼는데도 오직 『아돌프』의 저자로만 알려져 있고요. 이 책의 줄거리는 엘레노르라는 여자의 사랑을 열렬히 원하던 한 남자가, 일단 목적을 달성하자 그녀에게 사랑을 느낄 수 없게 된다는 이야기예요. 그는 기대 이상으로 빨리 여자의 마음을 사로잡지요. 그후에는 소설의 대부분이 헤어짐의 전략에 할애돼요. 주저, 미련, 환멸, 양심의 가책도 이 책의 진짜 주제인 사랑의 불가능성을 은폐하지는 못하죠. 엘레노르는, 그 시대 소설의 여주인공들이 으레 그렇듯이, 죽게 돼요.

나는 고등학생 때 학교에서 『아돌프』를 읽었어요. 그런데 삼 년 전에 다시 읽은 것은 그때 막 사귄 남자 때문이었어요. 사귀기로 한 지 얼마 되지도 않아서 대뜸, 그러니까 첫 만남의 화제로 그는 이 작품 이야기를 꺼냈어요. 그 남자를 아르노라 부르기로 해요. 어차피 무슨 이름이든 붙여줘야 하는데, 요즘에 아돌프라는 이름은 아무도 안 쓰잖아요. 마음에 안 들면 다른 이름으로 바꿔도 괜찮아요. 이 책은 자전적 소설이에요. 이 책 말고도 뱅자맹 콩스탕의 내면일기, 친구나 정부情婦들과 주고받았던 서신들도 일부 읽었어요. 어찌나 몰입해서 읽었던지, 어느 순간 아르노와 뱅자맹과 아돌프가 돌연 한 사람으로 여겨지더군요. 지금도 "오! 사랑하고 싶구나"라는 대사를 읽으면, 방금 그의 비밀 수첩에 기록된 문장을 훔쳐보기라도 한 듯 나 자신이 무례하게 느껴지고, 그와 나 사이의 일이라도 되는 것처럼, 내가 불행한 여자라는 생각이 드는 거예요. 해설가들은 엘레노르의 실제 모델이 누구였는가라는 질문을 제기했지요. 어떤 이들은 주저 없이 스탈 부인*을 지목했어요. 그녀는 콩스탕이 가장 사랑했던, 아무튼 가장 많은 열정을 기울였던—내 말은, 가장 오래 괴로워했던—여자거든요. 또 어떤 이들은 엘레노르와 가장 유사한 삶을 살았던 안나 린드세**일 거라 했고요. 콩스탕의 둘째 아내인 샤를로트를 떠올리는 이들도 있었어요. 하지만 이런 추측이 다 무슨 소용인가요. 현실의 여자는 이야기를 특정한 시간과 공간에 국한된 유일무이한 경험으로 환원시켜버려요. 그런데 엘레노르는 뱅자맹의 삶에 등장하는 구체적인 한 명의 여자가 아니라, 그가 알았던 모든 여자, 심지어 여성 일반이기도 하단 말이죠. 『아돌프』의 결말에서, 엘레노르가 자신을 사랑하지 않는 남자에게 버림받고 죽을 때, 그녀는 시대를 초월해 모든 여자를 대표하는 거예요. 그리고 아돌프가 "항상 필요하지만 결코 만족스럽지 못한 존재인 탓에 너무 피곤하구나"라고 심정을 토로할 때, 그는 모든 남자를 대표하는 서 아니겠어요?

---

* 제르멘 드 스탈, 프랑스계 스위스 작가. 1794년부터 십사 년간 콩스탕의 연인이었으나 1806년부터 콩스탕은 그녀의 애정에 거의 반응을 보이기 않았다.
** 19세기 초 파리의 명사들이 드나들던 살롱의 여주인. 콩스탕과 주고받은 서신집이 전해진다.

당신 웃기네요! 우리 영화의 등장인물들이 누구냐고 묻다니, 아직 내가 공동 작업을 수락한 것도 아닌데 말이에요. 너무 앞서 가는 거 아니에요?

좋아요. 내 소설의 인물들에 대해, 생각나는 대로, 언제든지 말해줄 수는 있어요. 말하자면 글쓰기는 스스로 한 편의 영화를 찍는 일이기도 하니까요!

그와 나 말고도, 무슨 말이냐 하면, 아르노와 엘레노르(엘렌 이라고 고쳐 부르는 게 좋겠어요. 이야기의 무대를 현대로 옮겼 으니, 그녀도 제국 시대의 드레스를 입은 여주인공과는 달라야 하잖아요)를 제외하고도, 그녀와 단둘이 사는 리즈라는 딸이 있 어요(그녀는 이혼녀거든요). 아르노에겐 아이가 없고요. 최근

몇 년간 더러 여자들을 사귀기도 했지만, 관계가 오래 지속된 경우는 없었을뿐더러 생활방식두 여전히 미혼남에 가까워요. 원룸, 독신자의 습관들, 게다가 외동아들이죠. 일요일마다 부모(그들도 이 영화의 등장인물이에요, 특히 어머니요. 이 얘기는 나중에 다시 할게요)가 그에게 안부전화를 해요. 그의 직업은 영화감독─이 점만은 시나리오에서 바꾸지 않는 데 동의할 거라 믿어요─이고, 나이는 서른여섯이에요. 여자보다 연하인데, 많이는 아니고 얼핏 눈에 띌 만큼 젊어요, 특히 처음에요. 나중에는 메마르고, 표정은 굳고, 머리는 더 희끗희끗해지고, 몸은 더 야위고, 광채는 사라져버리죠. 변화는 은밀하게, 그러나 눈에 띄게 진행돼야 하는데, 조명으로 간단히 처리할 수 있겠죠? 콩스탕의 여인들은 하나같이 연상이었는데, 한 살에서 무려 스물여덟 살까지 차이가 났었다고 해요. 이 소설에서 아돌프는 엘레노르보다 열 살이 적어요.

영화에서 엘레노르/엘렌에게는 언니가 하나 있어요. 이름은 클로드고요. 아들을 애타게 바랐던 아버지가 남자 이름을 붙였죠. 그녀는 배우이고 남자 수집가예요─여자를 사랑한 적도 몇 번 있어요. 스페어 애인이나 인스턴트 애인들은 차치하고라도, 결혼만 무려 다섯 번 했어요. 사랑이 순조로울 리 없죠. 부단한 실패로서의 사랑, 그녀는 바로 그 화신이에요. 관객을 압도할 만큼 연기력이 완벽한 열정적인 여배우가 있어야겠어요. 그런 여배우는 어렵지 않게 찾을 수 있어요(우리 언니―현실의 내 언니―가 자기 자신을 연기한다면 말이에요. 언니는 훌륭한 여배우예요. 언니를 추천할게요. 그런데 우리 영화를 프랑스에서 찍을 생각인가요?).

그리고 엘렌의 정부情夫인 자크(이 이름만은 바꾸지 마세요. 내가 고집하는 이름이니까요)가 있어요. 그는 일종의 은밀한 동반자, 즉 어떤 여자들에게 있는 장기간의 애인인 셈인데, 그런 애인은 생각보다 훨씬 많아요. 그는 전ex이 아니라―완전하게 영역을 벗어난 적은 한 번도 없으므로―오히려 뭐랄까, 오프off라고나 할까요. 여백이에요, 여백도 지면에 속한다는 전제하에요. 나이는 엘렌과 동갑이고, 유부남이고, 자식이 여럿이고, 별거수당을 지불해야 하고, 하루 일과가 복잡하다는 게 대강의 프로필인데, 프로필 데생이 필요하다면 나중에 그려줄게요. 자크는 정신분석가일 거예요. 확신할 수는 없지만, 정신분석가라면 이야기에 다른 관점을 부여할 수도 있잖아요. 이미 당신에게 말했지만, 난 정말로 이 이야기를 다시 떠올리고 싶지도, 재연하고 싶지도 않아요. 내가 원하는 건 의미를 부여하는 것, 즉 이해하는 것일 뿐이라고요.

우리, 즉 당신과 내가 마주칠 난제는, 내가 우려하는 바이자 내 관심사이기도 한데, 내가 다름 아닌 엘레노르Elénore이고, 엘레노르가 엘렌Hélène이고, 그녀Elle라는 사실이에요. 당신도 알게 되겠지만, 『아돌프』를 읽어보면 전부 일인칭 화자, 즉 남성 단수인 그 남자Lui의 관점에서 자신이 어떻게 그녀를 만나고 어떻게 유혹하는지, 그녀에 대한 감정이 어떻게 와해되는지 이야기하고 있어요. 그는 실을 잡아당겨 오직 자신의 관점에서 자신이 기록한 사랑의 텍스트를 전속력으로 풀어나가요. 물론 자신이 그녀의 내면에 불러일으킨 고통의 표현들을 기록하느라 그녀의 표정을 살피고, 그녀의 말에 귀를 기울이지요. 하지만 간혹 섬광처럼 순간적인 경우가 아니라면, 그녀의 현실이나 영혼—이 단어가 아직도 의미를 지니고 있다면—을 파고드는 일은 절대 없어요. 영혼은, 육체 뒤편에 있으리라 짐작되는 무엇이거나 문장들 배후에 정박한 무엇일 거예요. 육체와 언어의 비밀이라고요. 그는 영혼의 움직임을 좇지 않아요. 받아들이지 않는 거죠. 그러니 그녀의 마음을 꿰뚫어보지 못하는 거고요. 결국 그녀는 불가사의한 존재로 남을 수밖에요. 그게 원인이에요. 그들의 드라마는 모두 그래서 생기는 거예요. 연극의 무대장치와도 흡사해요. 가령 아주 작은 창문들이 있을 뿐 문이 없는 높다란 성벽이 있다고 생각해봐요. 그는 자신에게서 벗어나 그녀에게 갈 수도 없고, 그녀를 들어오게 할 수도 없어요. 두 개의 성性이 철저하게 분리되어 있어요. 우연히 성채를 벗어나더라도, 그들은 결별의 마당에나 서로 재회한다고요. 요컨대, 이건 악몽이에요.

나는 뱅자맹 콩스탕을 좋아해요. 진정으로 사랑해요. 내가 느끼는 아돌프에 대한 가슴 아픈 열정을 이해했으리라 믿어요. 아돌프는, 4장 첫머리에서, 이미 싫증과 환멸을 느낀 나머지 이렇게 말해요. "나는 지배하려 드는 여자들에게 혐오감을 느꼈다. 엘레노르는 내게 피로와 연민을 불러일으킬 뿐이다." 나는 이 문장을 읽고 또 읽어요. 그가 나에 관해, 자신과 나에 관해 쓴 문장을 읽고 또 읽어요. 나는 이 문장을 완벽하게 파악하고 싶고, 과일즙을 짜듯 마지막 한 방울까지 남김없이 묘사해보고 싶어요. 어떤 연민인지? 어째서 피로한지? 무엇이 그를 지치게 하는지? 무엇이 그토록 일찌감치 그토록 빨리 고갈되는지? 그 원인이 내게 있다는 게 사실인지? 한 남자는 한 여자의 어떤 점을 경멸하는지? 왜 그로 인해 여자는 죽는지? 나는, 두 세기가 흐른 지금, 엘레노르의 시선이 되고 숨결이 되겠어요. 그래서 무엇이 그녀에게 상처를 주는지 그녀의 목소리로 말하고, 무엇이 그녀를 죽음으로 몰아가는지 그녀의 눈으로 보겠어요. 내가, 그녀의 이름으로 반론게재 청구권을 요청하려는 거예요. 전문용어로 말하면, 서브젝티브 카메라를 염두에 두고 있다고요. 나 자신이 눈이 되고 손이 되겠어요. 조종간을 잡아당기고, 쉴새없이 지껄이

고, 고삐를 쥘 거예요. 요컨대 이것은 한 여자에 대한 영화가 될
테죠. 문제는 당신이 남자라는 건데요, 결국 그게 유일한 진짜
문제로군요. 하지만 마침 잘됐어요. 그게 유일한 진짜 주제이기
도 하니까요.

우리는 카페 프랑세에서 만나기로 했다. 내가 도착했을 때 당신은 이미 와 있었다. 「르 몽드」 지를 읽고 있는 당신을 내가 먼저 알아보고 당신 쪽으로 걸어갔다. 당신의 굳은 얼굴이 테이블에 놓인 촛불에 비쳐 한쪽만 환했다. 아니, 당신은 신문을 읽는 게 아니다. 그런 척할 따름이다. 나는 앞으로 나아간다. 잃어버렸던 개가 다시 찾은 주인에게 달려들듯 고통이 가슴을 파고든다. 당신은 고개를 들더니, 어둠에 잠긴 채 살짝 미소짓는다. 나도 미소짓는다. 시선이 교차한다. 우리는 서로 다시 만난다.

토요일인데 바스티유 거리의 카페에 손님이 하나도 없다니, 참 별일이었다. 영화의 한 장면을 찍으려고 일부러 장소를 비웠다고나 할까. 사실은 컬럼비아 호*가 대기권에 진입하면서 공중 폭발을 일으킨 직후였기 때문에 아무도 즐기는 게 내키지 않아서, 야행성인 사람들조차 초상집에서 밤을 새우는 기분으로 집에 눌러 있는 참이었다. 평소 같으면 사람이 죽었다 한들 아랑곳하지 않겠지만. 매일같이 수많은 사람이 죽어가니까, 그렇다고 해서 한잔 못할 턱이 없는 것이다. 하지만 우주선이라면, 애기가 달라진다. 우리 내면에서 부서져 산산조각난 것이다. 이륙하고, 날아가서, 달을 따는 그것이.

실내, 밤. 대형 카페. 손님은 거의 없다. 그는 벽이 움푹 들어간 곳에 놓인 테이블에 앉아 「르 몽드」 지를 읽고 있다. 그녀가 도착하자, 일어나 그녀가 내민 손을 잡고 악수를 나눈다. 그들은 자리에 앉는다. 무성 컷, 유리창을 통해 촬영해야 할 것이다. 종업원은 주문을 받고, 카운터에 있던 단골손님이 오늘은 카페에 손님이 없다고 말한다. "한산하군요, 오늘 저녁은. 이거야 원!" 주인은 두 손으로 폭발하는 시늉을 해 보인다. "우주왕복선이라던데요." 카메라가 텅 비다시피 한 홀 안을 천천히 파노라마로

---

* 1981년 발사된 이후 28차례의 우주비행 기록을 수립한 세계 최초의 미국 우주왕복선. 2003년 2월 1일 16일간의 비행을 마치고 지구로 귀환하던 중 공중 폭발로 승무원 일곱 명 전원이 사망했다.

훑고 그들에게로 와서 멈춘다.

"지금은 무슨 일을 해요? 무슨 계획이라도 있어요?"

주문한 음료를 종업원이 내오자마자 그가 묻는다.

(내가 지금 뭘 하냐고? 당신을 보고 있잖아. 당신을 바라보는 기쁨에 남몰래 몸을 떨고 있다고. 당신이 유일한 내 계획인걸.)

"아, 네. 그러니까, 리허설 작업을 막 끝냈어요. 3월에 나와요. 당신은요?"

"리허설? 무슨 리허설요? 연극인가요, 뮤지컬인가요?"

"둘 다예요. 리허설répétition이라는 게 모두, 실제로는 우리가 고통과 쾌락을 느끼게 되는 것들의 반복répétition이니까요. 대충 말해서, 신경증적 반복과 예술적 반복이요."

"우리가 고통을 느끼게 되는 것들이라니, 우리가 선택하지 않았지만 그럼에도 강요된 것들을 의미하나요, 맞아요?"

"네. 이 책에 대한 착상이 떠오른 것은 벌써 오래전, 내 아기가 죽은 후였어요."

"네, 알아요. 나도 그 책 읽었어요. 미안해요. 그 말을 하려던 게 아니었는데……"

"괜찮아요. 그런 말을 들어도 거북하지 않아요. 반복에 대한 계획은 그래서 생긴걸요. 나보다 먼저 내 어머니가 자식을 낳자마자 잃었다는 기록을 접했을 때였어요. 죽은 아기는 셋째 딸이

자 막내(내게는 언니도 하나 있는데, 배우이고 이름은 클로드예요)였어요. 혈통에는 우연이란 있을 수 없는 법이라서, 그저 쌍둥이 벽장 속의 똑같은 시체들일지라도 질병이나 비밀처럼 대대손손 전해내려온다는 생각이 들었어요. 당신은요?"

"나요? 혹시 나한테도 시체들이 있느냐고요?"

"아뇨(그녀가 웃는다). 당신은 뭘 하느냐고요?"

"아! 지난번 저녁때 설명한 대로, 영화 한 편을 마무리하고 있어요. 동시녹음중이지요. 그 작업은 그다지 좋아하지 않는데, 뭐랄까, 그 단계의 작업에선 기술이 우선이거든요."

"제목이 뭐예요?"

"아직 확정짓지 못했어요. 아마도 '그대의 손길 아래 놓인 내 몸'이 되지 않을지, 두고 봐야죠……"

그녀는 고개를 숙이더니, 스푼으로 칵테일을 젓는다. 카메라가 그들 오른편에 앉은 남녀에게로 이동한다. 두 남녀는 테이블 너머로 키스한다. 둘 사이에 우유 한 잔이 놓여 있다.

"아이들은 없어요?" (아내는, 고양이는, 개는 없는지, 다른 여자관계는 없는지─나 말고는 전혀 없는지?)

"없어요."

그는 심드렁하게 입을 삐숙거리다가 만다.

"어린 딸이 하나 있다고요?"

"네. 리즈라고 하고, 나이는 여덟 살이에요. 형제자매는 있으세요?"

"아뇨, 외아들이에요. 부모님은 파 드 칼레의 카르뱅*에 사세요. 아버지는 광부였고요."

"외아들이라 힘든 점은 없었어요? 왜 이런 질문을 하는가 하면, 리즈가 이따금…… 그러니까, 심심해하거든요. 아마……"

"아뇨, 그래요, 그럴지도 모르겠어요. 난 할머니 손에 자랐어요. 날 무척 사랑하셨죠. 그래서 난……"

"저런, 나도 그런데. 재미있네요."

"우리 어머니는 아주 오래전부터 우울증을 앓고 있어요. 그점이 특히 힘들었지요. 지금도 여전히 그렇고요. 게다가……"

"왜 우울증에 걸리셨는데요?"

"몰라요. (몹시 신경질적으로) 조울증 환자예요. 멜랑콜리 때문에 고생하세요. 안 해본 것이 없어요. 온갖 치료를 다……"

멜랑콜리라는 말을 병명으로 들은 것은 그때가 처음이었다. 나는 멜랑콜리를 어떤 감정, 그것도 친숙한 감정으로만 여겼었다. 나는 아무 말도 하지 않았다.

"다른 이야기 합시다."

---

* 파 드 칼레는 프랑스 북부 노르 파 드 칼레 지방에 있는 주이며, 카르뱅은 주도.

"그래요."

당신은 내게 배가 고프냐고 묻는다. 천만에, 전혀 그렇지 않다. 당신을 섭취하고 있는걸. 나는 애써 게걸스러움을 감추면서 눈으로 당신을 먹고 있다. 당신의 아름다움을 먹는다. 당신의 얼굴은 남성적이고 정열적이어서 강렬한 인상을 준다. 페데리코 펠리니 감독의 영화 〈달콤한 인생〉의 마르첼로 마스트로얀니라고나 할까. 당신이 고개를 돌리면, 옆얼굴에 어린 시절이 나타나 시선을 두기 거북해진다. 겁에 질린 사내아이가 원근법적으로 점점 멀어지며 매력을 감소시킨다. 흔들린 사진, 그것을 바로잡기는 어렵다. 게다가 이따금 핏기 없는 관자놀이로 빛이 곧장 쏟아지거나 불룩 튀어나온 정맥 혹은 평평한 부분을 비추기도 하는데, 그럴 때면 얼추 노인의 모습이 비쳐 보이고, 당신이 죽었을 때의 모습이 보이는 까닭에 가슴이 저려온다. 당신의 얼굴은 과거가 미래를 비추는 거울이다. 나는 시간이 회절回折하는 그 거울이 마음에 든다.

당신은 내게 새로운 계획에 대해 말한다. 이미 생각해오던 것인데, 뱅자맹 콩스탕의 『아돌프』를 각색해 영화로 만들겠다는 것이다. 나도 예전에 그 책을 읽은 적이 있는데, 내 기억이 맞다면, 인정머리라고는 눈곱만큼도 없는 꽤나 비열한 작자에 대한 이야기이다. 거리에 경보가 울려 퍼지기 시작한다. 그렇지만 나는 묻는다.

"무슨 이야기인데요?"

"자신이 사랑한다고 믿었던 여자를 사랑하지 않는 한 남자의 이야기예요. 그는 그녀와 헤어지고 싶지만, 쉽지 않죠. 그런데 말이에요, 현재로는 대사가 별로 없어요. 영화는, 다른 사람은 몰라도 내게 영화는, 무엇보다 이미지고 또 음악이에요. 아마 음악이 먼저일 겁니다. 말하자면 나는 음악에서부터 접근해나가요."

그래, 나도 안다. 우리는 영화를 보고 나서 몇몇 이미지를 기억하거나, 때로는 아무 이미지도 기억하지 못한다. 노래 한 곡조는 어떤가. 몇 소절을 기억하거나, 때로는 아무것도 기억하지 못한다. 까맣게 사라지다니, 실망스럽다. 나는 남김없이 기억하려고 애쓴다. 당신의 입술선, 두 눈동자의 색깔까지. 왠지 모르게 눈물이 솟구친다(우주선 때문이리라). 게다가 무엇보다 밤이 아닌가. 조니*가 놀랄 만큼 한적한 카페 프랑세에서 목청껏 노래해 밤을 불러들이듯이.

"그런데, 이 소설의 어떤 점에 흥미를 느끼세요? 자화상이기 때문인가요?"

말이 끝나기가 무섭게 발끈한 당신은 온몸을 곧추세운다. 매

---

* 프랑스의 유명한 록 가수이자 작곡가. 문맥상 여기서 말하는 조니의 노래는 〈밤을 기억해〉(1962)일 것이다.

우 날씬하다. 청년의 몸매다.

"천만에, 절대 아니에요. 모든 영화가 자전적인 것은 아니잖아요. 소설이나 마찬가지라고요. 절대 아니에요."

믿기 어렵다. 왜 사람들이 자신과 아무 관련도 없는 이야기에 흥미를 느끼겠는가? 나는 그 말을 입 밖에 내지 않는다.

당신은 이렇게 덧붙인다.

"그것은 마치, 내가 『무도회의 수첩』을 읽고 당신이 아무하고나 잔다고 생각하는 것과 마찬가지예요."

나는 보일 듯 말듯 입을 삐죽거린다―입 다물어, 이쯤 해두자―시 한 줄―누구 시더라?―이 떠오른다. '사랑, 누구나 풋내기로다.'

당신은 말이 없다. 안색이 몹시 창백하다. 나는 당신을 바라본다. 테이블에 놓인 촛불이 하늘의 별처럼 깜빡거리다가 꺼진다. 어둠이 당신을 감싼다. 당신은 무섭고도 매혹적인, 무한히 둘 다인 사람이다. 히치콕의 영화 〈의혹〉에서 우유 한 잔을 들고 계단을 올리기는 캐리 그랜트를 닮았나. 관객들은 그가 우유에 독을 타지 않았을까 의심한다. 나는 당신이 누군지 모른다. 오늘 밤, 당신의 얼굴은 우유 잔이다. 나는 어떻게 될지 모르면서도 우유를 마시고 싶나.

"그런데 시나리오를 쓰려면 어떻게 해야 하죠? 특별한 규칙이라도 있어요?"

"네, 하지만 꽤 간단해요. 자, 우선 『아돌프』를 읽어요. 그러고 나서 같이 생각해요. 내가 가르쳐줄게요. 아주 쉬워요. 두고 봐요."

"좋아요."

우리는 입을 다물었다. 미적지근한 망설임, 안개처럼 퍼져가는 두려움. 딱히 이렇다 할 미스터리도 없는데 긴장감이 감돈다. 카페 프랑세의 거울들에는 각기 음모의 기색과 탐정들의 모습이 비친다. 희미한 빛에 잠긴 채, 사랑 일보 직전의 아슬아슬한 균형을 이루며, 우리는 마주 앉아 있다. 캄캄한 밤의 스크린 위로 폭발한 우주선의 잔해들이 떠다닌다. 우유 잔을 든 캐리 그랜트가 위층에 이른다.

"이야기의 배경은 물론 현대로 옮겨야 해요. 그래야 더 흥미로울 테니까요. 게다가 난 시대의상을 갖춘 영화는 딱 질색이에요. 더구나 그런 영화는 이미 만들어졌잖아요. 왜 그래요?"

"아무것도 아니에요."

(당신의 입은 정말 아름답다. 그 입이 내 것이면 좋겠다. 당신이 내 것이라면 좋으련만. 당신과 나만 남고 이 세상 사람들 모두가 사라졌으면 좋겠어.)

"재미있네요. 당신한테서 이 카페에서 만나자는 말을 듣자마자 나도 그런 생각이 떠올랐거든요. 내가 쓴 어떤 소설에서 결별 장면이 바로 여기로 설정되었다고 상상해봐요. 등장하는 남자는 영화감독이고요. 물론 순전히 허구지만요. 전조前兆를 믿나요?"

"아뇨. 더구나 이건 결별이 아닌걸요."

나는 시선을 떨어뜨린다.

"그렇죠."

"이건 만남이에요. 달라요."

"예, 맞아요. 다르죠."

더는 당신을 바라볼 엄두가 나지 않는다. 나는 시선을 떨어뜨린 채로 견과를 집어먹는다. 우리의 몸은 굳어버린다. 테이블 위에 놓인 당신 손, 내 손 바로 옆에 놓인 당신 손은 하나의 사물과도 같다. 정물화로 액자에 끼워넣어도 손색이 없을 터이다. 당신을 만지고 싶은 내 손을 가로막는 것은 무엇인가? 지금 해야 할 일은 시소를 움직이는 것, 사랑 쪽으로 살짝 밀어주는 것뿐이다. 마치 출발하듯이, 어떤 길로 들어서듯이. 그래, 그런 것이다. 나는 작업에 착수해, 일을 진척시킨다—사랑은 움직임이야. 난 당신이 움직이지 않을 걸 알아챘어. 그래서 내가 움직이는 거야—내가 수작을 건다.

내 손 아래 놓인 당신 손은 따스하면서 무기력하고, 부드러우면서 긴장한 탓에, 죽은 척하는 동물 같다. 내게 전달되는 정보들은 해독 불능이다. 육체에서 떨어져나온 듯한 손, 말초신경이 없을 것만 같은 섬세한 손가락들, 완벽한 부동 상태, 생기 없는 손, 거의 느껴지지 않는 감각, 이렇다 할 것이 전혀 없는 에로티시즘, 긴장감이 떨어지는 욕망, 근육의 경련, 여보세요, 여보세요, 나를 접수할 건가요? 계기판을 들여다보고, 만유인력의 법칙, 지자기地磁氣, 자력을 확인하세요. 카운트다운. 궤도를 수정하세요. 당신의 현재 위치를 밝혀요. 준비, 사랑으로 진입, 조심, 조심해요.

우리는 인도에서 헤어진다. 어느 날 당신이 이 장면을 촬영하게 된다면 내가 상상한 것을 말해주리라. 그 상상은 이러하다. 우리는 서로 껴안고 있다. 엄숙하게 하나가 되어 서 있는, 검은 외투에 감싸인 어두운 그림자, 우리는 진지하게 포옹한다. 당신은 내게 "또 봐요"라고 말한다. 그 말을 듣기는 처음이다(네, 또 봐요. 오, 그럼요. 당신을 또 보고말고요). 당신은 귓속말로 "또 봐요"라고 속삭인다. 마치 '잘 가요'라고 말하는 것 같다. 서로 갈라서는 사람들처럼, 불행한 사람들처럼. 그들은 건설 현장에 쌓인 모래 더미 옆에서 아가리를 벌린 무덤을 찾고, 도랑가caniveau에서 지하묘소caveau를 꿰뚫어본다. 이후로 당신과는 늘 이럴 테지. 변함없이 존재하는 두 개의 현실, 매순간 뭔가가 중첩된다. 다른 무엇에 대한 의혹, 축 늘어진 손, 따스한 손. 우리는 서로

안 지 얼마 되지 않았고 이번 만남이 두번째이다. 나는 당신 뺨
에 볼을 갖다댄다. 당신은 뺨을 맞대는 대신 나를 와락 끌어안는
다. 우리는 누군가를 잃었던 걸까?

그런 다음 카메라는 여자를 뒤쫓는다. 그녀는 지난번처럼 걸
어서 돌아간다. 센 강을 따라 걷는다. 물에 비친 반영들, 불빛,
파리는 멋지다. 하지만 음악은 안 된다. 단지 소음들, 자동차 소
리, 앰뷸런스의 경적 소리가 들릴 뿐이다. 부두에는 캔 맥주를
마시는 청년들이 있고, 노트르담 성당 앞의 광장에도 다른 패거
리들이 있다. 그녀는 눈길을 들어 성당의 탑을 바라본다. 이무깃
돌들, 자살, 시간이 느껴진다, 산처럼 높이 솟아 보이는 성당, 그
녀의 발걸음이 빨라진다. 걷는 내내 금속음이 길게 따라 울린다.
마치 도시 전체가 우주선의 잔해로 연주를 하는 것만 같다.

그래요, 내 생각도 그래요. 이건 탐정물인걸요! 사랑의 만남을 히치콕의 영화와 똑같이 찍어야 해요. 사활이 걸린 쟁점을 다루듯이, 그리고 불안감이 느껴지도록. 사랑의 불길은 제거하고, 오히려 식은땀이 흐르게요! 촬영에 들어가면, 배우들에게 영화 〈의혹〉을 투영시켜보는 게 좋을 거예요. 캐리 그랜트야말로 부드러우면서 음울하고, 다정하면서 침울한 유형이어서, 우리의 남자 주인공으로 적격이지요. 혹은 마스트로얀니처럼 갈색 머리에 각진 얼굴의 고전적인 미남형도 괜찮고요. 하지만 금발에 푸른 눈의 남자만은 절대 안 돼요, 명심해주세요!

영화가 시작되고 한동안은 캐리 그랜트가 범인인 양 그려진다는 거 기억나요? 거의 촬영 기간 내내 그는 실제로 아내를 죽일 계획을 세운 것처럼 연기했어요. 그런데 제작자들이 겁을 먹었어요. 혹시 자기네 스타의 이미지가 손상되지나 않을까 우려했던 거죠. 그러자 히치콕이 시나리오를 수정해 그를 무죄로 만들었어요. 따라서 내내 살인자처럼 행동하지만 살인자가 아닌 거예요. 영화의 힘은 바로 거기 있어요. 관객의 결정 불능, 모순되는 것들의 공존, 그런 게 천재성이죠! 그가 아내를 사랑하는지 증오하는지, 성도착자인지 무관심한 사람인지, 아내를 보호할지 차버릴지 알 수 없다고요. 실은 그 자신도 모르지만. 그야말로 양가감정의 승리예요! 명백한 의미의 부재라고요! 저기, 접이식 덮개 차 장면 있잖아요, 남자가 전속력으로 질주하자, 여자가 겁에 질리고 공포로 말문이 막히는 장면 말이에요. 거기서 관객은 그가 일종의 도착적 쾌감을 느끼며 사고를 내서 여자를 죽음으로 몰고 갈 거라는 인상을 받아요. 그들의 얼굴은 두 미치광이의 얼굴이에요. 나란히 앉은 그들은 각자의 광기에 휩싸여 미친 사람처럼 보이지만, 실은 한순간 자신의 지배력에 도취한 한 남자와 안전에 위협을 느낀 한 여자일 따름이죠. 하지만 그건 우리 자신의 광기일지도 몰라요. 글자 그대로, 지배력을 잃을까 봐 겁내는 남자와 사랑을 잃을까봐 전전긍긍하는 여자를 같은 카브리올레*에 앉히고 싶어하는 것 말이에요.

탐정물에서 특히 미음에 드는 것은 바로 탐문수사예요. 나는 그게 늘 마음에 들었어요. 영화든 소설이든, 탐정물은 탐정처럼 일을 풀어나가요. 구체적인 질문을 제기하고, 사실을 확인하고, 정황증거를 찾아내고, 흔적을 분석하고, 동기를 검토하고, 증언을 경청하고, 이야기들을 서로 맞춰보고, 사건의 전개, 시간의 전후관계, 일련의 사건들, 육하원칙(누가, 언제, 어디서, 무엇을, 어떻게, 왜)에 대해 숙고하며 범죄나 실종을 조사해나가죠. 모든 해명, 각각의 세부사항은 나름 중요한데, 가령 꿈, 기억, 직감, 몇 마디 말…… 이런 것들로 빠진 조각을, 사실들이 뭉텅뭉텅 빠진 모자이크를 맞출 수 있게 되고, 마침내 완벽하게 복원해낼 수 있는 거예요. 정확히 무슨 일이 일어났지? 무슨 수를 써서라도 사랑의 실종에 관한 탐문조사를 벌이는 것, 그게 내 계획이에요.

＊ 접이식 덮개가 달린 자동차.

내 생각은 이래요. 뱅자맹을 이야기에 포함시키려면, 내 소설의 초안처럼 하면 돼요. 그러니까 엘렌이 그에 관한 연극에서 배우로 나오거나 그의 텍스트를 토대로 희곡을 쓰고(제목은, 예를 들어 변덕쟁이 뱅자맹*이 어떨까요), 자크가 그 작품을 연출하는 거예요. 그는 정신분석가로 설정될 텐데, 인간에 대한 지식을 활용해 자아를 쇄신할 겸 연극을 하고 싶어하는 거죠. 하긴 그가 그런 시도를 하는 최초의 사람은 아닐 테지만…… 내 제안대로 할 경우, 바스티유의 카페에서 나눈 대화를 조금만 수정하면 될 거예요. 『아돌프』를 각색하려는 계획은 아르노의 의도가 아니

---

* 뱅자맹 콩스탕Benjamin Constant이라는 이름에서 'constant'의 의미(변함없는, 불변의)를 뒤집어 '변덕쟁이l'inconstant'로 만든 언어유희.

라, 엘렌이 콩스탕의 삶에서 영감을 받아 희곡을 쓰려는 거예요, 안 그래요? 그리고 우리 언니 클로드가 여주인공을 맡을 거예요. 그 역은 제르멘 드 스탈과 안나 린드세, 쥘리 탈마*, 레카미에 부인**이 뒤섞인 인물이지만, 여배우를 여러 명 쓸 필요는 없어요. 각각의 역이 거의 호환 가능하거든요. 콩스탕에게 여자는 모두 똑같기 때문에요. 이 점에 관해서는 이미 당신에게 써보냈을 거예요. 모든 여자는 똑같은 여자인 동시에, 모든 여자는 바로 그 여자일 뿐이라고요. 모두 똑같은 여자들, 혹은 자크의 대사처럼 모두 '날 사랑하는' 여자들인 거지요.

실내, 낮. 엘렌의 아파트.

엘렌은 손에 종이 한 장을 들고 있다. 그것을 심상한 목소리로 오래도록 읽고 또 읽는다. 중얼중얼하느라 달싹거리는 입술이 보인다. 대사 연습을 하는 여배우 같다. 테이블 위에는 아직 포

---

* 19세기 초 파리의 명사들이 드나들던 살롱의 여주인. 콩스탕은 『탈마에 관한 편지』라는 책을 쓰기도 했다.
** 19세기 초 파리의 명사들이 드나들던 살롱의 여주인. 스탈 부인의 친구이자 콩스탕과도 각별한 사이였다.

장을 뜯지 않은 커다란 빨간 장미 꽃다발이 놓여 있다. 그녀가 어떤 물건을 집어든다. 딸이 흘렸음직한 자갈인지 조약돌 — 딸이 돌멩이를 수집한다 — 이다. 그것을 손에 쥐고 이리저리 굴린다. 그러고는 자리에서 일어나 벽난로 위 거울에 비친 자기 모습을 바라본다. 이 컷이 진행되는 동안 오프 상태에서 줄곧 아르노의 말소리가 들린다. 아주 열정적이고 상당한 저음의 목소리 — 아름다운 남자 목소리 — 이다.

당신에게 편지 쓸 틈이 나기를 하루 종일 기다렸어요. 낯설게 느껴지는 대화들을 서둘세 이어나가면서요. 그것은 의미도, 생각도, 감정도 전달되지 않는, 그저 귀에 와 닿는 소리에 불과했어요. 당신을 제외하곤 모든 게 낯설어요. 이제 내게는 세상마저 아무것도 아니에요. 사랑해요, 당신을 사랑해요. 당신을 알게 되어 행복합니다. 내가 그리던 여인, 찾기를 포기했던 여인, 그런 존재가 없다면 애써 마음을 딴 데로 돌리고 방황했을 텐데, 마침내 만났으니 행복하군요. 당신과 함께 있으면 나 자신이 좀더 훌륭한 사람처럼 느껴져요. 당신은 아름답고, 풍만하고, 고결해요. 딩신의 고통은 모두 내가 짊어지고, 내 행복한 날들은 전부 당신에게 주고 싶어요. 당신만을 영원히 사랑할 것이고, 다른 생각은 절대 하지 않겠어요. 난 당신을 위해 태어난 사람이고, 당신은 내 사랑의 감칭에 어울리는, 내 상상력을 채워주는 유일한 사람이에요. 당신의 모는 것은 고귀하고 순수하고 아름다워요. 오! 날 사랑한다고 말해주세요, 그 무엇도 우리를 갈라놓을 수 없다고 말해주세요. 당신을 다시 만날 날을 기다립니다. 나는 지금부터 그 순간까지 단 한 가지 생각만 할 것이고, 오직 한 사람의 모습만 떠올릴 거예요.

실내, 낮. 극장, 무대에는 거의 조명이 비치지 않는다. 〈변덕쟁이 뱅자맹〉의 리허설이 한창이다.

자크가 뱅자맹 역의 배우에게 말한다. "입장해. 무대에는 아무도 없어. 하지만 두리번거리며 미소를 지어봐. 고개를 좌우로 돌리면서. 가끔은 좀더 오래 멈춰서서 잘 보려고 애를 써봐. 요컨대 자네는 저녁때 여자를 낚으러 나온 거라고. 더 정확히 말하면 누군가를 찾는 거야. 누군지는 아직 몰라. 하지만 누군가 만나길 열렬히 바라는 거지."

배우는 지시에 따라 연기한다.

자크 : 아니, 그렇게까지 엽색가는 아니야. 뱅자맹이 돈 후안은 아니잖아. '여자를 낚는다'는 표현은 하지 말았어야 했는데. 지금 그는 괴로워하고 있어. 사랑을 통해 불행에서 벗어나고 싶은 거야(사랑은 그를 더욱 불행하게 만들 테지만, 어쨌든 지금은 그 사실을 모르니까). 실제로 자네가 연기해야 할 것은 소설의 이런 문장이야. "나는 사랑받고 싶었다. 그래서 주위를 둘러

보았다." 다시 해봐.

배우는 입장부터 다시 연기한다.

자크 : 좋아, 바로 그거야. 갑자기 자네 눈에 그녀가 들어와. 무대 위에는 물론 그녀가 없을 거야. 잊지 마, 자네는 혼자야. 물론 관객은 자네가 그녀를 보고 있다는 걸 알지. 자네 눈에 비친 그녀를 볼 테니까. 자네는 그녀를 보자 걸음을 멈추고, 그녀를 선택하기로 하지. 그녀의 포로가 된 거야. 하지만 자네가 결정한 일이기도 해. 일 초 전만 해도 그녀는 존재하지 않았는데, 일 초 후엔 이미 유일한 여자가 된 거지. 자네가 바로 그녀라고 결정한 거야. 자네를 사랑하게 될 여자가 그녀라고. 왜냐하면, 이 점을 명심해, 자네가 바라는 건 무엇보다 사랑받는 것이지 사랑하는 게 아니란 말이야. 이 미묘한 차이는 대단히 중요해. 현실의 여인보다는 그럴듯한 거울을 찾고 있다는 말이거든. "때마침 내 가슴이 사랑에 목마르고 허영심이 성공을 탐내고 있을 즈음, 내 눈에 띈 엘레노르는 한번 내 것으로 만들어볼 만한 여인으로 여겨졌다." 그래, 그렇지. 바로 그거야. 그래도 뭔가를 덧붙인다면, 아주 미묘한데…… 뭐라고 설명할까? 그래. 그녀가 아니면 안 되는 이유들이 있을 거야, 물론이지. 가령 자네가 보기에 그녀가 미인이라든가, 돌아가신 어머니나 자네를 길러준 유모를 닮았다든가, 어릴 때 꿈꾸던 어린 소녀와 비슷하다든가. 그것도

아니라면, 다른 남자들의 욕망 때문에 마음이 끌렸을지도 모르고. 자네가 그녀를 주목하게 된 이유가 남들이 그녀를 찬미하고 에워싸기 때문이란 거지. 혹은 자네가 그녀에 대해 무슨 말을 들었을 수도 있고, 그게 마음에 들어 호기심이 동했을 수도 있어. 아무튼 자네는 그녀를 선택한 동시에 선택하지 않은 거야. 뭐랄까? 바로 그 여자야. 하지만 다른 여자일 수도 있다는 말이야.

내가 자크를 어떻게 만났는지 말해주고 싶어요. 비록 시나리오와 직접적인 관련은 없을지라도, 당신에게 그 인물에 대한 아이디어를 줄 수 있으니까요. 자크라는 인물이 중요한 역할, 대위법의 인물—내 삶의 남자—일 수도 있지 않겠어요?

그러니까 육 년 전, 나는 당시 출간된 소설의 사인회를 마치고 막 서점을 나서려던 참이었어요. 한 아주머니가 다가오더니 자기 책에 사인을 해달라고 하더군요. 그래서 제목이 적힌 페이지에 몇 자 쓰는데, 아주머니가 이러는 거예요. "당신*을 내 정신분석의에게 주고 싶어요." 나는 만년필을 종이 위로 들어올리며

---

* 아주머니는 '당신'이라는 의미로 말하고, 화자인 '나'는 '당신의 책'이라는 의미로 듣고 있다.

"네……"라고 대답했어요. 내가 기억하는 한 가장 라캉적인 의미에서의 긍정이었지만, 그래도 이런 생각은 들더군요. '자기 정신분석의에게 선물을 하는 것은 가톨릭적인 일일까?' 그러자 그녀는 기쁨으로 눈이 휘둥그레지면서, 어린 소녀처럼(예순 살 가량 돼 보이고, 양쪽 귀 뒤에 무당벌레 머리핀을 하나씩 꽂고 있었죠) 양손을 모으고 이렇게 외치는 거였어요. "정말요? 그러실래요?" 내가 대답했어요. "물론, 예, 음, 아니…… 그러니까, 아주머니 좋을 대로 하세요." 그녀는 가방에서 종이쪽지 한 장을 꺼내더니 기뻐서 바르르 떨리는 손으로, 네, 그래 보였어요, 이름과 주소를 휘갈겨서는 내밀었어요. "자, 여기가 선생님 진찰실이에요, 근데 살림집도 겸하고 있어요. 제일 좋은 건 화요일이나 목요일에 방문하는 거예요. 보통 일곱시쯤이면 진료가 끝나요. 아마 좀 기다려야 할 테지만, 오래는 아닐 거예요. 선생님은 늦는 법이 없거든요. 그런 타입이 아니시죠, 전혀요. 선생님이 좋아하실 거예요. 장담해요."

"그런데…… 무슨 말씀인지 모르겠군요." 나는 가슴이 두근거렸어요. 위험이 도사리고 있어. 하지만 어디에? 약간 돈 것 같은 이 여자 얼굴에? 그래도 상냥한 시선에? 아니면 내게? 내게, 맞아, 위험은 내 안에 있는 거야. 나는 짐짓 모르는 척 시침을 뗐어요. "모르겠는데요. 무엇을……" "오! 그래요." 그녀가 말을 이었어요. 오직 경쟁적으로 상상력을 발휘해서 이어가는 아이들의 이야기 놀이에서처럼 말이에요. "맞아요. 11월 13일에 가세요. 그럼, 그럼, 그럼요. 그날이 선생님 생일이거든요. 정말 기가 막히잖아요! 마침 목요일인데다가……" 나는 "하지만 아주머니, 그럴 순 없어요. 모르겠네요……"라고 하면서 동시에 그녀가 건네준 쪽지를 읽었는데, 자크라는 이름이 눈에 띄더군요. 그 이름은 내게 신호와도 같은데, 그 이유는 밝히지 않을래요. 얘기가 너무 길어질 테니까요. 아무튼 그 이름은 내게 파블로프의 조건반사를 일으켜요. 자크, 나는 즉시 흥미를 느꼈어요. 성姓은 생소했지만, 주소를 보니 우리 집에서 가까워 걸어갈 만한 거리였어요. "오, 가봐요, 제발. 겁낼 필요 없어요. 얼마나 친절한 분인데요! 알고 지낸 지 십오 년이나 되었고, 내 정신분석 선생님이고, 또 친구이기도 해요. 알겠어요? (알겠다) 요즘 선생님이 좀 안 좋으신가봐요. 그런 느낌이 들더라고요. 선생님이 힘들어하시면 나도 힘든데, 왜냐하면…… 왜냐하면…… 난 말이죠, 아무것노 해줄 수 없다, 이 말이에요. 나는 이제…… 당신은 돼요, 당신이라면. 당신은 할 수 있어요. 선생님이 행복해하실 거예요, 확신해요. 당신은, 당신은 할 수 있어요. 그렇게 할 거지요, 그렇죠? 할 거지요? 11월 13일이에요. 적어줄까요?"

나는 입으로는 "아뇨, 절대 그러지 마세요, 아주머니. 어쨌든 그럴 순 없어요"라고 말했지만, 쪽지를 간직했다가 가방에 넣었어요. 아주머니에게 희망을 주기 위해서라기보다는, 내가 그곳에 가고 싶어졌거든요. 당시에는 내게 미래가 기다리고 있고 사람은 사귈수록 좋아지는 거라는 믿음이 있었어요. 게다가 또 나 자신이 흥미를 느끼게 됐잖아요. 사랑에 신경 쓰는 사람은 정신분석학자들뿐이라고요. 그들도 다른 사람들처럼 정신이 이상하지만, 좀더 생기 있는 것만은 틀림없어요.

하지만 의아한 표정으로 진찰실 문 앞에 서 있는 그 남자의 모습은 꽤나 불행해 보이더군요. 키가 아주 작아서, 기껏해야 1미터 65센티미터쯤 돼 보였어요. 몹시 실망했죠. 그가 권하는 바람에 들어갔는데, 통로가 좁아 그의 곁을 스치게 되었고, 마침 내가 하이힐을 신은 터라, 그의 머리통 윗부분이 훤히 보이더라고요. 아직 새까맣고 숱 많은 아름다운 머리칼이었어요. 잘 보면 알겠지만, 정신분석의들의 머리칼은 대개 그래요. 아마 삼손 콤플렉스일걸요. 아름다운 머리칼, 아무튼. 나는 보들레르의 거인 여자처럼 방 한가운데 못 박힌 듯 서 있었어요. 거녀巨女여, 잘도 그를 찾아냈도다. 그는 자리에 앉지 않고, 내가 말하기를 기다렸어요.

나는 찾아온 이유를 말했어요. 내 책 한 권을 들고 허세를 부리며 내 소개를 했지요. 내가 당신 생일 선물이라고. 그가 허심탄회하게 웃더군요.

그는 나를 저녁 식사에 초대했고, 우리는 식당의 긴 의자에 나란히 앉았어요. 그런데 무슨 얘기를 나누지? 더는 알 수 없었지만, 그래도 나는 그의 얘기를 듣는 게 좋았고, 그의 말은 사랑의 약속이었고, 그가 번복하지 않을 거라는 게 느껴지더군요. 우리는 많이 마셨고, 그가 나를 껴안았고, 나도 그를 껴안았고, 다시 그가 날 껴안았어요. "당신에게 이 말은 꼭 해야겠어요." 그가 말했어요. 미소짓는 그 남자가 나는 좋았어요. "중요한 말인데요." 우리 주위에서 종업원들이 의자들을 포개 쌓아올리고, 바닥을 빗자루로 쓸고, 조명을 껐어요. "무슨 말인가 하면, 저기, 난 선물이 아니에요."

주註 : 이 영화에서는, 자크의 특징으로 키가 아닌 다른 점을 찾아내야 해요. 가령 얼굴의 포도주 얼룩 같은 거요. 더구나 화면에서는 그편이 훨씬 더 잘 보여요(그래도 너무 못생기면 곤란해요. 욕망을 불러일으켜야 하니까). 아니면 사팔뜨기라든가…… 어쨌든 배우의 생김새는 에로티시즘에서 아름다움을 분리시키게 될 거예요.

실내, 낮. 엘렌의 집. 방금 아르노가 초인종을 눌렀다(화면에 그의 어두운 얼굴이 보여도 무방하다).

그가 들어선다. 그녀의 집에 온 것도, 단둘이 있는 것도 처음이다. 며칠 전 그가 보낸 장미꽃이 벽난로 위에 놓여 있다.

방 한가운데 서서 미동도 하지 않는 그의 얼굴은 마치 가면처럼 보인다. 그가 무엇엔가 매혹되어 돌처럼 굳어 있는 반면에, 그녀는 그의 주위를 팔랑팔랑 돌아다니며 그가 보내준 꽃이 아주 예쁘고, 딸아이는 온종일 친구 집에서 지낼 것이며, 요즘은 거리가 소란하다는 둥 이런저런 말을 늘어놓는다. 가끔은 말소리가 들리지 않을 때도 있다. 그녀는 나비처럼 날아다니다가 유리창에 부딪히기도 한다. 창밖의 하늘은 넓기만 하다.

그는 한 손으로 그녀를 끌어당겨 품에 안지 않고, 그녀의 얼굴을 두 손으로 감싸지 않고, 머리칼을 어루만지지 않고, 목에 가볍게 입 맞추지 않고, 그녀의 체취를 들이마시지 않는다. 그들은 쇼팽의 전주곡 2번을 듣지 않는다. 입술은 포개지지 않고, 눈은 감기지 않고, 혀는 섞이지 않고, 이는 부딪치지 않고, 호흡은 가빠지지 않고, 두 몸뚱어리는 양탄자 위로 쓰러지지 않는다. 그들의 손은 단추를 끄르거나 묶인 끈을 풀지 않고, 브람스 6중주곡 1악장 안단테는 들리지 않는다. 오버랩도 없고, 바닥에 던져진 옷가지들도 없고, 어파된 전등 불빛을 받아 반들거리는 황금색 피부도 없고, 등이나 상체에 흐르는 땀도 없고, 애무하는 손길도 없고, 힘을 준 허리의 들썩임도 없고, 허리도 활처럼 휘지 않고, 고개도 뒤로 젖혀지지 않는다. 모차르트의 〈엑술타테 유빌라테〉*도 들려오지 않는다. 헐떡임도, 속삭임도, 신음도, 앓는 소리도 없고, 끓어오르기 전의 떨림도, 으르렁거림도, 투덜거림도, 비명도, 대화도 없다. 말도 없다.

두 사람 사이의 공간, 마루, 신빌을 신은 발들이 있다. 두 사람 사이의 거리, 판판하고 고정되어 있다. 어떤 움직임도 없다. 충동도, 의지도 없다. 두 육체는 뻣뻣하게 굳었고, 성적 불능이 일

---

* Exultate jubilate, 소프라노와 오케스트라를 위한 성가.

어난다. 뭔가가 두 사람을 붙잡아 옴짝달싹 못하게 만든다. 그들
은 마치 토템과도 같다.

사랑의 두려움을 촬영하기. 영화로 구현된 공포.

그럼요, 그들은 사랑을 나눠요, 걱정 마요! 그 이야기도 다 들려줄게요. 두 번이나 당신 메일에 답장을 못 했던 건, 일 년도 더 전에 써놓았던 원고들을 다시 읽고 생각을 좀 하느라 그랬던 것뿐이에요. 이 이야기는 '안티反 시네마'라는 거, 이것 하나만은 확실해요. 내 생각에는, 당신이 이 장면을 찍더라도 십중팔구 실패할 텐데, 왜냐하면 이 장면을 연기하는 게 물리적으로 불가능하기 때문이에요. 혹시 부득이하게 여기에 대화가 들어가야 한다면, 두 육체 안에서 일어나는 괴리를 표현해줄 소리에 상응하는 것은 브레송* 식 낭독법에서 찾을 수 있을 거예요. 하지만 이

---

* 로베르 브레송, 프랑스 영화감독. 〈죄지은 천사들〉 〈어느 시골 사제의 일기〉 〈불로뉴 숲의 여인들〉 등의 영화를 연출했다.

장면은 무성無聲, 철저하게 무성이에요. 과연 어떤 배우가 이 장면을 지배하는 개념을 전달할 수 있을까요? 그건 자연스럽지 않아요. 성性이 자연스럽지 않다니요? 그렇다고 인위적이지도 않죠. 문제는 수줍음, 어색함, 내숭을 연기하는 게 아니라는 거예요, 그런 거라면 너무 쉽죠. 그래요, 이 장면은 초자연적이에요. 그러니 무슨 방법—환상적 에로티시즘, 에로틱한 〈에일리언〉*같은 것—을 찾아내든가, 아니면 포기할 수밖에요. 한 남자와 한 여자라, 비록 저절로 알아서 굴러간다손 쳐도, 자명하지만은 않아요. 그들은 서로 다른 분리된 육체들을 공동의 것으로 만들어요. 두 육체는 익숙하면서도 낯선 것, 인간의 것이면서 미지의 것이에요. 서로가 이방인인 셈이지요. 한 육체는 상대방의 육체를 어둠 속에서 손으로 더듬어 읽어내는데, 육체는 점자로 쓰인 게 아니라서 손을 갖다대는 것만으로는 충분치 않다고요. 그것은 무모한 이종교배, 항성간의 만남, 은하계의 접근이거든요. 내가 당신에게 들려주려는 이야기는 공상과학소설이에요.

그가 들어왔다. 요전처럼 웃지도 않고, 홀린 듯이 침실 한가운데 미동도 없이 서 있었다. 내가 다가가 그의 몸을 어루만지자,

---

* 리들리 스콧 감독이 연출한 1979년 SF 공포영화.

카페 프랑세에서 느꼈던 것과 동일한 감각—그의 육체, 무기력한 손—이 느껴졌다. 나는 그를 침대로 이끌어, 옷을 벗겼다. 그는 순순히 몸을 맡겼다. 나도 원피스를 벗었다. 우리는 어둠 속에서 느리게 진행되는 제식, 어쩔 수 없이 거쳐야 하는 통과의례 의식을 집행하는 두 성직자였다. 나는 그를 애무했고, 그는 보이지 않는 메두사에 의해 돌로 변해버린 것처럼 꼼짝도 하지 않았다. 나는 그의 머리칼을, 어깨를, 목을 쓰다듬었다. 그의 얼굴에 고통스러운 긴장감이 감돌았다. 제 몸의 조각들을, 알 수 없는 재난으로 잃게 된 일체성의 부분들을 소환하는 듯 보였다. 집중한 나머지, 그는 자신을 기억하지 못했다. 무슨 일이 일어났는지 묘사할 수 없다. 내 느낌으로는, 내 품안에서 육체가 서서히 다시 모아지는 완전한 신비, 그것의 충격적인 구체화였다. 나중에 테아트르 드 라 빌에서 에미오 그레코*의 공연을 보다가 무용수들의 동작을 통해 그 정확한 표현을 알게 되었다. 그들의 몸은 허공에서 분절되고 스스로에게서 떨어져나가는 것처럼 보였다—몸동에서 분리된 머리, 팔에서 떨어져나간 손, 눈 깜짝할 사이에 다리에서 떼어진 발, 그야말로 고독 속에서 행해지는 능지처참이었다. 프로그램에 쓰여 있듯이, 공연의 목적은 '우리를

---

* 이탈리아의 무용가, 안무가.

철학의 질식 일보 직전으로 이끄는 것, 우리가 육체를 지닌다기 보다는 오히려 육체가 우리에게 존재한다는 생각으로 이끄는 것'이었다. 그의 경우도 엄밀하게 동일했다. 그의 육체는 그에게 속한 구체적 현존으로 세상에 존재하는 것이 아니라, 그와는 별 도로 떨어져 있는 추상개념으로, 부재로, 정신적 육체로, 말하자 면 코사 멘탈레*로 존재하기 때문에, 사랑에 의해 또 사랑을 위해 구현되기를 요구한다. 형태에 대한 생각에는 상像으로 빚어낼 진흙이 뒤따라야 하는 것처럼. 나는 그의 두 팔을, 가슴을, 엉덩 이를 애무했다. 그는 눈을 감았고, 온몸이 뻣뻣해졌다. 무엇이 저항하는 걸까? 발기가 시작되었고, 그의 성기가 내 손길 아래 서 팽창했지만, 궁수 없는 활이라고나 할까. 그가 나를 어루만지 기 시작했다. 애무는 부드러우나 공허했다. 그의 손은 촉감을 느 끼지 못하는 것 같았다. 납득하기 어려운 일이다. 촉감은 오감 중에서 유일하게 상호적인 감각이기 때문이다. 우리는 다른 사 람의 눈에 띄지 않으면서 그를 볼 수 있고, 소리를 내지 않으면 서 들을 수 있다. 하지만 누군가를 만질 때는 자신도 동시에 그 접촉을 느끼지 않을 수 없다. 그런데도 사정은 그랬다. 그의 애 무는 무감각했다. 그가 나를 애무하는데 내 몸은 그의 손길을 느

---

* cosa mentale, '추상개념'을 뜻하는 이탈리아어.

낄 수 없다니. 나는 그를 바라보고 들이마시고 따스한 체온과 부드러움과 아름다움과 냄새를 느꼈을 따름이다. 그는 아름답지만 내부가 텅 빈 집과 같아서, 그 안에서 행복하기도 불행하기도 했을 테고 여전히 그럴 테지만, 지금 이 순간은 그가 살지 않으므로 폐쇄된 장소, 그게 바로 그의 육체였다. 창문을 활짝 열어젖혀 공기와 빛을 들이듯이, 그의 몸을 소생시킬 필요가 있었다. 그는 잊혀졌던 감각과 유배된 감동을 휘저으며 지그시 눈을 감았다. 나는 조각가가 되어 두 손으로 그의 윤곽을 더듬었고, 그와 나에게 그 자신을 다시 불러들였다. 피가 기억처럼 되돌아왔고, 그는 소생했다. 내게는 능력이 있었던 것이다. 나는 그의 윤곽을 따라가면서 저항하는 그의 육체에 형태를 부여하고, 그에게 육체의 존재를 알리고, 그 존재를 물리적으로 느끼게 만들었다. 그를 사랑한다는 것은 그런 것이었다. 아마도 그 순간에는 영락없이 그랬을 것이었다. 그것은 그의 육체를 증명해주는 여자가 되는 것, 육체의 증인이 되는 것이었다. 침대 시트 위에 남은 흔적처럼. 얼마나 대단한 위력인가! 하지만 또한 얼마나 형편없는 성 불능인가! 다른 여자의 손은 이런 역할을 해내지 못했을까?

사람들 중에는 서로 헤어지려고, 바라보지 않으려고, 자신에게서 빠져나오거나 도망치려고, 진짜 황홀경에 도달하려고 사랑을 나누는 이들이 있다. 하지만 그는 남들이 기억이나 조국을 되찾듯이 자신을 되찾기 위해 사랑을 나누었다. 자크는 이따금 사정하기 직전에 "당신을 찾으러 가"라고 말했다. 거기서 찾게 될 것은 바로 그 자신이었다. 여행, 산비탈을 오르는 일종의 등반, 현기증과 두려움, 신성한 침묵의 발자취가 시작되었다. 나는 우리가 맨손으로 전진하는 목적지인 이 장소, 문들을 열어젖혀야 할 신비의 탑, 그것이 정확히 무엇인지 모른다. 하지만 나는 안다. 이상하게도 친숙하게 느껴지는, 오, 그래, 알겠다, 그건 『눈의 여왕』의 얼음 궁전이다. 우리는 동화 속의 두 아이, 그토록 오랜 시간이 지나서야 상봉하는 게르다와 카이인 것이다. 얼음 궁전은 출생의 장소일까, 아니면 죽음의 경계일까, 나는 모른다. 하지만 어차피 동일하지 않은가. 과거의 장소라는 것만은 안다. 그러나 한정된 과거, 울타리로 경계가 정해진 구체적인 풍경은 아니다, 절대. 그렇다고 유년기의 전원도 아니다. 오히려 넘쳐흐르는, 테두리도 경계도 없고, 주기적이고 차가운, 엄청나게 몰려드는 과거이다. 유년기에 바라보던, 하지만 실은 결코 볼 수 없었던 우주와도 같은 과거. 미래의 경계에 있는 과거의 장소, 그곳은 바로 당신과 나, 우리가 서로를 되찾는 결합의 지점이고, 늘 다시 쟁취해야 할 뿐만 아니라 다른 곳과 과거에서 빼앗아와야 하는 사랑의 '지금 그리고 여기'이고, 지워진 변방, 현재라고 불리는 단층선, 현존이 꽃피는 단층, 에델바이스, 시간이 구체화되는 드문 장소이다. 거기서 사랑에 빠진 당신의 육체, 피부로 된 꽃이 느닷없이 나타났고, 이따금 내 눈물, 두려움, 기쁨, 그것들의 석간수가 솟아올랐다. 이리 와요, 날 안아줘요, 내게 돌아와요, 함께 있어줘요. 사랑, 그것은 여기 있는 것이다. 그래서 당신이 왔고, 내게 돌아왔지만, 당신의 손길에는 여전히 기억에 구멍이 난 기억상실증 환자의 시선처럼 희미한 망설임이 있었다. 나는 혼수상태에서 깨어나는 자식을 바라보는 어머니처럼 눈물을 흘렸다. 나는 두려움에 떨었다. 당신이 그 먼 곳에서 내게 돌아온 것이다. 나는 당신의 머리칼에, 목에 얼굴을 묻었고, 당신의 부드러운 손길 아래 숨었다. 당신은 여기 있었다. 대체 무엇에 붙잡혀 있었을까? 우리는 되찾은 육체로 서로를 사랑했다.

그렇지만 당신은 여기 없다. 완전하게 존재했던 적이 거의 없다. 당신의 육체는, 존재할 때마저 여행의 흔적과 오디세우스의 의혹을 지니고 있다. 당신의 육체와 당신 사이에는 경미한 간격이 있고, 당신과 나 사이에도 벌어진 틈이 남아 있다. 여기에는 우리 둘뿐이다. 내 욕망이 불안 속에서 유영한다. 당신의 쾌락마저 다른 곳에 있을뿐더러 부수적인 것에 불과하다. 당신의 몸짓은 온전히 당신 것이 아니라, 빌려온─누구에게서? 무엇인

것만 같다. 사랑의 몸짓의 텍스트, 전통이나 인류의 공동자산에서 비롯된 당신의 무훈시가 어쩌 당신에게는 꼭 들어맞지 않는다고나 할까. 당신은 고전에 훤하지만, 그 규칙과 분절법이나 과장에 전적으로 동의하지는 않는다. 고전에 송두리째 마음을 빼앗기지는 않는다 해도, 당신은 그보다 더 아름다운 것을 알지 못한다. 고전을 제대로 복원하려면, 가능한 한 고전에 가까워지려면, 당신의 노력이 필요하다. 텍스트의 언어와 하나가 되기를 꿈꾸는 번역자처럼. 당신은 아무것도, 육체의 에스페란토조차 외우지 못하므로, 아직은, 눈을 지그시 감고, 조금씩 자신의 몸짓을 찾아가면서, 손끝으로는 알지 못하므로 기억을 더듬어서 사랑을 나눈다. 그리하여 당신의 몸 전체에 생겨난 일종의 사랑스러운 망설임, 미세한 더듬거림은 변함없이 내 욕망에 불을 지핀다. 왜냐하면 나 자신이 진실을 즐기는지 거짓을 즐기는지, 이것이 순수한 형태의 사랑인지 사랑의 순수한 형태인지, 당신이 사랑을 흉내내는지 창조하는지 모르기 때문이다. 다시 말해, 사랑이 사회적 통념인지 새로운 발상인지, 예술인지 수완인지, 우리가 사랑을 연기하는지 체험하는지, 모방하는지 창조하는지는 나도 그 누구도 모른다. 배우도, 관객도 모를 뿐만 아니라, 이야기가 진행되는 이 순간에도 모른다. 아마 영원히 모르리라.

곰곰이 생각해보니, 아르노와 엘렌 커플이 초기에 겪는 어려움을 장황하게 늘어놓으면 안 될 듯싶어요. 앞으로도 많은 난관에 부딪힐 테고 그 자체가 이야기의 골자인데, 시작에라도 약간의 행복은 있어야 하잖아요. 그렇지 않으면 이해가 안 될 거예요. 처음에 보낸 실패작을 그대로 써도 괜찮아요. 열정과 그들의 두려움과 장애가 두드러져 있으니까요. 두 사람을 그렇게, 매료된 상태로, 쏟아지는 전조등 불빛에 얼이 빠진 토끼들처럼 보여주면 돼요. 너무 오래는 말고요. 그러고 나서 축복의 시간이 찾아와, 한 달가량 그들은 『아돌프』에서처럼 행복해요. 아무튼 그렇게 보여요. 균형점을 가장 잘 재현할 수 있는 무엇, 가령 순정적인 사랑의 장면 같은 것을 생각해볼게요. 하지만 그때까지는 당신이 주문한 일을 하면서 떠오르는 생각들을 모두 말해볼 테니까, 당신 생각에는 어떤지 살펴봐줘요. 잇따르는 사랑의 기호들, 사랑의 안내 표지판들을 초기 시퀀스들 여기저기에 뿌려서, 충분히 보이게, 이목을 끌 수 있게 할까봐요. 그래야 나중에 사랑이 식어갈 때 그 표지판들을 거둬들일 수 있을 테니까요. 하긴 거꾸로 진행되는 것을 보여줄 수도 있겠네요.

가령, 그가 그녀에게 꽃을 선물하고, 장미 꽃다발을 안기고, 하루에 열다섯 번 전화하고, 그녀만을 위한 전용 휴대전화를 마련하고, 그녀의 번호를 가장 자주 누르고, 자동응답기에 시詩들을 남기고, 그녀를 친구들에게 소개하고, 함께 옷가게를 돌아다니고, 그녀에게 옷을 사주고, 예쁘다고 말하고, "사랑해"라고 말하고, 자기가 어떻게 옷을 입으면 좋을지, 푸른색이 어울리는지, 자기 헤어스타일이 마음에 드는지 묻고, 그녀가 쓴 책들을 읽고, 그중 하나를 영화로 만들 생각을 하고, 그 문제에 대해 메모하고, 그녀의 사진 한 장을 지갑에 넣고, 또 한 장은 책상 맞은편 벽에 붙이고, 동시녹음 시간에 그녀를 초대하고, 녹음기사들이 모두 있는 데서 그녀의 비위를 맞추고, 그녀를 찬미하고, 자랑스러워하고, 세상 사람들 모두를 질투하고, 그녀의 딸을 만나고 싶어 안달하고, 그애와 놀고, 그애와 함께 그림을 그리고, 그애를 데리러 학교에 가고, 한 시간이라도 그녀 곁을 떠나게 되면 불행해하고, 매일 밤을 그녀의 집에서 보내고, 그녀를 애무하고, 핥고, 품에 끌어안고, 어르고, 그녀와 살림을 차리고 싶어하고, 부동산 소개업소의 유리창을 들여다보고, 그녀가 혼자 일해야 할 때면 아래층 카페에 죽치고 앉아 기다리고, 아침을 차리고, 그녀에게 시디를, 향수를, 오페라 일등석 표를 선물하고, 베네치아 주말여행을 알아보고, "이 책은 사지 마, 나한테 있으니까"라고 말하고, 계획들을 세워요. 계획의 영역 내엔 예외 없이 그녀가 있고, 그녀가 그 계획들을 충족시켜요.

외부, 낮. 뤽상부르 공원.

엘렌과 리즈는 야외 바의 테라스에 앉아 있다. 아르노가 오자, 엘렌은 두 사람을 서로 소개시켜주고, 그들은 포옹한다. 날씨는 화창하다. 아르노는 리즈에게 학교와 좋아하는 과목에 대해 묻고, 평소에는 무엇을 좋아하느냐고 묻는다. 엘렌은 끼어들지 않고 짐짓 지나가는 사람들에 관심을 쏟는 척한다. 리즈는 비밀이나 웃음을 참듯이 입술을 깨물고서—어른들은 어쩜 이렇게 거북해할까!—제법 영악하게 두 사람을 번갈아 바라본다. 리즈는 아르노의 손을 잡고 그를 따라간다. 리즈가 아직 능숙하게 롤러스케이트를 타지 못해서이다. 엘렌은 손을 잡고 나무들을 따라 멀어져가는 두 사람의 모습을 바라본다.

"엄마를 사랑하세요?"

"그래. 어떻게 알았니?"

"그냥 알아요. 엄마도 아저씨를 사랑하나요?"

"몰라. 네 생각은 어떤데?"

리즈는 스케이트를 멈추고 휘청휘청 그를 향해 돌아서더니 진지하게 말한다.

"엄마도 아저씨를 사랑해요. 확신해요."

"엄마가 그렇게 말씀하셨니?"

"아뇨. 그래도 보면 알아요."

"뭘 보니까 그렇던?"

"있잖아요, 예를 들면, 아저씨한테 말할 때 엄마 목소리가 달라져요, 눈빛도요. 아저씨를 어떻게 바라보냐면…… 아저씨도 눈치채셨죠?"

"응, 그럼, 눈치챘지. 네 말이 맞는 것 같다."

"그럼 아저씨가 내 두번째 아빠예요."

리즈는 손을 들어올렸고, 둘은 미국 농구 선수들처럼 손바닥을 마주쳤다.

"순조롭게 풀리는걸."

그가 말한다.

얼마 후 세 사람은 엘렌의 집으로 돌아온다. 엘렌은 주방에서 간식거리를 준비하고, 아르노는 리즈와 함께 리즈의 방에 있다. 리즈는 수집한 화석들을 그에게 보여주고, 화석이 놀랍도록 선명한 데 감탄한다. 그러고는 둘이서 절연 테이프를 이용해 종이 집을 만든다. 그는 리즈에게 집 짓는 방법을 알려주고, 도와주고, 지도해준다. 아주 친절하고, 차분하고, 상냥하기까지 하다. 리스는 넷 차례나 느닷없이 그의 뺨에 뽀뽀를 한다. 리즈가 웃고, 또 둘이 함께 웃는다. 종이 집이 완성되자 리즈는 엄마를 부르고, 셋이 모두 종이 집 안에 들어가지만, 좁아서 쪼그리고 앉은 탓에 무릎이 턱에 닿는다. 종이 집 입구의 팻말에는 이렇게 쓰여 있다. 행복의 집. "맹세를 해야 돼." 리즈가 말한다. "그래, 네 말이 맞아." "우리는 셋이니까, 삼총사의 맹세를 하면 되겠네!" "찬성." 그들은 손을 중앙으로 내밀고 모두를 위한 하나, 하나를 위한 모두를 외친다.

당신 메시지를 받고 웃었다니까요! 억지웃음이었지만, 어쨌든 웃고 나니 기분이 좋아졌어요. "내 계획은 1번 채널에서 방영될 텔레비전 영화를 찍으려는 게 아닙니다"라뇨, 너무해요. 인정머리도 없고요! 당신은 이 장면이 실제 상황이고, 바로 내가 겪은 일이고, 나머지도 한 마디 빠짐없이 딸애가 들려준 이야기라는 걸 분명히 알 테니까요. 그래도 당신에게 화가 나지는 않아요. 오히려 그 반대예요. 바로 그래서 당신과 함께 작업하기로 했던 거고요. 이해하려고, 고통에서 벗어나려고(그런 길로 들어서지는 못했지만) 말이에요. 지금 당신은 결말도 기다리지 않고 나더러 편집용 필름을 보라고, 내 꼴을 보라고 밀어붙이는 셈이에요. 필름에는 두 가지가 중첩되어 있는데, 하나는 연기하는 내 모습, 다른 하나는 그런 나를 바라보는 나예요. 영화(혹은 그림이나 책)는 삶의 순간에 우리에게서 빠져나가는 뭔가를 우리에게 귀환시키고, 우리에게 설명해줘요. 그런 게 아니라면, 영화가 무슨 소용이 있겠어요?

당신이 어떤 점을 거북해하는지 알겠어요. 모범적인 어린 소녀와 새 아빠, 사십대 이혼녀, 공원, 롤러스케이트, 야외 바, 종이 집과 맹세—'오렌지 음료'까지 들어간다면 그야말로 가관이겠죠—완벽한 대본이잖아요! 어쨌든, 이 장면에서 일어나는 일들은 내가 몸소 겪은 터라 나야말로 이 대본에 딱 들어맞는 사람이에요. 나는 나 자신이 인물 속에 녹아들어갔다고 굳게 믿어요.

대사에는 진정성이 배어 있고, 몸짓은 순수하고, 심정은 순진무구하다고요. 그런데, 이게 어째서 싸구려란 거예요? 연기는 제대로인데, 텍스트가 엉터리란 말이겠죠. 텍스트는 우리가 아니라 모든 사람을 위해서, 누구든 자기 모습을 알아볼 수 있도록 쓰인 거예요. 그런데 우리는 왜 서둘러 거푸집 속으로 들어가서야 흡족해하고 안도하는 걸까요? 화면 밖으로 나온다든가, 딴 데 가서 알아봐야 한다거나, 테두리를 벗어난다는 생각만으로도 두려워지는 까닭은 무엇일까요? 왜 의례적인 역할은 수락하면서 자유로운 주제는 되지 않으려는 걸까요? 우리는 텔레비전 영화 속의 삶을 선고받은 존재일까요? 왜 즉흥적으로 사랑을 하면 안 되나요?

뤽상부르 공원에서, 리즈가 그네를 타는 동안 아르노와 엘렌이 나누는 대화를 삽입할 것.

"귀여운 아이예요."

"그래요."

"자, (그는 수머니에서 열쇠 꾸러미를 꺼낸다) 생각난 김에 내 열쇠를 줄게요."

"고마워요. (그녀는 열쇠를 받는다) 근데 우리는 집이 서로 멀어서, 난."

"알아요. 하지만 어느 날 당신이 우리 집에 왔는데, 내가 없으면……"

"알았어요."

잠시 침묵이 흐른다. 말을 잇는 그녀의 목소리에 어렴풋이 거북함이 배어 있다.

"내 열쇠는 주지 않을래요. 두 벌밖에 없어서, 리즈가 학교에서 혼자 올 경우에 필요하거든요……"

(그건 사실이 아니다. 큰길이 너무 위험하기 때문에, 리즈가 혼자 집에 오는 법은 절대 없다. 실은 오후에 사랑을 나누는 연인 자크가 생각나서였다. 그것이 은밀하게 돌아가는 생각들 중 하나인데, 마치 머리 위에 그려진 풍선 안에 쓰여 있기라도 하듯 은연중에 상대방에게 전달된다.)

"네, 물론 그래야죠…… 혼자 산 지 오래됐어요?"

"삼 년 전에 이혼했어요."

"그러고 나서는?"

"저, 나는, 내게는, 그러니까 애인이 한 명 있었어요."

그는 이집트 연속극에 나오는 배신당한 남편처럼 몸을 움찔

한다.

"그런데 다 지난 일이에요, 지금은."

그녀가 서둘러 수습한다.

찌푸렸던 그의 눈살이 펴진다. 표정은 여전히 심각하다.

"내겐 아주 중요한 문제예요. 고통받고 싶지 않거든요. 더구나 누군가와 당신을 나눠 갖고 싶지도 않고요."

"당신은요, 당신은 혼자 지낸 지 오래됐어요?"

"오! 대수롭지 않은 이런저런 일들이 있었죠. 당신도 알겠지만, 영화계에선 유혹이 많잖아요. 전에, 한 여자와 오래 사귄 적이 있어요. 사진작가고, 이름은 가브리엘 레세인데, 뭐 짐작가는 거 있어요? 그녀는 가끔 작가들의 사진도 찍거든요. 좋아요, 지금은 당신을 알게 됐으니까, 나머지는 모두 무시해도 좋아요. 난 당신을 기다렸고, 찾아 헤맸고, 마침내 찾아냈어요. 당신이 나만의 사람이길 원해요. 이 생각은 확고해요. 내가 바라는 건 오직 행복해지는 것뿐이에요. 당신은 내 삶의 여인이에요."

이 대사는 시종일관 미소도 없이, 열정도 기쁜 기색도 없이, 지나치리만큼 엄숙하게 말해야 한다. 그녀는 사우디아라비아 연속극에 나오는 약혼녀처럼 미소짓는다.

그러고 나서 그들은 리즈를 데리고 공원 출구로 간다. 두 사람이 대화를 나누는 동안, 배경에서, 무표정한 중국인 사범을 따라

느린 동작으로 파룬궁을 수련하는 한 무리의 사람들이 보일 것이다. 그런데 공원을 걸어나갈수록 혼자 수련하는 사람의 수가 늘어난다. 헐렁한 트레이닝복 차림인 그들은 대단히 진지하다. 서투르게 한쪽 다리를 들어올려 쭉 펴고, 보이지 않는 사범의 동작을 열정적으로 따라 한다.

실내, 낮. 극장의 무대에는 그녀의 역을 맡은 클로드, 뱅자맹 역을 맡은 배우 토마가 있다. 자크가 객석에서 연출 지시를 내린다.

뱅자맹이 무대에서 걷는다. 클로드는 앉거나 바닥에 길게 누워 그림처럼 미동도 하지 않는다.

"사랑해요, 당신을 사랑해요. 당신은 내게 감정과 잊혀진 감각을 돌려주었어요. 내게 새로운 삶을 수었으니, 그 삶을 전부 당신에게 바치겠어요. 오늘은 아침나절 내내 침대에 누워 우리의 미래를 설계하고, 살림살이와 집을 꾸미는 데 필요한 것들, 잭이며 말馬을 소유하기 위해 필요한 것들, 사람들에게서 벗어나 단둘만 있기 위해, 그리고 행복에 흠뻑 빠지기 위해 필요한 것들을 미리 생각해봤답니다. 당신이 딴 남자를 사랑하게 된다거나, 언젠가 날 사랑하지 않는 날이 오리라고는 상상도 할 수 없어요. 당신의 얼굴은 나를 매혹하고, 당신의 정신은 나를 황홀하게 해요. 내 눈에는 오직 당신만 보여요. 당신의 미소, 두 눈, 입술, 가슴이 내게는 세상 전부예요. 당신의 모습은 내 영혼에 아로새겨졌어요."

자크 : 좋아. 바로 그때 조명이 꺼지고, 클로드, 당신은 어둠 속에 있게 돼요. 그 장면이 끝날 때까지 꼼짝도 하지 마요. 오케이?

클로드 : 오케이. 그런데 나, 지금은 움직여도 돼요? 여덟시에 약속이 있어서.

자크 : 좋아, 가봐요. 그럼 수요일 저녁 일곱시에 봅시다. 자, 토마, 우리는 마지막으로 뱅자맹을 한 번 더 해볼까. 내가 말한 것을 유념해. **변화무쌍**, 뱅자맹을 설명하는 이 말은 변덕보다 더 일반적인 단어야. 육체까지 포함되니까. 그는 늘 움직였어. 그가 대단한 여행가였다는 사실을 잊으면 안 돼. 유럽 전역을 끊임없이 옮겨다녔고. 도착하면 떠나기 일쑤였으니까. 지금 그것도 마찬가지야. 그는 계속 움직이는 감정들을 말 속에 고정시키려 하는 거라고. 어떤 의미에서는, 상대방에게 말로 때운다고 할 수 있어. 하지만 자신도 똑같이 당하게 되지."

카메라는 극장을 나서는 클로드를 따라간다. 텁수룩한 사자 머리에 기린 다리를 가진 큰 키의 볼품없는 여자. 하지만 그녀에게서는 남성적이라 할 만한 에너지가 뿜어져나온다. 그녀가 계단을 내려가다가 엘렌과 마주친다.

"오! 렐레*, 잘 지내? 나 만나러 오는 길이니?"

"응…… 아니. 자크에게 할 말이 있어."

"아! 그대의 두 눈이 잠시라도 날 바라볼 수 있다면…… 아무튼 역을 맡게 해줘서 고마워. 배역이 맘에 들어. 파트너도. 그런데 뱅자맹이란 인물은…… 정말 골칫거리야! 얘, 넌 잘 지내니?"

"응, 그러니까, 아니, 내 말은……"

"스태프들은 토마를 클라랑스라고 부르더라. 너 기억나? 〈닥타리〉**의 사자(그녀는 사자 시늉을 낸다) 말이야. 그 사람한테는 절대 말하지 마! 그럼, 난 갈게. 전화하자."

엘렌은 극장 홀 안으로 들어와 소리 없이 자크의 뒷자리에 앉

---

* 엘렌의 애칭.
** 1966년 1월 11일에서 1969년 1월15일까지 미국 CBS 방송에서 방영한 총 89회분 미니시리즈. 아프리카에서 동물생태연구소를 운영하는 수의사 마시 트레시의 일상을 그렸다. 이 시리즈에 등장하는, 심한 사시斜視에 무기력한 사자의 이름이 클라랑스이다.

는다. 무대 위에 뱅자맹이 보인다.

"당신의 얼굴은 나를 매혹하고, 당신의 정신은 나를 황홀하게 해요. 내.눈에는 오직 당신만 보여요. 당신의 미소, 두 눈, 입술, 가슴이 내게는 세상 전부예요. 당신의 모습은 내 영혼에 아로새겨졌어요."

배우가 느릿느릿 앞으로 걸어나온다. 정면의 조명이 눈부시다. 태양을 똑바로 쳐다볼 수 없다는 듯 눈을 질끈 감은 채, 그는 객석을 향해 말한다.

"나는 그 말을 하고는 밖으로 나왔어. 하지만 말을 채 끝내기도 전에 감정이 식어버렸어. 그 말을 하게 만든 감정이 무슨 변덕으로 사라졌는지 누가 설명해줄 수 있을까?"

다음 컷. 자크와 엘렌은 칸막이 좌석에 앉아 있다. 자크가 엘렌을 끌어당겨 품에 안는다. 그들은 거기, 박스 좌석의 하나뿐인 안락의자에서 사랑을 나눌 것이다.

"클로드 언니는 어때요?"

몸을 빼며 엘렌이 묻는다.

"잘해요. 아주 좋은 배우예요. 근데 내가 죽을 지경이에요. 진료실을 못 벗어난 느낌이고, 콩스탕과는 줄곧 상담중인 것 같다니까요."

그들은 사랑을 나눌 수도, 사랑을 나누지 않을 수도 있다. 그 문제는 감독이 알아서 처리하도록. 엘렌은 수주일간 양다리를 걸친다. 이따금 두 남자를 번갈아 만나는 것이다. 둘 다 사랑하기 때문에 처음에는 속임수가 필요하지만, 나중에는 그게 불가능해진다. 하지만 영화에서는 그런 사실을 보여주지 않아도 무방하다.

한참 후, 자크와 엘렌은 저녁을 먹으러 간다. 두 사람은 마주 앉아 말없이 메뉴를 읽고, 자주 눈길을 주고받는 일 없이 포도주가 나오길 기다리고, 미소지으며 건배할 것이다. 그는 천천히 마시고, 잔을 내려놓고, 두 손을 입으로 가져가고, 숨을 깊이 들이마신 다음, 의아하다는 듯이 물을 것이다. "누구 만나는 사람 있어요?" 그녀는 그렇다고 대답하고는, 눈물을 글썽이면서 어떻게 알았어요, 라고 물을 것이다. 그는 얼버무리는 제스처를 취하고, 당신의 몸, 당신의 몸에서 느꼈어요, 라고 대답할 것이다. 그녀가 그의 손을 잡으려 하겠지만, 그는 손을 잡아뺄 것이다. 대체 그 남자가 누구냐고 묻지도 않고, "나야 그런 질문을 할 입장이 못 되죠"라고 말하고는, 쓰라린 감정으로 입을 삐죽거릴 것이다. 그녀가 다시 손을 내밀며 "자크……"라고 말할 것이고, 이번에는 그두 손을 내밀 것이다.

맞아요, 당연히 기쁜 장면들도 있어야겠죠. 순간적이고, 날림이고, 속이 곯았을망정 말이에요. 그의 눈에서 이는 광채, 마음을 열어 환히 빛나는 시선을 볼 수 있어야 해요. 여기저기서, 특히 초기에요. 에로틱한 장면이 아슬아슬한 이런 균형을 가장 잘 나타내는 것은 아니에요. 그런 장면이 없었다고는 할 수 없지만요. 하지만 바로 이 순간, 영화에서는 절대 보여줄 수 없는 순간, 해방의 순간을 내면의 이미지보다 더 잘 포착하는 다른 이미지가 있을까요. 그건 융합의 순간이 아니거든요. 네, 아니라고 믿어요. 우리는 단일성을 추구하는 게 아니라서, 늘 둘이면서 자유롭고, 더불어 자유롭고, 각자 사로잡혀 있던 모든 성城의 사슬에서 서로를 벗어나게 해주고, 내려진 도개교, 통과된 비밀의 문,

무너진 교수대가 되어서—단지 운 좋게 여기 있었기에 가능한 일이에요—역사와 시간에서 놓여나고, 가족도 두려움도 사라지고, 과거도 미래도 없으며, 서로 솔직한 관계를 맺게 되는 거라고요. 눈에 보이지 않는 이런 순환, 살아 있는 순수질료의 흐름, 이런 것들은 우리 마음이 서로 통할 때, 우리가 자신의 행위에 속할 때, 간단히 말해 우리가 자신의 행위 자체가 될 때, 즉 우리가 함께 나누는 사랑에서 태어날 때 생겨나요.

물론, 볕 좋은 어느 날, 서로 얼싸안고 몽마르트르를 산책하거나, 일본인늘이 찍는 사진에서처럼 지방색을 연출해 보이거나, 카페테라스에서 눈으로 미소지으며 커피를 마시는 두 사람의 모습을 볼 수도 있어요. 하지만 이것이 한바탕 꿈이 아니라, 두 사람의 관계가 실제로 존재했으며 부착점이 있음을 정말로 보여줄 셈이라면, 이미지보다는 음악이 더 나을 거예요. 처음 만난 날 그가 했던 말을 떠올려봐요. 그는 영화를 보기 전에 듣는다고 했잖아요. 듣는 것이 보게 해준다고요. 음악이야말로 그에게 시각vue을, 아바도 삶vie을 선사하는 모양이에요. 자주 나올 장면이지만, 다시 태어난 그는 매우 고독해서, 대부분의 시간을 집 안에서 혼자 지내거나, 밖에서는 혈액순환에 좋다는 해수욕을 하듯 워크맨을 끼고 음악에 잠겨서 지내요. 하지만 때로는 자신의 세계로 엘렌을 초대하고 그녀에게 들어오길 청해요. 그는 헨델이나 말러, 바르토크, 혹은 몬테베르디를 들려주면서, 그녀에게 비밀을 알려준답니다. 자신의 비밀, 말로 표현하지는 못해도 들을 수는 있는 비밀, 몹시 씁쓸하지만 매혹적인 비밀을요. 음악은 그의 육체가 섭취하는 우유라고요. 나중에 그녀는 질문과 생각을 피하고 언어 자체를 피하고 세상의 의미를 피하려는 그만의 방식, 일종의 독이라는 생각을 하게 되지만요. 또 음악이 바다처럼 그들을 집어삼켜 맹렬한 속도로 휩쓸고 갈 때는, 음악의 매혹 역시 악운이며 사고를 못 하게 만드는 기계라는 생각까지 하게 돼요.

당신은 음악 테이프를 어떻게 생각하는지 모르겠지만, 엘렌이 늘 듣는 노래 테이프가 있는데, 이 영화에서는 사랑의 라이트모티프였다가 나중에 회한의 라이트모티프로 바뀌기 때문에 꼭 필요한 곡이에요. 그녀는 아르노를 통해 이 곡을 알게 돼요. 그는 백여 장이나 되는 자신의 디스크 중에서, 구하기 힘든 구노의 이 곡을 빼내더니, 이렇게 말해요. "자, 이건 당신을 위한 곡이야. 당신 곡."

내가 얼마나 이 노래에 감동했던지, 아르노 자신도 덩달아 마음의 동요를 느끼는 것 같았어요. 그는 어떻게 족집게처럼 이 곡을 집어냈을까요? 어쩜 나라는 사람을 이다지도 잘 아는 걸까요? 그의 시선에는 약간의 조롱기가 비쳤어요. 사람들이 뭔가에 감동하는 건 그에게 늘 놀라운 일이니까요. 하지만 그다음 날 당장 카세트테이프에 그 노래를 정성껏 녹음해서 주더군요. 넌 운도 좋구나, 나는 속으로 혼잣말을 했어요. 이런 남자를 만나다니 기막히게 운이 좋은 거라고.

나는 이 곡을 수십 번씩 반복해서 들었고, 테이프가 망가지면 어쩌나, 이 곡을 다시 구하지 못하면 어쩌나 겁이 나서 지금은 좀 덜 듣는 편이에요. 이 곡을 잃을지도 모른다는 생각만 해도 못 견디겠어요. 복사본들을 만드는 게 좋겠네요. 그러면 당신에게도 하나 보낼 수 있을 테니까요. 이 곡의 가사는 16세기의 시인 바이프가 썼어요. 롱사르와 동시대인이고 롱사르처럼 무감각한 아름다움을 갈구했던 시인이에요. 오 무정한 내 여인이여, 그대가 나를 매정하게 대할 때, 가벼운 키스로 내 마음 달래주지 않을 때. 나 말고 누가 이 노래에서 아르노 그 사람의 목소리를 들을 수 있을까요. 이 노래에는, 첫소절부터, 바로 종속절로 접어들 때, 더 정확히 말해서 "……할 때"로 넘어갈 즈음에, 오직 그 사람만의, 그 사람 자체라 할 만한 억양이 느껴져요. 목소리의 억양을 듣자마자 눈 깜짝할 사이에 그 사람이 느껴지고, 그 모습마저 눈에 선해요. 어떻게 설명해야 좋을지 모르겠군요. 가수의 목소리가 아르노의 이미지를 만든다고나 할까요. 하지만 목소리의 음색 자체는 그와 전혀 달라요. 이 곡을 부른 가수는 지난 세기의 바리톤인데다가 혀를 많이 굴리는 편이에요. 특히 r 발음을 할 때는요. 물론 그의 목소리가 저음이고, 아름답고, 남성적이고, 감동적이지만, 사실 창법은 구식이고 한물간 거예요. 아르노와 비교할 만한 구석은 도무지 없을 뿐만 아니라, 아르노가 노래를 부르는 일이 아예 없어요. 그러니 이 억양의 비밀이 대체 무엇인지, 정말 모르겠어요. 지금까지 나 말고는 어느 누구도 그의 목소리를 듣지 못했고 어느 누구도 그를 보지 못했다고 할 수 있는데, 그건 소리의 유령, 나만 꿰뚫어보고 내게만 나타나는 목소리의 귀신이기 때문이죠. 그의 노래를 들어봐요, 집중해서요. 여기, 정확히 이곳, 그대가 나를 매정하게 대할 **때**, 가벼운 키스로 내 **마음을 달래주지 않을 때**. 유령은 목소리가 아닌 어조에 있어요. 그건 음률이라기보다 움직임이고, 육체라고요. 네, 그럼요. 제스처 같기도 하고, 어깨의 곡선, 목덜미의 굴곡과도 같은 매혹적인 억양이에요. 혹은 가벼운 제스처로, 참으로 숭고한 천상의 제스처로, 어떤 모습, 누군가가 한 음절의 은총 속에서 다가오는 게 보이지 않나요? 그게 나를 향해 오는군요. 그런데, 감각sens을 지니고 있어요. 의미라기보다는 방향에 대한 감각을요.* 그게 내게로 몸을 굽혀요. 이 목소리는 내게로 몸을 굽히는 육체, 내 얼굴 위

---

* 프랑스어 sens에는 '감각'이라는 뜻 외에 '의미' '방향' 등의 뜻도 있음을 이용한 언어유희.

로 겹치는 얼굴이에요. 그대는 내 마음을 온통 사랑의 열정에 빠뜨리나니, 붙잡을 수 없는 매혹적인 육체, 그것은 얼마나 감미로운 고통인지, 얼마나 아득한 존재인지!

이제, 이 곡을 좀 다르게 들어볼까요, 비록 유령은 어김없이 나타나겠지만요. 참 의리 있는 유령이라니까요. 그래도 가사를 다르게 들어보면, 그 내용이 제지당한 몸짓 때문에 상처받은 내 마음의 고통을 어루만져줘요. 가사가 분노로 바뀐다고요. 내가 육체를 만질 수 없자 심술이 발동하는 거예요. 그대가 준 모욕을 언젠가 모질게 갚아줄 수 있기를! 나의 주인 아무르가 언젠가 그대를 격분케 하기를! 그러면 내 복수로 그대는 알게 되리니, 키스를 거부당한 애인에게 어떤 고통을 주었는지, 키스를 거부당한 애인에게 어떤 고통을 주었는지.

영화 속에서 엘렌은 이 노래를 들을 거예요. 물론 관객들은 유령을 보지 못할 테지만, 사랑과 증오, 격정과 거부, 욕망과 발기부전이 어우러져 추는 춤은 이해하지 않을까요? 여배우의 시선에서 망진 사진에서처럼 흐릿한, 바이프가 쓴 전설에 출몰하는 연인의 망령을, 아르노의 컷마다 나타나는 그 모습을 알아보지 않을까요? 할 수 있는 자는 원하지 않고, 원하는 자는 할 수 없는 법이니까요.

외부, 낮. 아르노가 기차에 타고 있다. 부모님을 뵈러 카르뱅에 가는 길이다. 파 드 칼레 주의 풍경. 빗물이 차창으로 줄줄 흘러내린다. 클로즈업된 그의 얼굴, 아직 한 번도 본 적 없는 딱딱한 표정, 지나치게 집중한 기색이 역력하다. 카메라는 같은 칸(낡은 기차, 8밀리 영화에서나 볼 수 있는, 꼬불꼬불한 노선을 달리는 지방 열차)의 맞은편에 앉은 젊은 여자를 전경의 반대 위치에서 비춘다. 여자는 예쁘고, 눈썹이 짙다. 아르노는 웃음기 없이 포식자의 눈으로 그녀를 바라보는데, 이미지화할 여지가 있다. 아무 색깔 없이, 흑백으로 처리된 장면. 전체적으로 옛날 느낌이 난다. 시퀀스 내내 과거와 현재가 뒤섞일 것이다.

아르노가 카르뱅에 도착하자, 아버지가 역에서 기다리고 있다. 호리호리한 몸매에 주름이 깊게 팬 얼굴. 노동의 흔적이 삽으로 새겨진 듯한 얼굴이다. 캡을 쓰고 있고, 아무튼 노동자이다(어째서 당신에게 그에 대한 묘사를 전할 필요가 없나요? 왜 모두들, 캐스팅에 대한 내 의도를 이미 아는 것처럼 굴죠?). 두 남자는 얼싸안는다. 아버지가 아들의 여행가방을 뺏어 들더니 길로 나선다. 카르뱅은 반 이상이 버려진 마을이다. 사람이 살지 않는 집들이 대부분이다. 벽을 쌓아 막은 출입구, 굳게 닫힌 덧창, 황폐한 정원, 뽑힌 기왓장과 굴뚝들. 여기저기서 지붕을 뚫고 나와 자라는 나무, 창문으로 삐져나온 나뭇가지가 보인다. 아버지는 어머니 소식을 전한다. 비바람 소리에 섞여 두 사람의 대화가 드문드문 들린다. 네 엄마는 일요일에 퇴원했다. 병원에서 전기충격요법을 썼는데, 별 효과가 없다더구나. 그쪽 말로는, 아무튼 리튬보다는 낫다던걸. 그건 이제 엄마에게 안 들잖니. 너도 곧 알 테지만, 지금도 네 엄마는 거의 언제나 누워 지낸다. 강박적으로 말이야.

그들은 작은 집 앞에 이른다. 정면은 회색이고, 덧창이 모조리 내려져 있다. 문이 열리자마자, 사랑을 속삭여주세요, 하는 뤼시엔 부아이에*의 목소리가 터져나온다. 주방으로 들어서니 방수

---

* 프랑스 샹송 가수. 〈사랑을 속삭여주세요〉라는 히트곡으로 유명하다.

제를 입힌 천이 덮인 식탁, 우체국 달력, 스위스제 뻐꾸기시계, 오래전 여행지에서 가져온 자질구레한 장식품이 보인다. 이 정도로 해두겠다. 그렇긴 한데, 그래, 벽에 걸린 아코디언이 있다. 아버지가 자주 연주하던(이제는 아니다) 것으로, 요즘은 그럴 기회도 없어졌다. 무도회와 조합 축제들이 열리던 세상은 지나갔고, 이제는 아무도 그런 삶을 살지 않으며, 아버지의 과거는 이제 어느 누구의 현재도 아니게 되었으니까. 마시다 남은 사발의 커피, 그 옆에는 운세를 점치느라 늘어놓은 카드 일습, 연필로 줄을 친 『파리 튀르프』*가 있다. 살아 있는 남자인 아버지, 전부를 잃길 원치 않고 전부를 잃을 수도 없는, 늘 그렇고 그런 사람. 다정한 말들을 다시 속삭여주세요.

아르노는 주방 타일 바닥에 가방을 내려놓고 연다. 좋은 포도주 한 병, 그리고 부모님이 미처 보지 못한 자신의 최신작 영화 비디오테이프를 가져왔다. 그는 2층으로 올라가려고 서두르지 않는다. 찬장 위에 놓인 황금빛 액자 속 사진, 엄마 무릎에 그가 앉아 있고, 머리를 곱게 빗은 엄마는 눈썹이 짙고 목선이 우아한, 창백하고 아름답고 젊은 여인이다. 그의 나이는 서너 살 정도, 확실히 닮았다. 그만 올라가봐라, 아버지가 말한다. 엄마가

---

* 그날의 경마 소식 등이 실린 일간지.

눈 빠지게 널 기다린다, 알잖니.

그는 천천히 계단을 올라간다. 알다시피 사실 난 그 말 조금도 안 믿어요. 그는 어두컴컴한 복도로 들어선다. 복도 끝에 부모님 침실이 있다. 어머니는 베개 두 개를 포개 베고 침대에 누워 있다. 그래도 내가 좋아하는, 그 말을 또 듣고 싶네요. 그때 어머니가 아들을 보고 가까이 오라는 제스처로 손을 내민다. 그는 침대에 걸터앉고, 어머니는 아들의 손을 잡아끌어 자기 손 위에 얹는다. 꼼짝도 하지 않는 그는 임종을 지키러 마지못해 불려온 사람 같다. 그들의 대화는 잘 들리지 않을뿐더러, 몇 마디 주고받지도 않는다. 최고의 말들을 영원토록 되풀이해주신다면, 카메라는 그들을 원경으로 포착해서 초상집의 밤샘 장면처럼 촬영한다. 조명은 밀랍색. 당신을 사랑해. 노래가 끝나자, 손이 닿을 만한 거리의 낡은 축음기에서 레코드판이 헛도는 소리가 난다. 아르노가 일어서자, 그제야 어머니도 그의 손을 놓는다. 그는 방을 나가 어린 시절에 쓰던 방으로 들어간다. 장난감도 거의 없고 추억마저 없다. 늘 그랬듯이 그의 방은 을씨년스럽다. 그는 거울 속 자신을 바라보고는(나중에 우리는 엘렌 앞에서도 이와 동일한 시선을 보내는 그를 다시 보게 될 것이다), 양쪽 귀에 워크맨 이어폰을 꽂고 침대에 벌렁 드러눕는다. 〈죽은 자식을 그리는 노래〉*와 〈사랑을 속삭여주세요〉가 우리 귀에 동시에, 정확히 동시에 울리면서 한순간 겹친다. 그는 눈을 감는다. 그의 눈꺼풀이 감기자, 어린 그가 나타난다. 아이는 문을 열어젖히고 집 밖으로 나가 달리기 시작한다. 달리고, 또 달린다. 대여섯 살쯤 돼 보이는 아이의 겁에 질린 얼굴, 고집스러운 몸. 무엇을 혹은 누구를 피해 달아나는지, 우리는 알 수 없다.

싫어요. 그가 누구인지 말하지 않을래요. 그의 영화들에 대해서도 마찬가지고요. 하지만 당신은 당신 영화들을 발췌하면 될 거예요. 결국, 이 영화의 감독은 당신이잖아요, 안 그래요?

실내, 밤. 카르뱅. 거실, 텔레비전.

아르노는 재생기에 비디오테이프를 밀어넣으며 말한다. "십 분 분량이에요. 이 작품으로 작년 스톡홀름 영화제에서 대상을 탔어요. 제목은 '하늘'이고요." 그의 부모님은 소파에 앉아 있

---

* 구스타프 말러의 가곡.

다. 어머니는 나무랄 데 없이 말짱한 모습이지만 눈빛이 멍하고, 아버지는 영화가 시작되기를 기다린다.

클로즈업된 화면(영화를 영화로 찍은 탓에 화면이 바래 보인다). 아르노는 약간 떨어진 의자에 앉아 때로는 영화를, 때로는 부모님을 주시한다. 삼각형 구도로 움직이는 컷. 첫머리의 자막, 굵은 글씨체로 쓰인 아르노의 이름, 아버지, 아들, 전경에서의 촬영과 그 반대 위치에서의 촬영, 아버지가 화면에서 아들의 이름을 읽는다.

하굣길의 어린 소년, 나이는 일고여덟 살가량. 집으로 돌아오는 길에 다친 새 한 마리를 발견하고는 스웨터 안에 넣어 집으로 데려온다. 처음에는 아버지가 새를 돌보는 그를 거들어준다. 왼쪽 날개가 부러진 새에게 부목을 대주려는 참이다. 주고받는 말은 거의 없다. 그러다가 아버지는 마뜩잖아하는 어머니 때문에 그만둔다. 어머니는 길에서 주워온 새는 병을 퍼뜨릴 우려가 있고 틀림없이 병균이 득실거릴 거라고 말한다. 그러고는 아이에게 새를 노로 놔수라고 한다. 여배우의 얼굴은 긴장되고 지쳐 보인다. 젊은 시절에는 상당한 미인이었으리라. 아이는 엄마와 새 사이에서 갈등을 느끼며 애타게 엄마를 바라본다. 아버지는 아무 말도 하지 않는다. 결국, 소년은 아파트 창문을 연다. 그는 혼자고, 눈앞에 교외의 두시가 아득히 펼쳐진다. 전경에 나무 몇 그루가 보인다. 소년은 손바닥에 새를 올려놓고서 애정 어린 눈으로 지그시 바라보며 잠시 쓰다듬고는, 내버리듯 단번에 날려보낸다. 새는 보이지 않고, 관객의 눈길은 아이의 아름답고 진지한 눈동자에 그려지는 불안정한 새의 궤적을 좇는다. 처음에 새는 상처를 치료받고 나은 듯 날아가 자신의 원소를 되찾는가 싶더니, 이내 멈칫거리다가, 한쪽 날개를 파닥이면서 고도를 잃어버린다. 대지가 새를 잡아끄는지 혹은 빨아들이는지, 아무튼 더는 자유를 누리지 못하고, 마침내 나무들 속으로 빨려들어가고 만다. 새가 어떻게 되었는지 우리는 모른다. 새는 시야에서 사라지고, 우리는 새를 잃는다.

"얼마 전 아침나절에 파비엔과 마주쳤어요. 잘생긴 아들녀석을 데리고 있더군요." (이 말은 영화가 끝나자마자, 그러니까 엔딩 크레디트가 나올 무렵 아르노 어머니의 입에서 흘러나오는 말이다.) "그 여자는 당신 안부도 묻지 않던데, 그러니까…… 당신이 그 여자랑 결혼했더라면 좋았을 텐데, 어쨌든 괜찮은 여자였잖아요. 그랬다면 당신도 지금 이 지경은 안 됐을 거고, 게다가 우리와 친하게 지낼 수도 있었으련만. 그 여자 코제디 회사의 회계부장이랍디다. 아들녀석이 잘생겼던데, 안 그래요, 롤랑?"

아버지는 그렇다고 고개를 끄덕인다.

지난번 당신 메일은 이해 못 하겠어요. 콩스탕을 '현대화' 하고 싶다니요? 그는 원래 현대적인 인물이잖아요! 아시겠지만, 그의 서신에 "신은 죽었다"라는 문구가 있는데, 글자 하나 안 틀리고 똑같아요. 니체보다 한 세기 이상 앞섰다고요! 당신 생각과는 반대로, 사실 난 콩스탕에 대한 이 작품을 왜 엘렌이 써야 한다는 건지 모르겠어요. 자크가 각색했다고 해야 논리적으로 더 맞지 않나요? 뱅자맹, 그는 환자인 까닭에 매일 상담 시간마다 자크가 그의 이야기를 듣지 않던가요. 그는 고양이 사나이*, 블로그 사나이, 가상의 만남을 즐기는 남자, 신이 부재하는 세계에

---

* 프로이트가 쓴 '쥐 사나이'에 대한 패러디.

서 의기소침하고 안절부절못하고 우유부단하고 모순되고 온갖 볼거리에 물려버린 사람이라고요. 그의 일기를 읽으면, 그를 잘 알게 돼요. 그는 인터넷 서핑으로 소일을 하죠. 접속, 접속을 끊기, 이게 한결같은 그의 움직임이에요. 그런데 콩스탕을 현대화하다니, 어떻게 할 셈인데요? 대사를 다르게 고치려고요? 그건 안 돼요. 그의 언어는 손대지 말고 그냥 둬요. 언어가 바로 그의 육체예요. 살아남기 위해 그가 찾아낸 전부라고요.

그러면, 자, 그저 우스개 삼아 가상의 장면을 적어볼게요.

"결혼을 하고 싶어. 결혼은 해야 돼. 하지만 누구와? 날 따르고, 쉽게 행복을 느끼고, 자신의 대수롭지 않은 생활방식을 별 어려움 없이 내 방식에 맞출 수 있는 여자라야 해. 거의 눈에 띄지 않는 여자, 그래서 내 삶의 부드럽고 내밀하고 경미한 일부가 될 수 있는 여자라야 해. 미래의 내 자식들의 어머니를 찾아야 한다고. 한데 어디서 그런 여자를 찾지? 별 볼일 없는 여자라고 해서 그런 점들이 보장되는 것은 절대 아니고, 반대로 똑똑한 여자는 위협이 될 수 있어. 내 삶의 여자를 찾아내야 해. 상냥하고 똑똑하고 감수성이 예민한. 외모는 아무래도 상관없어. 1미터 65센티미터만 넘지 않는다면. 지금까지 민Minne만큼 마음에 든 여자도 없었을 거야. 그런데 직업에, 높은 교육수준하며, 나를 휘두르려 드는 꼴이라니! 그런 건 못 참지. 자기주장 따위는 없는 여자가 필요해. 내 사고력만으로도 충분한데, 아내까지 그런 걸 갖출 필요가 뭐 있어. 웃기는 짓만 안 하면 된다니까. 내가 '외모는 아무래도 좋다'고 했지만, 귀가 툭 튀어나와도 좋다는 말은 아니야! 어제 무도회에서 아멜리와 이야기를 나눴어. 빼어나게 예쁘지는 않아도 매력적인 여자야. 눈도 아름답고, 옷도 잘 입었더군. 분홍색이 참 잘 어울리던걸. 처음엔 더할 나위 없이 좋았어. 취미까지 같았어. 요트, 숲속 산책, 영화 등등. 잠자리에서도 꽤 괜찮은 편이었고. 그런데 브렐*을 싫어하는 거야. 그건 용납할 수 없는 결함이지. 게다가 콧수염까지 약간 났더군. 머리에도 가슴에도 든 거라곤 눈을 씻고 찾아봐도 없고. 쉴새없이 떠드는 수다쟁이, 촐싹대고 조잘대는 여자였어. 사랑 때문에 들떠 있었던 게 틀림없어. 나는 그녀에게 반해서, 한 달이나 편지를 주고받았어. 지극히 내밀한 이야기들을. 그러다 마침내 만난 거야. 예쁜 편이었어. 그런데 식당에서 그녀가 고른 메뉴가 영 마음에 안 들더군. 기름진 음식이었는데, 뭔지 모르지만 아무튼 감자튀김을 곁들인 타르타르스테이크** 비슷한 거였어. 좌우지간 여자가 고를 만한 요리는 아니었다니까. 우연이었든 직감이었든, 오늘 나는 친구 집에 가게 되었어. 그런데 거기 아멜리가 와

---

* 자크 브렐, 벨기에 출신의 유명한 가수이자 작사가 작곡가
** 타르타르소스를 뿌린 다진 날 말고기 혹은 날 소고기 요리.

있더라고. 볼품없는 옷차림 탓에 거의 밉상이더군. 물론 이런 상황이 지속적으로 재현되는 게 결혼의 부정적 측면 중 하나일 테지. 분명한 사실은 그녀가 마음에 들지 않았다는 거야. 우리는 두 달간 동거했는데, 내가 기르는 개도 그녀를 좋아하지 않았어. 마음이 내키면 그녀와 결혼하겠지만, 일단 나를 우월한 존재로 여긴다는 확신이 서기 전엔 안 돼. 그녀를 원하지만, 그녀가 내 조건에 맞춰야 한다는 거지. 우리는 두세 번 같이 잤어, 괜찮은 편이야. 한데 난 말이지, 언제나 가슴이 풍만한 여자들하고만 관계를 해왔어. 지난번 여자는 유방 확대수술까지 받았던걸. 그런데 이번에는 손에 잡히는 게 아무것도 없더라고. 설마, 이럴 수가. 그 말을 그녀에게 안 할 수 없었어. 아멜리는 나와 결혼하고 싶어해. 틀림없어. 그것만은 확실해. 그런데 아내가 된 그녀를 파리 근교의 시골로 데려갔다고 쳐. 우리를 보러 온 친구들에게 그녀를 소개한다는 생각만 해도 이마에서 진땀이 흐를 지경이야. 그녀가 예쁘다고 해도 그래. 하지만 그녀는 별로인걸. 날 사랑하기에 충분할 만큼 똑똑하지도 않아. 하마터면 그녀와 결혼까지 할 뻔했는데 그녀의 어머니가 정말 못생겼더라고. 그녀도 나이가 들면 그렇게 되리라는 생각이 들어서, 다른 여자를 만났지. 내가 잘못한 걸까? 잘한 걸까? 다시 아멜리 이야기를 해보면, 그녀는 좀 둔하긴 해도 심성은 착해. 모진 구석이라고는 없어서 그녀를 내 맘대로 하기는 식은 죽 먹기야. 그런데 사진과 영 딴판이라 어쩌나 실망했는지. 나는 가진 것에는 진력을 내고, 가지지 못한 것에는 아쉬움을 느껴. 어째서 심스*는 자신과 사이가 좋은 사람과의 관계를 더 발전시키려 들지 않을까, 그 이유를 모르겠어. 행복하게 해주려고 그에게 온갖 노력을 쏟아부어도 헛수고라니까. 그에게 말을 걸고, 음식을 먹이고, 화장실에 데려가본들 무슨 소용이 있느냐고. 안으려고 하면 따귀나 얻어맞을걸. 간밤에 아멜리 꿈을 꾸었어. 난 그녀를 볼 때보다 보지 않을 때 더 사랑하나봐."

* 2002년에 출시된 비디오게임의 캐릭터. 안으려고 하면 따귀를 올려붙인다.

만난 지 한두 달 후에, 아르노는 '사랑의 주말'이라고 말하면서 단둘이 며칠 여행을 다녀오자더군요. 그는 남들은 어디로 여행을 가는지, 사랑하는 사이라면 어디로 가는 게 좋은지, 사랑하게 되려면 어디가 좋은지 주위 사람들에게 물었어요. 베네치아, 카프리, 베로나 같은 장소들이 거론되었고요. 결국 여행에서 돌아온 그의 촬영감독이 젊은 튀니지 여자와 꿈같은 일주일을 보냈다는 암스테르담으로 가게 되었답니다.

도착했을 때 날씨는 아주 화창했어요. 부드러우면서 선명한 빛에 아름다운 세상의 편린들이 또렷이 드러나 있었어요. 우리는 호텔에 가방을 내려놓았죠. 방은 환하고 쾌적했어요. 트윈 베드였는데, 나는 깍지낀 양손을 베개 삼아 베고 누워 개신교의 나라, 라고 말했어요. 아르노는 나가자더군요.

외부, 낮. 암스테르담의 아담한 동네.

그들은 호텔에서 나와 걷는다. 아르노가 그녀의 허리를 감아 안는다.

"저것 좀 봐, 내가 일을 잘못한다고 할 수 있겠어? 이런 편성을 하려면 얼마나 노력이 드는지 알기나 해? 수당을 받은 엑스트라들 모두가, 태양처럼 정확히 제시간에, 정확히 당신이 나타날 때 여기 와 있잖아? 가령, 저 여자 말이야, 문지방에 서서 이웃 여자와 옥신각신하느라 고양이도 못 나가게 막고 있지? 그리고 저기, 낮은 담장에 앉아 잠시 휴식을 취하는 페인트공 있지? 봐, 잘 보라고. 김이 모락모락 오르는 저 사람 보온도시락 보여? 따뜻한 음식이 들어 있을 거야. 너무 그럴듯해 보여서 진짜 김을 코로 들이마시는 것 같지 않아?"

그녀는 웃는다. 풍성이며 아르노의 보기 드문 쾌활함, 그리고 자신의 행복에 매료되어 깔깔거리며 웃는다. 그녀는 그가 손가락으로 가리키며 보여주는 것마다 사랑의 눈길로 바라본다. 영화인인 그는 그녀에게 보는 법을 가르쳐준다. 그녀는 그에게 사랑을 느끼며 감탄한다. 자전거를 타고 길을 가로질러 가는 소녀의 그을린 종아리 위로 치맛자락이 펄럭이고, 반쯤 열린 창으로 소프라노 목소리가 새어나오고, 사탕 장수는 당나귀가 끄는 수레를 길가에 세워놓으며, 밝게 웃는 아이들을 가득 태운 작은 배 한 척이 운하를 거슬러 올라간다. 여기서는 만사가 순조롭고, 아름답고, 호사스럽고, 평온하고, 기쁨에 넘친다. 그가 주는 볼거리들을 눈으로 받아먹으며, 그녀는 이미지들의 소용돌이에 휘말린다. 현실은 외관에 불과하다. 그렇기도 하고 아니기도 한, 거짓된 외관, 외관은 세상이 우리 눈앞에 나타나는, 우리 감각에 자신을 알리는 유일한 방식이기 때문이다. 얼굴과 육체를 가진 우리 자신도 기념물, 풍경, 업적을 지닌 도시들과 마찬가지가 아닐까? 외관이야말로 우리의 유일한 존재방식이 아닐까?

그럼에도, 즐거움에서 거북함이 생겨나 은밀하게 기쁨을 침식해들어간다. 모든 게 가짜처럼 보이고, 지나치게 아름답고, 지나치게 깔끔하며, 너무 평온하다. 지금 모습대로 존재하는 척하고 우리가 꿈꾸는 모습과 너무 흡사한 이 도시는 판에 박은 듯한 완벽한 전형성을 드러낸다. 우리가 갈피를 잡지 못한 채 어쩔 줄 몰라하는 가운데, 진실이 환상 안에서 폭발한다. 진저, 저것 좀 봐, 손가락으로 태양을 가리키며 남자가 말한다. 운하 위로 드리운 나무 그림자들 좀 봐, 정말 아름답지! 어때, 내 조명기사? 프레드, 정말 멋있어, 그녀가 큰 소리로 화답한다. 저런, 샌들을 신고 나올 걸 깜빡했네.

길모퉁이를 돌아서니, 포석이 깔린 자그마하고 근사한 광장이 나타난다. 운하 가장자리의 양지바른 원형 광장에는 테이블 몇 개가 놓여 있다. 그들이 도착하자, 제일 좋은 자리, 나뭇잎이 무성한 큰 나무 아래 놓인 테이블에 자리가 난다. 행운에 미소지으며 그들은 자리에 앉는다. 그가 에스프레소 한 잔을 주문한다. 그녀는 몹시 배가 고프지만 내색하지 않는다. 혹시라도 생리적인 문제로 그를 성가시게 할까봐 두려운데다 오드리 헵번처럼 되고 싶은 까닭이다.

잠시 침묵이 흐르고, 그림을 감상하는 시간이 된다. 기술자 둘이 광고판을 들고 광장 뒤편을 가로질러 간다. 거기에는 이렇게 쓰여 있다. 이것은 사랑이 아니다.* 하지만 너무 빨리 지나가서 이미 그들은 멀어졌고, 시야에서 사라지는 바람에 미처 읽을 틈이 없다.

"당신에게 할 말이 있어."

그가 말한다.

진지한 목소리, 착 가라앉은 목소리. 그녀는 포크를 입으로 가

---

* 프랑스 화가 마그리트가 파이프를 그린 자신의 그림에 써넣은 '이것은 파이프가 아니다'의 패러디.

져가다가 멈추고 내려놓는다. 자신이 주문한 샐러드 접시에.

"실은, 우리 아이를 가졌으면 해."

잠든 아기가 꼼지락거리듯 갑자기 고통이 꿈틀댄다. 익숙하지만 아는 바가 없는 탓에, 그녀는 고통을 달래야 할지 지켜봐야 할지 알지 못한다.

"하지만……"

그녀는 하려던 말을 삼키고, 대신 이렇게 우물거린다.

"난 말이지, 당신이 애를 원하지 않는 줄 알았어."

"당신하고는, 얘기가 달라져. 사랑하니까, 당신 아이를 원하는 거야."

단호하고, 결연하고, 흔들림 없는 목소리. 그는 기도하듯 두 손을 모아 입에 댄 채, 웃음기 없는 얼굴로 뚫어져라 그녀를 바라본다. 그녀는 나무들을 바라본다. 그는 왜 자기도 아는 말을 내 입으로 하게 만드는 것인가.

"하지만…… 난 마흔둘이야, 당신도 알다시피."

그녀는 의자에 등을 바짝 붙여 자신을 그늘 속으로 밀어넣는다. 그래서 표정이 노골적으로 드러나지는 않는다. 피사 범위 밖인 마로니에 나무 아래서는 얼이 나간 여자 스크립터가 대본의 기록을 다시 훑어보고 있다. 아니, 그런데 저들이 주워섬기는 대사는 대관절 뭐란 말인가?

"알아."

그가 말한다. 마흔둘을 세기라도 하듯 그녀를 주의 깊게 찬찬히 바라본다. 자리에서 일어난 스크립터가 안절부절못하지만 별 소용이 없다. 분장을 담당한 여자는 커피를 뽑으러 가버린다.

"그게 무슨 말이냐 하면."

그가 셈을 마치기 전에 그녀가 말을 잇는다.

"임신이 가능하다고 확신해. 몸으로 느껴져. 애를 하나 더 가져야겠다는 생각은 줄곧 해왔고. 확실해. 게다가 그럴 생각이야."

"그럼 동의하는 거지?"

"응."

그녀는 그를 바라본다. 꾸미지 않은 아름다움을. 그를 향한 욕망과 아이를 원하는 욕망 사이에는 차이가 없다. 눈에 선히 그려지는, 아빠를 빼닮은 아이의 모습에 아빠의 감동적인 진중함과 웃음이 포개진다. 그녀는 실제로 눈앞에 아이가 있는 듯 바라본다. 여기서 먼 곳, 파리에서, 임신한 여자 하나가 프티 퐁에서부터 생 자크 거리를 거슬러 올라간다. 날씨는 화창하다.

"다만 시간은 금방 지나가니까, 서둘러야 할걸. 바로 시작해야 해."

그녀가 말한다.

그러고는 장난기 어린 미소를 짓는다. 그는 그녀의 손 위에 손

을 포개고 두세 번 다정하게 쥐었다가, 거둔다. 그는 뒷모습만
보일 뿐 얼굴은 보이지 않는다. 마로니에 나무 뒤에서 촬영팀 전
원이 한숨 돌리고 긴장을 푼다. 촬영은 계속된다.

　우리는 발길 가는 대로 오래 걸었어요. 당신은 암스테르담에
대해 아나요? 아름다운 도시예요. 마치 "그대의 눈물에 젖어 반
짝이는 배반의 눈동자"처럼 촉촉한 그곳의 빛을, 아는지요? 그
는 렘브란트의 〈해부학 강의〉를 보고 싶어했지만, 그다음 날도
하루 종일 시간이 비기 때문에, 우리는 손을 잡고 산책을 했어
요. 그러다가 마침 대형 극장 앞을 지나게 되었는데, 일곱시에
콘서트가 있다는 거예요. 아르노는 벌써 음악이 아쉬운 것처럼
보였어요. 우리는 좌석을 알아보러 들어갔죠. 매표창구 너머로
내가 말했어요. "Two tickets for Bach tonight, please." 창구
직원은 무표정하게 나를 쳐다보며 이렇게 되풀이하더군요.
"Bach? Bach? No Bach." 그래서 따졌어요. "맞아요. 밖에 쓰
여 있잖아요. 포스터에, 바흐의 〈요한 수난곡〉이라고……" 그는
내 어깨너머를 바라보며 고개를 젓더니 거듭 말했어요. "No
Bach. You are wrong." 결국 나는 접어서 포갠 프로그램 책자
를 급히 꺼냈고, 다시 매표창구로 가서 손가락으로 15일 토요일
저녁 일곱시, J. S. 바흐의 〈요한 수난곡〉이라고 쓰인 줄을 가리

켰어요. 창구 직원은 내 쪽으로 몸을 굽혀 그 부분에 눈길을 주더니, 다시 몸을 일으키곤 천천히 말하더군요. "Ah, Barrrr! Yes, Barrrr, tonight." 나는 표를 두 장 사고는, 입을 다물고 있는 아르노를 향해 돌아서서 말했어요. "이해하지 않으려고, 이해하길 원치 않으려고 쏟아붓는 사람들의 에너지도 엄청나." 그는 입을 살짝 비죽거렸고, 하루가 축 위에서 회전했고, 우리 얼굴 위로 어둠이 내렸어요.

콘서트 내내 눈물이 흘러내렸어요. 기쁨과 감동 때문이었죠. 음악이 영양가 있는 음료라도 되는 양 나는 그 속에 젖어들었어요. 나 자신에게서 떨어져나와 전적인 신뢰와 완벽한 안도감에 빠져들었던 거예요. 눈을 감고 사랑에 빠졌던 거라고요. 다시 눈을 뜨자, 청중이 기립해 장내가 떠나갈 듯 박수를 치고 있었어요. 아르노가 외투를 입었어요. 그래요, 맞아요, 그는 콘서트가 좋았대요. 그럼 나는 어땠냐고요? 나도 좋았어요. 왜 좋았는데? 그가 묻더군요. 글쎄, 아름다웠으니까. 그가 빈정대듯 가볍게 코를 훌쩍였어요. 그러는 당신은 왜 좋았는데? 나는 얼버무려 무지함을 감출 셈으로 되물었지요. 그는 뭔가를 좋아하면, 왜 좋아하는지 이유를 댈 수 있었어요. 우리는 호텔까지 걸어왔는데, 걷는 내내 그는 자기 집에 있는 열한 개 버전 중 몇몇 연주와 이 콘서트를 비교했던 반면, 나는 저녁 여덟시에 먹어야 할 피임약을 깜빡했다는 생각에 빠져 있었죠. 그런데 이상한 일이었어요. 주머니에 넣은 손끝에 알약이 만져졌고, 마침 쓰레기통 앞을 지나게 되어, 나는 약을 던져버렸어요. 우리는 암스테르담의 거리들을 걸었어요. 안드레아스 숄*이 최고의 복음 전도자라면 나는 튤립 공주였고, 예수의 성량이 약간 부족했다면 나는 제우스의 허벅지를 찢고 나온 디오니소스였고, 성 요한이 고통을 당했다면 나는 불멸이었죠. 트럭에 치인다 해도, 나는 긁힌 자국 하나 없이 다시 일어날 거라고 장담할 수 있어요, 내 목을 걸고. 내게는 나이도 이름도 없이 오직 영광스러운 육체뿐이었고, 결코 죽지 않을 것이며, 그 모든 것 너머에 있었어요. 나는 사랑의 품에 안겨 걸었고, 날씨는 화창했고, 네덜란드에서는 뭐든 가능할 것 같았어요.

실내, 밤. 그들이 호텔 방에 들어온다. 창가에 선 채 포옹한다. 그녀는 눈을 감는데, 그는 아니다. 그녀가 침대로, 뒤쪽 어둠 속으로 그를 이끌자, 그는 그녀를 붙잡고서 머리맡 스탠드와 천장

* 독일의 카운터테너 가수. 바흐나 헨델, 비발디 등 바로크 음악이 주요 레퍼토리이다.

의 불을 켜더니 와이셔츠를 벗는다. 그러고는 그녀의 머리통을
눌러 강제로 자기 앞에 무릎을 꿇리고 허리띠를 푼다. 그녀는 바
지 앞섶의 단추를 끄르고는 천천히 그의 성기를 빨기 시작한다.
그는 여자의 머리채를 움켜쥐고서 속도에 박차를 가하다가, 갑
자기 다시 그녀를 일으켜세워 옷을 벗기고 브래지어에서 젖통
을 꺼내고는 다시 무릎을 꿇리더니, 성기를 그녀의 입에 박아넣
는다.

혹은 그녀에게 비역질을 할 수도 있는데, 그건 그다지 시각적
이지 못하다. 관객은 배우의 찡그린 표정이나 낭하는 쪽의 고통
스러운 비명으로 미루어 겨우 짐작만 할 뿐이니까. 게다가 이 장
면은 밖에서 촬영되었기 때문에 무성이다. 액자 구실을 하는 창
문 양쪽으로는 이중 커튼이 달려 있고, 창턱은 매우 낮다. 그들
이 가보지 못한 길에서는 대부분의 창들이 이렇다. 무작정 나선
산책길이라 그들은 미처 거기까지 가보지 못한 것이다. 이 한심
한 관광객들은 쾌적하고 깔끔한 집들만 따라 걸었던 탓에 시선
을 가로막는 장애물을 만나지 않았던 것인데, 그곳 사람들은 감
출 게 전혀 없기 때문이리라. 마침내 그는 성기를 빼내 그녀의
얼굴에 사정한다. 여전히 그녀의 머리채를 뿌리까지 단단히 움
켜쥐고 있는데, 그녀는 빠져나오려고도 하지 않는다. 그가 일시
에 주먹을 펴서 놓아버리자 그녀가 그의 발치에 주저앉는다. 녹

초가 된 그는 안락의자에 털썩 앉아 한 손을 유리창에 대고 밖을 내다본다.

얼마 후, 그는 그녀에게 수건을 가져다주고 멍하니 그녀의 머리칼을 쓰다듬다가 그녀를 잡아 일으켜준다. 그리고 그녀가 그의 곁으로, 창틀 안으로 들어서자, 마치 그 사실을 알아차린 듯, 실은 아니지만, 그는 이렇게 말한다. "누가 우리를 보는 것 같아." 그는 눈짓으로 맞은편 집을 가리키는데, 처음에 그녀의 눈에는 아무것도 보이지 않다가, 카메라가 그곳을 명확히 비추자, 이내 맞은편 2층에 앉은 어떤 형체가 드러난다. 남자인지 여자인지 알 수 없는 그 사람은 담배를 피우며 꼼짝도 않고 그들을 바라보고 있다. 점 같은 담배 불빛, 두 눈의 광채, 어둠 속의 반짝임이 그의 존재를 드러내고 있다.

곰곰이 생각해보니, 아르노와의 관계에서는 즉시 위험신호가 나타났어요. 거의 즉각적으로 경고등이 켜졌다고요. 그런데 신호를 보고도 나중에야 그 의미를 알아차렸던 거예요. 나중에야 말이죠. 알다시피, 버림받은 자는 자신이 거대한 과거 해독기, 놓쳐버린 신호에 과민반응을 보이는 기계장치가 되고 나서야 비로소 그 신호들을 수집해 분류하고, 한없이 검사하고 파고들기를 계속해요. 사기 딴에는 끝장을 낼 작정이라고 믿으면서요.

그런데, 우리의 엘렌은 뭔가 순조롭지 않고 삐걱거린다는 것을 금방 알아차려요. 그 이유는 언어에 결함이 나타나기 때문인데, 그런 건 육체보다 언어에 먼저 나타나기 마련이에요. 제스처와 감각이 맞아떨어지지 않고 단어가 감정에 들어맞지 않는데,

가장 강도 높은 경보는 언어의 밀도에서 울린다고요(엘렌이 작가라는 사실을 잊지 마세요. 필수적인 사항이니까요. 이 영화에서 그녀는 반드시 작가라야 해요. 그렇지 않으면 다른 여자처럼 죽게 될 테니까요. 작가는 일종의 블랙박스예요. 모든 걸 빠짐없이 기록하죠. 비록 덧없는 기억일망정, 끊임없이 기록해서 기억이 사라지지 못하게 하거든요). 그런 그녀에게 갑자기 모든 언어가 거짓처럼 느껴져요. 문장들은 아무도 알아차리지 못하지만 그녀만은 아는 속임수인 거죠. 그녀는 일종의 절대 청각으로 변해 세상사람 누구에게도 들키지 않고 넘어가는 온갖 불협화음을 모조리 듣는 거예요. '세상사람 누구'라든가 '들키지 않고 넘어가는' 따위의 상투적인 표현들은 와해되어버려요. 그녀가 말하고 쓰고 읽고 듣는 모든 것이 편집광적 기계로 들어가 가루로 분쇄되거든요. 그녀는 어떤 책들(잠시 파리를 떠나 있는 작가의 헌정본)은 집에서 받아보고, 또다른 책들은 서점에서 훑어보기도 하는데, 우연히 이런 문장이 눈에 띄어요. "높이 뜬 봄의 태양으로 벤치들은 홍건한 빛에 잠기고, 이제 겨우 녹색 줄무늬가 진 밭의 지평선은 안개의 후광으로 희미해졌다. 그 위로 갈매기들이 소란스럽게 날아다녔다." 그녀는 얼른 책을 내려놓아요. 벽장문을 열었다가 쥐라도 발견한 것처럼, 역겨움이 치밀면서 느닷없이 불안이 엄습한 거예요. 호평이 자자한 소설이니, 분명

부당한 반응일 테죠. 하지만 그녀가 느끼기에 이 말들은 모두 작가의 내면이 아닌 외부의 장소, 즉 사전이나 공구상자에서 나온 것 같아요. 지면에 올라온 것은 달랑 말뿐인 거죠. 누가 보았나요, 녹색 줄무늬가 진 밭을요, 어떤 육체가요? 그 육체는 어디로 갔대요? 첫 구절부터 전개되는 아름다운 문장, 적절한 단어, 뉘앙스의 모색, 이제 겨우 녹색 줄무늬가 진 밭이라니, 8밀리 스패너, 12밀리 스패너, 그건 배관공이고, 관리인은 계단에 있어요. 그는 점심 먹으러 나갔다가 오후 세시에 돌아오죠. 잠시 자기 책에서 외출한 작가의 기증본, 내용은 퍽 감동적인가보더군요. 하지만 어떻게 요지부동인 언어로 이야기를 굴러가게 만들고, 죽은 언어로 독자를 감동시킬 수 있단 말인가요?

그녀는 이 책을 다시 읽어볼 셈으로, 아무 데나 펼쳐요. 이 작가가 쓴 예전 책들은 무척 좋아했는데, 이 책은 펼치자마자 뼈 하나, 언어가 벗겨져 드러난 해골의 뼈 하나가 눈에 띄는군요. 나는 초인종을 눌렀죠, 뼈 하나, 뼈 둘, 이윽고 뼈 셋. 나는 초인종을 누르고 기다렸어요. 누가 문을 열어주네요. 선사시대의 척추뼈처럼 복제된 단순과거*, 그녀는 이제 더는 단순과거를 참을

---

* 프랑스어의 과거시제 중 하나. 실제로 일어났던 역사적 사실처럼 확실한 과거에 사용된다.

수 없고, 소설의 고생물학을 참을 수 없어요. 그런데 어쨌든 과거는 단순한 것인가요? 복잡하고, 불완전하고, 불확정적이고, 복합적인 것 아닌가요? 단순과거, 그건 작가의 허영심이자 그 허영심을 회복하는 방식이고, 모든 것에 대한 자신의 지배를 보여주는 방식, 그리고 자신은 독자가 순진하게도 이야기에 이끌려가는 그곳이 아닌 자기 서재에서 동의어 사전을 옆에 두고 글을 쓰고 있다는 것을 드러내는 방식인걸요. 내가 그렇게 단언하자, 천만의 말씀, 그가 응수했고, 입 닥쳐요, 내가 무례하게 받아쳤고, 썩 나가요, 그가 엄명을 내렸고, 그거야 내 맘이죠, 내가 기어올랐고, 당신은 기만적이오, 그가 투덜거렸고, 물론이죠, 그녀가 인정했고, 물론이죠, 그녀가 말하면서 현재시제로 돌아오는데, 그렇다고 더 나쁠 것도 없다고요. 그녀는 유유자적하게 오솔길들을 좀더 걷는데, 그 길들이 조화나 미리 새겨진 묘석 같은 장례용품을 파는 상점처럼 느껴지는 거예요. '무한한 기쁨' '휘청거리는 다리' '초인적 노력' '함정들이 도사린 길' '그의 표정에는 피로의 기색이 역력했다' '생각의 추이'라니. 그녀는 난생처음 서점에서 토하고 싶어져요. 그래서 읽기를 그만두죠. 자신이 쓴 책들을 찾아보러 가지는 않아요. 그것만은 절대 안 돼요. 너무 위험하니까요. 우물쭈물하다간 자칫 위험해지거든요. '그는 아이처럼 행복했다' '교활한 바람에 휩쓸리고, 짓누르는 침묵에 휩싸인' '영원한 되풀이'라고 쓰여 있군요. 오직 가장 위대한 자만이 시련을 이겨낸다지만, 글쎄, 어떨지요. 베꼈거나 지면을 메우려는 기색이 역력한 대목들을 건너뛰다가, 그녀는 그만 눈을 감는군요. 현기증이 나는 건 공포 때문이에요. 산더미처럼 쌓인 책들이 하늘을 가리고 허공을 메우고 있어요. 무시무시한 공백을요. 빈틈은 그 광대함과 깊이와 승리를 언어로 은폐할 궁리를 해요. 갑자기 그녀의 귓가에 빈틈을 말들로 채우는 소리가 들리고, 그 아래로는 텅 빈 소리가 울리고, 말들로 메우려다 도리어 말들이 빠져나가는 구멍이 보이고, 문장들 틈새로 통풍도 안 될 만큼 지나가는 바람, 큰 바람이 아니라 아무것도 아닌 바람, 그저 살짝 스치는 바람이 보여요. 결국 말들은 은근슬쩍 지나가고, 그렇게 조작이 시작되는 거죠. 그녀는 더는 책을 읽을 수 없어요. 누가 눈에 가루라도 뿌린 것처럼, 둘째 줄을 읽을 때부터 벌써 눈물이 앞을 가리거든요. 그래서 신문은 일찌감치 사지 않게 되었죠. 전에는 모닝커피를 마시며 신문을 읽는 게 낙이었지만요. 신문은 그렇다 치고, 이제는 라디오도 켜지 않아요. 허공의 메아리가 더 또렷이 울리는데다 사람들이 무의식적으로 말을 내뱉기 때문인데, 그건 악몽이에요. 그녀는 텔레비전 뉴스에서 '위급상황이 지속된다'거나 '경계태세를 늦추지 않는다' '조처가 완화되었다' '조난자의 시신을 건져냈다' 같은 말을 들으면 속이 메슥거려요. 이런 문장들은 연주를 틀리고도 모르는 오케스트라와 흡사해서, 모두 자연스럽게 응답하고, 소통하고, 이해하고, 정보를 얻고, 의견의 일치를 본다니까요. '사건의 중요성을 환기시키다' '격차를 줄이다' '상황을 검토하다', 이런 말들은 누구나 가지고 있는 열쇠, 저마다 똑같은 열쇠, 언어가 잠들어 있는 무덤의 열쇠라고요. 이 무덤에는 인공 불빛이 비쳐 환한데, 모두들 그게 낮이라고, 모든 게 명백하다고, 말에는 어둠이 없다고 믿는 바람에, 말들은 다 죽었는데도, 그녀를 제외한 나머지 사람들 누구도 그 죽음을 알아차리지 못해요. 신문에서는 '재정비 계획' '비상사태' '해명들과 반응' 같은 말로 언어의 시체와 파국을 환기하면서도, 정작 자신들이 죽은 육체를 실어 나른다는 사실은 전혀 의심조차 못 한다고요.

모든 일의 발단은 아르노였어요. 그녀도 알아요. 그가 그녀에게 "사랑해"라고 말했거든요. 그러자 언어의 제국 안에서, 그녀가 열성적으로 살고 있던 빛나는 도시 안에서 뭔가가 무너져내렸어요. 몇 년에 걸쳐 쌓아올린 높은 둑이 단 몇 초 만에 무너지듯이, 순식간에 붕괴해버렸어요. 잔해인 말들, 파편이 된 말들, 먼지 더미 속에서 꼼짝도 않고, 생기도 없고, 무기력한 이런 것들로는 이제 오두막 한 채도, 암굴도 동굴도, 아무것도 짓지 못하고, 거기서 살 수도 없어요. "사랑해"는 죽은 문장이었고, 몸 뚱어리 없이 헐렁한 옷자락을 펄럭거리는 사랑의 유령이었던 거 죠. 죽은 육신의 입에서 나온 "사랑해"라는 말, 그 말은 입에서 나오자마자 부패했고 갈가리 찢어졌어요. 이런 파멸을 초래한 장본인은 물론 그녀예요. 들을 수 없는 말, 들리지 않는 말을 듣 는 귀를 갖고 있었으니까요. 그녀는 말이 해체되는 소리, 말의 뼈들이 삐그러지는 소리를 들었다고요. 아직 그런 일은 한 번도 없었어요. 자크와의 관계―간통이나 잠시 바람을 피울 때조 차―에서도 사랑한다는 그의 말은 믿었거든요. 하지만 아르노, 유독 그가 "사랑해"라고 말하면, 그 말이 해체되는 소리가 들리 고, 해체된 조각들이 보이는 거예요. 나Je는, 우선 곰팡이 핀 버 섯 냄새를 풍겼고, 존재하려고 애쓰는 나인 까닭에, 그녀의 귀엔 그 노력이 들렸어요. 아르노는 이 짧은 단어, 사람들에게 길들여 졌고 불법침입과 배신에 너무도 익숙한 이 말 안에 누군가를 집 어넣으려고 애썼지요. 사람들이 온갖 소스를 뿌려대는 나, 어느 명사든 사칭할 수 있는 대명사, 모든 사람을 의미하기 때문에 어 느 누구도 지시하지 않는 인칭대명사, 그것은 자신의 존재를 표 명하고자 나는 원해, 나는 꿈을 꾸었어, 나는 못 해, 라고 하면서 잘난 척하고, 누군가를 닮은 척하는 나는 계속되는 자신의 붕괴 를 모른 척하고, 끊임없는 변화를 모른 척하고, 피부에 선명하게 감광된 음화陰畵를 모른 척하고, "사랑해"가 "사랑하지 않아"를 망각하고 있다는 걸 모른 척하고, 등뒤에 새겨져 보이지 않는 문신, 자신의 가짜 형제, 자신의 이중 플레이를 모른 척한다고요. 그녀는 그가 살기 위해 나라고 말하는 소리를 들었어요. 나는 너를 사랑한다, 고로 존재한다. 왜 그 말을 그녀가 들었을까요? 모르겠어요, 나는 남들처럼 존재하려고, 존재하려고 애쓰는 말이므로, '나는 사랑한다, 고로 남들처럼 존재한다'이며, 나는 자신이 그 속에 완전히 녹아들어가 자신으로 나타나기 위한 말인 까닭에, '나는 남들이다, 그러므로 나는 사랑한다'가 되는 거예요. 그녀는 단층faille의 밑바닥, 실패faillite의 핵심에 있었던 거고요. 언어는 실패했고, 그 균열을 있는 대로 드러냈고, 언어에 발린 조악한 회반죽이 바슬바슬 부서져내리자, 아무것도 버티지 못했고, 색깔은 모조리 빛이 바래 어디에도 없었고, 그녀는 침울한 생각에 잠기고 말았어요. 그녀를 두려움에 떨게 했던 것은 특히 자신이 사랑의 언어의 수신인이 되지 못한다는 사실, '당신을 사랑해'의 '당신'으로 여겨지지 않는다는 거였어요. 왜냐하면 'Je t'aime'의 't'는 단지 'je'를 비추는 거울이고 증인이자 증거에 불과해, 그녀를 불러세우지 못하기 때문이에요. 그런데도 그녀는 자신이 살아 있다고 느껴요. 이 문장이 아닌 다른 곳에서, 이 문장도 다른 어떤 문장도 그녀를 소환하러 오지 않는 다른 곳에서 말이에요. 바로 그런 게 드라마예요. 그녀는 언어 전반에서, 살아 있는 언어에서 배제되었고, 그 언어마저 갑자기 화석으로 변해버린 거니까요. 언어는 박제되고 삶의 외관만 지니고 있는 탓에, 박제된 유리 눈으로 강렬하게 쏘아보는 탓에 그녀는 그만 눈을 감아버렸다고요.

이런 재앙은 좀처럼 사그라지지 않았어요. 어디서나 그녀의 귀에 들려오는 말이라고는 하나같이 모조품, 속임수, 예전에는 충만하고 팔팔했지만 이제는 부패된 고기들뿐이었어요. 말들은 모두 구더기가 우글거리는 죽은 육체에서 저 스스로 기어나와 그녀에게로 왔거나, 어떤 육체에서도 나오지 않았을 수도 있어요. 그러니까 발원지가 어디도 아니라는 건데, 아르노의 목소리가 그래요. 그의 목소리는 발원지에서부터 약간 지연된, 혹은 어긋난, 이탈한 복화술사의 웅변처럼 그녀에게 이르렀으니까요. 온 세상이 후後동기화되었다고나 할까요.

이 영화에서 그녀가 자주 입을 다무는 것은 그런 이유 때문인데, 그래서 눌 사이의 골은 더욱 깊어져요. 이의를 제기하거나 분노를 표출하는 일도 드물지만, 사랑의 말도 거의 하지 않으니까요. 그녀는 그런 말들을 하고 싶고 머릿속에 떠올려보기도 하지만, 입 밖으로 내뱉을 수가 없어요. 심지어 "사랑해"라는 말에 고작 "나도"라고 응수할 따름이라고요. 그녀에게 말들은 그 순응주의로 인해 대상들의 부재를 물질화시키는 것인 반면에, 침묵은 대상들의 존재와 현실과 진실을 복원시키는 것이에요. 따라서 상처 주는 말들의 화살 세례를 주고받고 나면 둘 사이에는 침묵이 자리잡게 돼요. 그녀에게는, 침묵이 내면의 언어거든요. 그녀는 말을 사용하지 않고, 말없이 사랑받고 싶다고요. 그가 음악을 듣듯 그녀의 침묵을 들을 수 있다면 가능하겠죠. 하지만 그는 그녀의 침묵을 듣지 못하는 귀머거리였어요.

난 아르노를 잊었어요. 이런 치명적 직관, 그러니까 삶의 핵심이 망가졌다는 것도 잊고 싶었는데 자꾸 생각이 나더군요. 심지어 사르트르의 『구토』를 다시 읽기도 했어요. 그 당시엔, 다름 아닌 말들, 박제사에 의해 전시된 그럴듯한 외관뿐인 불순하고 생명 없는 오브제들을 이해하려는 마음에서였어요. 응고된 언어가 완벽하게 기억나는군요. 내가 언제나 그곳에 있기 때문일 거예요. 그 점이 바로 나의 드라마인 거죠. 글을 쓸 때면, 어김없이 언어의 유리 눈이 보이니까요.

어떻게 하면 이런 거북함을 스크린에 옮길 수 있을까요? 사회적이거나 사교적인 한 장면, 상점 안 혹은 저녁 식사. 모르겠어요, 아무튼 죽은 언어가 들리는 어떤 것이어야 되겠지요.

외부, 낮. 그녀와 딸 리즈는 자동차로 쿠세 묘지에 도착한다. 디종 근교의 그 묘지에 필리프와 클레르, 그리고 고인이 된 가족들이 모두 묻혀 있다.

엘렌 : 얘야, 엄마 볼일은 한 시간쯤 걸릴 거야. 네가 오겠다고 했으니까, 너무 심심해하지 않으면 좋겠구나. 넌 그냥 할머니랑 같이 있을 걸 그랬나봐.

리즈 : 엄마는 여기서 뭘 할 건데?

그녀 : 묘비명에 관한 기사를 쓸 거야. 묘석에 써넣는 문구들 있잖아. 어느 잡지에 실을 건데, 마감까지 보름밖에 안 남아서 서둘러야 하거든. 그리고 나서 묘지를 돌아보고 인사드리자.

"아르노 아저씨는 왜 안 오셨어?"

"부모님 댁에 가셨단다."

엘렌은 오솔길들을 거닐며 수첩에 메모를 한다. 리즈는 수집품 삼아 자갈늘을 줍는다. 이따금 주운 돌멩이나 날쌩이 껍질을 보여주겠다며 엄마를 귀찮게 한다. 흙 묻은 달팽이 껍질은 두개골 모형처럼 속이 텅 비었다. 목소리 오프, 중성적 음색, 푸념조의 내레이션.

사랑하는 이들을 결코 잊지 못하리. 일체가 흘러가고 사라짐은 추억 밖에서이다. 우정과 사랑으로 이들을 영원히 애도하리. 세월은 흘러도 추억은 남는다. 그토록 우리를 사랑했던 당신에게. 날마다 당신의 추억이 보이지 않는 실로 짜여가노라. 나를 믿는 자는 죽어도 살리라. 결코 당신을 잊지 않으리. 세월은 가도 추억은 남는다. 영원히 애석해하며! 이승에서 고생했던 그녀를 위해 기도해주소서. 비탄에 잠긴 자들이 행복한 것은 위로받을 것이기 때문이다. 나의 남편에게. 추억. 편히 쉬소서. 애석함을 느끼며. 그를 위해 기도해주소서. 선량했던 만큼 편히 쉬기를. 세월은 가도 추억은 남는다. 그녀를 위해 기도해주소서. 결코 그대를 잊지 않으리.

리즈는 물뿌리개에 물을 채워 되는대로 다니면서 심지어 죽은 꽃이나 조화에도 물을 준다. 가볍고 투명한 사랑이 되어 엄마가 네게로 가마. 너는 우리 가슴에 영원히 살아 있으리. 영원토록 애석함을 느끼며. 결코 당신을 잊지 않으리. 사랑하는 사람들을 결코 잊지 못하리. 세월은 가도 추억은 남는다. 내 유일한 희망이자 재산인 남편과 자식들을 여기 맡기나니. 예수님 품에서 고이 잠드소서. 사랑하는 우리 형부에게 소중한 아저씨께 너무도 사랑하는 남편에게 유일한 내 친구에게 그리운 형에게 아버지께 소중한 내 동생에게 시어머니께. 선량했던 만큼 편히 쉬기를. 일체가 흘러가고 사라짐은 추억 밖에서이다. 우리 가슴에 당신은 영원토록 살아 있으리. 주여, 주께서 땅 위에 결합시킨 이들을 하늘에서도 갈라놓지 마옵소서. 당신의 부재로 당신의 존재가 얼마나 소중했는지 뼈저리게 느낍니다.

초상화, 사진, 하트 모양의 장식품, 십자가, 천사, 메달, 예수상, 성모마리아, 그리고 책들, 석회로 만든, 펼쳐진 형태의 딱딱한 책이 많고, 어떤 책의 지면에는 모범적인 한 생애가 이렇게 요약되어 있다. "정숙한 소피가 여기 잠들다. 언제나 좋은 아내였고 좋은 어머니였다. 친지들 모두 그녀를 그리워하도다." 몇몇 묘석에 쓰인 "영원히 애석함을 느끼며" "결코 당신을 잊지 않으리" 같은 말들은 거의 지워져버렸다.

나는 지하 가족묘소 앞에 잠시 머물렀고, 그후에 리즈를 불렀다. 딸애의 주머니마다 조약돌과 달팽이 껍질이 잔뜩 들어 있다. 우리는 천천히 걸어서 철책까지 돌아갔고, 리즈는 내 수첩을 대충 훑어보았다. 그애는 자동차로 가더니, 말없이 차에 올라 타 안전벨트를 맸고, 나는 시동을 걸고 출발했다. 몇 초 동안 우리는 말이 없었고, 그러다가 내 뒤에서 코를 훌쩍이는 소리가 들려왔다. "근데, 엄마, 잘 모르는 게 있어." 의자의 머리 받침대 너머로 몸을 기울인 채, 리즈가 내 빰 바로 옆에서 이렇게 묻는다. "나쁜 사람들이 묻히는 곳은 대체 어디야?"

자, 몇 초간의 컷을 어떻게 처리해야 할지 알겠어요. 어린 소녀가 묘비명이 즐비한 곳에서 대리석을 본뜬 플라스틱 묘석들 사이를 거닐어요(그애의 다리, 장딴지, 운동화만 보여요). 묘석에는 이런 말들이 쓰여 있고요 : 후유! 당신에겐 잘 됐어! 속이 시원하군! 썩 꺼져버려! 난 당신을 잊을 거야. 고대하던 바야! 인생 종료, 만세! 세월은 남고 추억은 간다. 내 인생을 썩게 했듯이 당신도 죽음 속에서 썩어가기를! 한 사람을 잃고 열 사람을 되찾도다.

이제 모녀는 부르고뉴에 있는 엘렌의 어머니 집에 있으니까, 집에서 점심을 먹는 장면을 그려볼 수 있겠군요. 클로드와 그녀의 애인 중 한 명, 엘렌과 리즈, 두세 명의 다른 사람들, 사촌들, 집안 친구들이 모여 있어요. 이 장면은 아르노의 어머니 대신 엘렌의 어머니를 볼 기회이기도 하죠. 그녀는 묘지에 간, 그것도 리즈까지 데리고 간 딸에게 화가 나 있어요. 묘지를 찾아가는 일 따위는 부질없다고 생각하는 거예요. 정작 고인들은 아무 관심도 없는데, 뭐 하러 뻔질나게 찾아가 그들이 누구라도 되는 양 착각하게 만들 셈이냐는 거죠. 죽은 사람일 따름인, 그저 그뿐인 고인들에게 그녀 자신은 전혀 연연해하지 않거든요. 고인이 화제에 오를라치면, 그녀는 이내 죽은 사람처럼 온몸이 뻣뻣해지면서 얼굴이 굳고 눈에서 광채가 사라지는 것이, 흡사 당신의 우스꽝스러운 몸짓을 흉내내 보이려는 아이들 같다니까요. 정말 인상적이죠. 주방에서는 한창 이야기꽃을 피우는 중인데, 클로드가 아르노에 관한 비밀을 누설해요. 저런! "너 누구랑 사귀니?" 어머니가 물어요. "어쩜 매번 그렇게 귀띔도 안 해준다니!" 엘렌은 사랑에 빠졌다고 실토해요. "그 남자는 어떠냐?" 어머니가 또 물어요. "그 사람도 날 사랑해." "아, 그래? 그런 것 같아?"

우리가 반드시 현실에 충실할 필요는 없을 것 같은데, 미안해요, 나 웃기죠. 필리프라는 이름만 빼면, 전부 바꿀 수도 있어요 (꼭 바꿔야 하는 거 아닐까요?). 이 장면은 세트*에서 전개될 수도 있어요. 가령 해변의 묘지에서. 그 경우 나는, 아니 결국 엘렌은 발레리의 시구를 한두 줄 인용하거나, 묘지가 굽어보이는 곳에 집이 있는 술라주**의 검은색에 관해 뭐라고 말할 수도 있겠지요. 최근에 술라주의 인터뷰 기사를 읽은 적이 있는데, 그는 검은색이 침울하다는 견해를 반박하면서, "검은색은 모든 의미가 형성되고 해체되러 오는 장소"라고 말했어요. 그 발상이 마

---

* 프랑스 남부 지중해 연안의 항구. 「해변의 묘지」를 쓴 시인 폴 발레리가 태어난 곳이자 그의 무덤이 있는 곳.
** 프랑스의 화가.

음에 들어요, 영화에서도 검은색은 흥미롭지 않을까요?

새까만 한 페이지, 이것이야말로 이따금 우리 책들에도 필요하답니다.

그럼 엘렌의 어머니는 세트에 사는 것으로 하죠. 어머니 가족이 줄곧 그곳에 살았고, 어머니 역시 클레르나 필리프처럼 그곳에서 태어나 분명 그곳에 묻힐 거예요. 묘지를 찾았을 때 엘렌의 머릿속에도 그런 생각이 떠올랐고, 세상을 재구성하는 빛나는 검은색에 대한 가정도 해보지 않은 게 아니에요.

점심 식사 동안의 화제는 남녀에 관한 것이면 좋겠어요. 클로드는 최근에 사귄 새 애인을 데려왔고, 그래서 좀 내숭을 떨 거예요(평소에는 사회언어에 구멍을 내고, 괴로운 나머지 규범을 위반하는 능력을 발휘해요. 한번은 크리스마스 식사 때였는데, 칠면조 고기를 써는 어머니 옆에서, 언니가 그 당시 남편에게 "소금 좀 건네줘, 오쟁이진 남편아"라고 말하는 바람에 좌중에 찬물을 끼얹은 적도 있었죠). 모두 남녀평등과 불평등을 화제로 삼을 거예요.

"예를 들면, 이상한 일이지만, 실제로 여자 작곡가들은 없단 말입니다. 잘 찾아봐도, 음악에서는, 여자들이 없는데……"

클로드의 애인은 부드러우면서도 단호하게 클로드의 손을 잡고는—그는 군인이거나 소방관일 거예요. 그 당시 언니는 자신이 배우로 출연하는 연극을 하는 극장에 출장 온 소방관들과 연이어 관계를 맺었거든요. 언니의 꿈이 구출되는 것이라서요—손에 일종의 입맞춤을 하고서 허풍을 섞어가며 말할 거예요.

"하긴 여자들이 음악을 할 필요가 뭐 있나요! 여자들이 음악 자체인걸!"

모르긴 해도, 그건 다른 문제일 거예요. 그런데 영화의 어느 한 순간 보는 여자가 남자들의 시선에 이중으로 감금되었다고 느꼈으면 해요. 관 속에 갇히듯 그들의 욕망에 갇혔다고.

실내, 밤. 뱅자맹이 무대 전면으로 나온다. 손에 꽃을 들고 있다. 완전한 어둠, 겨우 그의 형체만 보인다. 그는 꽃을 무덤에 내려놓듯 바닥에 내려놓는다. 목소리는 단순 명료하다.

"난 그녀를 사랑한다'는 걸 알았고, 그렇다고 말도 했어. 하지만 그렇게 느끼지는 못했지."

아르노는 암스테르담에서 돌아오자마자 앓아누웠어요. 눈이 몹시 아파서 얼굴을 가리고 몇 시간이나 침대에 누워 있어야 했죠. 나는 의사를 불렀고, 아르노가 내 집에 있는 게 행복했어요. 내 존재나 보살핌 따위는 고통을 더는 데 아무 도움도 되지 못했지만요. 유난스레 앓는 소리를 내는 그를 도저히 달랠 수가 없었는데, 끙끙 앓는 그 모습은 영락없이 노인 같았어요. 지금은 이름을 잊어버린 무슨 약을 먹어야 했는데, 아무튼 그가 보여준 설명서에 따르면, 부작용 중에 리비도 장애가 있더라고요. 병명은 일종의 결막염으로 나으려면 시간이 좀 걸린다고 했어요. 내가 침대에 엉덩이를 걸치고 옆에 앉으면, 내가 병의 직접적인 원인이라도 되는 듯이, 그는 짜증을 내며 똑같은 말을 되풀이했어요.

"난 각막이 아파." 내가 할 수 있는 것이라고는 말로 그를 안심시키는 게 고작이었지만, 시력을 잃을까 두려워하는 그의 심정은 이해할 수 있었어요. 시력은 어떤 의미에서 그의 작업도구니까요. 눈은 느리게 회복되었고, 그러자 이번에는 허리가 아팠는데, 침대에 너무 오래 누워 있던 탓이려니 생각하고 그는 소염제를 복용했어요. 식탁 앞에서도 깨작거릴 따름이었고, 아무것도 먹지 않을 때도 있었죠. 리즈는 그의 기분을 풀어줄 셈으로 아침마다 커피를 가져다주었어요. 나는 간호사 역할이 버거웠고, 또 그를 향한 격앙된 심정—신경질, 욕망, 분노, 모든 걸 팽개치고 싶은 욕구—때문에 어쩔 줄 몰랐어요.

끔찍해요. 가끔 그러듯이, 내가 방금 쓴 글을 소리내서 읽어보았어요. 근데 갑자기 무슨 소리가 들렸는지 당신도 좀 들어보세요. "난 발생된 합의 때문에 마음이 편치 않아."* 때는 암스테르담에서 돌아온 직후였고, 우리가 아이를 갖기로 막 합의를 본 다음이었어요. 그의 육체는 자신의 목소리와는 다른 말을 하고 다른 언어를 구사했는데, 그 말은 들리지 않았죠. 아! 이 남자는

---

* 'à la cornée 와 à l'accord ne' 는 동음이의어이나. 각막이 아프다는 이 남자의 말(J'ai mal à la cornée)을 그녀는 발생된 합의 때문에 마음이 편치 않다는 말(J'ai mal à l'accord né)로 알아듣고 있다.

또 얼마나 난리법석을 칠 셈인지. 눈에 검은색 가리개를 한 채, 이렇게 외치고 또 외치면서 말이죠. "난 발생된 합의 때문에 마음이 편치 않아, 발생된 합의 때문에 마음이 편치 않다고."

나도 그래, 나도 아파. 난 너무 아파, 또다시, 갑자기.

간밤에 거의 잠을 설치면서, 지난 일들을 머릿속으로 되짚어보았어요. 고통스럽게도 사태가 분명히 파악되더군요. 암스테르담에서부터 일이 꼬이기 시작했다는 걸 이제 알겠어요. 거기서부터 일종의 불길한 보물찾기가 시작되었던 거죠. 나는 불길한 보물로 버려짐의 징후들을 찾아내게 돼요. 그는 보물찾기를 하다가 병이 나고, 나를 볼 수 없게 되고, 그 놀이에 진저리를 치게 된다고요. 물론 그런 말은 전혀 없었고, 오히려 여전히 사랑의 말들이 있었던 듯싶어요. 아니, 확실히 있었고, 게다가 선물이며 감미로운 순간들마저 있었어요. 비록 그 순간들은 은밀한 증오와 교활한 괴롭힘으로 폭파되고 말았지만. 나는 정말로 원치 않는 여자가 돼버려요. 그는 자신이 얼마나 착각했고, 얼마나 속았는지 깨닫게 되고요. 내 삶이 온통 숨겨진 악이고, 내 존재가 엄청난 기만임을 알게 되거든요. 따라서 비방, 의도적인 실망, 경멸의 암시가 담긴 장면들, 즉 끈질기게 지속적으로 식어가는 사랑, 기쁨과 쾌락과 희망의 줄질과 마모를 보여주는 장면을 많이 늘려도 되겠어요.

많은 부정적 표지판은 지금부터 시작해 이 영화가 계속되는 동안 분배되어야 할 텐데, 가급적이면 친밀하거나 즐거운 순간, 가령 머리를 맞대고 하는 식사 시간이든가, 둘이 잠자리에 드는 밤, 나들이, 낮잠 시간 전이 좋을 것 같아요. 어떻게 행복하지 않을 수 있단 말인가, 그것이 바로 강령이죠. 모두 하나같이 금지된 방향 표지판들이에요.

이봐, 내가 가브리엘을, 가브리엘을 봤어. 당신도 알지, 당신 만나기 전에 나하고 이 년간 동거했던 여자. 그래, 맞아, 이 년. 천만에, 대체 무슨 말을 하는 거야. 어쨌든 그 여자 정말 예쁘던데. 전보다 더 예뻐졌더라. 그녀를 알게 됐을 때 내가 미친 듯이 빠져들었던 기억이 나는군, 누굴 그토록 사랑한 적은 없었을걸. 그녀가 옷을 잘 입어서였을 거야. 그녀의 옷차림은 늘 화려했고, 야마모토의 멋진 의상을 입었더랬지. 자신을 돋보이게 할 줄 아는 여자라니까. 이웃집 남자가 새끼 고양이 한 마리를 주겠대. 자기네 고양이가 막 새끼를 가졌다나. 그래, 뭐 아무튼 좋아. 당신이 오면 폴라라민*을 먹어야 될걸. 아 참, 당신 책, 한정판인 건 아는데, 내가 샤워할 때 책을 거기 놔둔 바람에 젖었어. 별일

---

* 알레르기 치료제인 약 이름

아니니까 너무 빡빡하게 굴지 마. 솔직히 말해서 그 파란색 당신한테 안 어울려. 아, 그래, 아마 그럴걸. 기억이 안 나. 하지만 그때는 당신 안색이 지금보다 더 좋았지. 그게, 왜 그러냐 하면, 눈가에 푸르스름한 그늘이 져서…… 당신더러 같이 가자는 말은 안 할게. 영화인들끼리 모일 텐데, 당신이 따분해할 수도 있고, 무슨 말을 해야 할지 모를 수도 있잖아, 업계용어가 오갈 테니까. 아냐, 어제 내가 렉스에서 본 건 그 영화가 아니야. 아, 어쨌든 미안해. 당신이 거기 가고 싶어하는지 몰랐어. 그런 말 안 했잖아. 아니, 안 했어. 당신 강연이 화요일이지. 저런, 유감이군. 난 못 갈 거야. 가브리엘의 베르니사주*에 참석하겠다고 약속했거든. 피에르는 당신 책이 마음에 전혀 안 든다더군, 내가 한 권 줬는데, 아주 하찮은 책인 줄 아나봐. 그가 직접 한 말이야. 하지만 뭐 어때. 전혀 중요하지 않아. 전철 안에서 한 남자가 나를 꼬이려고 접근했어. 그럼, 가끔 있는 일인걸. 그 얘기 당신한테 안 했나? 응, 요즘도 그래. 그런 일이 왜 없겠어. 그런데 그자의 지적이 흥미롭던걸. 여기, 끝부분 말인데, 당신 책에는 수치심이 부족하다는 거야. 당신은 아무나 다 받아들이잖아. 어쨌든, 난 낯선 사람들이 그런 식으로 내 삶에 끼어드는 게 싫어. 촬영이

____

* 미술 전람회 개최 전날의 특별 초대.

끝나고 쫑파티를 하는 건 전통이야. 관계자 말고 외부 사람은 일절 안 와. 당신 〈아메리카의 밤〉*이라는 영화 봤어? 사람들 모두 아무하고나 자. 감독만 빼고. 트뤼포는 정말 거짓말쟁이더군. 그 영화를 촬영하는 동안 자기는 재클린 비셋과 내연관계였으면서. 그래서 말인데, 갈색 머리 여자들이 어쨌든 더 아름다워. 조명을 훨씬 잘 받거든. 응, 당신 사진은 떼어냈어. 자꾸만 떨어져서. 당신은 왜 동전지갑을 안 가지고 다니는지, 별난 버릇치고는 고약하기 짝이 없어. 가방 속을 뒤지느라 시간이 엄청 걸리잖아. 남들은 돈 내기 싫어서 그런다고 생각할걸. 그런 인상을 주는 거 맞아. 어쨌든 인심도 그리 후한 편은 아니니까. 당신은 내게 선물 한 번 한 적 없잖아. 없다고, 당신은 내게 선물을 안 하더라.

실내, 낮. 자크 앙리 라르티그의 사진전시회. 아이들의 전형적인 모습들, 햇빛 속의 작은 배와 헤엄치는 사람들, 경주용 자동차들, 사랑이나 찬미의 대상인 여자들, 멀리뛰기나 높이뛰기, 야

---

* 프랑스의 영화감독이자 누벨바그의 기수인 프랑수아 트뤼포의 1973년 작품. 프랑스 감독이 미국 영화를 촬영하는 동안 일어나는 여러 가지 연애사건을 다루고 있다. 트뤼포가 영화감독으로 출연하며 영국 여배우 재클린 비셋이 할리우드 스타 배우 역할로 나오는 이 작품은 영화 제작을 다룬 영화 중 가장 뛰어난 것으로 평가받는다.

외 스포츠. 포스터에는 랭보의 시구가 쓰여 있다. "나는 행복의 경이로운 공부를 했노라, 아무도 피할 수 없는."

엘렌과 아르노는 따로따로 거닐며 사진을 감상하는 중이다. 여러 번 그녀가 그에게 접근한다.

그녀 : 1914년, 그가 테니스 선수권 대회를 목표로 훈련을 하는 사진이네. 굉장해, 이 전시회. 한 세기를 아우르고 있는데, 날씨가 늘 좋았던 것 같잖아. 전쟁도, 파업도, 가난뱅이도 없고, 비도 내리지 않고.

그(공격적으로) : 행복의 감각을 지닌 사람들도 있는 법이야. 뭘 더 바라!

아니라는 듯 고개를 절레절레 흔드는 그녀 : 나도 테니스를 쳐. 그래도 세상의 다른 면은 볼 수 있다고.

그 : 하지만 당신에겐 행복의 감각이 없잖아. 행복을 누리고 주기도 하는 능력. 당신에겐 행복을 보는 안목이 없는걸.

그녀는 대답하지 않는다. 그가 말을 잇는다.

"아무튼, 만나자마자 『구토』를 읽는 소녀에게 뭘 기대하겠어?"

이 말은 유머일 수도 있다. 따라서 서로 미소를 주고받을 수 있고, 그러면 모든 게 가벼워지리라. 하지만 유머가 아니다. 아르노의 경우, 비난은 중요하고 필요 불가결하고 원초적인 것, 응회암인 것이다. 그가 당신을 그렇게 바라본다면, 당신은 유죄다.

공모는 없었지만, 있었다 해도 난감할 따름이다. 무슨 죄를 지었는지도 모르는 공범이기 때문이다. 그야말로 종신 소송감이다.

그런데도 그는 박물관 서점에서 책 한 권을 사더니 선물 포장을 해달라고 한다. 그리고 길에서 그녀에게 준다. 샤틀레 부인*의 『행복서설』이다. "고마워." 그를 포옹하면서 그녀가 말한다. "사랑해." 그가 말한다. "이제 뭘 하지, 우리 집으로 갈까?" "아니, 지금은 안 돼. 어서 가야 하거든." 그녀의 시선이 그가 들고 있는 서점 쇼핑백에 멈춘다. "근데 당신, 뭘 산 거야?" 그가 쇼핑백에서 책을 꺼낸다. 같은 책이다.

그들은 이따금 영화를 보러 가요. 그러다가 금방, 자주는 아니더라도, 그는 혼자 영화를 보러 가거나, 그녀가 아닌 다른 사람들과 같이 가는 걸 더 좋아하게 돼요. 하지만 그날 저녁, 두 사람은 레오 매커리 감독의 영화 〈그 여자와 그 남자〉**를 보러 가죠. 그 영화의 여러 대목을 우리 영화에 삽입했으면 싶은데, 그런 일이 실무적으로 어떻게 진행되는지 모르지만, 혹시 그 영화

---

* 프랑스의 작가. 볼테르의 오랜 반려자로 더 잘 알려져 있다.
** 〈언 어페어 투 리멤버〉의 프랑스 개봉 당시 제목. 우리나라에는 〈러브 어페어〉로 알려졌으며, 1994년 글렌 고든 카스 감독에 의해 동명의 영화로 리메이크되었다.

를 발췌해 사용할 권리가 당신에게 있는지. 제발 있었으면 해요. 우선, 그 여자와 그 남자가 만난 초기에 탁구 치듯 말을 주고받는 몇 초간의 장면이 필요해요(게다가 남자배우는 캐리 그랜트인데, 절대 우연일 수 없어요!). 그들의 대화가 내 마음에 쏙 들어요. 할리우드의 재주꾼들이 썼다는 인상을 풍기지만요. 남성과 여성의 혼합, 두 성性의 뒤얽힘, 그로 인해 생겨나는 기쁨이 좋아요. 〈소년, 소녀를 만나다〉*라고나 할까요. 우리는 엘렌과 아르노가 무덤덤하게 앉아, 자기들이 아닌 화면 속 커플을 바라보며, 자신들의 음울한 위기감과 그들의 반짝이는 경쾌함을 남몰래 비교하는 모습을 보게 될 거예요. 그들은 엠파이어스테이트 빌딩 꼭대기에서 일 년 후에 만나기로 약속하는데, 각자의 삶을 정리하고 자유로워지기 위한 시간이 필요하기 때문이에요. 나는 캐리 그랜트가 부질없이 기다리는 장면―여자는 오지 않거든요―을 삽입했으면 해요. 저녁의 어둠이 내리면서, 그에게 차츰 그림자가 드리워지고 표정에서 희망이 사라져요. 이미지들이 화면을 바라보는 엘렌과 아르노의 얼굴에 비치자, 그들의 표정에서 기다림들이 뒤섞이고 고통들이 합쳐지는군요. 스크린은

---

* 프랑스 영화감독 레오 카락스의 1984년 흑백영화. 어긋난 사랑의 공허함과 절망을 시적이고 감각적인 영상으로 표현했다. 〈나쁜 피〉(1987), 〈퐁 뇌프의 연인들〉(1991)과 함께 사랑 3부작으로 불린다.

요술 거울이라니까요. 그리고 특히 마지막 장면을 넣어야 해요. 우연히 그녀와 마주친 그는 그녀가 반신불수가 되었다는 걸 알게 돼요. 약속 장소로 오다가 자동차에 치였고, 그래서 오지 못했던 거죠. 나는 전경과 그 반대 위치에서의 촬영을 염두에 두고 있어요. 영화의 마지막 이미지는, 남자와 여자가 끌어안고 사랑의 말들을 주고받는 것을 배경으로, 엔딩 크레디트가 올라가는 거예요. 그런 다음 카메라는 다시 엘렌과 아르노를 비춰요. 아르노는 "커트"를 외치기 직전처럼 긴장하고 집중한 것처럼 보여요. 오, 그래요, 나를 고통에서 "커트"해주세요, 그녀는 이게 영화가 아니라는 듯, 뺨에 흐르는 눈물을 연신 훔치면서 울어요.

그들은 영화관에서 나와요. 아르노는 그녀의 눈물을 조롱하는 시선으로 바라보면서도, 내심 약간은 만족해요. 눈물은 그의 예술에 대한 찬사이기도 하니까요. 그들이 인도 위로 멀어져가요. 서로 몸이 닿는 법 없이, 말도 나누지 않으면서. 다음 장면.

"엄청난 멜로야! 어쨌든 끝이 좋았어!"

그녀가 말해요.

그가 의외라는 몸짓을 해요.

"왜 그렇게 생각해? 당신은 그게 해피엔드라고 생각해?"

"그럼, 아무튼 그렇잖아. 마지막 이미지를 잘 봐. 그게 해피엔드가 아니라면……"

"여자가 불구가 되었다는 걸 잊지 마."

"맞아. 하지만 그들이 영영 서로를 되찾지 못하고, 두 번 다시 만나지 못하고, 끔찍한 오해를 하면서 남은 생을 살 수도 있잖아. 그런데 그 결말은 어땠어. 그들은 서로 사랑하고, 함께 있어. 결말은 열려 있어. 모든 게 가능한걸."

"뭐가 가능하다는 건지 모르겠군. 여자를 다시 만나지만, 그녀는 이제 그때 그 여자가 아니야. 다른 여자지. 당신이 아무리 말해봐야 소용없다니까. 그녀는 못 걸어. 앞으로도 절대 못 걸을 테고."

그들은 각자 생각에 잠겨 묵묵히 인도를 걸어가요. 그녀는 자신이 한심하고 쓸모없게—불구자처럼—느껴져요.

(휴지통)

절대 그러지 말아야 했는데. 결코 해서는 안 되는 일이었어요.
서랍에서 사진들을 꺼내면 안 된다는 걸 잘 알고 있었거든요. 내
내 사진 생각이 떠나질 않고, 속상하고 괴로워서 아무 일도 할
수가 없는 거예요. 내용 없는 이야기를 늘어놓을 수도, 헛소리를
지껄일 수도, 글을 쓸 수도 없고요, 내겐 그럴 말이 없으니까요.
표현할 말도 없지만, 설명할 수도 없어요. 그러니 무슨 수로 관
계의 부재를 기술하겠어요? 나는 혼자고, 그 누구와도 공유하는
것이 없죠. 나는 소통하지도, 연대감을 느끼지도 못해요. 이곳은
정적만이 감도는 차디찬 죽음의 장소예요. 말을 하지도 듣지도
못해요. 모든 게 사망했어요. 가슴 위에 놓인 묘석, 대리석판이

나를 짓눌러요. 나는 비명을 지르고, 무슨 일이 있었는지 묻고 싶어요. 하긴 울부짖는다 한들 그 소리가 들리기나 하겠어요. 나는 어둠 속 저 깊숙이 파묻혀 있거든요. 시간은 멈추었고, 고독이 모든 감정을 지배하면서, 두려움, 미칠 것 같은 공포가 밀려와요. 이제 근거가 될 시간의 지속은 사라지고, 내면의 순간들, 그 자체의 에너지 파괴에 침식당한 순간들만 존재해요. 세상만사가 아무 이유 없이 거꾸로 뒤바뀌고, 아무것도 습득되지 않고, 확실한 것은 없으며, 믿음은 사라지고, 변함없는 사랑도 신념도 자취를 감춰요. 그 역逆 또한 마찬가지여서, 안은 겉이고, 선은 악이고, 쾌락은 고통이며, 뭔가는 다른 무엇으로 바뀌고 만다고요. 이것이 밤마다 내가 꾸는 악몽이에요.

그가 지적한 대로 내겐 행복의 감각이 없나봐요. 금방 부인될 말을 왜 하나요? 곧 사라져버릴 감동은 뭐 하러 표현하나요? 나무가 베어지고 지면이 지워질 거라면, 언어의 껍질에 포개진 하트 모양을 새기는 이유는 뭔가요? "주의, 당신이 수락할 경우, 이 사랑은 삼십 초 안에 자동 파괴될 것임." 나는 사랑을 지켜내기 위해, 파괴에서 구해내기 위해 아무것도 할 수 없는, 그저 무력한 존재에 지나지 않아요. 사랑, 그것은 '미션 임파서블'인걸요.

전체 스토리—혹은 아르노라는 인물—안에는 뭔가 야성적

인 것이 있어요. 언어를 넘어서고 이성을 벗어난 무엇, 도저히 길들일 수 없는 무엇, 비록 이미지일망정 찢어발기고 물어뜯고 죽이는 뭔가가 있다고요.

악몽은, 그럼에도, 글을 쓰는 내가 보기엔, 파롤의 접근을 불허하는 야성은 물론 그와 동시에 그 역(완벽하게 제어되고 거리를 둔, 무자비한 냉담함)에 기인해요. 인간의 언어는 위협적인 비명 속으로 사라짐과 동시에 인간성이 상실된 코드 속으로 흔적도 없이 사라진다고요. 이제 말은 존재하지 않고 텅 빈 기호만 남은 거죠. "사랑해"와 "더는 사랑하지 않아"도, "그래"와 "아니"도, "이리 와"와 "꺼져"도 없고, 그저 기호들일 뿐이라고요. 두 개의 기호, 사진의 음화陰畵와 양화陽畵처럼, ＋ 기호, － 기호. 상반된 힘들의 가역적인 흐름, 양계수가 붙었다가 음계수가 붙는 전파, 그저 수학기호 ＋, －를 바꿔 쓰는 것만으로 모든 게 정반대로 바뀌고 말아요. 이 스토리에서 나를 절망에 빠뜨리는 건 바로 그 점이에요. 스토리가 수학언어, 즉 규약이나 수치에만 영향을 미칠 수 있는 언어로 쓰였기 때문이라고요. 우리는 스토리를 더하고 빼고 곱하고 무한대로 늘일 수도 있어요. 그렇게 스토리는 충격 없이 바뀌고, 흔들림 없이 움직이고, 아무것도 휘젓지 않아요. 그야말로 사랑의 정반대잖아요. 사랑은 살아 있는 언어니까요, 그게 아니라면 사랑이 대체 뭐겠어요?

수학을 싫어하는 나는 늘 빵점이었어요. 수학은 나를 빵점으로 만들어요.

시나리오를 요약해달라고요? 프로덕션에 제시할 수 있게 몇 줄로 압축된 시놉시스를 보내라고요?

그건요, 아주 간단해요. Boy doesn't meet girl.*

이렇게 말해도 돼요. 여자들을 사랑하지 않았던 남자.**

* 영화 〈소녀, 소녀를 만나다〉의 패러디.
** 트뤼포 감독의 영화 〈여자들을 사랑했던 남자〉의 패러디.

네, 난 모르겠어요. 앞모습인지 뒷모습인지 참인지 거짓인지 죽음인지 삶인지 흰지 검은지 천사인지 짐승인지 엄마인지 창녀인지 사랑인지 증오인지 부정인지 긍정인지 머무를지 떠날지 당신인지 나인지 아무것도 아닌지 전부인지 절대 아닌지 영원히 그런지 없는지 있는지를.

자, 이게 당신 시나리오라고요. 모든 게 서로 연관되어 있으니, 롱 테이크 기법*으로 촬영해야 하죠.

장르요? 탐정 포르노 멜로 괴기 연애 B급 드라마 무성 텔레비전 연속극.

---

* 대상의 자연스러운 모습이나 의미를 나타내기 위해 가능한 한 숏의 단절을 배제하는 기법.

이건 영화에 대한 영화예요. 만들어가는 중인 영화라고요.

아무튼 참 만들기 어려운 영화인데, 이 점은 처음부터 말씀드린 대로예요. 이 영화는 시간 속에서 스토리를 전개시킬 경우, 주제의 특성상, 스토리를 구성하는 핵심이 사라지고 말아요. 한 편의 드라마지만, 고정되어 있기 때문이죠. 움직임 없는 카오스거든요. 경련이 반복되고, 불가능한 일들이 자꾸만 생겨요. 편집되지 않은 영화, 혹은 사건이나 심리의 일관성이 전혀 없이, 알맹이가 없이 편집된 영화를 상상해보세요. 그런 영화에서는 모순된 행동들을, 대사의 한쪽 끝과 다른 쪽 끝을 이어놓았을 텐데, 그래서 지속되는 동안에는 그럴듯해 보여도 다음 순간으로 넘어가자마자 이해가 불가능해져요. 등장인물은 미치광이나 알츠하이머 환자로 보이기 십상이죠. 콩스탕의 동시대인들도 그를 보고 "괴물이야. 그에게는 영혼이 없어"라고 말했다죠. 그는 "난 벼락 맞은 사람이야"라는 말도 자신을 옹호했고요. 이 영화의 난제는 논리와 연대성年代性을 부여하는 일이에요. 아! 당신이 실험영화 감독이라면, 별 문제가 없을 텐데. 그렇다면 환상을 폭발시키거나, 속속들이 파헤칠 수 있잖아요. 가령 포개거나, 한 겹을 떼어내거나, 나누거나, 복사해서 붙이거나 해서 말이에요.

내가 뭘 알아야죠! 앤디 워홀은 한 편의 영화를 두 개의 다른 스크린에 투사했다는데, 다른 영화 두 편을 하나의 스크린에 투사할 수도 있거든요! 그렇기 때문에 영화 필름은 이미 스토리의 은유인 셈이라고요. 필름은 움직임의 환상을 제공하지만, 실은 필름의 상像 하나하나가 가느다란 까만 선으로 다른 상과 분리되어 있어요. 순간들은 서로 연결되지 않으므로, 우리는 철저한 불연속 안에 있는 셈이고요. 그게 바로 콩스탕의 일기를 읽을 때 빈번히 생겨나는 효과예요(나는 레카미에 부인에 대한 그의 열정에 특히 주목하고 있어요. 그 까닭은 그녀가 그에게 거꾸로 반격을 가했기 때문인데, 하긴 그녀가 좀더 냉정하죠). 감정은 나날이, 시시각각, 순간순간, 반대 감정으로 변해요. 역전은 분명 일종의 진전이나 퇴화로 우리를 이끌지만, 우리는 제자리걸음을 하거나 빈틈을 향해 나아가요. 나비가 고치 속에 들어 있는 것보다는 구더기가 과일 속에 들어 있는 경우가 훨씬 더 흔한 법이니까요. 이런 법칙은 현실의 삶에서도 목격돼요. 사랑이 무관심이나 증오로 변하는 걸 보세요. 그런데 두 사람이 헤어지기까지는 어느 정도 시간이 걸리고, 그 시간 덕택에 그들은 현실을 받아들이고 이해하게 돼요. 시간 자체만으로도 설명이 충분하다는 듯이 말이에요. 사랑에는 신체에 비견될 만큼 순전히 생물학적인 요소가 있어서, 그것이 쇠약해져 죽게 된다는 것처럼 말이에요.

그래서 사랑이 끝난 이유를 우리는, 죽은 사람에 대해 묻는 아이들에게 대답하듯이, "늙어서 죽었단다"라고 말할 수도 있는 거예요.

네, 여기서 시간은 약화시키거나 부식시키지 않아요. 열정적인 사랑 이야기나 그것의 파렴치한 공연에서라면, 시간 전체가 매순간에 집중된다고 말할 거예요. "오늘 밤, 당신을 영원히 사랑해." 그게 사실이라면, 고정된 동일한 시점에 모든 시간의 잠재성이 축적되어 포개지는 거죠. 시간은 흐르지 않고, 쌓여요. 시간은 강이 아니라, 흙이고 침적물이고 뚜껑이에요. 우리를 파고들지 않고 위에서 짓눌러요. 우리는 과거의 무게에 짓눌리고, 미래의 후드로 빨려올라가 숨이 막혀요. 살아 있는 순간에 이미 죽었다고요.

시간이 수직이고 기억이 부재하는 영화는 어떻게 만들어야 할까요? 물론, 해학적으로 처리할 수도 있을 거예요. 자신이 무엇을 원하는지 몰라서 끊임없이 이랬다저랬다 하는 사람의 이야기로요. 그는 "우체국에서 편지 한 통을 부치려는데, 마음속으로는 이미 다른 결정을 내렸다"고 말하는 거죠. 그 점이 희극의 확실한 원동력이니까, 활용해보는 것도 좋을 것 같아요. 하지만 그건 오래 써먹진 못할 거예요. 전체적으로 보면, 그건 비극이니까요.

실내, 밤. 극장에서. 배우가, 앞으로 나오고 뒤로 물러서기를 반복하면서, 입으로 속사포처럼 쏟아내는 대사에 동작을 맞추고 있다. 아무튼 콩스탕은 청년이 아니라 중년 남자—마흔일곱 살—라는 사실을 기억할 것.

내 사랑이 머릿속에서 떠나지 않는구나. 온통 쥘리에트 생각 뿐이야. 그녀의 존재는 모든 걸 아름답게 만들지. 아직 날 사랑하지는 않지만, 마음에는 드는 모양이야. 앞으로는 누구보다 날 더 좋아하게 될걸. 날 사랑하게 될 거라고. 아내의 마음을 아프게 하고 싶진 않아. 난, 내가 생각해봐도, 더할 나위 없이 사랑받을 만한 사람이야. 그래, 아직은 그녀가 날 사랑하지 않더라도, 거의 사랑하는 거나 다름없어. 어쩌면 나 혼자만의 지레짐작일지도 모르지만. 그래, 날 사랑하게 되리라 믿어. 날 아주 마음에 들어한다고. 확실해. 그녀가 나 없이는 못 살게 만들어야 해. 지금은 꾹 참자. 내가 괴로워하는 건 터무니없어. 그녀 때문에 몹시 흥분해서 하루하루를 보내고 있잖아. 그녀가 내 피를 끓게 해. 난생처음 보는 교태, 그 점이 바로 매력이기도 하지. 파리가

168

그녀를 많이 변하게 했어. 앙제빌리에*에 있을 때는 훨씬 다정했는데. 그토록 교태를 부리는 여자와는 사귀어본 적이 없는데, 정말 골칫거리야! 그녀는 날 절망에 빠뜨렸어. 도저히 견딜 수가 없어서 밖으로 나와버렸지. 고통스러워 몸이 벌벌 떨려. 그 여자는 날 전혀 사랑하지 않는 거야. 날 속였던 거라고! 우정조차 느낄 수 없던걸. 난 눈물로 거의 밤을 지새웠어. 그녀는 날 눈곱만큼도 사랑하지 않아. 앞으로도 날 사랑하는 일은 절대 없을 테고. 난 그녀를 만나, 오랫동안 다정한 대화를 나눴어. 진정하자. 다른 여자들에게 눈길을 돌리고, 녹초가 되도록 진탕 놀아보는 거야. 그녀는 내게 만족한 눈치였어. 난 한 여자를 만났어. 오늘 밤엔 다른 여자를 만날 거야, 내일 밤엔 또다른 여자를 만나고, 그렇게 여자에게 신물이 나도록 놀아볼 수도 있겠지. 하지만 이젠 그런 짓도 완전히 끝이야. 그 여자는 너무나 가식적이었어. 그녀가 내게 한 짓은, 살그머니 남에게 다가가 냅다 비수를 꽂는 것이나 마찬가지라고. 정말 끔찍한 여자야! 십 년이 걸리더라도 반드시 복수하고야 말겠어. 세상에, 내가 이토록 그녀를 증오하다니! 단 한 가지 길이 있다면, 그녀를 피하는 것뿐이야. 하지만 그녀를 포기하느니 차라리 죽는 게 나을걸. 그녀는 날 사랑하면

---

* 일 드 프랑스 지방의 도시.

서 아닌 척하는 게 아닐까? 난 그녀 앞에서 눈물을 보이고 말았어. 그녀는 그저 냉담했지. 감정의 격랑이 지나면, 열병도 수그러드는 법이건만. 세상에, 이제 이런 고통은 느끼지 않을 수 있으면 좋으련만. 그녀를 용서할 수도 있을 거야. 그렇다면 얼마나 행복할까! 나는 아침 내내 또 눈물을 흘렸어. 제일 좋은 방법은 떠나는 거야. 그래, 좋은 기사를 한 편 써서 유능하다는 강한 인상을 남기자. 그러고 나서 떠나는 거야. 나는 최상의 하루를 보냈어. 그녀를 오래 볼 수 있었거든. 그녀는 내게 우정을 표했고, 함께 나눈 대화에는 평온함이 깃들었지. 뜻밖의 하루였어. 네 시간이나 그녀와 함께 있었다니까. 그녀는 말할 수 없이 다정하게 굴면서 슬퍼했어. 나도 조금은 용기를 되찾았어. 아마 월요일에 다시 만나게 될 거야.

아내가 오는지 여부를 알기 위해 편지를 여러 통 썼음. 쥘리에트에게서는 아무 기별도 없음. 어떻게든 이 사랑을 이겨내야 한다. 지나고 나면 운이 나쁜 한 해로 여겨질 테고, 그뿐이다. 울적한 기분으로 쥘리에트를 생각하느라 아무 일도 못 했음. 쥘리에트에게 경건한 편지를 보냈음. 곧 결과를 알게 될 것이다. 그녀가 감동을 받았다. 파리에서 내일 만나기로 약속. 바람맞음. 절망해서 집으로 돌아옴. 죽고 싶은 심정이다. 그녀의 집에서 저녁 식사. 그녀는 친절하고 다정했다. 내 마음이 다시 예전으로 돌아갔다. 이다지도 그녀에게 매이다니! 아내에게서는 소식 없음. 쥘리에트 집에서 저녁 식사. 어쨌든 사랑의 결말을 봐야 한다. 아내에게서는 여전히 무소식. 사근사근한 쥘리에트. 아내의 편지, 그녀가 올 것 같다. 쥘리에트의 새로운 배신, 거짓말, 위선과 아양. 몹시 울적한 하루를 보냈다. 쥘리에트에게 계속 편지를 썼음. 정말 비참하다. 그녀의 집에서 저녁 식사. 상냥한 쥘리에트. 그녀가 내게 애정을 품고 있는 건 분명하다. 우정 같은, 놀라운 표현들을 썼다. 아내가 어디쯤 왔는지 알아볼 것. 일을 할 것. 폭풍이 지나가게 내버려둘 것. 여권에 사증을 받아놓았음. 내 출발은 더없이 온당한 일이다. 아내가 늦어지는 이유를 알아봐야겠다. 쥘리에트 집에서 저녁 식사. 얼마나 쌀쌀맞던지. 쥘리에트의 쪽지 편지. 마음을 아프게 하는 나 자신에게 화가 났다. 나쁜 여자는 아니고 경솔한 여자다. 출발 준비가 착착 진행중이다. 그녀가 있는 곳에서 멀어지면 내 주변을 살펴봐야겠다. 쥘리에트와 대담. 그녀는 몹시 슬퍼했다. 페론*까지의 여성. 온종일 고통스러웠음. 곧 아내를 만나게 될 것이다. 몽스**까지의 여정. 그녀가 눈에 안 보이니 낫다. 나는 망상에서 벗어나는 중이다. 고통

---

* 프랑스 피카르디 주의 도시.
** 프랑스 쪽 국경에 위치한 벨기에의 도시.

도 날마다 줄어들 것이고, 그러기를 바란다. 바라던 것보다 훨씬 고통스럽지만, 다행히 그녀와 나 사이의 거리가 70리외*나 된다. 자신과 어리석은 짓 사이에 36시간이 가로놓여 있다면, 그런 짓은 저지르지 못한다. 브뤼셀에 도착. 아내가 이곳에 있는지 알아봐야 한다. 울적하고, 쥘리에트가 그립다. 아무도 만나지 못함. 아내도 도착하지 않았음. 계속 멍하고 도무지 기운을 못 차리겠다. 죽을 만큼 울적함. 일을 했음. 어떤 나라에서도 편지는 없었음. 아내의 무소식. 쥘리에트의 무소식. 그녀는 내 마음에 지독한 슬픔을 남겼지만, 나는 이미 익숙해진 터이다. 일을 했음. 열심히 일했음. 여전히 슬프지만, 불행하다는 느낌은 파리에 있을 때보다 덜하다. 아내에게서는 감감무소식. 영문을 모르겠음. 쥘리에트의 편지. 아내에게서는 여전히 소식이 없음. 일을 했음. 약간 일했음. 경찰이 내 체류를 수상쩍어한다. 일을 하자. 아내의 묵묵부답. 하노버를 거치지 않고 영국으로 가면 어떨까. 아내의 편지. 아내는 언제라도 도착할 것 같다. 아내와 함께 파리로 갈까, 아내를 파리로 보내버릴까, 영국에 함께 갈까, 아니면 나 혼자 가는 게 좋을까? 서글프게 쥘리에트와의 연애 생각만 했음. 그녀와의 사랑을 잊을 수 없다. 초기에 그녀는 긴 밀담

---

* 거리를 나타내는 옛 단위로, 1리외는 약 4킬로미터.

을 늘어놓았다. 그런데 이제는 편지도 하지 않는다. 다 끝난 일
이다. 사랑의 흔적 따위는 남아봐야 아무짝에도 쓸모없다. 아내
가 도착했다, 젠장.

엘렌은 왜 가만히 있습니까? 모든 증거를 손에 넣었으니—사랑의 시체가 뻔히 보이는데—조사를 마무리지어야 하지 않습니까? 왜 열성적으로 매달려 사랑을 되살릴 수 있을 것처럼 구는 겁니까?

좋은 질문이에요, 그리고 당신 말이 옳아요. 냉담한 두세 장면만 봐도, 관객은 금세 이런 생각을 할걸요? '저런 작자와 대체 뭘 어쩌겠다는 거야? 그런 놈은 차버려. 그러고는 더 입에 올릴 필요도 없다니까!' 암스테르담 이후에, 당신은 그 사랑이 이미 끝났다고 논리적으로 말하지만, 아무튼 내 생각은 달라요. 당신이 순진한 척하는 만큼 관객도 순진하리라고는 바라지도 생각하지도 않는다고요. 이성으로는 몰라도, 심정으로는 누구나 아는 이유들이 있잖아요. 자기 내면에서 확인할 수 있는 그런 이유들요. 그런데 그 남자야말로 왜 떠나지 않을까요? 더욱 이해할 수 없는 것은, 그가 그녀를 비난한다는 거예요. 사랑 이야기에 대한 진정한 질문은 '왜 사랑이 끝나는가?'가 아니라 '왜 사랑이 끝나지 않는가?'라고요.

이 질문이 우리가 만들 탐정영화의 진짜 초석이 될 거예요. 정말 그래요. 수수께끼는 무엇보다 엘렌의 태도예요, 그녀는 도대체 뭘 기대하는 걸까요? 뭘 바라기에 떠나지 않느냐고요. 플롯―이야기를 복잡하게 꾸미는 것―은 사랑이 급작스레 죽는 게 아니라, 시선 속에서 여전히 계속되고는 있지만 더는 미래가 없다는 거예요. 목이 잘리고도 여전히 뛰어가는 오리처럼 말이에요. 그러므로 수수께끼 하나가 아니라 두 개를 꿰뚫어봐야 해요. 아돌프와 엘레노르의 수수께끼, 다시 말해 아르노와 엘렌의 수수께끼, 그리고 당신과 나, 우리가 말려든 수수께끼를요. 그는 무엇을 피하고, 그녀는 무엇을 찾는가? 무엇이 그를 내몰고, 무엇이 그녀를 붙잡는가? 우리는 아마 답을 알아내지 못할 거예요. 하지만 이건 질문인걸요.

나를 붙잡았던 게 뭔지, 그건 당신에게 설명할 수 있어요. 이런 중국 속담이 있잖아요. "현자가 별을 가리키면, 바보는 손가락을 바라본다." 내가 바로 그런 바보였던 거예요. 사랑에 빠지면 누구나 바보가 돼요. 그에게 별 이야기는 중요하지 않아요. 이미 누군가에게 들어서, 어쨌든 이야기는 알아요. 그는 별 따위엔 관심도 없는데다가, 별이 보인다 해도 그건 이미 수백 년 전에 죽은 거잖아요. 중요한 건, 그 별빛이 별을 가리키는 손을 비추고, 바라보는 눈을 반짝이게 하고, 별에 대해 말하는 목소리를 떨리게 한다는 거예요. 어릴 때, 엄마가 밤마다 이야기를 읽어주었는데, 난 늘 똑같은 이야기를 듣고 싶어했어요. 백번도 더 들었던 동화였죠. 무슨 일이 일어날지 전부 알고 있으니 신기할 것도 없었지만, 어차피 내겐 마찬가지였어요. 내가 귀를 기울인 건 이야기가 아니라 이야기하는 목소리였으니까요. 그 목소리가 꾸짖으면 난 도망칠 셈으로 문가를 살폈고, 속삭이면 요정을 기다렸고, 떨리면 왕자님이 나타나길 바랐고, 웃으면 나도 함께 웃었어요. 책 속의 그림들을 완전히 꿰고 있는 터라 쳐다보지도 않았는걸요. 하지만 그림자, 그래요, 펼쳐진 책 위로 숙인 얼굴의 그림자, 그게 바로 신비였어요. 문장에서 문장으로 옮겨가는 눈도 그렇고요. 난 엄마를 바라보았죠, 엄마가 바로 이야기였으니까요. 다른 사람이 책을 읽어주었다면 지루했을 테고, 엄마랑 나만큼 죽이 맞지 않았을 거예요. 나는 엄마와 함께 백번이나 침대 밑에서 식인귀를 찾아내고, 커튼 뒤에서 용을 찾아내고, 창가에서 왕자님을 만났다고요. 그들을 살려내는 건 오로지 엄마의 목소리밖에 없었고, 그들 자체는 별것 아니었죠. 하지만 엄마의 목소리를 통해 살아나는 별것도 아닌 그들이 난 참 좋았어요. 엄마의 목소리가 늑대 소리를 내면, 난 소스라치게 놀라 도망쳤고, 그 바람에 엄마의 향수 냄새에서 잠시 멀어졌고, 이야기에 홀딱 빠졌고, 무서워서 벌벌 떨었고, 무서워하며 엄마 품에 안기는 게 싫지 않았어요. 두꺼비가 젊은이로 변하는 게 보이니, 반짝이는 해가 보이니, 내 곁으로 오렴, 탑으로 올라가, 요술 할머니와 반짝거리는 지팡이가 보이니, 응, 보여, 엄마 목소리에서 보여, 엄마 눈에서 읽혀, 엄마 손에서 잡혀.

무슨 말이 더 필요해요? 난 그런 아이였어요. 엄마의 손끝에서 별을 본 적은 한 번도 없지만, 엄마의 손이 움직이는 대로 사랑을 쫓아갔어요. 사랑, 그것은 별똥별이니까요. 왕자님도 용도 존재하지 않는다는 건 알고 있고 또 아는 게 당연하지만, 또 별은 수십 광년이나 떨어져 있는 차디찬 것이므로 물론 그렇게 느끼겠지만, 그래도 빛이 있고 그 속에서 환하게 빛나는 아름다움이 있는데, 아무러면 어때요. 그의 얼굴과 몸은 언제나 날 감동시켰고, 그가 들어서는 순간부터 내 안에는 두려움과 기쁨이 앞다투어 생겨났고, 두려움 너머로 은총의 예감마저 들었다고요. 그래요, 난 그런 바보, 행복한 바보였어요. 난 그의 손을 바라보았고, 그의 목소리에 귀 기울였고, 그에게 고정된 시선이 그의 코끝보다 멀어지는 일은 결코 없었죠. 그런데 어린 시절(더 가까이 와, 옛날 이야기 해줘) 이후로, "내게 들려줄 아름다운 얘깃거리가 있어?"라는 게 아니라면, 정말로, 무슨 다른 질문이 있을까요? 사랑에 빠진 사람은 어린아이가 원하는 것—아름다운 이야기와 그것을 믿기 위한 육체—말고 다른 무엇을 원하나요? 다를 게 뭐가 있죠? 우리는 상대방의 품에 안기고, 그를 만지고, 그에게서 멀어졌다가, 이야기의 우여곡절에 따라 그를 잃거나 되찾고, 화들짝 놀라고, 비명을 지르거나 한숨을 내쉬어요. 태양의 마법에 걸린 생생한 노래에 넋이 나가고, 숨을 쉬듯 거짓말을 하는 목소리—그래서 우리는 늘 속아요—에 귀를 기울이고요. 실제로는 아무것도 없을 거예요. 그럴 테죠. 하지만 사랑이란 욕망과 두려움, 쾌락과 공포, 흥분한 육체, 떨리는 말을 나누면서, 우리를 잡아먹으러 오는 식인귀와 우리를 구하러 오는 요정의 존재를 둘이서 함께 믿는 게 아닐까요?

하지만 물론, 수수께끼는 그대로 남아요. 나는 뭘 기대했던 걸까요? 그는 내게 하늘의 죽음을 말했어요. 그때 난 그의 눈에서 하늘이 붕괴되는 걸 보았고—그의 눈은 빛이 사라진 항성의 눈이었고, 목소리는 얼음처럼 차가웠죠—별astre에서 재앙désastre으로 돌진했고, 말들이 별들의 잔해 속으로 부서져내렸고, 나는 지기 스타더스트*처럼 꼼짝도 하지 않고 서서 그 자리에 못 박혀버렸던 거예요. 그의 육체라는 말뚝에 묶여버렸어요, 글쎄 이 불행한 바보가.

사실, 모든 건 아주 단순해요. 그녀는 사랑의 마법이―빛이, 녹아내린 금이, 눈에서 반짝이는 보석이, 열정 가득한 목소리가―돌아오길 기대하는 거예요. 반면에 그는 벌써, 자기 말을 들어줄 다른 여자, 사랑에 빠진 다른 여자를 기다리고요. 그들은 마법의 빗자루에 올라타고 평행 궤도를 따라가고 있기 때문에, 서로 만날 수 없어요. 그의 생각은 알 수 없지만, 그녀는 요술 할머니와 요술 지팡이 끝에 달린 별을 기억하고, 백 년이 한 시간 같다는 것, 그리고 언약이 있었다는 사실을 떠올려요. 그들이 만난 첫날 저녁에 그는 "Je me présente"**라고 말했지만, 그가 없다고 한들 바뀌는 건 없어요. 그가 자신의 파롤과 육체를 주었으므로, 주어진 파롤, 주어진 육체***를 되찾으리라는, 돌려받으리라는 것을 그녀는 의심하지 않아요. 사실 파롤과 육체가 정말로 주어졌고 다시 사라져버린 것도 아니기 때문에, 불가능한 일도 아니죠. 당신은 이런 감정을 느껴보지 못했나요? 누군가와

---

* ziggy stardust, 1970년 영국 가수 데이비드 보위가 만들어낸 우주공간을 떠도는 인물. 보위는 자신의 성공이 이 인물 때문이라 생각하고 1973년 무대 위에서 생방송으로 이 인물의 죽음을 선언한다.
** '자신을 소개하다'라는 의미, '모습을 나타내다' '출석하다'의 의미도 있다.
*** 앞에서도 등장한, 동음이의어를 통한 언어유희.

언약을 했고, 그 언약이 삶의 의욕을 불러일으키는데, 이제 그 언약이 지켜질 때라고 느낀 적이 없었냐고요. 그녀는 충격으로 말문이 막혔지만, 그가 파롤을 돌려주기를, 약속을 지키기를*, 여기 있노라 대답해주기를 기다려요. 마법이 풀리고, 불운이 사라지고, 아침 안개가 걷히면 되잖아요. 그럼 그곳에 사랑이 나타날걸요. 왕자님이 그대로 야수로 남는다거나, 주인공이 두꺼비인 채 끝나는 동화는 없거든요. 한 번도 못 봤어요.

　누군가 우리에게 이야기를 들려주는 것, 그게 우리 잘못일까요? 우리는 삶을 살아가는 게 아니라 기다리는 거예요. 미녀가 왕자를 기다리듯, 왕자가 자신이 등장할 순간을 기다리듯 말이죠. 우리는 잠에서 깨어나는 순간을 꿈꿔요. 그때가 오면 젊음이 펼쳐지고, 트럼펫 소리가 들리고, 북소리가 울려 퍼질 거예요. 우리는 잠이 곧 죽음인 줄도 모르면서 잠자는 숲속에서 살고 있는 거라고요.

　"난 카사블랑카의 승인을 받았고, 확인했어. 얼마나 기쁜지 몰라! 우리한테 카메라도 한 대 빌려주겠대……"
　"난 거기 안 가."

---

* '개인적 차원의 발화'를 뜻하는 '파롤'에는 '약속'이라는 의미도 있다.

"뭐?"

"난 카사블랑카에 안 간다고. 당신이랑 같이 못 가."

"하지만 당신이 내게 말했잖아……"

"그즈음에 다른 일이 있어. 나, 휴가 낼 틈이 없다고."

"당신이 말했잖아……"

"알아. 근데 생각이 달라졌어."

"촬영을 해야 되잖아. 자기가 촬영하는 걸 보여주겠다고 했으면서……"

"내가 무슨 말을 하면 좋겠어?"

그녀는 입을 다문다(난 당신이 내게 했던 그 말을 다시 해주면 좋겠어).

"당신이 내게 말했잖아"라는 문장은 세상에 널린 수천 권의 소설의 제사題詞나 첫 구절로 쓸 수 있을 거예요. 소설가는 배신에 대한 이야기를 하거나, 당신이 내게 했던 말과 실제로 이행된 일의 간극이나 심연을 헤아려볼 셈으로 글을 쓰니까요. 모든 걸 약속하지만 지켜지는 것은 아무것도 없죠. 우리는 증오나 고통에 사로잡혀요. 번복할 거라면 약속이 무슨 소용이 있나요? 약속은 말을 주는 거고, 번복은 말을 훔쳐가는 싯이에요. 소실은 기짓 맹세에 헌정되고, 소설가는 취소 dédit나 워통함 dépit을 기록

하고 부당함을 되씹어요. 어느 날, 누군가 나타나 우리를 약탈
하고, 우리가 늘 가슴에 품고 다니는 맹세 바깥으로 우리를 몰아
내는 거예요. 일단 추방되면, 근처에 머물면서 담장을 따라 어슬
렁거리거나 주위를 맴돌지언정 성 안으로 들어가 살 수는 없어
요. 그 사실을 잘 알면서도, 우리는 멀리 가지 못하고 도둑질까
지 하게 돼요. 한 편의 소설은 어김없이 맹세의 교외郊外라고요.

　그렇다면, 사랑의 증거는 시간과의 약속일 테지만, 영원의 시
련은 거치지 않은 것이죠. 기억상실과 취소의 위협을 통합하고
예고하는 동시에, 기억과 망각 모두에 신경 쓰는 언약일 거라고
요. 내게 말해줘요, 약속을 주세요, 약속을 돌려줄 수는 없으니
대신 내 약속을 드릴게요. 몸에서 몸으로, 당신에게서 내게로,
말을 패스해요. 키스처럼 언약을 주고받고, 분비물과 비밀을 교
환해요. 그대의 말을 내 피부에, 그대의 애무를 내 기억에 아로
새겨주세요. 그러고 나서는 침묵이 흐르게 놔두자고요. 아마도
그때는, 서로에게 아무것도 주지 못할 거거든요. 아니, '사랑의
맹세를 교환한다'라고 말하는 편이 낫겠어요. 그편이 사랑, 일시
적인 지속의 상태, 준 만큼 받는 감정을 더 잘 표현할 수 있을 테
니까요. 하루는 자크가 나를 떠나면서—자기 집으로 돌아가면
서—내가 자주 느끼는 두려움, 종말에 대한 공포, 심지어 종말
에 대한 예측, 이런 감정을 알아챘는지, 내 머리를 두 손으로 성

막聖幕처럼 감싸면서 이렇게 말했어요. "그렇게 끝나지 않아요, 잘 알면서 그래요." 이 문장이면 내겐 충분했어요. 진정한 사랑의 맹세, 믿을 수 있는 약속, 사랑의 증거는 "사랑해"가 아니에요. 그 말은 한정된 시간 내에서만 유효하니까요. 그렇다고 "영원히 사랑해"도 아니에요, 맹세를 무효로 만드니까요. 그러므로 진정한 약속은 "당신을 다시 사랑할 거야, 여전히, 내일도"일 거예요.

"전의 그 여자와는 왜 헤어졌어요?"

"잘 모르겠어요."

"사이가 좋지 않았나요?"

"처음엔 좋았어요. 그녀에게 푹 빠져 있었죠. 그녀는 사진작가였고, 대화가 통했고, 내가 하는 일을 이해해주었거든요."

"그런데 무슨 일이 생긴 거예요?"

"모르겠어요. 삐걱거렸어요."

"대체 왜요?"

"음, 그러니까, 그녀는 줄곧 전화통을 붙들고 살았어요."

"그게 다예요?"

"그건 정말이지 참기 힘든 일이에요."

"그뿐이에요? 그게 유일한 이유라고요?"

"오! 다른 것들도 있죠. 공동 가계부에 지출 내용을 깜박하고 기록하지 않는 거며, 자기 친구들 커피 값을 내 지출로 잡은 경우도 있고요."

"별로 중요한 일도 아니잖아요."

"다른 것들도 있어요. 그런데 생각이 안 나는군요."

"?"

"아, 생각났어요. 아이를 가지고 싶어했어요."

실내, 밤. 엘렌은 딸의 방 침대 가장자리에 앉아 있다. 잠옷을 입고 누워 있는 리즈의 표정이 자못 진지하다. 엘렌은 책을 읽는 대신 기억을 더듬어 안데르센의 『눈의 여왕』을 얘기해주는 중이다. 이야기의 끝이 아니라, 처음 부분이 들린다.

"옛날 옛적에 어린 소녀 게르다와 어린 소년 카이가 살았단다. 두 아이는 아주 가까이 살았고 늘 붙어 다니는 단짝이었어. 그런데 이걸 어째, 애들이 다정하게 지내는 동안, 글쎄, 악마란 녀석이 지옥 왕국에서 악마의 거울을 만들었지 뭐야. 이 거울은 저주를 품고 있어서, 선하고 아름다운 것을 하찮은 것으로 만들어버린단다. 악마는 진실을 보여준다고 주장했지만, 거울에 비치는 것은 하나같이 형편없고 흉한 것들뿐이야. 가장 아름다운

184

풍경조차 푹 삶은 시금치(리즈가 욱하고 토하는 시늉을 한다)처럼 되고 말거든. 그러던 어느 날, 악마가 거울을 놓치는 바람에 바닥에 떨어져 그만 산산조각나고 말았단다. 근데 말이야, 불행하게도 깨진 거울 조각이 눈에 박힌 사람에게는 모든 게 반대로 보이게 돼. 갑자기 세상이 끔찍하게 보이는 거야. 나무도, 꽃도, 사람들도. 그보다 더 끔찍한 사실은, 거울 조각이 심장에 박히면, 그 심장이 얼음 덩어리로 변한다는 거야. 그런데 어쩐다지, 하필 그때 게르다의 친구 카이가 그곳을 지나고 있었단다. 하늘도 무심하시지, 거울 조각이 카이에게 박힌 거야(엘렌이 거울이 박살나는 시늉을 하자, 리즈는 손으로 눈과 가슴을 가린다). 게르다는 그 사실을 재빨리 알아차렸어. 바로 그날, 두 아이는 평소처럼 정원에서 놀고 있었거든. 게르다는 카이에게 막 새로 피어난 장미꽃을 보여주고 싶었어. 그래서 말했지. ‘이 장미꽃을 좀 봐, 얼마나 예쁜지. 향기도 기가 막혀! 한번 맡아볼래?’ 그러자 카이는 마지못해 꽃 위로 몸을 숙였다가 화들짝 뒤로 물러나며 이렇게 투덜거렸대. ‘쳇! 이 장미 벌레 먹었잖아.’ 그리고 심장이 얼어붙은 카이는 눈의 여왕을 알게 되자, 여왕의 궁전으로, 게르다와 멀리 떨어진 그곳으로 살러 갔단다.”

요전 날 당신이 보낸 메시지가 하루 종일 머릿속에서 떠나지 않았어요. 나를 '의미 강박증 환자'로 취급했더군요. "당신은 왜 의미가 저절로 생겨나게 놔두지 않나요? 의미가 드러나는 걸 그저 즐기세요. 눈을 믿으세요. it means에서 it is로 넘어가세요. 영화를 받아들이세요."

당신 말처럼 그렇게 둘로 분리된다는 확신이 안 서요. 이미지는 분명히 순수 현존, 즉 우리가 죽음에 대해 할 수 있는 말에 비유할 만한 ─이다예요. 다시 말해 순수 부재이기도 하죠. 하지만 영화는 그렇지 않아요. 영화는 상황을 제시하는 데 그치지 않고 발전시키잖아요. 영화에는 어떤 의미, 즉 상황 전개의 의미가 생겨요. 굳이 말하자면 나는 편집 강박증 환자라고요.

그러니까 내 말은, 무슨 일이 일어나는지 이해가 잘 안 가는 영화를 볼 때면 늘 거북하다는 거예요. 가령, 〈이탈리아 여행〉*에서요, 그 부부가 왜 더는 잘 지내지 못하는지, 무엇이 그들을 갈라놓고 또 이어주는지 모르겠더군요. 미스터리를 보여주고는, 우리더러 알아내보라는 거잖아요. 우리는 눈으로 보지만 알 수는 없어요. 이렇다 할 이유가 없는 듯한데도 상황은 변하고, 영화는 기적이나 우연에 따라 전개되는 것처럼 보이니까요. "그러자 빛이 생겨났도다." 이건 물론 영화의 한 측면이에요. 하지만 난 신앙심이 없어요. 만일 빛이 생겨났다면, 그 빛이 나를 밝혀주기를 원해요. 내 관심사는 보는 것이 아니라, 더 잘 보는 것, 알게 되는 것이니까요.

베리만의 경우, 가령 관객들은 처음에 캄캄한 화면과 마주하고, 이내 클로즈업된 얼굴들에 완전히 몰입하고, 그 표정에 나타난 감정, 감동과 증오를 느껴요. 거기에는 파경, 다른 곳, 암담한 상황이 있지만, 생각, 즉 우리를 포함해 모든 것을 비추는 이미지도 있다고요.

내겐 의미가 필요해요, 그건 사실이에요. 얼마나 알고 싶은지

---

* 로베르토 로셀리니 감독의 1954년 작품. 된 영국인 부부(잉그리드 버그만, 조지 샌더스 분)가 나폴리에 도착하면서 관계의 위기를 맞게 되고, 폼페이에서 미라를 구경하며 다시 사랑의 감정을 회복한다는 내용이다

몰라요! 내가 꼭 떼쓰는 아이 같네요. 누가 설명 좀 해주면 좋겠어요. 안 그러면 두렵고, 아프기까지 해요. 난 아무리 복잡한 설명이나 치밀한 논증도 받아들일 준비가 돼 있어요. 누가 콘크리트처럼 견고한 진실을 넘겨주길 바라는 게 아니라, 가시적인 것의 양파 껍질 같은 의미의 층들을 벗겨내고 싶어요. 그러니 제발 "그냥 그런 거"라고 말하지 마세요.

당신도 알겠지만, 나는 이 남자가 날 사랑했는지 늘 의문스러워요. 당신은 아마 내가 무척 순진하고 지나치게 감상적이라고 생각할 테죠. 남자들은 여자들이 그토록 많은 시간을 사랑, 혹은 사랑을 생각하는 데 바치는 걸 보며 놀라워해요. 하지만 여자들은 남자들이 사랑보다는 헛된 일이나 자만심에 시간을 낭비하는 데 놀란다는 걸 알아야 해요. 자크에게서 내가 마음에 드는 점은 그가 사랑에 관심이 있다는 거예요. 사랑, 사랑의 시작, 사랑의 종말, 어쨌든 그것은 대단한 수수께끼니까요. 사랑을 단념하고, 대차 계산을 한 뒤에, "내 마음을 잘 알겠다"고 말할 수는 없어요. 나는 여기 있었고, 계속 자문했어요. 무슨 일이 있었던 거지? 그는 왜 더는 날 사랑하지 않는 거야(짜증이 났어요)? 아무튼 나는 변함없이 같은 여자고, 마녀나 독사나 이로 변한 것도 아니잖아요. 그렇다면 뭐예요? 그렇다면 뭐냐고요(돌아버리겠어요). 대채로 그는 묵묵부답이었죠. 꼭 한 번, 끝나기 얼마 전에, 그가 느닷없이 이런 말을 반복하더군요. "이렇게는 안 되겠어." "아무튼, 당신도 이렇게는 안 되겠다는 걸 알겠지!" 그가 한 말이에요. 그의 말을 가로채 내가 말했죠. "그래, 잘 알겠어. 하지만 이유를 모르겠어. 이유를 말해봐." 그는 나를 쳐다보며 코를 몇 번 훌쩍이고는, "당신이 당신이라서 안 되겠어"라고 말했어요. 그래서 내가 다시 물었죠. "하지만 처음엔, 처음엔 내가 나라서 잘 되었잖아, 아니야? 내가 나라서 날 사랑했던 거 아니었어?"

내가 여전히 나라는 이유로 내게서 뭔가가 빠져나갔는데(그렇게 표현할 수 있다면요), 그게 그였던 거예요. 나는 이해하고, 파악하고, 그를 붙잡고 싶었어요. 오매불망 그 생각에 매달리는 것이 그런 이유로 죽지 않으려는 나 나름의 방식이었고요. 의미를 탐색하는 게 광기의 치유책이었다고요.

그래서 엘렌은 쉬지 않고 모든 기호를 해독하기 시작한다. 아르노는 그녀의 연구대상, 박사학위 논문의 주제가 된다. 그녀는 그를 레이저와 엑스레이로 검사하고, 관찰하고, 유심히 살피고, 귀 기울여 듣고, 분석하고, 그에게 스며들고, 그를 섭취하고, 스스로 방원경이 되고, 현미경과 돋보기와 시험관이 된다. 그녀의 생각을 송두리째 차지하는 단 하나의 목적은 이 남자를 이해하는 것, 그러니까 그의 행위, 거부, 모순을 밝히는 일이다. 터무니없는 것에 의미를 부여하는 일이다. 잘못되어가는 무엇, 장애를 초래하는 무엇, 방해가 되는 무엇, 고사시키는 무엇을 찾아내는 일이다. 다른 의도나 고뇌는 없다. 그 남자로 가득 차 있기 때문에.

그녀가 책을 읽는 것으로 시작하는 이유는 그녀에게 독서는 강박적인 것이기 때문이다. 다른 사람들이 힘들 때 담배를 피우거나 술을 마시거나 음식을 먹어대듯이, 그녀는 책을 읽는다. 독서가 양식이자, 알코올이고, 마약인 셈이다. 어린 시절부터 줄곧 이어져온 버릇이다. 그녀는 마냥 책들에 취하고, 소설들을 포식하고, 시詩들을 주사하고, 늘 1회 분량의 시를 지니고 다녔다. 시들을 외우는 까닭은, 살아가는 동안 시만큼은 절대 모자라지 않는다는 확신이 필요해서였다. 간혹 늦은 밤, 호텔에서, 극도로 마음이 동요될 때나, 가슴이 찢어질 듯 끔찍한 결핍을 느낄 때면, 서랍 속의 성경책으로 궁지를 벗어나기도 했다. 이제야 겨우 털어놓는 일이지만, 한술 더 떠 그런 순간 책도 잡지도 신문도 없을 경우엔, 건물 화재 시 대피할 비상구에 대한 안내문이나 관광 안내소의 책자를 스무 번씩 반복해서 읽기도 한다. 자크는, 그것이 아름다운 노이로제(당신만큼 아름다운, 이라고 말했다), 해독解讀에 대한 병적인 태도라고 말했다. 그의 설명에 따르면,

어느 날 세상이 그녀의 눈目 밖으로 나왔음이 틀림없고, 그녀는 세상을 다시 눈 속에 집어넣으려고, 세상의 난폭함을 다스리려고 애쓴다는 것이다. 아마도 그래서겠지만, 불쾌감이 엄습했을 때, 말들이 더는 붕대가 되지 못하고, 몸의 벌어진 틈새들을 메워주지 못하고, 불안을 진정시키기는커녕 더욱 불안하게 할 때, 헤로인에 내성이 생겨버린 마약 중독자처럼, 혹은 누가 먹인 독약 때문에 이제 곧 죽을 것을 깨달은 사람처럼 그녀는 극심한 두려움에 사로잡혔다. 언어에 대해 그녀가 느끼는 절대적 욕구는 음악에 대한 아르노의 욕구와 확실히 동일하다. 그런데 눈에 들어오는 것은, 귀에 들리는 것처럼, 단지 음과 리듬만이 아니다. 심지어 느낌도 아니고, 물론 감정도 아니다. 그것은 그녀를 꿰뚫고 들어와 내면을 순환하며 생기를 부여하는 의미이고, 혈관을 흐르는 피인 것이다. 그녀는 책이 자신을 달래주고, 재워주고, 즐겁게 해주기를 바라는 게 아니라, 불가사의를 꿰뚫어볼 수 있도록, 좀더 분명히 알 수 있도록 도와주기를 원한다. 그녀가 추구하는 것은 망각이 아니라 기억과 원인, 즉 사태의 비밀이다.

그래서 그녀는 책을 읽는다. 우선 뱅자맹 콩스탕의 책을 읽는다. 아르노와 사귈 때부터 읽던 책인데, 그와 헤어지고 한참 지난 뒤에도 읽고 있다. 아돌프가 둘러대는 핑계, 양심의 가책, 세우자마자 저버리는 결정들을 하나하나 신중하게 따라간다. 그녀에게 아돌프의 일기는 일종의 점성占星과도 같아서, 좋은 말에서는 용기를 얻고, 경고는 무시해버린다. 하지만 자신을 스탈 부인으로 여길 수도 없을뿐더러 괴로움을 느끼지 않을 수 없기 때문에 깡그리 무시할 수는 없다. 엘레노르가 죽자 아돌프도 불행해진다는 사실에 위안을 느끼면서 그녀는 생각한다. "어쨌든, 그 자신도 불행하겠지." 그런데 다음과 같은 대목을 읽으면 맥이 빠진다. "그녀가 사랑의 기억에서 거의 완전히 사라졌다." 그녀는 그가 엘레노르를 잊을 거라고, 아니 이미 잊었다고 생각한다. 그녀는 뱅자맹이 쓴 책과 그에 대해 쓴 책을 구할 수 있는 대로 모조리 사들인다. 전문서적을 취급하는 서점들과 애서가를 위한 인터넷 사이트를 뒤져 그의 책들을 사모으고, 절판된 서한집과 종이가 누렇게 바래고 책장이 너덜거리는 전기傳記들을 구해온다. 그리고 콩스탕의 정치, 종교, 심리학에 관한 에세이들을 읽는다. 그 모든 것이 아르노에 대해 말해준다.

"콩스탕은 출생과 동시에 치유 불가능한 정신적 외상을 입었고, 유아기의 결정적 시기에 지속적이고 확실한 사랑의 대상이 되지 못했는데, 어머니가 해산중에 사망한 탓에 정서 불안인데다가 변덕스럽고 자주 집을 비우는 아버지의 손에 자랐기 때문이다. 그래서 자신을 믿지 못하고, 사랑하지 않으며, 존재의 필연성에 대한 확신도 없었다. 그가 허무에 대해 예민한 것은 그런 사실들 때문이다. 작가의 전기와 작품을 연관짓는 것은 무모한 짓이지만, 콩스탕이 직면한 사랑을 감당하는 데 극심한 어려움을 느낀다는 사실 하나만은 분명하다. 그는 시종일관, 심지어 앞으로 만나게 될 여자에게조차, 모순된 두 가지 태도가 공존하는 듯 행동한다. 한편으로는 어머니의 죽음으로 벌어진 틈을 여자들이 채워주길 바라고, 다른 한편으로는 여자들을 쫓아내 자신을 버린 죗값을 치르게 하려는 것이다. 여자들의 사랑이 필요한 이유는 그들을 버리기 위해서인데, 그렇게 해서 여자가 필요 없다는 사실을 그들 모두에게, 그리고 특히 자기 자신에게 보여주기 위함이다." 아르노, 그는 지금도 살아 있는 제 어머니에 대해 마치 고인(그를 버리고자 일부러 죽어버린 어머니)인 듯 이야기하는데, 원한에 사무쳐 보이는 건 아돌프보다 더한 것 같다. 엘렌은 두 세기의 격차가 벌어진 아르노와 뱅자맹을 결합시킬 온갖 맥락을 다시 잇는다. 어머니인 자신도 어머니의 존재가 중요하다는 걸 느낀다. 아르노의 슬픔, 절망, 과거, 유년기를 이런 측면에서 찾아봐야 한다. 그녀는 아르노가 수첩에 기록하는 글을 읽을 수 없을 뿐만 아니라, 펼쳐진 수첩에 머문 그의 눈에서도 읽어낼 수 없다. 반면 뱅자맹의 마음은 속속들이 안다. 온화함, 멜랑콜리, 두려움, 잔인성, 냉담함과 고독까지도. 그녀는 이제 그녀가 아니라 뱅자맹이 된다. 그녀의 책상 위에는 경쟁자가 아

니라 동고동락하는 자매지간 같은 레카미에 부인, 스탈 부인, 안
나 린드세의 얼굴이 표지를 장식한 책들이 쌓여간다. 하루는, 컴
퓨터를 켰다가 에스브라르*가 그린 콩스탕의 초상화를 발견하
고 깜짝 놀란다. 딸이 엄마를 놀려주려고 바탕화면에 깔아놓은
그림이다. 어쨌든, 그녀는 콩스탕을 사랑하기라도 하듯이 그에
관해 알고 있다.

그다음으로, 그녀는 온갖 사랑의 담론을 섭렵한다. 소설이 아
니거나 거의 아닌 텍스트들로, 다른 이야기를 하고 있는, 차라리
에세이나 속담집이라 할 만한 책들이다. 스탕달의 『연애론』을
다시 읽는다. 그런데 텍스트는 그녀의 고통이 시작되는 즈음에
서 멈춘다. 작가는 사랑이라는 감정의 모든 단계를 분석하는데,
1)감탄, 2)저 여인의 사랑을 받는다면 얼마나 기쁠까…… 3)기
타 등등. 하지만 오로지 사랑의 감정이 상승하는 시기와 고양되
는 시기에 그칠 따름이다(게다가, 그 당시 나는 속편을 쓰는 데
재미를 느끼며—재미를 느끼다니, 맞는 말일까?— 스탕달의
연구를 연장시켜 써봤는데, 『사랑의 실종론』이 그것이다. 그 텍
스트를 찾아봐야겠다). 그녀는 이런저런 시시콜콜한 내용을 통
해 콩스탕과 직관적으로 동일시할 만한 작가들을 다시 읽거나

---

* 19세기 초의 프랑스 판화가.

찾아내기도 한다. 이를테면 어머니 때문에 보들레르, 멜랑콜리 때문에 체호프, 베리만 식의 개신교와 냉철함 때문에 입센과 스트린드베리. 자크를 만나면, 남자들, 유년기, 우울증에 대해 조심스럽게 물어보지만, 질투심에 사로잡히는 그가 딱해서 꼬치꼬치 캐묻지는 못한다. 이런 식으로 그녀는 갖가지 충격적인 지식을 습득하는데, 한 가지를 알게 될 때마다 위안을 느끼면서도 가슴이 찢어질 것 같다. 자신이 몰랐던 사실들을 알게 되어서야 비로소, 이런 불가사의하고 내밀한 감각, 마음을 허물어뜨리는 동시에 모질게 만드는, 감각의 제어가 가능해진다. 이해할 수 있으면 안도하지만, 이해할 것이 있다는 건 자신의 무능력을 의미한다.

그리고 특히, 아르노, 그 남자를 읽는다. 그가 있으면, 그녀 자신은 거대한 감각기관, 진동 픽업*이 장착된 육체로 변한다. 그가 없으면, 업그레이드된 컴퓨터, 생각하는 두뇌가 되어 강행군을 한다. 그에게서 받은 그의 영화 테이프들을 보고 또 본다. 영화 주제에 관한 더할 나위 없이 완벽한 저서, 널 권으로 된 연구서, 대전大全을 집필할 수도 있을 정도다. 그녀가 보기에 생애와 작품의 관련성 확립은 전혀 무모한 작업이 아닌 것 같고, 그 문

---

* 열, 진동, 음성신호 따위를 전기신호로 전환하는 장치.

제에 관해 꽤 여러모로 구상중이다. 그녀에게는 집필 대상과 수년을 함께해온 전기 작가들에게서 볼 수 있는 부정적 징후들이 심화되어 나타난다. 그녀는 자신을 아르노와 동일시하고, 엄밀한 의미에서 말하면 음식물인 양 그를 흡수하고, 그를 자신에게 편입시켜 섭취한다. 이제 그녀와 그, 서로 구분된 두 사람이 아니라 그녀 안에 그가 있다. 왜냐하면 내가 나 자신이라기보다는 내 안에서 당신을 느끼기 때문이죠. 그녀는 어디를 가든 물신物神인 책처럼 그를 지니고 다닌다. 그는 그녀의 배 속에, 가슴 속에, 머리 속에 있고, 심장 속에도 있다. 다른 사람들 틈에 섞여 있을 때도, 그녀는 그와 함께이므로, 누가 말을 걸어도 들리지 않는다. 그녀는 그에게 말을 하고, 홀로 대화를 하고, 그와 더불어 독백을 하기 때문이다. 무슨 일이야, 당신. 왜 그래, 무슨 일 있어? 그가 자신을 멀리할수록, 그녀는 더욱 집요하게 그의 과거, 유년기, 좋아하는 것, 무서워하는 것을 캐묻는다. 할머니가 그에게 크레이프*를 만들어주었고, 그는 그림 그리기를 좋아했고, 거미라면 질색했었다 등등, 이 모든 정보를 자신의 보물함 안에 정리해둔다. 그가 읽는 책을 눈여겨보고, 그의 서재를 관찰하고, 그의 머리맡 탁자에 놓인 것과 같은 판본으로 파스칼의 『팡세』를 다시

---

* 밀가루, 우유, 달걀을 반죽해 넓적하게 부친 음식.

사서 읽는다. 적어도 그런 독서의 즐거움을 주기 위해『잃어버린 시간을 찾아서』를 선물하고, 그를 위해 쓰인 듯한 이 책을 그가 읽지 않았다는 데 놀란다. 그는 감동이 너무 클까봐 겁이 나서 읽는 걸 미뤄왔다고 말하면서, 어쨌든 고맙다고 인사한다. 하지만 그 책을 읽지는 않는다. 그녀는 그의 부모에게 애정을 느끼고, 한 번도 본 적 없는 그의 아버지와 어머니를 사랑하고, 두 사람을 상상하고, 그들을 생각하며, 사는 집과 얼굴 생김새나 생활을 그려보려고 애쓴다. 자신도 한 가족이니까. 하지만 그는 정보를 거의 흘리지 않고, 경계하고, 혹시 그녀가 소설에 써먹지나 않을까 노심초사한다. 정작 그녀는 글감이 아닌 삶의 소중한 정보로 여길 텐데 말이다. 속내를 털어놓는 것이 자신을 넘겨주는 일이라 여기는 그는 자신을 되찾을 생각에 골몰하는지도 모른다. 그게 아니라면 선조의 전통, 당파심을 초월한 침묵의 법을 충실하게 지키는 것일 수도 있다. 밖으로 드러내지 않는 한, 집안의 수치는 없는 것이다. 고백하지 않으면, 불행은 없다. 그러니 내게 불행을 말하지 마라. 비밀을 무덤까지 가져갈 필요도 없이, 자신이 무덤이다.

그런데 수년 전, 아마 감독으로 입문하기 위한 작업이었을 가능성이 큰데, 그가 비디오카메라로 할머니를 상기산에 길쳐 낄영한 적이 있다. 아르노의 영화 중 유일하게 아직 보지 못한 것이어서 그녀는 몹시 보고 싶어하며, 그래서 다른 실험실의 실험 결과를 곧 입수하게 될 연구자들의 초조함, 바야흐로 결정적 단서를 발견하려는 순간 탐정이 느낄 만한 가벼운 떨림마저 느낀다. "당신 어머니를 영화로 찍을 생각은 해본 적 없어?" "내 어머니? 아무 문제 없지. 너무 좋아하실 테니까."

실내, 밤. 아르노의 집—널찍한 원룸. 모든 게 말끔히 정돈되어 있고, 질서정연하다.

엘렌은 침대에 길게 누워 있고, 그 발치에 텔레비전, 비디오와 디브이디 재생기가 놓여 있다. 아르노는 벽에 기대 옹크린 채 엉거주춤 앉아 있다. 그들이 시청하던 한스 리히터*에 관한 프로그램이 막 끝났다. 아르노가 일어나 텔레비전을 끄려고 한다.

엘렌(아양을 떠는 듯한, 거의 알랑거리는 목소리) : 당신이 할머니에 관해 만든 영화가 있다고 했잖아, 기억나? 그 영화 보고 싶어. 보여줄래?

아르노(그녀가 자신에게 관심을 보이는 데 만족하면서도, 그녀를 기쁘게 해주기가 망설여지는 듯) : 글쎄, 음, 세 시간이 넘

---

* 독일 화가이자 전위영화 예술가.

는 테이프라서. 게다가 오늘 밤엔 할 일도 있고(흘낏 손목시계를 들여다본다).

"그럼 앞부분만 볼게. 나머지는 다음에 보고."

"좋아, 그렇게 해. 그리고 나선, 혼자 조용히 일을 하고 싶어."

그녀는 그의 집에서 자고 갔으면 싫었다. 리즈는 제 아빠와 함께 있으므로, 집에 가봐야 밤새 혼자일 테니까. 아까부터 마음속에서 '어린애처럼 굴어봐' 하는 말이 들려오지만, 그녀는 잠자코 있다.

그는 책꽂이를 뒤적거려 문제의 테이프를 찾아내 새생기에 꽂으면서 말한다. "여러 번에 걸쳐 촬영했는데, 때로는 몇 달 간격이 되기도 했어." 처음에는 그도 화면을 보는가 싶더니, 이내 주방으로 가서 오지 않는다.

할머니는 체구는 왜소하지만 목소리는 단호하고 힘차다. 식당의 식탁에 앉아 있다. 시장에서 파는 합성섬유 원피스를 입었고, 분명 촬영을 위해 준비한 듯 머리 세팅이 완벽하다. 아르노의 모습은 화면에 보이지 않고 말소리만 들리는데, 목소리가 젊다. 귀를 기울이면 목소리도 늙는다는 걸 알 수 있다. 멀리서, 아마도 다른 방에서인 듯한데, 클래식 음악이 작게 들려온다. 그는 할머니에게 친근한 반말로, 하지만 기독영화 세작사의 객관적인 어조는 잃지 않고 질문을 한다. 이상한 점은, 그리고 얼마 되시 않아 짜증을 불러일으킨 점은, 정작 엘렌이 알고 싶은 것에 대해서는 그가 전혀 묻지 않는다는 사실이다. 중요한 사실 직전에 일관성 있게 멈추고, 샛길을 택해 다른 사항으로 넘어가는 것으로 보아, 중요한 사실은 아예 알고 싶지도 않은 듯하다. 가령, 할머니가 아르노의 어린 시절을 떠올리며, "넌 늘 나하고 지냈어, 특히 초등학교에 입학하기 전인 여섯 살 이전에는 줄곧, 그다음엔 네가 집에 혼자 남게 될 때마다 말이다. 그때 난 널 돌보려고 다니던 공장도 그만두었지"라고 말할 때, 그녀는 그가 그 이유(왜 엄마가 아닌 할머니와 늘 같이 있었는지, 왜 엄마 아빠 집이 500미터 떨어진 곳에 있는데도 할머니 집에서 지냈는지, 왜 형제자매가 없는지, 왜 유아원이나 유치원에는 다니지 않았는지)를 물어주길 기대하는데, 그런 질문은 없고, 마치 몰라서 묻는다는 듯 "할머니는 공장에서 무슨 일을 했어?"라고 말하는 식이다.

다행히 할머니는 말이 하고 싶고, 중요한 건 환갑 르포 영화가 아니라 죽음이라는 걸 손자보다 더 잘 인식하고, 그렇다, 상황이 어떻게 돌아가는지 아는 것 같다. 카메라를 들이댔을 때, 할머니는 자신은 죽을 것이지만 영화는 여전히 돌아가리라는 걸, 촬영은 한 번뿐이므로 지금 말하지 않으면 영원히 침묵하게 될 것이며, 그건 음악보다 더 빨리 끝난다는 걸 알고 있었다. 그래서 당신의 어린 시절을 회상하는 할머니의 말은 너무 빠르고 요령부

득이다. 경험이 없는 탓이겠지만, 말을 하면서 눈물을 흘리고, 눈물 자국을 지우려는 듯 거칠게 뺨을 닦아낸다. "우리 어머니는 우리에게 꽤 잘해주셨어. 다정하거나 온화한 성품은 아니었지만. 도통 일을 겁내지 않는 억센 여자였으니까. 술도 많이 마셨고, 여기저기 술병을 감춰두기도 했단다. 그런데 이상하게도, 우리를 어루만지거나 하는 법이 절대 없었어. 도무지, 안 그랬다고. 못 견뎌했으니까. 쓰다듬거나 뽀뽀하는 거, 그런 걸 싫어하셨지. 우린 익숙해져서 그러려니 했지만, 아무튼 우릴 만지는 법이 없었어."

그 비디오테이프의 뒷부분을 볼 기회는 두 번 다시 없었다. 보았다면 뭔가를 더 알게 되었을까? 그랬을 것이다. 어쨌든, 반쯤 읽던 소설을 누가 채가기라도 한 것처럼 억울했다. 이제 그 테이프는 무덤가에서나 볼 수 있는 석고로 된 책이나 마찬가지여서, 읽지 못한 지면들만 남아 있다. 그와 헤어지고 나서 괴로웠던 점은, 어느덧 더이상 징후들(그가 읽는 책들, 구입하는 음반들, 만나는 사람들, 잔잔하게 지나가는 그의 감정들)을 읽을 수 없다는 것이었다. 그는 내 추적을 벗어났다. 그럼에도 나는 순전히 개인적으로en privé, 그러니까 그가 없는데도en privée de lui 그 일을 계속해나갔다. 모든 만남은 미완성의 이야기, 다 맞추지 못한

퍼즐이다. 늘 몇 조각이 부족하다. 하지만 난 아이들보다 집요하고, 지는 건 질색이다. 게르다가 눈의 여왕의 궁전에 있는 카이를 포기하는 걸 봤는가? 그를 찾아나서서 살려내지 않던가? 나도 그럴 수 있다고 믿었다, 맹세코! 어느 날 불현듯 한 조각이 떠올라, 빈칸이 채워지리라 믿었고, 전체가 대번에 명백해지고, 열렬해지고, 빛을 발하리라 믿었다. 그리고 무엇이 문제인지, 불가능의 이유, 사랑의 장애를 찾아내리라 믿었다. 프리츠 랑 감독의 〈문 뒤의 비밀〉이나 〈에드워즈 박사의 집〉에서처럼. 최근에 내가 이 영화들을 다시 본 이유는 자크가 잡지 『정신분석과 영화』 특별호에 게재할 기사를 써야 했기 때문이었다. 전문가들은, 이 영화들이, 형식적 치료법과는 별개로 일종의 사랑 요법을 다루고 있다는 데 주목한다. 문을 밀게 도와줌으로써 누군가를 구할 수 있다는 것이 그 개념이다. 문 뒤편에는 비밀이 있고, 비밀 안에는 자유가 있으므로, 문을 열어젖히기만 하면 자유로워진다는, 즉 자유롭게 사랑할 수 있다는 것이다. 물론 웃기는 얘기지만, 랑의 영화에서 자신을 죽이려고 다가서는 남편에게 아내는 마지막으로 다음의 사실을, 즉 남편이 열 살 때 열쇠로 문을 잠가 그를 방에 가두고 외출한 어머니에게 살의를 느꼈던 것을 상기시킨다. 아내의 목을 조르려고 양손에 머플러를 움켜쥔 그에게서, 구멍 난 자루에서 새어나가듯, 증오가 일시에 빠져나간다. 아내를 죽이기 직전에 정신을 차린 그는 완전히 이성을 되찾고, 사랑도 돌아온다. 물론 황당한 일일뿐더러, 그런 일은 결코 일어나지도, 그런 식으로 진행되지도 않는다. 자크라면 나보다 더 잘 설명할 수 있으리라. 그럼에도 나는 그 역할을 수행하는 나 자신을 그려보고, 금발의 천사인 나, 히치콕의 구원의 천사인 나를 머릿속으로 그려본다. 그리고 잉그리드 버그먼의 대역배우가 되어 그레고리 팩에게 이렇게 말한다. "오! 여보, 두려워하지 마요." 사랑을 놓칠까봐, 사랑이 돌아오지 않을까봐, 영원히 오지 않을까봐 나 자신도 두려우면서. 그 역할은 나를 위한 것이고, 내가 해낼 수 있으리라 믿었고, 알게 되리라 믿었다.

우리 사이가 완전히 틀어지고 나서도 내가 '조사'를 계속했다
는데, 도대체 뭐가 이상하다는 건지 나는 모르겠어요. 단순한 결
정으로 사랑을 그만둘 수 있고, 상대방이 나를 잊는 즉시 나도
그를 생각하지 않을 만큼 우리가 자유롭다고 생각하나요? 나는
요, 그렇지 못해서 미행을 계속했어요. 물론 훨씬 더 조심스럽
게, 하지만 덜 열성적으로요. 나 자신도 출자했고, 뚜렷한 성과
가 없는, 아무튼 이 점은 인정해야겠죠, 우리 영화, 그 제목은
'깊은 잠'*이에요. 미리 말씀드리지만, 이 영화에선 아무것도
이해할 수 없어요, 사건의 진상이 드러나지 않거든요!

---

* 원래는 미국 영화감독 마이클 위너의 1978년 탐정영화.

게다가 무엇보다도, 몇 주 전부터 이야기를 써나가는 것 말고, 당신과 나, 우리가 할 수 있는 일이 도대체 있긴 한가요? 결국 당신 잘못이에요. 내가 자료들을 다시 열어보게 만든 사람은 당신이잖아요. 난 그저 천천히 분류나 할 셈이었는데.

때로는 옆구리가 허전해서 힘들 때, 이별로 몸의 일부가 잘려나간 것처럼 느껴질 때, 견딜 수 없는 육체적 고통, 그런 것들이야 아무래도 상관없지만, 난 무슨 수를 써서라도 그에게 다가갈 수밖에 없었어요. 엘렌은 이따금 향수 가게에 들러 시향을 핑계로 아르노가 쓰던 남녀 공용의 오 드 콜로뉴를 잔뜩 뿌리고, 결국에는 한 병을 구입하고 말아요. 중독되어 어쩔 수 없다는 듯이 말이죠. 그러고는 소맷부리에 대고 코를 킁킁거리고, 혼자 자신을 껴안아 자신의 품안에서 취하고, 숨이 막힐 때까지 냄새를 들이마시면서 그날을 보내는 거예요. 구노의 아리아*를 들으며 향수 냄새에 흠뻑 취한 그녀에게, 자신과 춤을 추는 자신의 모습이 보여요. 구노의 곡에 맞춰 자신을 끌어안고 춤추는, 소리의 유령, 냄새의 유령에게 춤을 청하는, 시그시 감은 눈 속에서 감각적이고 초췌한 환영을 찾는 자신의 모습이 나타나는 거예요. 이야기 속에서 부재를 메우는 데는, 감각만 유효한 게 아니라 관능

---

* 구노의 오페라 〈파우스트〉에 나오는 아리아 〈보석의 노래〉.

역시 중요하다는 걸 당신에게 말하는 거예요.

　이따금 엘렌은 택시를 잡아타고 아르노의 주소를 말해요. 아니, 차라리, 그녀가 택시를 타고 있는 걸로 하죠. 공연을 관람했거나 혼자 저녁을 먹고 돌아가는 길인데, 불현듯 그 사람과 함께 있고 싶다는 생각이 들어요. 육체관계를 맺고 싶지만, 그럴 순 없으니까, 공간적 관계라도 다시 맺고 싶어진 거죠. 사랑의 지형학, 택시들이 물질화시키는 도시의 지형학이란 게 있어요. 도시는, 도심을 속속들이 꿰고 있는 택시들이 한 시간짜리 모험가들을 태우고 지편地片을 탐험하는 땅이거든요. 택시들은 움직임과 저곳을 갈구하고, 군중 속에 섞이길 원하고, 어떤 위치도 결정하길 피하고, 여기도 저기도 아니길 바라고, 사라지고 싶은 동시에 존재하고 싶어하죠. 집에 거의 다 왔을 무렵, 택시기사에게 그의 주소를 말할 때도 있었는데, 순간적으로 길을 되짚어 가보고, 코스를 다시 밟아보고, 왔던 길을 되돌아가고, 사랑의 그토록 열정적이고도 폭발적인 질주를 되찾고 싶은 충동이 일었기 때문이에요. 사랑의 질주가 우리에게 존재의 힘을 불어넣을 때, 택시들은 흔히 꿈의 고통스러운 기쁨을 제공했어요. 내 사랑 그대 당신은 날 사랑하나 언제나 영원토록, 하고 라디오에서 간판의 네온사인이 반짝이는 안개 속으로 향수에 젖은 노래들을 쉬지 않고 흘려보내면, 우리는 꿈을 꾸고 있다는 걸 알게 돼요. 그러면 지그시 눈을 감은 채 나 자신에게 이야기를 들려주죠. 택시에 타고 있지 않을 때도, 나는 우리가 재회하는 상상을 했어요. 좁다란 복도, 그의 눈, 그의 입, 한 편의 시나리오, 나는 그가 사는 거리에 도착했고, 그가 사는 건물 못미처에서 내렸고, 건물로 들어갔고, 층계를 올라갔고, 그리고 멈춰섰어요. 당신인가, 혹시 들키지 않을까, 이웃 사람이 복도로 나오거나 아르노가 문을 벌컥 열고 나오지 않을까 두려웠던 거죠. 나는 아주 잠깐 문에 귀를 대보았어요. 초인종은 절대 누르지 않았고요. 아무 소리도, 언뜻 스치는 음악 소리조차 들리지 않았고, 아무튼 인기척이라고는 없었어요. 그래서 층계참으로 올라가 침실 창문이 보이는 창가로 갔어요. 아무것도, 빛도 그림자도 보이지 않더군요. 커튼이 내려져 있어서, 그가 있는지 없는지도 확인할 길이 없었어요—이 문장을 쓰면서, 나는 그녀가 나의 필사적인 미행 이야기를 잘도 요약하는구나, 생각했어요. 하긴 그를 시야에서 놓치지 않으려고, 그에게서 눈을 떼지 않으려고 애를 쓰면 뭐 해요. 그가 있는지도 알 수 없는 노릇인걸요.

이런 일도 떠올라요. 한번은 돌아오는 택시(층계에 한 시간이나 앉아 있었기 때문에 몹시 추웠죠) 안이었는데, 택시기사가 자꾸만 룸미러로 덜덜 떠는 내 모습을 힐끔거리는 거예요. 그는 건장하고 수다스러운 흑인이었는데, 듣고 있던 아프리카 방송의

볼륨을 줄이고는, 괜찮으냐고 물었어요. 나는 허세 부리듯이 네, 네, 하고 대답했고, 그런 나를 그는 한참 동안 마술사의 신중한 시선으로 바라보더니, 신기하게도 가는 택시 안에서 들었던 노래에 화답이라도 하듯, 금방이라도 웃음을 터뜨릴 것처럼 말했어요.

"자, 그러지 마세요. 그는 여전히 당신을 사랑해요. 그리고." 그러면서 뒤로 쌀 한 움큼을 뿌리듯이 손가락을 펴면서 덧붙였어요. "영원히 사랑할 거예요."

우리를 태워다주는 택시들에게, 우리가 어둠을 건너도록 도와주는 그들에게, 우리가 보기에 부족한 뭔가를 자신의 심정에서 읽어내는 그들에게 경의를! 그녀가 무슨 말을 하는지, 사랑해 j'aime 안에 사랑했어 j'aimais가 있고, 사랑해 j'aime 안에 전혀 jamais가 들어 있음을 아는 언어에 경의를!

그 당시 내가 스탕달을 모방해 썼던 작품을 찾아냈어요. 이것을 보내는 이유는 당신이 주문한 바로 그 시나리오이기 때문이에요.

다음은 심정에서 일어나는 변화랍니다.

1) 나는 사랑을 한다(첫눈에 반함, 감탄, 황홀감 : 그녀가 날 사랑하게 된다면 얼마나 행운인가……). 장애물에 의해 고무된 열정지수 : 나는 그녀를 사랑하고 욕망한다.

2) 나는 사랑을 받는다(그러므로 덜 사랑한다). 자만심, 자기 가치에 대한 감정 : 내 사랑을 받는 그녀는 얼마나 운이 좋은가,

그녀는 알까? 예민한 자존심, 나르시시즘간의 대립 : 그녀는 나를 충분히 사랑하지 않는다.

3) 나는 착각했다. 실망 : 나는 실망했고 분명히 실망시킨다. 그로 인한 자책과 비난들 : 그녀는 사랑받을 만한 여자가 못 된다.

4) 사랑은 실패했고, 나는 그것을 입증한다(모든 것이 계획된 실패를 위해 활용된다 : 욕구불만, 모욕, 자기 비하, 사디즘). 파경 : 나는 더는 그녀를 사랑하지 않으며, 증오한다.

5) 나는 불행하다. 두 가지 가능성 : a) 다른 대상과 동일한 과정을 반복하기 : 나는 다른 대상을 사랑한다. b) a)가 실패하거나 애석하게 느껴질 경우 : 아쉬움, 그로 인해 다시 시작하려는, 새롭게 시도해보려는 의지의 발동 : 나는 아직도 그녀를 사랑한다.

6) 사랑이 순조롭지 못한 것은, 내 사랑이 변했기 때문이다 : 순수한, 무성無性의, 우정관계(나는 이제 그녀를 욕망하지 않는다) : 나는 그녀를 다른 식으로 사랑한다.

이상은 콩스탕의 일기에 그려진 그대로의 남성 인물을 위한 시놉시스예요. 그런데 현실에서는, 시나리오가 아니라 시퀀스 컷이에요. 이 단계들은 얼굴에 드리워지는 그림자처럼 신속하게 이어지고, 무한히 뒤바뀌며 섞여요. 시시콜콜한 내면을 시시각각 문학적으로 기록하는 단 한 가지 부기簿記만이 사랑이라는 직물의 이면裏面, 즉 양탄자 무늬 아래 있을 수많은 매듭을 표현할 수 있는 거예요.

사실, 당신 말이 옳을지도 몰라요. it is에 만족해야죠. 즉 이 남자를 세상의 객관적 소여, 설령 빛에 따라 달라질망정 조정 가능한 물리적 현실로 파악할 것. 이 인물을 풍경처럼 촬영할 것.

나는 우리 아파트 건물 아래층의 카페테라스에서 그가 휘갈겨쓴 짧은 메모를 수첩에 끼워두었는데, 언제였는지는 생각이 안 나요. 심하게 다투고 나서 일주일이 채 되지 않았을 때라는 것 정도만 생각나요. 이게 그가 쓴 메모예요. "감정의 기상조건, 오전 일기예보 : 맑게 갠 하늘, 싶고 시속적인 사랑, 수평신에 구름 한 점 없음. 욕망의 높은 파도가 일 가능성. 내일의 예상 날씨, 오늘의 경향이 증폭될 것임."

이 쪽지를 다시 읽을 때마다, 그의 매력, 감미로운 친절, 다정함, 어린애 수준에 가까운 시詩를 느끼게 돼요. 사실상, 이 남자는 어떤 하늘이에요. 회색의 온갖 색조를 보여수는 하늘, 하지만 때로는 얼마나 빛난다고요. 그리고 변덕스러운 기후예요. 날씨는 어떻게 변할지 전혀 알 수 없잖아요. 현재의 기상 상태는? 과거의 날씨는? 그는 미소짓고 행복해하다가 돌연 침울해져요. 표정이 흐려지고, 눈빛에 고통과 권태의 먹구름이 스치고, 추억의 안개 같은 것이 서려요. 오늘의 예상 날씨 : 일시적 저기압.

우리는 다양한 기온이나 기압을 감내하듯 갑작스러운 변화를 받아들일 필요가 있어요. 비 온 뒤에 날이 개고, 금요일에 웃은 자가 일요일에 눈물을 흘리기도 하니까요. 감정은 하늘처럼 변화무쌍하고 불안정해요. 석양의 해를 떠나가는 연인에 빗댄 모로코 전통가요가 있다죠. 그래요, 돌아오길 기다리면 되는 거예요. 초연하게 감정의 일기예보를 알아보면 되는 거예요. 악마가 딸을 시집보낼 때는 웃다가 울다가 한대요. "내 마음에는 안개가 낄 때도 맑을 때도 있다." 파스칼의 말이에요.

단지 사랑은 물리학자가 아닌 탓에 그저 자연에 복종할 뿐이지만, 자신만의 개별적 기상학과 내면의 지리학을 지니고 있기도 해요. 사랑은 도시에 눈물이 흐르는지il pleure 가슴에 비가 내리는지il pleut*, 사랑의 벼락이 폭풍우에 도전하는지 절망을 지배하는지 차분하게 확인하지 않아요. 사랑은 오후 두시에 정오이기를 바라고, 비를 오게도 날이 개게도 하면서, 거짓말을 들춰내고 싶어하거든요.

파스칼의 『팡세』를 다시 읽다가, 찾아낸 대목이에요.

---

* 베를렌의 시 「내 가슴에 비가 내리네」의 첫 두 줄(내 가슴에 조용히 비가 내리네/도시에 비가 내리듯)의 패러디.

"인간의 이중성이 너무도 명백한 탓에, 영혼이 둘이라고 생각한 사람들이 있었다. 인간이 단일한 주체라면, 지나친 자만심에서 끔찍한 의기소침에 이르기까지, 그토록 다양한 감정을 가질 리가 없고 또 그 감정이 급변할 리도 없기 때문이다."

당신이 보내준 테이프를 어제 받았는데, 하나―「오르페우스와 에우리디케」―뿐이라서 좀 놀랐어요. 일부러 그랬어요? 영화는 밤에 봤어요, 그 전엔 도무지 틈이 안 나서요. 그런데 밤에 보길 잘했나봐요. 밤에 어울리는 영화잖아요. 참으로 아름다운, 너무 아름다운―진실이기엔 너무 아름다운?―영화였어요. 머릿속에 생각이 떠오르는 대로 글로 옮겼는데, 그 텍스트를 첨부 파일로 보내요. 분명 마음에 안 들거나, 심지어 당신에게 상처를 주는 대목도 있을지 몰라요. 하지만 그게 바로 당신이 말한 게임의 규칙인걸요. 각자 잃을 각오로 자기 생각을 솔직히 말하기.

이 영화에서는 아름다움이 진실을 가리고 있는 것 같아요. 마치 사랑의 아름다운 외관이 뚜렷이 드러나는 증오를 읽지 못하게 가리는 것처럼요. 그건 아마 손대기에는 너무 강력하고, 모독하기에는 너무 신성하며, 작품 안에서 자유롭기에는 우리 기억에 확고하게 자리잡은 신화 때문일 거예요. 확고하기가 『트리스탄과 이졸데』 『로미오와 줄리엣』처럼 도무지 손댈 여지가 없어요. 아무나 뒤샹처럼 모나리자의 얼굴에 콧수염을 그려넣을 수는 없죠. 당신은, 핵심은 그게 아니라고, 예술가는 오르페우스의 다른 버전을 수없이 만들어낼 수 있고, 중요한 것은 자신의 버전이라고 말하겠지요. 고갱이 자신을 비방하는 무리의 우두머리에게 던진 말도 할 거예요. "난 내가 옳다는 것을 안다"고요. 네, 당신 말이 맞아요, 당신에겐 그럴 만한 이유들이 있고, 난 그런 의미에서 당신 영화를 좋아하고 감탄하는 거고요. 영화가 당신과 닮았다는 느낌이 들어서요. 그런데 당신은 화려한 이야기, 찬란한 음악과 영상 아래 뭔가를 숨기고 있어요. 그 안에 비밀의 물고기를 풀어놓은 게 느껴지는데, 그 점은 좀 걸려요. 예술작품에서는 아름다움이 뭔가를 숨겨서는 절대 안 되거든요. 그런데, 주제가 우리의 현재 세획과 너무 밀집한 관계가 있는 탓에, 나는 생각을 숨길 수도 없지만, 그러고 싶지도 않아요. 오해가 너무 커질 테니까요. 당신은 보르헤스의 이야기를 알 거예요. 사하라 사막 한복판에서 모래 한 줌을 쥐더니, 그걸 왼쪽에 뿌리면서 이렇게 말했다죠. "나는 이제 막 사하라를 변화시켰다." 신화는 사

막 같은 거예요. 모래를 휘저어 섞어본들 기껏해야 갈증만 더할
뿐 무슨 소용이 있겠어요. 사막은 그저 무한일 테니까. 하긴 변
형된 무한이겠죠. 그러니 이번엔 내가, 잠깐, 당신에게 모래 한
줌을 뿌리게 해주세요. 내가 보내는 텍스트가 당신 눈에 뿌려진
모래려니 해주세요. 눈이 쓰라리거나 눈물이 날지도 몰라요. 그
리고 내가 이 글을 늦은 밤에 썼다는 것, 영화가 끝나자마자 황
급히 종이에 써내려갔다는 점을 고려해주세요. 내가 화를 내는
것은 전설 때문이지 당신 때문이 아니라는 점도요. 당신의 목소
리로 그 전설을 들었고, 당신의 눈을 통해 그것을 보았으므로,
나는 경탄을 금치 못했죠. 하지만 화면이 꺼지기가 무섭게……
그래서 술을 마셨어요, 무진장 퍼마셨다니까요.

안티 오르페우스

나는 오르페우스를 좋아하지 않아요. 그가 나를 좋아하지 않
을뿐더러, 앞으로도 절대 그럴 리 없기 때문이에요.

그의 관심사는 오직 하나, 바로 죽음뿐이에요. 오르페우스는
죽은 자들에게 가기를 원해요, 그게 다예요. 복잡할 것도 없고,

게다가 충분히 납득할 만한 일이에요. 죽음만큼 시인을 매혹하는 건 없을 테니까요. 죽음을 바라보고, 똑바로 마주 보고는 그것을 더욱 멋지게 노래하는(물론, 누구보다 멋지게 노래할 거예요. 죽지 않고 죽음을 본 유일한 자이니까요) 일이 아니라면 말이죠. 문제는 바로 이거예요. 죽음을 본 이후에 어떻게 살아남을 것인가? 죽음으로 영원히 눈이 감기지 않았는데 어떻게 죽음을 가까이서 볼 수 있으며, 스스로 혹독한 죽음을 겪지 않고 어떻게 죽음의 아름다움을 노래할 것인가? 오르페우스는 한 가지 해결책이 있었기에 불가능한 일에 성공할 수 있었어요. 자신이 죽지 않고 다른 자신, 분신이 죽는 것. 오르페우스의 다른 자아인 에우리디케는 또다른 그 자신이기 때문이죠. 오, 그대는 내 안에서 나보다 더 나 자신으로 느껴진다 하지 않았던가요? 아무튼, 누가 이 사랑스러운 에우리디케를 아시나요? 이야기 속에서 오르페우스의 아내라는 사실, 그의 감미로운 반쪽이라는 사실을 제외하면, 그녀에게 특별한 점은 별로 없어요. 따라서 일은 급물살을 타게 되죠. 그가 사신의 유순한 반쪽, 자신을 내맡긴 연약한 내면의 타자, 자기 안에 있는 그토록 부서지기 쉽고 손상되기 쉬우며 여차하면 죽게 될 생분해성의 여성을 죽이는 일이 일사천리로 진행될 거예요. 그는 타자, 여자Elle*, 사랑하는 에우리디케, 나긋한 신부新婦, 삶의 여인, 오직 하나뿐인 여인을 제불로 바쳐요.

물론 자신도 비싼 대가를 치르죠. 그가 겪는 괴로움에 대해 귀에 못이 박히도록 듣잖아요. 분명, 그도 위험을 무릅쓰는 거예요. 그도 그 사실을 어렴풋이 느끼지만, 어디까지나 자신의 예술과 행복을 위한 일이잖아요. 아내를 죽이는 일, 마음에 품은 여인을 죽이는 일, 그로 인해 예술가뿐만 아니라 일반 대중까지 혹독한 대가를 치르리라는 예감 때문에, 그는 두려움에 사로잡혀요. 하지만 마음을 다잡고 그 일을 잊어요. 아니, 생각 자체를 안 해요.

에우리디케와의 행복했던 신혼생활, 물론 그건 중요하죠. 하지만 어느 정도 희생은 필요한 법이에요. 우리는 결코 행복하지 못하겠지만, 좋아요, 그건 놓쳐버린 사랑이니까. ♫♪♩ ** 나의 에우리디케를 잃었노라, 그래서 마음이 허전해요. 물론 큰 차이가 있겠지만, 그리 심하진 않을 거예요. 그 정도 일로 그가 죽기야 하겠어요. 트리스탄처럼 죽지는 않을 거라고요. 오르페우스, 그는 시인이므로, 죽음이 그를 부르고, 매혹하고, 홀리고, 정신을 빼앗으면, 그에게도 선택의 여지가 없어요. 죽음은 리라를 위해 축성된 빵이니까요.

---

* 프랑스어의 인칭대명사 'elle'(그녀)을 대문자 'Elle'로 써서 여성 일반을 지칭하고 있다.

** 독일 작곡가 글루크의 오페라 〈오르페우스와 에우리디케〉(1762)에 나오는 아리아 '나의 에우리디케를 잃었노라'의 첫 소절.

"자, 이제 그만하시죠." 당신의 목소리가 들려요(여기서도 들리는군요). "대체 무슨 헛소리를 떠벌리는 겁니까? 어째서 오르페우스 신화를 훼손하는 말을 읊어대는 거예요? 이야기 속에서 에우리디케를 죽이는 건 그가 아니란 말입니다. 절대 아니에요. 이게 첫번째 지적입니다. 게다가 그는 끔찍하게 불행해요. 그의 모습은 그야말로 절망적인 사랑 그 자체라고요. 오르페우스는 사랑의 화신이거든요. 두번째로는, 나의 에우리디케를 잃었노라, 그 무엇도 내 불행에 견줄 바 없으리, 이건 내가 지어낸 말이 아닙니다. 마시막으로, 세번째 지적인데요, 그는 아내를 찾으러 지옥까지 갑니다. 그 정도로 그녀 없이는 살 수 없는 거죠. 그런데도 그가 그녀를 죽였다고 할 건가요? 말도 안 됩니다!"

당신은 정말 순진하군요.

첫번째 포인트 : 에우리디케를 죽이는 게 오르페우스가 아니라고요? 과연 그렇군요. 그녀는 자신을 겁탈하려는 목동 아리스타이오스에게 쫓겨 들판에서 도망치다가 뱀에게 물려 죽었으니까요. 그런데 이 사건이 언제 일어나나요? 결, 혼, 식, 날. 에우리디케는 방금 오르페우스와 결혼을 했단 말이죠. 그런데 젊은 신랑은 대체 어디 있었던 걸까요? 벌써 취해서 테이블 아래도 굴러떨어졌을까요? 신부와의 첫날밤을 원치 않나보죠? 어째서

라이벌의 폭력에서 아내를 보호하지 못했나요? 그것이 남자의 역할, 남편의 도리가 아니던가요? 그리고 뱀 말인데, 그가 과연 뱀을 춤추게 했을까요? 리라를 두세 음音만 연주해도 움직이는 만물을 길들일 수 있다면서요. '사랑의 화신'이라, 아무렴요, 에 우리디케의 살을 파고든 독 같은 존재죠.

아무튼 좋아요. 그가 현장에 없었다고 쳐요. 그는 지켜내지 못했고, 그녀는 죽었어요. 그래요, 좋아요. 누구에게나 일어나고, 또 일어날 수 있는 일이에요. 하지만 두번째는요? 그녀가 되살아났다가 다시 죽은 것에 대해서는 뭐라고 할 셈인가요? 입이 열 개라도 할 말이 없을 텐데요. 아내에게 미쳤다는 이 남자, 아내를 되살려내는(우리는 절대 할 수 없는 일이죠) 기적 같은 행운을 거머쥔 사나이, 지하세계의 신이 된 자, "죽은 자들이여, 일어나라!" 하고 외치면 그들이 일어나고, "나를 사랑하는 자 나를 따르라"고 하면 그녀가 따라 나서게 만드는 힘을 가진 영웅, 살아 있는 신화인 그가 단 이 분을 못 참고 뒤를 돌아보다니요! 아내가 삶을 누릴 수 있도록 겨우 백여 초를 못 참다니요! 한심한 인간, 집어치워! 조루증 환자! 성불능자! 안됐지만 사실인데요, 뭐! 연인에게 주어진 대수롭지 않은 시험*이었을 뿐인

---

* test-amant, '연인에게 주어진 시험'의 의미 외에도 동음이의어 'testamant' (유언)을 암시하고 있다.

데, 그걸 망치고야 말았어요. 그런데도 당신은 사랑이라고 하다니요! 그게 증오라면, 순수한 증오겠군요! 오르페우스는 에우리디케를 사랑하지 않았어요, 사랑했다면 노력했을 테고(오르페우스의 노력, 사랑하려는 노력, 부족한 건 바로 그거죠), 참고 견뎠을 거라고요. 그의 초조감이라니, 기가 막혀서, 원! 그를 안절부절못하게 만드는 것은 바로 그녀, 뒤에서 졸졸 따라오는 그녀라고요. 오르페우스 자신은 원하던 것을 얻었고, 땅과 지옥을 매혹시켰는데 말이죠. "날 좀 내버려둬." 이것이 그가 남몰래 하는 말, 소리 없이 드리는 기도예요. 이 죄를 짓고 나서, 그는 애장곡을 멋들어지게 노래할 테죠. 나는 에우리디케를 잃었노라, 어쩌고 하면서요. 이건 자백 아닌가요! 그가 그녀를 잃었다니, 그럼요, 고의로, 그리고 계획적으로요. 그런 줄은 꿈에도 모른 채, 그녀는 쫓아가요. 파멸을 향해 가면서도 모르는 거죠. 오르페우스는 〈의혹〉에 나오는 캐리 그랜트의 음화陰畵예요. 살인자인 주제에 법 없이도 살 수 있는 아폴론의 얼굴을 하고 있거든요.

그의 핑계는 노래예요. 오르페우스의 노래는 죽음의 신마저 감동시킨다고 주장하는데, 그의 목소리는 생명의 결정結晶을 산산조각내려 해요. 죽음의 시선 후에도 살아남을 심산으로, 그는 에우리디케를 정찰병으로 보내요. 그녀가 저 아래로 내려가면, 자신이 천상의 노래로 거기서 끝어낼 셈이죠. 에우리디케의 죽음은 알리바이인 동시에 그가 욕망하는 다른 곳을 말해요. 그녀가 거기 있어야, 다른 곳을 보러 갈 수 있으니까요. 이제 그녀가 거기 있으므로, 그녀는 계속 그곳에 머물러야 하는 거예요! 어둠에서 나오는 즉시, 지상의 빛으로 돌아오자마자, 오르페우스는 리라의 현을 조율하고 노래를 불러요. 자신의 새로운 연인, 암흑 속의 여인, 죽은 여인, 그녀의 아름다운 죽음을 노래해요. 시인들은 누구나 오르페우스를 형제로 사랑하고 경쟁자로 질투하죠. 베르길리우스, 오비디우스, 릴케, 콕토, 몬테베르디, 글루크, 들라크루아, 푸생, 루벤스…… 그들 모두를 매혹하니까요. 콕토를 봐요. 그는 오르페우스를 자신의 이상적인 분신으로 삼아요. 이해가 돼요. 특히 콕토는 그래요!

　진실의 차원에서 촬영해야 할 장면, 순수 공포의 장면이 있다면, 남편은 약속을, 아내는 희망을 품고, 부부가 함께 명부冥府에서 올라오는 장면이에요. 둘 다 눈부시게 아름답고, 젊고, 매혹적이죠. 앞장선 남편이 먼저 빛 속으로 나와요. 한 걸음씩 뒤쫓아오는 아내의 기척을 느끼지 못했을 리 없고요. 그는 분명 감격했을 테고, 그래서 온전한 분별력을 잃었을 수도 있겠지만, 아무튼, 일을 저질러요. 무슨 짓을 하는지도 모르는 채, 일을 저지르고 마는 거죠. 그가 선 자리에서 고개를 돌리자, 선 자리에서 돌아서자, 사랑의 가능성은 모조리 분쇄되고 말아요. 사실 별게 필요했던 것도 아닌데, 잠시 주춤했다가 한 발만 더 내디디면 그만이었을 것을. 천만의 말씀, 그는 그러지 않았어요. 그녀도 걸음을 멈추고 무슨 영문인지 몰라하는 사이에, 그들의 재회가 수천 개의 눈부신 광채로 회절되면서, 그녀는 다시 뒤로 돌아가 망각 속에 잠겨요. 하지만 그는 에우리디케를 붙잡지 않죠. 오르페우스가 돌아서는 바로 그 순간, 그의 시선은 끔찍하기 이를 데 없어요. 어떤 배우가 그런 치명적인 시선을 연기할 수 있을까요? 그런 시선 안에서 무슨 일이 일어나는지 알 수 있을까요? 에우리디케에 대한 증오, 포옹하려는 욕망에 사로잡혀 당황해하는 마음 밑바닥에 도사린 여인에 대한 살인적 증오, 사랑이 깃든 증오, 그녀에 대한 적대적 사랑, 그녀의 죽음을 원하는 동시에 오르페우스 자신의 죽음, 자기 자신의 인간적 죽음을 원하는 욕망을 알 수 있을까요? 몸을 돌리는 것은 자살이에요. 뒤돌아보는 시선은 그 자신도 죽음으로 몰아가요. 남자인 그는 여자와 헤어지므로 죽어요. 오직 시인만 살아남는 거라고요. 비인간적인 삶만이.

예전에 사랑과 성性이 확실한 세계에서 살았던 오르페우스는, 그 순간부터는 그럴 수 없게 되었죠. 그는 리라의 현을 뜯어 비통한 소리를 울리고, 죽음과 고통과 이별을 노래하고, 모든 여인을 멀리해요. 그와 사귀고 싶어하는 여인들, 그의 아름다움과 불행에 이끌린 트라키아의 처녀들을 거들떠보지도 않는다고요. 심지어 종교의식에서 여자들을 제외시키고, 남자들이 있는 신전 밖에 머물라는 요구까지 한다니까요. 하루는 언덕 위에서 마이나데스*가 그를 발견하고 이렇게 외쳐요. "저자로군, 우리를 무시한 자가!" 여자들은 사나운 기세로 그에게 마구 달려들었고, 그의 눈에는 그녀들이 모두 똑같은 여자로 보여서 누가 누군지 분간할 수 없었어요. 그녀들은, 그가 예전에 악몽에 시달리다가, 비명을 지르며 깨어난 한밤중의 공포 속에서 늘 두려워하던 일, 그가 그녀들에게 하려던 바로 그 일을 그에게 잔혹하게 저질러요. 그를 죽이는 거죠. 머리와 리라는 이쪽에, 몸통은 쓰레기처럼 저쪽에 던져버려요. 그의 몸뚱이는 해체되고, 갈가리 찢겨서, 조각조각 흩어져요. 이런 광기에 다시금 공포가 깃들고, 여자의 눈에 두려움이 감돌아요. 그는 그것이 오리라는 걸, 지옥이 다시 찾아오리라는 걸 알고 있었던 거예요.

---

* 그리스 신화에서 디오니소스를 수행하는 여자들(단수는 '마이나스')로 '광란하는 여자들'의 의미.

이봐요, 정말이지, 당신이 이 메시지를 쓰게 된 이유는 분한 마음(혹은 자만심)에서라는 생각이 들어요. 혹시 마음을 상하게 했다면, 미안해요. 다시 말하지만, 나는요, 당신 영화가 참 아름답다고 생각해요. 그래도 오르페우스에 관해 입을 다물고 있을 수만은 없더군요. 애당초 우리의 인물에 관한 문제잖아요. 오르페우스는 아르노이고, 뱅자맹이에요. 이 점에 관해 당신이 동의하지 않는다면, 당장 일을 집어치우는 게 좋겠어요.

아니요, 난 그를 괴물monstre로 만든 게 아니에요. 당신도 그렇게 말하면 안 돼요. 하긴, 글자 그대로의 의미라면 그렇게 말할 수도 있겠네요. 아르노는 보여주는monstre 사람이니까요. 사람들의 감춰져 있거나 알려지지 않은 뭔가를 보여주고, 그들에게 그 자신의 비밀이기도 한 그들의 비밀을 보여주죠. 그 이유는 정말 원해서가 아니라, 그가 그들처럼 비밀을 잘 숨기지 못해서 일 뿐이에요. 남들이 몰래 진땀을 흘리듯 비밀을 분비하는 곳에서, 그들의 비밀이 새어나오는 곳에서, 그는 비밀을 노출하고, 배설하고, 타인의 시선에 내주어요. 그들은 놀라며 매혹을 느끼고요. 그 자신이 원하든 원치 않든, 그는 보여주는 사람montreur 이에요. 영화와 괴물들, 이건 닳고 닳은 이야기가 아니던가요? 그런데, 현실에서와 마찬가지로 영화에서도 그는 자신이 무엇을 보여주는지 몰라요. 당신도 모르죠. 나도 마찬가지고요. 내가 무 엇을 쓰는지 늘 아는 것은 아니거든요. 게다가 아르노가 자기 영화에 대해 말할 때 인상적이었던 점은, 대부분의 사람들이 흔히 그의 영화에서 보는 것과는 다른 점들을 말한다는 거예요. 다시 말해, 그의 기획, 시나리오에 대한 해석, 인물들에 부여한 의미 가, 영화에 조예가 깊든 아니든 간에 관객들이 이해하는 것과 일 치하지 않는다는 거죠. 그는 자기 영화의 폭력성, 음산한 특성을 모른 채 그런 것들을 아름다움, 뛰어난 기량, 음악으로 은폐했던 거예요. 결국 자기도 모르게 비밀을 늘어놓은 셈이죠. 비밀을 지 우려고 무진 애를 썼지만, 결과적으로는 비밀을 폭로한 꼴이라 고요. 악취를 덮으려고 향수를 뿌리는 것처럼요. 자신은 듣지 않 으려고 두 손으로 귀를 막고서, 비밀을 영화로 각색했던 거라고요. 이런 게 예술의 기능일까요? 아마 그럴 거예요. 아무리 내가 아름다움으로 진실을 은폐하는 걸 싫어한다 해도요. 난 오히려 아름다움이, 용납할 만한 비밀이라면, 그것을 폭넓게 드러낼 수 있어야 한다고 믿어요. 그런 의미에서, 아름다움이라는 단어의 의미에서, 예술은 아름다운 괴물을 창조하는 거라고요. 예를 들면, 보바리 부인도 그중 하나인데, 그녀는 모든 여자를 대표하죠. 돈 후안이나 아돌프가 모든 남자를 대표하는 것과 마찬가지예요. 그러면, 당신은 이렇게 말할 테죠. 전혀 보바리 부인 같지 않은 여자들, 전혀 돈 후안 같지 않은 남자들을 안다고요. 그 말을 믿어요. 그래도 잘 살펴보면 생각이 달라질지 몰라요. 당신이 아는 그 사람 뒤에 다른 사람, 낯선 사람, 하이드 씨가 있을 거라고요. 어째서 당신은 시인의 모습 뒤에 살인자가 있을 수 없다는 건가요?

우리의 괴물이 무엇을 보여주느냐고요? 우리가 서로 사랑하는 게 아니라는 사실요. 좋을 대로 받아들이세요.

그런데 물론 남자들을 죽이는 여자들, 에우리디케의 모습을 한 에리니에스*, 팜므 파탈늘노 있어요. 우리는 서도 사랑하는 게 아니라고, 내가 말했잖아요. 하지만 이건 우리 수제가 아니에

요. 당신은 그저 〈여인과 꼭두각시〉**를 리메이크하면 된다니까
요! 아니면 다 그만두고, 그린란드 고래들의 운명에 대해서나
얘기할까요.

---

* 그리스 신화에 나오는 복수의 세 여신 티시포네, 알렉토, 메가이라를 말한다.
** 벨기에 작가 피에르 루이스의 소설을 원작으로 프랑스 영화감독 쥘리앵 뒤비
비에가 만든 1958년 영화. 한 여인을 사랑하는 남자가 그녀에 의해 차츰 꼭두각
시로 변해간다는 내용.

(휴지통)

　당신도 오르페우스 같아요. 그래서일까요…… 부재하는 여자들만 사랑하는군요. 어쨌든, 영화감독에게 다른 뭘 바랄 수 있겠어요? 당신은 이미지로서의 여자, 아이콘, 스타들을 사랑해요. 그중에서 죽은 여자는 몇이고, 광택지나 은성분을 함유한 필름에서만 살아 있는 여자는 몇이나 돼요? 메릴린 먼로가 그런 식으로 사랑받길 원했을 것 같아요? 가녕의 인물이나, 벼룩시장에서 아무나 원하는 물건을 주워담는 해진 바구니나, 거기 담긴 내용물이 되기보다는, 추억과 고통, 독서, 욕망과 죽은 자식들, 쾌락과 비밀이 기득한 인간으로 사랑받기를 더 원했을 거라는 생각은 안 들어요?

여자를 좋아하지 않는 남자는 아주, 엄청나게 많아요. 그 사실을 알려면 여자가 돼볼 필요가 있어요. 대부분의 사람들이 모르는 이유는 남자들의 침묵이 친절하고 다정해 보이는데다가, 증오가 열렬한 사랑의 특성을 지니고 있어서예요. 여자들이 접근할까봐 무서워 죽을 지경이면서도 멀리서는 그들을 더없이 애지중지해요. 그들이 여자들 곁에 있으려는 건 여자의 육체나 아름다움 때문에, 혹은 대화를 위해서나 정신에 매혹되어서, 혹은 둘 다 때문이라고 흔히 알려져 있어요. 그들은 성性에 더 관심이 많고 여자들보다 더 현실적이면서 몽상가의 기질은 덜해요. 실제로, 많은 남자들이 여자들을 멀리하려고 애쓰고 거리를 두면서도, 문장 속에 간직하기 위해서라면 찬사를 아끼지 않지요. 많은 남자들이 바라는 것은, 미처 깨닫지 못하든가 입 밖에 내지는 않지만, 여자들을 사라지게 하는 것이랍니다. 방법이야 무수하고 다양하죠. 여자들을 우러러 받들어 접근이 어려운 존재로 만들거나, 그들을 피해 멀리 도망쳐서 닿을 수 없는 존재로 만들거나, 베일을 씌워 보이지 않는 존재로 만들거나, 흉하게 만들어 기피하는 존재로 만들거나, 그래도 영 견딜 수 없으면 죽여버려요. 남자들은 부재하는, 말없는, 경이로운, 잊혀진, 사라진, 죽은 여자들을 사랑한다고요. 그들은 오직 멀리—눈에서는 멀고 심장에서 가까운?—떨어져서만 사랑을 할 수 있어요. 행여 여자들이 다가오기라도 하면 화들짝 놀라요. 사랑의 이름으로 행해지는 이 모든 것의 전략은 다음 질문으로 압축될 수 있어요. 사랑하는 여인을 어떻게 사라지게 해야 그녀를 사랑할 수 있을까? 어떻게 그녀를 사라지게 해야 영원한 존재로 만들 수 있을까? 에우리디케를 어떻게 음악으로 변형시킬 수 있을까?

아! haimer* 동사를 일반화시킬 필요가 있겠군요. 진실의 발전에 기여할 테니까요. je t'haime(당신을 애증해), 이게 바로 진실이랍니다.

이런 일에서 예술가늘보다 더 냄씩할 순 없어요. 내 말은, 예술가만큼 이런 일에 재능을 발휘할 사람은 없다고요. 엘레노르를 떨쳐버리려고 별짓을 다 하고는, 정작 그녀가 죽자 아돌프가 한탄하는 소리를 들어봐야 한다니까요! 유럽 방방곡곡을 돌아다니는 뱅자맹을 봐야 해요. 스탈 부인에게 금세 싫증을 느껴 그 도시를 도망쳐나오지만, 얼마 못 가 이내 그녀를 향한 열정에 사로잡히잖아요. 고작 몇 리외만 떨어져도 그는 발길을 멈추고, 애성을 남뿍 담아 편지를 써보내는걸요! 고칠 것은 고치아죠.** 내 보물상자 안에 든 아르노의 사랑 편지들도, 처음 것만 제외하면 전부 외국에서 부친 것들이에요. 밴쿠버 영화제의 그림엽서에는

---

* 'haïr' (증오하다)와 'aimer' (사랑하다)를 합성한 작가의 신조어.
** Mutatis mutandis.

"당신을 사랑하고 욕망해"라고 쓰여 있지만, 사랑을 나누지 않은 지 족히 몇 주는 지났고, 바르셀로나의 엽서에는 "열렬한 사랑의 감미로운 키스들을"이라고 쓰여 있지만, 그는 내게 키스하는 법이 절대 없었다고요. 이건 음유시인들의 **궁정풍 사랑**에 불과하다니까요. 따라서 이런 관점에서 이해해야 할 거예요. 즉 먼 곳에서의 사랑, 무無의 경계에 있는 사랑, 아무 용도가 없는 마티에르, 꿈의 소재가 되는 마티에르.

게다가 당신만 봐도 그래요, 우리가 만나면 왜 안 되나요? 이 따위 메일 교환보다 훨씬 간단할 텐데, 안 그래요?

당신네들은 우리에게 사랑한다고, 우리가 당신의 뮤즈라고, 모델이라고, 여성 조언자라고, 공주님이라고 말하죠. 당신네들은 여자들을 사랑하고, 여자들을 사랑하는 남자들이니까, 여성 전반을 사랑하는 것이므로, 한 여자를 사랑하는 일에서 면제되는 거죠.

꿈을 꾸거나, 사진이나 추억 혹은 마음속에 간직하는 방식으로 한 여자를 사랑하는 것과는 달리, 실재하는 여자, 어떤 한 여자, 바로 그녀를 사랑하라는 것. 그게 지나친 요구일까요?

한 여자를 사랑하는 것, 그게 불가능할까요?

모든 것을 가로막는 것, 그것은 두려움이에요. 왜 우리는 이토록 사랑을 두려워할까요? 우리는 사랑이 우리를 만들고, 돕고, 기르고, 키우고, 확장시킨다고 여겨요. 사랑을 못 받은 아이는 빗나간다는 말을 귀에 못이 박히도록 들어왔잖아요. 그런데 그 말이 왜 협박처럼 들릴까요? 사랑을 시작하려면 왜 그토록 용기과 무모함이 필요한가요? "어디로 가야 할지 모른다면, 네가 모르는 곳으로 가라." 멋들어진 말이죠. 하지만 이제 우리는 가지도 않아요. 머릿속에서 갈 뿐, 실제로 가는 사람은 아무도 없는걸요. 혹은 가더라도 그럴 만한 건지 의심하면서 불안으로 가슴을 졸이죠. 시인들, 연인들을 좀 보라고요. 그들의 삶을 들여나봐요. 사랑 때문에 답답해하고, 숨 막혀하고, 낙담하고, 잘못을 깨닫고, 파괴되잖아요. 시간이 흐르면서 그 사실을 알아차리고는, 적으로부터 자신을 보호하듯이, 그들은 사랑으로부터 자신을 지켜요. 가능한 한 온갖 방법(횡포, 전략, 고독, 일, 종교, 예술, 운동)을 동원해 사랑을 피하고 자신을 방어하죠. 그들은 생각에 잠기고, 꿈을 꾸고, 창조를 해요. 오직 사랑에 대한 증오심으로 존재하는 예술가늘이 최악이죠. 그렇다고 그들을 원밍해선 안 돼요. 사랑이 그들의 존재 자체, 활력을 위협하는 까닭에, 제일 먼저 그런 반응을 보이는 거니까요. 그건 정당방위예요. 예술 작품이 살헤라는 사실은 믿어도 돼요. 그늘은 자신이 죽시 않으려고 사랑의 대상을 죽이는 거라고요. 당신은 대상을 없애지 말고 안전한 곳에 놓아두고 살해를 꿈꾸는 편이 낫다고 반박할 테죠. 창조 행위에는 보호책 같은 뭔가가 있어요. 그건 사실이에요. 정신병원은 그 점을 잘 간파했던 거고요. 그게 없다면, 모두가 권총 자살을 하거나 이웃을 죽이러 갈 테니까요. 더는 보지 않으려고 눈을 후벼파고(서로 보지 않게 될 테니까), 더는 듣지 않으려고 귀를 자르고(서로 듣지 않아도 될 테니까) 말 거라고요. 당신은 내가 왜 그토록 글쓰기에 집착한다고 생각하나요? 간단해요. 글을 쓰는 동안은 그를 사랑하지 않기 때문이에요. 예술작품, 그것은 사랑의 무덤이에요. 예술가들이 왜 그걸 승화라고 하는지 모르겠어요. 그 안에 있다는 숭고한 것이 대체 뭔가요? 범죄를 아름다움인 양 꾸미는 짓이요? 사랑의 능력을 가진 예술가들을 나는 몰라요. 그들은 위장하고 속임수를 만들 뿐이라고요. 남의 눈을 속이는 거죠. 우리는 비록 연애소설일망정 책을 읽으면서, 비록 멜로물일망정 영화를 보면서, 암암리에 새겨진 다음과 같은 제사題詞를 확인하는걸요. "여기 사랑이 잠들도다. 예술, 그것은 완전범죄이노라."

어떤 여자들은 죽음을 택하는 것만이 사랑받을 수 있는 유일한 가능성이라고 믿어요. 글을 쓰는 것도 사랑 이후에 살아남을 가능성이죠. 엘레노르가 되든가, 스탈 부인이 되든가, 두 가지

선택이 있을 뿐이에요.

그럼 다시 당신 견해로 돌아가보죠.

네, 좋아요, 잠시 쉬면서, 생각해보기로 해요. 전부 중단하고
요. 어쨌든 나도 그랬으면 했으니까요. 한 남자와 한 여자, 둘 사
이가 어떻게 되었으면 좋겠어요? 우리 여자들은 달콤한 이야기
를 좋아하는데, 당신네 남자들은 실패담을 더 좋아하잖아요.

II

날 꼭 안아줘. 사랑을 나눠. 이리 와. 상황이 꺼려야 울지 말고 여기 있어. 달아나기로 해. 마주 보는 두 사람 다 고집불통이고 무기력하다. 그녀는 그에게, 그의 얼굴에, 그의 사랑에 집착한다.

난 잘 지내요, 고마워요, 당신은 어때요?

네, 차분하게 다시 일을 해야죠, '끝장을 보기'로 해요. 그런
데 미리 말하지만, 그 문제에 관해 어떤 이미지도 구상해보지 않
은 내게는 이러든 저러든 마찬가지예요. 나 나름의 개인 영화가
있긴 하지만.

유년기가 영화에 꼭 포함되어야 한다는 의견에는 동의해요.
사랑 이야기는, 비록 실패로 끝났을망정—특히 실패로 끝났을
때는—유년기를 돌아보게 해요. 너무 늦게 보거나 끝내 보지
못하는 양탄자 속 이미지, 애간장을 태우며 불타는 썰매에 그려
진 그림*, 다시 떠오르지만 아무도 알아보지 못하는 단어, 손으

로 유리창의 성에를 지우면 나타나듯 세월에 묻혔다가 기억에 다시 떠오르는 유년기의 얼굴인 장미꽃 봉오리, 그것이 주된 이미지랍니다. Rosebud, 어둠을 뚫고 나온 그 단어를 읊조릴 목소리가 필요해요.

당신은 클로드를 마치 아르노의 여성판 인물, 그의 밝은 측면인 양 말하는데, 무척 흥미롭군요. 멜랑콜리가 없는 분신인 그녀는 아르노와 무모하게 맞서는 대신 사랑의 실패에 맞서 싸워나가요. 그녀는 또한 10마력짜리 엘렌이기도 하고요. 그런데 그녀의 내면에 도사린 분노, 그건 엘렌에게는 없는 것이죠. 당신이 클로드에게 관심을 갖게 돼서 기뻐요. 내가 보기에, 클로드라는 남자 이름에도 불구하고, 그녀는 여느 여배우들처럼 여성성의 본질을 구현하고 있어요. 그녀 내면의 뭔가가 연기를 하고, 환상을 본능적으로 연기해내고, 거짓을 연극으로 만들어요. 허무를 보여주는 이런 재능도 허무에 빠지거나 그로 인해 고통받지 않게 자신을 방어하지는 못하나봐요.

당신이 말하는 '인물 카드'가 정확히 뭘 의미하는지 모르겠

---

* 오손 웰스의 1941년 영화 〈시민 케인〉에서 언론재벌 케인은 숨을 거두면서 "로즈버드"라는 말을 남긴다. 그 의미를 캐내기 위해 톰슨 기자는 케인의 일생을 파헤치고, 그 결과 로즈버드는 케인이 어릴 때 타고 놀던 썰매로 그 썰매에 로즈버드라는 상표와 그림이 새겨져 있었다는 사실이 밝혀진다. 강제로 불태워진 썰매는 잃어버린 어린 시절의 상징이다.

어요.

　클로드는 늘 배우가 되고 싶어했어요. 우리가 어릴 때, 크리스마스가 되면 연극 의상을 두 벌씩 주문했어요. 신데렐라, 당나귀 가죽, 잠자는 숲속의 미녀, 이런 이야기들에는 늘 멋진 왕자님도 등장했으니까요. 클로드는 요정 옷을 좋아해서, 그 옷을 걸치고 보란 듯이 으스댔죠. 내겐 거의 언제나 지저분한 하녀나 바보 역할을 맡기고, 자기는 액션 연기를 하는 걸 더 좋아했어요. 특히 〈새총잡이 티에리〉*가 기억나는데, 아버지가 새로 구입한 8밀리 카메라로 우리를 찍어주었기 때문일 거예요. 나는 이자벨 역이에요. 두 갈래로 땋은 금발 가발을 썼는데, 내가 실제로 금발인데다 갈래 머리를 땋았기 때문에 코믹해 보여요. 언니가 새총을 머리 위로 마구 휘두르는 바람에, 전나무가 휘청거리고 하마터면 쓰러질 뻔해요. 언니는 숲속의 로빈 후드가 쓰는 작은 군모를 쓰고 사방팔방으로 펄쩍펄쩍 뛰어다니고, 아빠가 부지런히 그 뒤를 쫓아다니지만, 렌즈 안에 언니를 포착하지는 못하는군요. 반면 내 모습은 이따금 영상 한구석에 잡혀요. 빨간 드레스에 끈

---

* 1963년 11월 3일부터 1966년 3월 27일까지 ORTF(지금의 RTF의 전신) 1채널에서 방영된, 총 52회분으로 구성된 30분짜리 미니시리즈. 1360년 프랑스 왕 장 2세가 영국인들의 포로가 되자, 영수 티에리 느 상빌이 왕을 구하기 위해 벌이는 모험 이야기이다. 주로 새총을 무기로 사용했기 때문에 '새총잡이 티에리'라 불린다.

으로 졸라맨 코르셋 위에 꽉 움켜쥔 한 손을 얹은 채, 넋을 잃고 굳은 자세로, 눈에 보이지 않지만 느낄 수 있는 어떤 위험으로부터 구원되길 기다리고 있어요. 마침내, 언니가 큰 칼이라도 되는 양 새총을 휘두르며 사방 100리외의 적들을 헤치고 내게 다가오더니, 한 손으로 내 허리를 부여잡고 입술에 정열적인 키스를 퍼부어요. 엄마는 보이지 않아요, 어쨌든 화면에서는요. 아빠의 웃음소리만 들리다가, 곧이어 "좋아, 됐어, 됐다고"라는 말소리가 들려요. 그래도 언니는 키스를 멈추지 않아요. 줌렌즈가 뒤로 이동. 나는 숨이 막히는 것 같아요. 언니는 열렬한 사랑에 빠진 사람처럼 굴어요. 언니의 입술이 여전히 내 입술을 짓누르고, 전나무는 고정 숏으로 비쳤다가 다시 비스듬히 보이고, 줌렌즈는 다시 트리 꼭대기 장식 위에서 앞으로 이동, 아파트가 비치고, 엄마의 뒷모습이 보이고, 그러고는 끝나요.

손이 떨리고, 몸이 흔들리고, 눈의 초점이 맞지 않고, 시선이 빗나가고, 가슴이 답답하고, 공기가 부족한 시기, 그게 유년기예요. 뭘 해도 소용이 없고, 어떻게 해야 할지 모르겠고, 제대로 되는 거라곤 없죠. 뭔가 딱 맞아떨어지지 않아요.

우리 부모님은 사이가 썩 좋지 않았고, 분명 그런 탓이겠지만, 곧 대화가 없어졌어요—혹은 그 반대였어요. 그리고 항상 뭔가

를, 늦어지는 누군가를 기다리는 것 같았어요. 엄마는 애인이 나
타나기를, 아버지는 당신의 엄마(할머니는 아버지를 어릴 때 버
렸대요. 그 이야기는 시시콜콜 다 못 해주겠어요. 궁금하면 내
책들을 읽어보세요)가 돌아오기를 말이죠. 클로드 언니와 나도
기다렸어요. 아빠와 엄마가 사분의 일 바퀴만 몸을 돌려 거기 우
리가 있다는 걸, 눈과 귀를 가지고 영화를 지켜본다는 걸 알아차
리길 기다렸다고요.

하루는 클로드 언니가 학교에서 들것에 실려 돌아왔어요. 6학
년 때였을 거예요. 네시 오락 시간에 다리에 힘이 빠져 선생님
책상 앞에서 털썩 주저앉아버린 거예요. 사람들이 언니를 일으
켜 세워보려 했지만, 몸무게를 감당하지 못해 무릎이 꺾여버렸
고, 언니는 신음 소리를 내며 다시 주저앉았어요. 언니는 십여
차례나 검사를 받고, 여러 의사에게 진찰을 받았고(그중 앙드레
라는 의사는 엄마의 애인인데, 그런 임상 케이스에 상당히 회의
적이었어요), 물리치료도 받을 만큼 받았죠. 엄마 아빠가 번갈
아 언니를 학교에 데려갔어요. 아버지는 언니를 번쩍 안아 책상
앞에 앉혔고, 엄마는 담임선생님의 도움을 받았고, 그동안 나는
가방을 두 개씩 날랐어요. 성장이 너무 빠른 탓일 거라든가, 피
로, 연약한 뼈대, 재활운동, 시간에 맡기자, 좋아지겠지, 등등 엄
마와 아빠는 식탁에서도 오직 그 이야기뿐이었어요. 결국 언니

에게 교정용 신발을 맞춰주었는데, 언니가 그 신발을 신은 건 두 번뿐이었어요. 뭘 해줘도 효과가 없었죠. 아버지가 또다시 엄청 나게 비싼 구두를 찾아냈지만 결과는 마찬가지로 형편없었고, 어떤 묘책도 별반 도움이 되지 못했어요. 그런데 몇 주가 지나 자, 거짓말처럼 클로드 언니가 두 발로 일어서는 거예요. 어느덧 그 일에 관해 아무도 말하지 않게 되었고, 부모님도 침묵 제조 기가 된 것처럼 다시 입을 꾹 다물었죠. 왜 그런 일이 일어났는 지 아무도 몰랐지만, 이미 지나간 일이니 더는 왈가왈부하지 말 자, 그런 식이었어요.

가장 이상한 것은, 그 사실을 기억하는 사람이 아무도 없다는 거예요. 내가 우기면, 엄마는 "아, 그래, 그랬었나……" 하며, "근데 별거 아니었어, 걔한테 머큐로크롬을 발라주었지"라고 대 꾸하는 거예요. 클로드 언니의 기억은 아예 까맣게 지워졌더군 요. 단지 볼품없이 커다란 구두가 어렴풋이 기억을 되살려주었 는데, 그것도 이십 년 전에 언니가 출연했던 연극 「베케트」에서 그 신발을 신었던 기억이에요. 내가 주기적으로 이 문제를 화제 로 삼는 이유는 기억의 부분적 상실이 두려워서예요. 이 사건을 기억 못 하는 게 사실이라면, 다른 일들도 잊을 수 있다는 거잖 아요. 게다가 일단 망각에 발을 들여놓으면 추락은 그야말로 순 식간일 테죠. 그래서 이 문제를 집요하게 물고 늘어졌어요. 언니, 기억 안 나, 언니를 학교까지 데려가 책상 앞에 앉혀줬잖아, 아빠 엄마가 다시 말을 하기 시작했고, 어쨌든 저기, 기억 좀 떠올려봐. 클로드 언니는 거울 앞에 서서 탐스러운 머리칼을 헝클어뜨리면서 그저 입술 사이로 음음음 소리만 낼 뿐이었어요. 그리고 얘기를 끝낼 셈으로 이렇게 말했어요. 그랬을 수도 있어, 난 내 십팔번을 선보이길 좋아했잖니, 어릴 때 말이야, 넌 내가 어떤 사람인지 알지, (응), 아무튼 좋아, 그 일도 그랬을 거야, 그냥…… 그냥 엄마 아빠 사이를 좋게 해보려고.

결국, 클로드 언니의 삶은 그런 거였어요. 처음부터 쭉 그래왔다고요. 연기를 하는 거예요. 배역들을 맡고, 위장을 하고, 남자 역할을 하고, 가면을 쓰는 거예요. 그저 어떻게 되나 보려고, 무슨 일이 벌어지나 볼 셈으로요.

또 한번은, 아 그래요, 이 장면도 얘기해야겠군요. 바로 이 장면에서 언니의 상래 식업이 정해졌을 뿐만 아니라, 나 나름의 개인 영화가 탄생했기 때문이기도 해요. 뤼미에르 영화의 공장에서 노동자들이 나오는 장면*에 비견할 만하다니까요. 예전에,

---

* 1895년 뤼미에르 형제가 처음 선보인 영화 〈열차 도착〉은 공장에서 노동자들이 나오는 장면으로 시작된다.

언니와 나, 그리고 잠시 우리 집에 와 있던 사촌, 이렇게 우리 셋이 피사범위 안에 있었어요. 사촌의 이름은 코린이었죠. 언니는 구두상자로 만든 카메라를 막대기 끝에 올려놓더니, 그것을 짐짓 근엄하게 사촌에게 맡기면서 그녀가 서 있어야 할 곳을 정해줬어요. 시놉시스는 아주 단순해요. 만난 지 얼마 안 된 커플이 있는데, 서로 사랑해서 결혼하려고 해요. 언니는 무기력하게 서 있는 사촌을 노려보면서 "큐" 하고 소리쳤고, 아르헨티나 탱고를 추듯이 나를 뒤로 젖히고 키스를 했어요. 하마터면 뒤로 넘어질 뻔했다니까요. 언니는 문득 동작을 멈추더니, 카메라 쪽으로 몸을 돌리면서, "커트" 하고 소리쳤어요. 한 가지 사실을 빼먹고 일러주지 않았던 거죠. 언니는 "나는 남자야"라고 말했어요.
언니는 내가 키스한 첫번째 남자예요.

실내, 낮. 엘레노르 역의 클로드(대본을 들고 연기하는데, 아직은 역할을 완벽하게 장악하지 못했다). 굵은 검은색 글씨로 "꿈에서도 아닌"이라고 적힌 티셔츠를 입고 있다. 구석에 앉아 있는 뱅자맹 역의 배우 토마는 지루한 기색이 역력하다. 장면이 진행되는 동안 클로드와 그녀의 파트너 사이에, 연극이 아닌 현실에서, 무슨 일이 있다는(있었다는) 사실이 간파되어야 한다.

246

"당신 때문에 가슴에 켜켜이 쌓여가는 고통이 얼마나 심한 지! 당신이 날 고문한 지 어언 여섯 달, 마치 날 괴롭히는 것만 이 당신이 줄 수 있는 유일한 행복이라는 듯이 말이죠. 당신은 변했어요, 그것도 아주 많이요. 이유를 모르겠어요. 당신의 행동 을 어떻게 해석해야 될지 모르겠어요. 애정에서 우러나온 게 아 니라, 고통을 주려는 의도라고밖에 보이지 않아요. 내가 무슨 짓 을 했다고 그래요? 어째서 끈질기게 날 몰아세우는 거죠? 대체 내 죄목이 뭐예요? 어디 말 좀 해봐요, 내가 뭘 잘못했는지 설명 해달라고요. 하지만 천만에, 당신은 절대 그러지 않죠. 당신은 화가 났으면서도 잠자코 있어요. 내가 얻어낼 수 있는 것은 고작 당신의 침묵뿐. 당신의 가시 돋친 말들이 내 귓가에 울려요. 밤 에는 물론이고 어디를 가든 줄곧 따라다니며 날 고통스럽게 하 고, 당신이 하는 일은 죄다 시들하게 여기도록 만들어요. 이제 당신은 내가 주위에 있는 것도 못 견뎌하고, 나를 장애물로 여기 고, 내가 세상 어디에 있든 내 존재를 지겨워하죠. 그럼 내가 죽 어야 할까요? 그래야 당신이 섞여들고 싶어 안달난 대중 속에 들어가 그 가운데서 마침내 홀로 걸어갈 수 있을 테니까요."

그녀는 대사를 외우는 동시에 상대 남자배우의 등에 발길질을 하거나, 손에 쥔 대본으로 머리통을 갈긴다. 분명, 자크의 표정을 의식한, 연출 지시보다 과장된 연기다(카메라가 자크를 클로즈업, 그는 연기에 끼어들려다가 갑자기 생각을 바꾼다. 어떻게 되어가나 볼 셈이다).

"당신이 내게 약속했던 것은 사랑이고, 내가 기대했던 것도 사랑이에요."('사랑'이라는 말을 할 때마다 상대방의 따귀를 갈긴다. 그러자 그 역시 그녀의 따귀를 때린다. 하지 마, 이제 그만해!)

"스톱! 스톱, 두 사람 다."

자크가 말한다.

"못 해요. 대체 이 작자는 뭐죠? 정말 개자식이네! 괴물이야! 치사한 이기주의자! 단물만 빨아먹고 싹 등을 돌리는 자라고요. 자유, 평등, 우애를 위해 싸운다고 해놓고는, 뒷구멍으로는 소유하고, 지배하고, 지배하고, 지배할 뿐이잖아요(부르짖는 목소리로). 헛된 약속들, 그러고선 내빼버리다니!"

"난 어떤 약속도 한 적 없어. 지배하길 원하는 쪽도 바로 당신이고! 당신 말은 전부 다, 지금, 내가 당신에게 해야 할 말들이라고. 당신은 지금 자기 이야기를 하고 있다니까."

"아니, 당신 이야기를 하는 거야, 이런 머저리 같은 새끼. 당신 그리고 콩스탕이라는 꼴사나운 또다른 새끼에 대해서. 그놈은 여자들을 싫어해, 그건 금세 알 수 있어. 호모야. 눈여겨보라고. 그래서 나는 알게……"

"호모라니, 아니, 대체 무슨 말을 지껄이는 거야, 그건……"

"맞아, 비정상적인déviante, 완전히 궤도를 벗어난dé-viante(그녀는 두 손으로 머리칼을 치켜올리더니 사바의 여왕처럼 가슴을 편다). 내게로 오지 않는 사람은 누구나 궤도를 이탈한 거잖아."

자크는 어쩔 수 없이 미소짓고 만다.

"좋아요, 스톱. 다시 해볼까요."

그는 그렇게 말하면서(두 사람은 계속 다투고, 무대 위에는 떨어진 종잇조각들이 어지럽게 널려 있다), 수첩에 메모한다. 언쟁 장면, 프로이트의 다음 말을 참조할 것 : 모든 일은, 우리가 자신을 파괴하지 않기 위해서는 반드시 뭔가를 또는 다른 사람을 파괴해야 할 것처럼 진행된다.

"자, 클로드, 이 부분부터 다시 해봅시다." (그가 대본을 읽는다.)

"당신은 고통을 줄 줄은 알아도 돌아올 줄은 모르는군요. 당신은 끊임없이 내게 영향을 주는데, 나는 그러지 못해요. 당신이 날 사랑하시 않으던 어쩌나, 난 그게 두려워요."

“이제야, 당신이 뱅자맹 콩스탕을 좋아하는 이유를 알겠군요. 당신을 좋아하지 않는 남자들, 자기 자신에게 문제가 너무 많아서 당신의 존재를 알게 될 우려가 전혀 없는 남자들을 좋아하는 거잖아요.”

자크는 내가 만나자고 한 카페 카운터에 팔꿈치를 괴고 있었고, 기분이 별로 좋지 않더군요. 내가 사랑을 나누길 원치 않아서, 이제 우린 밖에서만 만나거든요. 그가 의심하는 투로 물었어요. “이제는 나를 원하지 않는 거예요?” “단지 아이가 생기면 애 아빠가 누군지 알고 싶을 뿐이에요. 당신도 이해할 것 같은데, 그렇죠?” “정말 아이를 원해요?” 그가 되물었고, 내 가슴속에서 사랑이 와르르 무너져내렸어요. 그의 아내가 얼마 전에 셋째를 출산했어요. 내가 알기로는, 다른 세 여자에게서 이미 자식을 여섯이나 낳았는데, 그런데도 또 자식을 봤던 거예요. 만난 지 얼마 안 됐을 때 내가 이미 말한 적이 있는데, 내가 원하는 건, 그러니까, 가지고 싶은 건…… 하지만 그는 전혀 귀담아듣지 않았어요. 건성으로 들었나봐요.

나는 아무 말도 하지 않고 커피를 주문했어요. “불행해 보이는군요.” 그가 말을 이었어요. “그게 올봄 유행인가요? 당신 피부색엔 그다지 어울리지 않는데요." 난 자크에 대해 별로 아는 게 없어요. 육 년 동안 자크에 관해 내 직관만으로 알게 된 사실이 육 주 동안 아르노에 대해 알게 된 사실에도 못 미쳐요. 자신의 과거를 얘기한 적이 거의 없거든요. 하지만 그가 병적으로 질투심이 강하고, 지독한 강박증 환자였다는 것, 그래서 정신분석을 전공하게 되었다는 사실 정도는 알고 있었죠.

그가 말을 꺼냈어요.

"아무튼, 당신 책들이 히스테리 환자들에게 인기가 있어요. 그건 당연한……"

"아! 그래요? 왜 그럴까요?"

"히스테리 환자들은 자신의 성性을 몰라요. 당신은 이렇게 썼지요. '나는 여자고, 남자들을 좋아한다.' 하지만 그들은 이렇게 생각해요. '그녀는 내게 뭔가를 가르쳐줄 것이다. 내가 남자인지 아닌지, 여자가 원하는 게 무엇인지 드디어 알게 될 것이다.' 그런데 사실은 그렇지 않았죠. 당신은 성의 정체성 문제를 해결해주지 않으니까요. 단지 관계의 불가능성, 그들이 당신을 사랑할 수 없다는 사실을 가르쳐줄 뿐이라고요."

"꽤 흥미로운데요…… 그러니까 남자들도 히스테리 환자라, 그 말이죠? 우리처럼 미친 여자들에게 동반자가 있다는 거네요?"

나는 빈정대려고 애썼지만, 그가 정곡을 찌르는 바람에 눈물이 쏟아질 것 같았어요. 만일 그가 "당신은 그를 사랑하는 게 아니에요"라고 말했다면, 나는 가슴 가득 차오르는 사랑을 비웃을 수 있었을 거예요. 하지만 좀더 능수능란한 그가 명제를 뒤집었던 거죠. 자크는 아르노를 본 적이 없는데다, 콩스탕의 작품들을 모조리 다시 읽는 중이라, 전문가답지는 않지만, 홧김에 그가 두 사람을 섞을 수도 있겠다는 생각이 들었어요. 하지만, "그들이 당신을 사랑할 수 없다"라는 문장, 거기 쓰인 '그들'이라는 복수複數 인칭대명사, 그것이 화살처럼 내게 날아들어 정확히 꽂혔고, 그 진동은 한없이 계속되었어요.

"물론 그래요. 남자들도 히스테리 환자예요. 그 수는 증가 일로에 있고요. 그저 주위를 둘러보거나, 블로그에 들어가거나, 만남 사이트에서 채팅을 해봐도 알 수 있을걸요. 사랑의 고통, 심화되는 섹스 기피 현상, 특이한 양상으로 발현하는 사회적 순응주의, 특히 끊임없이 연기延期되는 불만족, 그러므로 맹목적일 필요가 있는 거죠. 키워드는 '두려움'이에요. 사람들은 뭐든 다 두려운 거예요. 남자들은 여자들이 두렵고요."

"그럼 내가 요약해볼게요. 자신의 성에 의문을 품는 남자들이 있어요. 그들은 여자들을 싫어하고 두려워하죠. 클로드처럼 호모라고까지 말하지는 않겠지만요. 그러면 뭐가 남나요?"

"성의 차이라는 수수께끼를 받아들이는 남자들요. 그들은 차이를 받아들이니까, 여자들을 두려워하지 않아요."

"그렇다면 말해봐요. 그런 남자들의 수는 다섯 손가락으로 꼽아도 될걸요!"

그 말을 하면서 나는 손바닥을 쫙 펴서 카운터에 올려놓고 수를 세는 시늉을 했어요. 자크가 내 손에 자기 손을 포개더군요. 언제나 뜨거운 그의 몸처럼 열에 들뜬 손을, 추위 속에서도 정말로 타오르는 손을.

"날 믿어도 돼요."

그가 말했어요.

잠시 침묵하면서, 나는 아르노와의 첫 만남을, 내 손가락들 아래 느껴지던 무기력한 손가락들을 떠올렸어요. 자크는, 거의 승자의 모습으로, 일종의 생명과 분노의 에너지로 충만해서, 여기 있었죠. 그가 시동을 걸었다는 게 느껴졌어요. 그는 사랑에 진입했고, 그리로 가고 있었고, 뜨거운 공세를 펼칠 참이더군요. 두 남자를 비교하지 말자고, 오른쪽 관자놀이에 반점이 있는 자크의 얼굴에 잘생긴 아르노의 얼굴을 겹쳐보지 말자고 아무리 다짐해봐도 소용없었어요. 우리 관계에 구태의연한 사랑이라는 이름을 붙이지 않으려 해도 헛일이었고요. 내가 느낀 것은, 어떤 이름을 붙이든 우리 관계는 끝날 수 없고, 자크와 함께라면 두려울 게 없다는 거였어요. 나는 손을 빼내고 커피를 마셨어요.

"어쨌든, 당신은 정신분석의로서 그리 호의적인 편은 아니에요. 그렇다고 그다지 중립적이지도 않은데……"

그의 얼굴에서 빛이 사라졌어요.

"난 당신의 정신분석의가 아니에요, 아무렴요. 나는 당신의 애인, 아니 전 애인이에요."

"그렇다면 히스테리 환자가 바로 나란 말인가요? 당신이 진단하기엔?"

그는 마치 그 점을 심사숙고하기라도 하듯 나를 바라보았어요.

"당신은요, 환자와는 또다른 부류예요."

그가 나지막하게 대답했어요. 나는 의자에서 일어났고, 사랑을 멀리 쫓아버렸어요.

"그만 가봐야겠어요. 리즈가 기다릴 거예요."

그가 다가오더니 나를 끌어안았어요.

"내가 있다는 걸 잊지 마요."

"네."

"오! 기다려요, 잠깐만. 당신에게 읽어주려고 가져왔는데, 1816년 「라 가제트 드 프랑스」에 실린 『아돌프』에 대한 서평이에요. 좀 들어봐요, 아주 짧으니까." 그는 현학적인 어조로 잔뜩 점잔을 빼며 읽어내려갔는데, 레이몽 바르*가 따로 없더군요.

"혁명 이후로 소설가들이 너나 할 것 없이 미친 여주인공들을 선보이는 데 혈안이 된 것은 주목할 만하다. 이런 여성들에게 부덕婦德, 성적 수치심, 예의범절은 단지 이성의 산물일 뿐이다. 사정이 이러한데, 우리가 이런 여성들에게서 근대 프랑스 여인의 초상을 보아도 될 것인가?"

그가 내게 이마를 맞대었고, 우리 둘 다 웃었어요. 수사슴 두 마리가 머리를 맞대고 싸우듯 서로 버텼고, 그가 진짜로 힘주어 미는 바람에, 아팠어요.

나는 카페에서 나왔어요. 나는 사랑을 받았고, 그렇다고 믿었어요. 사랑은 다른 곳이 아닌 바로 여기 있는 거예요. 그 점이 영화와 반대예요.

---

* 프랑스의 중도우파 정치인. 재경부 장관과 총리를 지냈다.

아르노와 내가 웃은 적은 있느냐고요? 둘이서 행복했느냐고, 적어도 유쾌했던 적은 있느냐고요? 글쎄, 추억이 많지도 않거니와, 어쨌든 미친 듯이 웃어댄 기억은 없군요. 그는 혼자 웃었어요. 심지어 웃으려고 혼자 있고 싶어한 적도 있는걸요.

있어요, 아르노가 큰 소리로 웃은 적이 있어요. 발작적인 기침처럼 신경질적이고 단속적인 웃음이었죠. 그를 웃게 한 건 로렐과 하디*가 출연한 영화였는데, 제목은 생각이 안 나요. 당신은 알 거예요. 로렐과 하디는 상점을 운영하고 있어요. 그런데 무슨 이유인지, 분명 이렇다 할 동기도 없이, 각자 길 하나를 사이에

----

* 스탠 로렐과 올리버 하디를 말함. 20세기 전반에 '뚱뚱이와 홀쭉이' 콤비를 이루어 활약한 미국의 코미디 영화배우들.

두고 마주 보고 있는 상대방의 가게를 체계적으로 부수기 시작
하고, 상대편도 질세라 되갚아줘요. 둘 다 길 이쪽저쪽을 왔다갔
다하면서 모조리 때려부수고, 양쪽 다 풍비박산이 나죠. 얼굴에
놀라움과 도전의식이 번갈아 나타나는 가운데, 서로 자기 눈으
로 보기에도 도저히 믿기지 않는 일들을 하는 거예요. 그야말로
초토화될 때까지, 힘에 부치지만, 태연자약하게요.

아르노는 가게가 부서지는 장면들을 보고 즐거워했어요. 붕
괴, 난폭함, 약탈, 케이오, 기법과 우주의 혼돈, 그건 축제의 프
로그램이잖아요. 그런데 사상 웃긴 건, 모든 게 바닥에 널어져
나뒹구는데, 하디가 하필이면 비뚜름한 액자를 바로 걸려는 그
대목이에요. 그는 뒤로 물러서서 다른 잔해들 사이에서 액자가
똑바로 걸렸는지 확인해요. 그러고는 적의 윗옷에 묻은 석회 가
루를 털어주지요. 그렇게 허무를 수선해봐야 말짱 꽝이지만, 폐
허의 예절만은 갖추는 셈이죠.

아! 있어요…… 또 생각났어요. 그때 최소한 삼 분쯤은 둘이
같이 웃이됐는데, 동일한 웃음, 부조리를 넘어서는 웃음, 그래서
서로 위안을 느낀 웃음이었어요. 냉소적이면서 해맑은 웃음, 바
로 광인의 웃음이죠. 당신에게도 그런 기억이 있으면 좋겠군요.
그동안 까맣게 잊고 시낸 그 순간은 아름나운, 아마노 눌이서 음
악을 늘을 때보다 더 아름다운 순간일 거예요. 언어는 생기를 되

찾을 것이고, 우리는 그것으로 작업을 할 수 있을 테니, 마치 청춘의 샘에서 목욕이라도 한 듯 기적 같은 효과가 나타나겠지요. 웃음으로 영화에 신선한 공기를 불어넣을 수 있을 테고, 영화 제작진, 대중과 영화의 관계마저 돈독해질 테니까. 네, 웃음이 들어가면 두루두루 좋겠네요.

우리를 웃게 한 건 벨기에 작가 장 피에르 베르헤겐의 『삶의 웃음거리』에 수록된 텍스트인데, 내 취미가 동음이의어로 낱말 맞추기라는 걸 아는 아르노가 사준 책이에요. 내게 늘 선물을 하는 그는 이 책을 구하느라 헌책방을 샅샅이 뒤졌을걸요. 이 책은 저자가 라루스 사전의 분홍색 페이지들*을 다시 들춰서, 라틴어를 베르헤겐식 언어로 표현한, 즉 사어死語를 되살려 번역한 것인데, 예를 들면 이런 거예요. Hic jacet(여기 잠들도다) Ton lacet est défait (네 구두끈이 풀어졌다) Manu militari(폭력적인 방식으로) Lisez le manuel des tarés(바보들의 교과서를 읽어보시오) Ipso facto(그로 인해서) Tout le monde a son fax, aujourd'hui(요즘은 누구나 팩스를 가지고 있다) Tu es ille vir(당신이야말로 적격자이다) Tu es viré, mon pote!(자넨 해고야, 친구!) Consensus omnium(만장일치) Tu peux rouler

---

* 예전에 나온 『라루스 사전』에는 1부(보통명사)와 2부(고유명사) 사이에 자주 쓰이는 라틴어 인용문들을 수록한 20~30쪽의 분홍색 종이가 삽입되어 있었다.

comme un con, et dans tous les sens, avec une bonne Assurance Tous Risques(너는 온갖 위험을 확실히 보장받으며, 어느 방향으로나, 머저리처럼 차를 몰 수 있다) Ex abrupto(느닷없이) Son ex est retournée dans les Abruzzes(그의 전처가 아브루초*로 돌아왔다) Quosque tandem(그자들마저도) Ils mangent leur couscous assis sur leur bicyclette(그들은 자전거에 걸터앉아 쿠스쿠스**를 먹는다) Jus privatum(사권私權) Plus d'courant!(단전斷電) In saecula saeculorum(영원히) Dans moins d'un siècle, la sécu remboursera les enculages(한 세기 내에, 사회보장제도가 비역질의 비용을 환급해줄 것이다) Non possu-mus(우리는 할 수 없다) L'opossum ne veut pas(주머니쥐는 원치 않는다)

하지만 영원한 것은 없는 법. 그는 주었던 모든 것을 도로 가져갔어요. 내게서 비롯된 것은 모두 좋지 않은 것, 견딜 수 없는 것이 돼버렸어요. 가령, 그날 다른 말장난들을 만들어보자며 내가 먼저 이렇게 시작했어요. lapsus linguae(말실수), lape et suce avec ta langue(네 혀로 핥고 빨아라). 그런데 그는 별로

* 이탈리아 중부 산악지대에 있는 주. 주도는 라퀼라이다.
** 굵은 밀을 쪄서 고기, 야채와 매운 소스를 얹어 먹는 북아프리카 전통요리.

재미가 없었나봐요. 여하튼 난 익살을 떨고 농담도 하면서 만사를 가볍게 받아들이려고 했어요. 그의 이마에 잡힌 주름살이 펴지고 두 눈이 다시 반짝거리는 걸 보고 싶다, 오로지 그 생각뿐이었거든요. 하지만 번번이 실패할 뿐, 그의 웃는 모습을 보지도, 그의 품에 안기지도 못했어요. 내가 말을 하면, 그건 소름끼치는 일이었고, 입을 다물면, 그건 끔찍한 일이었죠. 나는 잘못 캐스팅된 배우였어요.

실내, 밤. 그는 누워 있다. 그녀가 그에게 다가가 몸을 바싹 붙이고 눕는다.

그(냉담하게 몸을 떼어내고, 매정한 시선으로 그녀를 뚫어져라 보면서) : 당신은 내가 잘생겼다고 생각해?

그녀(몸을 일으켜 팔꿈치를 괴고, 정답게 미소지으며) : 응, 당신이 잘생겼다고 생각해.

그(시무룩하게) : 난 모르겠어, 당신이 그런 말을 전혀 안 하니까.

그녀 : 좋아, 그럼 지금 말할게. 당신은 아주 잘생겼고, 난 당신을 사랑해.

그 : 왜?

그녀 : 뭐가 왜야?

그(여전히 냉담하게) : 왜 날 사랑하는데? 나의 어떤 점을 사랑해?

그녀 : 글쎄…… 모르겠는데. 난 당신을 사랑해, 바로 당신을.

그 : 왜 사랑하는지는 모르고?

그녀(영화 〈경멸〉의 브리지트 바르도 흉내를 내면서) : 내 눈 말인데, 당신 맘에 들어, 내 눈? 내 엉덩이는 어때, 당신 맘에 들어, 내 엉덩이? 내 젖은 어때, 당신 맘에 들어, 내 젖? 그럼, 무척 맘에 들어.

그는 아무 말도 하지 않는다.

그녀 : 난 사랑이 마음의 선택인 줄 알았어, 동물을 선별하는 게 아니라. 당신이 누군가의 말을 인용했었는데, 누군지 생각이 안 나네. 우리가 처음 만난 날 밤인데, 기억 안 나? 당신은 어떻게든 내게 깊은 인상을 남기고 싶어했잖아.

그가 성가신 듯 뾰로통한 표정을 짓는다. 그녀도 시무룩해진다.

그녀 : 근데, 자기는 날 왜 사랑하는 지 얘기할 수 있어?

그(생각의 실마리를 이어가며) : 좌우간, 당신은 내게 아무 말도 안 하잖아, 전혀 안 해.

그녀는 천천히 그의 말을 반복한다. 억양은 거의 같지만, 좀더 몽롱하게, 클로즈업, 혹은 반대로 흐릿한 영상, 말소리가 잘 들리도록.

"나는 당신에게 아무 말도 안 하잖아, 전혀 안 해."

　실내, 밤. 그들은 누워 있다. 그녀는 그를 껴안고 목에 입을 맞춘다. 그는 깍지낀 두 손으로 목덜미를 받치고 멀거니 천장을 보고 누워 있다.

"있잖아, 나 내일 아홉시에 프로덕션에 가야 돼."

"응, 알아. 당신이 아까 말했잖아. 이제 겨우 열한시밖에 안 됐어."

　그는 한숨을 내쉬며 느릿느릿 몸을 일으켜 팔꿈치를 괴는데, 힘든 노동을 하거나 고역을 치르는 듯 보인다. 가야 될 때가 되면 가야지. 저런 몸짓은 그의 아버지와 꼭 닮았을 거야. 자주, 시간이 돼서 자명종이 울릴 때마다 보이던 몸짓. 그는 무표정하게 그녀를 바라본다. 눈을 치켜뜨지도 않은 채, 숫제 죽은 생선처럼.

"내 일 따윈 당신 안중에도 없지. 당신은 전혀 이해 못 해, 그게 뭔지도 몰라. 난 집중이 필요해. 스트레스를 받는 것도 그래서야."

"잠깐만, 아르노. 나도 은행직원은 아니야."

그들은 잠시 침묵한다. 그가 도로 눕는다. 그녀도 그에게서 떨어져 눕는다.

"아주 간단해(그녀가 차분한 목소리로 사실들을 하나하나 짚어나간다). 아이를 갖기로 결정하고부터, 실제로는 그럴 상황을 전혀 만들지 않았잖아."

"아! 그런가(냉랭한 어조로)?"

"그랬어. 당신이 아프든가, 일이 너무 많다든가, 피곤하다든가, 내가 생리중이라든가(혹은 당신이 딴 데서 즐긴다든가)."

"이봐, 피를 질색하는 게 내 잘못은 아니잖아."

"내 말은 그게 아냐. 아무튼 내가 생리중에는……"

"좋아, 그럼 뭐? 난 아플 권리도 없다, 그 말이야?……"

격분한 그가 자리에서 일어난다. 아래위 모두 잠옷 차림이다. 그의 얼굴은 삼중으로 빗장을 지른 감옥의 문처럼 보인다.

"당신이 지겨워. 잠깐, 이대로는 안 되겠어. 당신은 뭐든지 사사건건 증거를 원해."

"아니야, 난……"

"맞아. 당신이란 사람은 항상 상대가 당신을 욕망하고 사랑한다는 걸 확인해야만 해. 밤낮으로 증명해줘야 하지…… 그런데, 조금이라도 소홀하면……"

"내가 원하는 건 증거가 아냐, 진실이지. 진실은 저절로 증명

되는 법이야."

그는 잠자코 있다. 즉각적인 위안을 찾을 셈으로 음반들을 뒤적인다. 나는 말을 이었다.

"아무튼, 당신이 발기를 안 해도 난 상관없어. 그건 바로 신호야. 알겠어? 다른 뭔가를 알리는 신호라고."

"다른 거 뭐?"

"맞혀봐."

'이제 당신을 사랑하지 않는다'는 신호라고 대답할까봐 겁나서, 나는 다급하게 응수했다. 말들은 사태의 질서를 세우므로, 일단 발음되는 순간부터, 그 말은 진실이 되기 때문에, 아주 조심해야 한다고, 『아돌프』에서 읽은 기억이 났다.

"내가 발기를 할 수도 있다고 당신이 생각하기 때문에? 좋이 있지만, 발기를 안 할 수도 있다는 걸 내가 모르는 것 같아? 근데 난, 발기가 안 되는 이유를 알아. 그건 당신이 없어서야. 그래, 당신이 없어서, 당신이 날 거부하니까, 날 고장내니까."

그가 심술궂은 미소를 지었기 때문에, "당신이라서 발기가 안돼"라고 말할 거라고 짐작했는데, 천만에, 그 문장은 겨우 눈빛을 스쳐 지나갈 뿐이었다.

"좋아, 대체 내가 무슨 말을 했으면 좋겠어?" 그가 물었다(지친 한숨 소리).

나는 무력함의 몸짓을 해 보였다(당신 품에 날 안아줘).

"저 꾸러미 보여, 위에 있는 거?"

그가 가리킨 벽장 위에 검은 비닐봉지가 있었다.

"저게 뭔지 알아? 밧줄이야."

슈만의 첼로 협주곡이 방 안을 가득 채웠다.

당신이 요구한 둘의 대화를 어떻게 써나가야 할지 모르겠어요. 당신이 써보라니까 애를 쓰긴 하는데, 힘드네요. 현실을 곧이곧대로 옮겨적어야 할까요? 그러고 나서 읽어보면, 허술하기 짝이 없어서요. 구멍을 메우려면 어떤 말로 짜깁기를 해야 하는지요? '있잖아' '그만' '알겠어' '잠깐'처럼 무의미한 말들, 공의 空意를 조립하는 볼트인 이 허사虛辭들을 모두 그대로 기록해야 할까요? 귀담아듣지도 않으면서, 아무것도 이해하지 못하면서, 사람들은 계속해서 모든 걸 기대하니까요.

실내, 밤. 극장의 무대. 뱅자맹과 그의 친구 프로스페르 드 바랑트가 입장한다. 두 사람은 산책하듯이 무대를 성큼성큼 걷는다.

뱅자맹 : 신이 존재하길 바라는 마음은 간절하지만, 그럼에도

나는 신의 존재에 대한 어떤 증거도, 가능성도 보지 못했네. 르벨 기사의 말처럼, 설령 신이 존재했다 해도, 지금은 죽고 없어 (일을 마치지 못하고 죽었지). 일을 하던 와중에 죽었단 말일세. 따라서 만물은 존재하지 않는 목적을 위해 만들어진 셈이야. 우리는 문자판이 없는 시계와 같다고. 지능을 갖춘 톱니장치가 마모될 때까지 째깍째깍 돌아가지만, 우리는 왜 도는지도 모르면서, '내가 돌고 있으니, 내게는 목적이 있다'라고 늘 생각한단 말이네.

프로스페르 : 그렇다면 사랑 말인데, 친애하는 뱅자맹, 자네가 그토록 푹 빠져 있는 사랑이 하나의 목적 아니겠나? 사랑받고 사랑하는 한 여인이 온갖 기도보다 자네를 더 행복하게 해주지 않는가?

뱅자맹 : 아! 사랑을 하려면, 삶을 믿어야 할 테지. 한데 시간은 존재하지 않을뿐더러, 일관성마저 없다네. 삶은 모조품이고, 존재는 누더기처럼 너덜거리지. 우리가 경험하는 것은 덧없고 아무것도 손에 잡히지 않는다는 느낌이네. 우리에게는 그런 느낌을 유지할 힘이 더는 없을 뿐만 아니라, 느낌들을 비교할 수도 없어. 오늘의 느낌과 다른 어제의 느낌, 아무도 그 차이를 알아차리지 못한단 말일세. 극과 극은 서로 맞닿아 이어지네. 욕망에 이어 권태가 오고, 열정에는 무관심이 뒤따르고, 사랑은 냉담함

으로 이어지지 않는가. 모든 것이 순간의 무게에 짓눌리고 말거든. 현재는 무수한 무의미로 무너져버리네. 미래는 없어. 모든 게 마찬가지일세.

프로스페르 : 자네의 멜랑콜리가 가슴에 와 닿기는 하네. 그런데 난 말이야, 세상에 멜랑콜리뿐인 것 같지는 않아. 주변을 둘러보면, 쾌락도 있고, 아름다움이나 작품들도 있고, 또……

뱅자맹 : 아! 그렇지, 쾌락이라! 자네가 유심히 관찰한다면, 우리 시대의 남자들이 더는 삶을 사랑하지 않는다는 것을 알게 될걸세. 삶을 경멸할 뿐만 아니라, 삶에서 벗어나려는 은밀한 욕망을 숨기고 있어. 그들은 말하자면 자기 자신조차 사랑하지 않는 것이나 다름없단 말이야. 쾌락이야 여전히 좋아하지, 아무렴, 그 이유는 쾌락이 어디에도 얽매이지 않기 때문이네. 어떤 후속편, 지속적인 무엇, 순간 이상의 것을 강요하지도 구속하지도 않는단 말일세. 그저 한순간의 놀이에 불과할 따름이거든. 쾌락의 불길이 사그라지고 나서 자기 모습을 한번 보게나. 우리는 죽은 자늘일세.

논리적으로 생각해보면, 마침내 유령들이 나타난 거예요. 그
야말로 영화의 핵심이 되는 순간, 다리를 건너는 순간이에요. 이
장면은 부르고뉴의 한 주택에서 진행돼요. 얼마 전에 클로드가
매입한 집인데, 우리가 잠시 빌렸죠. 전 주인 내외는 자식 없이
오십 년 넘게 단둘이 살다가 죽었대요. 그 집을 물려받은 조카들
이 원래 가구며 커튼, 그릇 등을 고스란히 남겨두었고, 미신 때
문이거나 게을러서였겠지만 클로드 역시 아르노와 내가 그 집에
갈 때까지 전혀 손대지 않고 놔두었더군요. 우리는 거기서 몇 킬
로미터 떨어진 베즐레 언덕*에서 열리는 종교음악 페스티벌 티

---

* 베즐레 언덕은 860년 막달라 마리아의 성해를 옮겨 수도원을 세웠기 때문에
'성령이 머무는 언덕'이라 불린다. 12세기에 세워진 생트 마들렌 성당이 있다.

켓을 구했어요.

카르뱅의 집과 흡사한데, 카르뱅에 가본 적이 없는 내가 머릿속으로 상상하던 그대로의 집이에요. 하지만 집 안은 더 뒤죽박죽이고, 훨씬 잡다한 물건들(헐값에 심심풀이로 장만한 잡동사니들, 선물 나부랭이들)로 가득해요. 자수 쿠션, 사기로 된 굴뚝 청소부와 그의 댄스 파트너, 바구니, 꽃으로 엮어 짠 모자, 고양이 장난감들. 집 앞에는 풀밭과 곳간이 있는데, 곳간에는 조카의 자식들이 쓰다가 두고 간 탁구대가 있어요. 우리는 결국 단박에 다른 사람의 과거 속으로 들어가게 된 거예요. 열쇠를 꽂아서 놀리는데, 동판에 새겨진 그들의 이름(무슈 풀뒤와 마담 풀뒤)이 보이는군요. 이제 타인의 역사 속으로 들어갑니다.

그날 우리는 며칠 만에 처음 보는 거였어요. 아르노는 부모님 댁에서 곧장 오는 길이었고, 나는 렌터카를 몰고 역까지 마중을 나갔어요. 우리는 선명한 색채의 들판을 달렸어요. 그는 내 질문들에 단답형으로 대꾸했는데, 나는 신경 쓰지 않고 기분이 좋은 척 과장되게 연기를 했어요. 쾌활함, 경쾌함, 기쁨, 그건 나의 새로운 전략이었죠. 그러고 보니 내가 어릴 때, 여덟 살 때 할아버지가 돌아가셨는데, 그때 엄마의 기분을 풀어주려고 사흘이나 익살을 떨었던 일이 생각나요. 당연히 역효과가 났어요. 그런데 나는 일단 시작하면 도무지 멈추지를 못해요. 서투르게나마 쾌

활함을 연기하고, 기분전환 거리를 생각해내 사람들의 관심을
죽음에서 돌려놓을 필요가 있다고 나름대로 생각했던 거예요.
이 전략은 또다시 실패했어요. 재잘거리는 내게 아르노가 말하
더군요. "당신 지금 얼마나 속도를 내는지 알아? 같이 죽자는
거야, 뭐야?"

　우리는 집에 들어가 짐을 풀고, 장을 보러 읍내에 가려고 다시
나왔고, 밤이 이슥해서야 돌아왔어요. 아르노가 무공해 식품들
을 사기로 작정했기 때문인데, 소화기가 무척 약한 그는 먹을 수
없는 음식이 무지하게 많았고, 혹시 복통을 일으킬 수 있는 것은
어느 것도 살 수 없었거든요.

　저녁을 먹고, 나는 자리에서 일어났고, 피아노를 치듯 손가락
으로 그의 어깨를 두드리며 "나 올라갈게"라고 말했어요. 그는
미동도 않고 워크맨으로 슈베르트의 〈소녀와 죽음〉을 듣고 있었
죠. 나는 그가 가져온 시디들, 미사곡, 레퀴엠, 쇼스타코비치의
전집 음반들을 뒤적이느라 이 분쯤 거실에서 미적거렸고요. 그
러고는 캄캄한 층계를 올라갔어요. 계단을 밟을 때마다 삐걱거
리는 소리가, 낡은 엘피 레코드가 돌아가듯이, 욕망의 포르티시
모에 맞서 고통을 호소하는 첼로의 선율처럼 들렸어요. 장조, 단
조, 장조, 단조, 나는 음들을 또렷이 구별할 수 있었어요. 내겐
절대음감이 있거든요.

한 시간 후에 그가 올라왔어요. 나는 샤틀레 부인의 책을 읽는 척했어요. 알몸으로 두툼한 자홍색 털이불을 덮고 누워 그에게 미소지었죠. 그의 냉담함에 몸이 달았고, 낯선 방, 정원에 뜬 달, 기다림, 그리고 그에 대한 사랑이 있었어요.

아이, 대체 아이를 만들 거야 말 거야?

나는 옷을 벗는 그를 곁눈질로 바라보았죠. 그의 다리, 동그스름한 엉덩이, 가느다란 허리가 마음에 들었고, 호리호리한 몸매, 창백하고 거무스레한 피부, 청년 같은 상반신이 좋았고, 그의 손, 가늘고 단단한 발복, 손복, 어깨, 목이 좋았고, 완벽하게 윤곽이 드러난 남근, 허리 관절이 좋았고, 턱에 나기 시작한 수염, 입, 그 모든 것 위의 두 눈, 그날 밤의 이어폰 자국이 선명하게 찍힌 찰싹 달라붙은 작은 귀가 좋았어요. ─이리 와봐, 〈소녀와 죽음〉을 들려줄게.─나는 그의 머리끝부터 발끝까지 모든 게 좋았고, 똑같은 축소판을 가지고 싶었고, 그의 두 눈을 들여다보고 싶었어요.

나는 책을 내려놓았어요.

그는 주름과 주름을 포개 바지를 가지런히 접어서 조심스럽게 의자에 올려놓고, 구겨진 와이셔츠를 천천히 펴서 의자 등받이에 걸쳐놓고, 운동화도 가지런히 의자 밑에 밀어넣어 말끔하게 정돈을 마쳤어요. 이제 침대 옆에 서 있군요. 처음 보는 흰색

캥거루 팬티를 입었는데, 배꼽까지 올라온 팬티 안에 티셔츠 자락을 밀어넣었어요. 티셔츠 역시 흰색이고요. 끌어당겨 신은 양말은 10센티미터쯤 발목 위로 올라와 있어요. 아름답고 초췌한 얼굴의 그는 이런 차림새로 침대에 누웠답니다. 갑자기 이름이 생각나지 않는 이탈리아 네오리얼리즘 흑백영화의 어느 거장이 예리한 시선으로 촬영한 듯싶은 이 장면의 자연주의적 위력에 압도되어, 나는 그만 온몸이 굳었어요.

두 사람에게 카메라 고정. 그들은 팔을 양 옆구리에 꼭 붙이고, 서로 떨어져 누운 채 꼼짝도 하지 않는다. 이불을 턱까지 끌어당겨 덮고 있는 그들은 마치 신원 확인을 기다리는 시체들 같다.

내가 그를 향해 돌아눕자, 떡갈나무 재질의 커다란 부부 침대가 삐걱댔고, 왜 그래? 아무것도 아니야, 아무 일도 아니므로 그는 등을 돌리고 돌아누워 자기 쪽 전등을 껐고, 나는, 비로드 방울 술이 달린 먼지 쌓인 한 쌍의 소형 전기스탠드 중에서 오른쪽 것을 껐어요.

나는 몹시 사랑을 나누고 싶었고 며칠 동안 그 생각뿐이었기 때문에, 우리의 재회가 기뻤어요. 아무튼, 그를 만지거나, 애무하거나, 내 손길 아래로 불러들이면 시동이 걸릴 거라고 믿었겠죠. 하지만 그가 온몸으로 뿜어내는 거부의 파장, 너무 강력한 기운 때문에 그럴 수가 없었어요. 그는 그야말로 만질 수 없는 존재였어요. 밤새도록, 비가 그치고 청우계가 쾌청을 가리킬 때까지 기다릴 수도 있었을 거예요. 하지만 나는 그러지 않았어요. 대신 시트와 모포와 털이불을 움켜잡아서 사방으로 내던졌어요. 아르노의 베개 끝자락을 잡아당겨 거칠게 빼낸 다음 벽에 집어던졌고요. 베개는 둔탁한 소리를 내며 벽에 부딪히고 튕겨나와 머리맡 탁자 위로 떨어졌고, 그 바람에 탁자의 스탠드가 쓰러지면서 바닥에 떨어졌어요. 나는 남은 베개를 집어들어 내 쪽의 쌍둥이 스탠드마저 쓰러뜨렸어요. 전기 합선으로 지지직 소리와 함께 불이 나가고, 방 안은 캄캄해졌어요. 아르노는 자리에서 벌떡 일어나, 되도록 내게서 떨어져 서서 천장의 전등을 켜더군요. 강렬한 백색 불빛이 소나기처럼 쏟아져내렸고, 당장은 고기압으로 돌아설 기미가 전혀 없었어요. 나는 침대를 빙 돌아 그의 곁으로 가서 화해하고 싶었어요. 나 좀 봐, 화해의 제스처로 나는 베개를 주웠어요. 그런데 그가 흠칫 뒤로 물러나더라고요. 돌이키기에는 너무 늦었고, 쇼는 이미 시작되었고, 유령들은 속속 도착하고 있었죠.

증오와 공포로 눈이 휘둥그레져서는 꼼짝도 하지 않는 그 앞에 나는 알몸으로 베개를 끌어안고 서 있었고, 우리 뒤로는 지

타, 티라노사우루스, 히드라, 부두교 마술사, 지바로* 인디언들
이 줄줄이 지나갔어요. 그의 두려움은 끔찍할 정도였어요. 목숨
을 건 싸움의 미래를 응시하는 동물의 눈, 죽느냐 죽이느냐, 오
직 그 생각뿐인 눈빛이었다고요. 나는 그에게 말을 건네고 싶었
어요. "사랑해, 아르노, 당신 마음을 아프게 하고 싶진 않았어"
라든가 "내 사랑, 무서워하지 마"라고. 하지만 그 의미도 원인도
알 수 없는 그의 증오심에 얼이 빠지고, 머릿속이 멍해져 '무슨
일이지? 우리에게 무슨 일이 생긴 거지?' 하는 의문만 맴돌면서
점차 커질 뿐, 아무 말도 할 수가 없어서, 난 그저 물고기처럼 입
술만 벙긋거렸어요. 입 안의 침이 바싹 마르고 턱이 딱딱하게 굳
어버린 총체적 마비, 표현주의 무성영화.

　"좋아, 됐어. 우리 파리로 돌아가자." 여행가방을 침대 위에
던지며 그가 말했어요. 그리고 주섬주섬 옷을 입기 시작했죠. 나
는 그의 가방을 집어들고 층계로 나가 난간 위로 흔들어댔어요.
계단 위에 떨어진 양말 뭉치들이 공처럼 튀어올랐죠. "싫어, 내
가, 파리로 돌아갈게." 내가 대꾸했어요. 그리고 내 물건들을 챙
기러 방으로 돌아왔는데, 바로 그 순간 나는 정말 사라져버렸어
요. 그의 눈을 들여다보았더니, 거기에 내가 없더라고요. 내 자

---

* 잔혹하고 호전적인 종족으로 알려진 남아메리카(페루와 에콰도르)의 원주민.

리에 그가 다른 여자를 들어앉혔거나, 그 여자가 예고도 없이 불쑥 들어앉은 모양인데, 그 여자는 그를 위협하고, 버리고, 차버리고, 무시하고, 파멸시키는, 정말이지 때려죽일 년이더군요. 다른 이들도 속속 들이닥쳤어요. 산 자와 죽은 자들, 반은 죽고 반은 산 자들, 그들이 방앗간이라도 되는 양 우리 내면으로 쑥 들어왔어요. 우리는 스페인 여인숙이나 다름없었고, 더는 우리 자신이 아니었고, 감정 조절이 불가능한데다, 그들마저 노크도 없이 드나들었으니, 그야말로 스코틀랜드 시골의 작은 성이라고나 할까요. 처음에 아르노에게는 사기 아버지가 씌어서 “맞아볼래? 지금 매를 버는 거지, 응? 그런 거야?”라고 말했고, 그를 설득하려는 내게는 이내 그의 어머니가 들려서 나를 가로막고 나서던걸요. 어머니는 영원히 도망쳐버리겠노라고 그를 위협하면서, 내 검지에 자동차 열쇠를 걸고 흔들어댔어요. 운전면허 시험에서 네 번이나 떨어진 아르노는 역까지 걸어갈 수밖에요. 그토록 걷기를 좋아하는데, 그까짓 12킬로미터가 대수겠어요? ‘그-그의 아비지’와 ‘나-그의 어미니’ 사이의 진징戰場은 차츰 다른 사람들이 점령해나가기 시작했어요. 그들은 대개 한 마디 대사를 하는 정도였지만, 툭툭 던지는 말들은 마치 셰익스피어의 대사 같았다니까요. 휙 지나가버리는 바람에 그들이 누군지 미처 확인할 틈이 없었지만, 귀를 틀어막는 동작에서 어릴 적 그를 보았고, 또 확신할 수는 없지만, 그가 "내 몸에 손대지 마" 하고 고함을 지를 때는 알코올중독자였던 증조할머니의 모습이 보였다고요. 그 집의 전 주인들도 완전히 떠나지는 않았나봐요. 아니면 침대 머리맡 스탠드가 박살나는 소리에 황급히 돌아온 걸까요? 어느 틈에 풀뒤 부인이 쏜살같이 나를 통과했는데, 아슬아슬한 위기의 순간에 내 손을 붙잡아, 전사한 삼촌이 칠했다는 애지중지하는 토끼 석고상을 구했고, 풀뒤 씨는 덧문을 열어젖혀 신선한 공기를 들였고, 내가 악을 쓰면서 침구들을 창밖으로 죄다 던지려는 그 찰나에 우리 엄마가 나타났고, 아버지는 문과 문 사이로 지나가며 목소리를 좀 낮추라고 나를 타일렀고, 내가 알몸이라는 사실을 일깨워주러 온 할머니는 내가 실내복을 걸칠 때까지 머물렀죠. 아르노는 내게 고약한 년, 잡년이라는 폭언을 퍼부었고, 그의 아버지는 아들에게 탄환을 슬쩍 넘기더니 북부 내륙 지방의 억양 속으로 모습을 감추었고, 그의 어머니는 내 안에서 고통스러워했어요. 그리고 죽고 싶다면서, 누가 자신을 안아주기를 바라면서, 이건 끔찍한 오해야, 난 좋은 여자, 유순한 여자란 말이야, 당신네들이 생각하는 그런 여자가 아니라고, 그렇게 내 안에서 횡설수설하면서, 용서를 구하고 싶어하고, 자신을 달래주고 정을 통해주길 원했어요. 하지만 이제 일은 틀어졌고, 아무도 상대방의 말을 듣지 않았고, 아무튼 둘 다 악다구니를 썼어요. 아르노는 부들부들 떨면서 이 모든 사람을 불러모아 자기 안에 품고 분을 삭이느라 무척 애썼어요. 사태에 대처하지 못한 탓에 신新사실주의자는 떠나버리고, 표현주의자들 역시 떠나버린마당이라, 베리만을 다시 불러와야 했어요. 여차하면 내가 리브울만*을 연기할 수도 있는 문제니까요. 하지만 그는 그러지 않았죠. 조명은 부적당한 정도를 넘어 기이하기까지 했고, 게다가그는 기진맥진한 기색이 역력했어요. 그는 자신의 군중을 헤치고, 죽은 자들을 밟고 나아가, 큰 보폭으로 폐허의 들판을 걸었는데, 자신을 점유한 유령들 가운데서 유령인 그가, 남자인 그가, 어린애인 그가 푹 고꾸라질 것만 같았어요. 그는 너무 오래패자들에게 점령당했던 거예요.

아무도 웃지 않았죠, 전혀. 당신이 이 영화로 인해 숨이 막힐거라는 거, 잘 알아요. 나 역시 그렇거든요! 그래서 당신을 마르크스 브라더스** 식으로 웃겨볼 참이에요. 하지만 판타지에 빠져버리는 인상을 주지 않으려면(개인적으로 난 판타지 영화가

---

* 노르웨이 출신의 영화배우. 1966년 잉마르 베리만 감독의 〈페르소나〉에 출연된 것을 계기로 그와 함께 여러 번 영화를 찍었고, 그와 동거하여 딸 린 울만을 낳았다.
** 미국의 희극 영화배우 치코, 하포, 그루초, 구모, 제포, 다섯 형제를 말한다.

질색이고, 그런 영화는 성공할 확률도 희박해요), 그래서 현실에 충실하려면, 이 장면은 음화陰畵로 보여줘야 할 거예요. 동일한 인물들을 스크린 이미지 프로세스로 처리해 빛이 번지게 하고 앙상한 해골들이 움직이게 만드는 거죠. 그들의 윤곽은 사람이면서 아닌 것 같고, 눈이 움푹 패어서 꼭 외계인처럼 보여요. 마치 이 모든 일이 어딘가 다른 곳에서, 다른 빛 아래서, 실험용 항성에서 일어나는 것 같다고나 할까요. 그곳의 빛은 어둠에 속하고, 육체는 하얀 뼈가 드러날 정도로 죽음과 흡사할 거예요.

핸드백을 끌어안고 분노와 추위에 떨던 나는 기어이 울음을 터뜨리고 말았어요. 가방 안에는 마지막 실탄인 교섭의 열쇠가 들어 있었고요. 좋아, 아르노는 지친 목소리로 말했어요. 나를 떠나려면 내 몸(아아!)을 넘어갈 수밖에 없다는 계산을 하면서 말이에요. 좋아, 알았어…… 그는 계단에 떨어진 자기 물건들을 주워모으고, 하얀 약상자를 가져와선, "자, 한 알이면 될 거야"라고 말했어요. 다시 우리 집안 여자들이 등장했고, 클로드 언니, 할머니, 엄마, 세 사람 모두 발륨이나 렉소밀 혹은 모가동*을 복용하는 마지막 역할을 수행하더군요. 아르노의 어머니도 질세

---

* 발륨, 렉소밀은 항우울제, 모가동은 수면제.

라 자기 몫의 약을 챙기려고 손을 내밀었고요. 우리는 시트와 털
이불을 주우러 정원으로 나갔어요. 마침 고슴도치 한 마리가 그
위에 앉아 있다가, 다가오는 우리를 보고 몸을 동그랗게 말았어
요. 아르노는 웃으려고도 하지 않았는데, 우연의 패러디를 음미
할 기분이 아니었겠죠. 우린 다시 침대에 누웠어요. 얼음장처럼
차가운 시트 끝자락을 각자 한쪽씩 끌어당겨 덮고요. 두 알 먹어
봐, 나도 자주 그렇게 해, 그가 말했어요. 응, 그럴게. 내가 손을
내밀자, 그는 몸을 움츠렸고, 나는 손가락들을 움직이며 말했어
요. 자, 어서, 한 알cachet만 줘—그럼 난 당신에게 은신처
cachette를 제공할게. 원하면 거기에 당신 비밀들을 숨겨. 내 사
랑, 내가 지켜줄게. 자, 이리 와, 제발. 내 안에 당신을 숨기러
와, 당신을 맡기러 오란 말이야. 여자는 보물을 숨기는 비밀의
장소*거든—, 하지만 천만에, 그는 내게 약을 건넸고, 나는 망
각의 나락으로 떨어졌어요.

　　"있잖아, 당신은 어머니와 문제가 있는 것 같아."

------

* 호메로스의 『오디세이아』에서 키르케와 오디세우스가 나누는 비밀(남자의 비
밀은 발기하는 남근이고 여자의 비밀은 남근을 숨기는 어두운 집의 어두운 구멍
이다)에 관한 대화의 패러디.

그는 이미 아래층에서 커피를 내리는 중이었고, 테이블 위에는 양쪽 손잡이에 가스통이라는 이름이 쓰인 잔 하나가 놓여 있었죠. 내가 들어오는 기척을 듣고도 그는 고개를 돌리지 않았어요.

"아! 그만해. 왜 아침부터 또 그 문제를 들먹이고 그래. 어머니하고는 아무 문제 없어. 생각해봐……"

"그럼 왜 매번 어머니만 만나고 오면 나한테 고약하게 구는데. 당신은……"

"이봐, 그만하라니까! 머릿속에 그따위 생각을 주입한 사람이 예전 애인인지는 모르겠지만, 아무 말이나 막……"

내 잔에는 제르멘이라고 쓰여 있었어요. 스탈 부인의 이름과 같은.

"맞아. 당신은 그분이 미운 거야. 그래서 여자들을 모두 미워하는 거고, 또 당신은……"

"난 우리 어머니를 미워하지 않아, 전혀. 어떤 점을 미워해야 되는데? 나한테 문제가 생기면 꼭 알고 싶다니까 하는 말인데, 바로 당신과의 문제야. 불쌍한 우리 어머니는 아무 상관 없어."

"그게 뭔데, 나하고의 문제라는 게?"

"당신이 말을 한다는 거야. 당신이 입을 열면, 난 최악의 사태를 염려하고, 실제로 그런 사태가 닥친다는 거지. 입만 꾹 다물어주면 좋으련만."

테르미도르 12일[*]

"저런, 그녀의 입을 막으세요."

오후에 사랑을 나눈 뒤의 낮잠도 없었고, 양지바른 곳에서의
아침 식사도 없었고, 주변 숲에서의 긴 산책도 없었고, 잼을 만

---

* 프랑스 혁명력의 제11월(현재의 7월 19일~8월 18일에 해당). 테르미도르 9일
(1794년 7월 27일)부터 12일까지 사흘간 로베스피에르 파 104명이 처형되었다.

드는 일도 없었고, 둘이서 다정하게 근처 성당들을 돌아보는 일
도 없었고, 탁구 시합도 없었고, 촛불을 밝힌 식탁에서의 저녁
식사도 없었고, 식사 도중 눈을 반짝이며 떠올리는 어린 시절의
달콤한 추억에 대한 이야기도 없었고, 벽난로에서 활활 타오르
는 불도 없었고, 다락방도 없었고, 거미 사냥도 없었고, 행복을
빌면서 공중에 던져 뒤집는 크레이프도 없었고, 작은 행복도 큰
행복도 없었어요. 그는 마크라메레이스*가 덮인 텔레비전을 찾
아내 1980년대 독일 영화에서처럼 하루 종일 틀어놓았죠. 당신
은 왜 다니엘을 탈락시켰나요?** 글쎄, 실은 그자의 머리 모양
이 마음에 들지 않더군요. 분명한 건, 이마 위로 흘러내린 금발
때문에 껄렁해 보였다는 거고요. 그래도 다니엘은 한 번도 틀린
적이 없고 모든 질문에 빠짐없이 답한 유일한 사람이었어요. 네,
아마 그랬던 것 같군요. 하지만 나라는 사람이 원래 이래요. 확
실한 사실은, 누구든 내게 돌아오지 않으면, 그 사람과의 관계는
끝장이라 이 말씀이죠. 한 섬에 여러 커플이 있어요.*** 그들은

---

* 투명하게 짠 레이스의 일종.

** 다니엘은 2001년 프랑스 텔레비전 M6에서 처음 방영된 프로그램 〈로프트 스
토리〉에 지원한 출연자의 이름. 〈로프트 스토리〉는 지원자들을 한 빌라에 가둔
후 70일 동안 논스톱으로 생중계하면서 시청자들의 의견에 따라 마지막 한 명이
남을 때까지 한 명씩 탈락시켜나가는 프로그램이다. 2007년에는 TF1에서도 방
영되었다.

같이 있길 주저하면서 헤어지고 싶어해요. 바네사와 온갖 한심한 짓거리를 계속한다면, 나는 틀림없이 그를 버릴 거예요. 아마자신의 너절한 수작을 내가 눈치채지 못할 거라고 믿겠지만, 내가 누군가요, 공작부인인걸요. 분명 다른 여자들하고는 다르다고요. 그런 사실도 깨닫지 못하면, 그 사람이 머저리인 거죠, 확실해요. 텔레비전의 캠프파이어 불빛에 훤히 드러난 아르노의얼굴은 삼류영화의 악당처럼 이따금 잔인한 미소를 짓더군요. 밤이 되자, 날이 추워졌어요. 그는 아주 작은 수첩에 간간이 메모했는데, 그의 글씨는 절대 알아볼 수 없었죠. 제대로 모양새를갖춘 글자는 하나도 없고, 어린애들이 글을 쓰는 흉내를 낼 때처럼, 점도 획도 띄어쓰기도 없이, 겨우 구불구불하게 죽 이어진선처럼 보였으니까요. 언젠가 내가 놀라움을 표시하자, 그는 "나는 알아볼 수 있어"라고 대답하더라고요. 그로부터 두 세기를 거슬러 올라가면, 작은 촛불 아래서 뱅자맹이 이렇게 일기를 쓰죠. "그녀는 날 사랑할 만큼 충분한 지성을 갖추고 있지 못하다."

　나음 날, 눈병이 노지는 바람에 그는 사랑의 신의 눈가리개 같

*** 미국의 텔레비전 프로그램 〈템테이션 아일랜드〉를 본떠 프랑스 TF1에서 방영한 프로그램 〈유혹의 섬〉을 암시하는 대목. 미혼인 네 커플이 12일간 섬에 머물면서 애인들의 사랑을 시험해보는 내용이다. 섬에는 22명의 독신자(남녀 각각 11명)이 있어서, 네 쌍의 커플을 일대일로 유혹한다. 커플들은 마지막 날 캠프파이어를 하면서 함께 떠날지 헤어질지 결정한다.

은 띠를 온종일 눈에 두르고 지냈는데, 사랑의 신과 그가 닮은 점은 그게 전부였어요. 우리는 저녁 여섯시에 베즐레 언덕 성당에서 열리는 콘서트에 가기로 돼 있었죠. 고개를 절레절레 젓는 그에게 내가 부득부득 우겼더니, 마침내 자리에서 일어나며 그가 말했어요. "당신 말이 맞아. 표 값을 날리면 안 되겠지?" 연주곡은 드 랄랑드*의 〈테네브레 교본〉**이었어요. 어둠에 잠긴 합창단원들이 가지가 여러 개 달린 큰 촛대 옆에서 노래를 부르며 촛불을 하나씩 꺼나가더군요. 그들의 맑은 목소리가 차츰 짙어지는 어둠 속에서 위로 올라와 퍼졌고요. 이윽고 십자가 수난 대목에 이르러 주위가 완전한 암흑에 휩싸였고, 홀로 추위에 떠는 나와는 달리 아르노는 미동도 하지 않았어요. 어둠 속의 그의 몸은 돌로 만들어진 횡와상橫臥像 같던걸요. 어둠은 그에게 아무 계시도 주지 못했어요. 암담한 상황에 익숙한 터라 굳이 가르침이 필요 없었겠죠. 18세기에는, 간혹 마지막에 촛불 하나를 다시 켜서 부활을 상징하기도 했대요. 하지만 그날은 그러지 않아서, 우리는 캄캄한 암흑 속에 있었어요. 성당의 차디찬 벽에 기

---

* 미셸리샤르 드 랄랑드, 프랑스의 바이올린, 오르간 연주자이자 작곡가.
** 부활절을 앞둔 사흘, 십자가의 길의 세 단계에 해당하는 세 개의 미사곡. '테네브레'는 암흑이라는 뜻이며 부활제 전前 주의 수, 금, 토요일 저녁에 드리는 촛불예배를 뜻한다. 예배 동안 촛불을 하나씩 꺼나가서 끝날 때는 완전한 암흑에 잠기기 때문에 이런 이름이 붙었다.

대앉아 있던 나는 나도 모르는 내 입장을 변호하느라 무슨 말을 하거나 제스처를 취할 처지가 아니었죠. 대관절 내가 무슨 짓을 저질렀는지, 무슨 잘못을 했는지도 몰랐고, 앞이 보이지도 않고 앞을 볼 눈도 없었으므로 눈물조차 쏟을 수 없었는걸요. 하지만 십자고상+字苦像 앞에서 굳어진 그의 몸은 단 한 마디로 판결을 내렸어요. 용서 불가.

내가 물었어요. "배고파? 저녁 먹으러 갈까?" 우리는 마침 베즐레의 아담한 레스토랑 앞을 지나던 참이었어요. 하얀 식탁보, 작은 꽃다발, 촛불 아래서의 저녁 식사.

"어쨌든, 저 식당은 아니야."

그가 대답했어요.

"그래……"

"차를 몰고 좀더 나가서, 이 촌구석을 벗어나보자."

우리는 다시 차에 올랐고, 나는 무작정 '느베르'라 쓰인 표지판을 따라 차를 몰았어요. 최소한 50킬로미터는 침묵 속에서 달렸지요. 그가 라디오를 틀었는데, 수신상태가 나빴어요. 브람스인지 리스드인지, 아무는 지지직거리는 로맨틱한 뮤직이 무엇인지 틀림없이 그는 알 텐데, 나는 묻지 않았어요. 우리는 인적이 끊긴 느베르를 몇 바퀴 돌았어요. 그는 중국요리가 먹기 싫다고 했고, 일본요리는 더 싫어했고, 인도요리는 말할 것도 없었고, 피자도 싫다고 했고, 또 뭐가 있었더라, 벌써 아홉시 반이 지나 우리를 받아줄 식당조차 없어질 참이었죠. "이봐, 당신 좋은 데로 가." 그제야 그가 말했어요.

우리는 역 주차장에 차를 세우고 맞은편 중앙 대로를 걸었어요. 식당 '프티 니베르네'에서 세트 메뉴를 주문하는 조건으로 우리를 받아주더군요. 그 시간에 손님은 우리 둘뿐이고, 들어가기 전에 창 너머로 보인 사람들은 주인의 사촌들이었어요. 오 분이 지나자 이미 우리 존재는 안중에도 없는 것 같더라고요. 우리는 마주 앉아 그 집의 포타주*가 나오길 기다렸어요. 네온등이 벽에 도배된 자주색 융단을 비추었고, 거울에 우리 얼굴이 크게 비치게 만들었어요. 웃음기라고는 없는 종업원은 영화 〈프랑켄슈타인〉의 충실한 하인 역에 적격일 것 같았어요. 샤브롤**의 영화에나 나옴직한 식당, 그 남자, 사촌들, 게다가 우리까지.

"저, 있잖아, 샤브롤의 영화에나 나옴직한 분위기야. 시골의 매력이겠지, 안 그래?"

그는 아무 대꾸 없이 음식에는 손도 대지 않고, 배가 고픈 척

---

* 고기, 야채 따위를 넣어 진하게 끓인 수프.
** 클로드 샤브롤, 프랑스의 영화감독 겸 배우, 제작자, 시나리오 작가.

송아지고기 스튜를 먹는 내 모습을 바라보았어요. 한 입 먹을 때마다 명백한 혐오감을 감춘 그의 차가운 시선이 내게—기름진 고기를 향해 열리는 내 턱뼈에, 내 혀에—머무는 것을 보지 않고도 느낄 수 있었어요. 내가 고개를 들면, 그는 고개를 숙이거나 이를 악물고 웃었죠. 바로 그날 밤 아내가 어이없는 사고로 죽는다는 가슴 벅찬 소식을 접한 남편이 최후의 프로피트롤*을 먹는 아내의 모습을 바라보며 웃는 것처럼 말이에요. 아내 입장에서는 두 가지 연기가 가능해요. 진행중인 자신의 비극을 모른 나는 걸 받아들이거나, 신랄한 지적들을 통해 다른 결말에 이르도록 직관적 시도를 해보는 거죠. 영화의 어느 순간들에 나타나는 엘렌의 빈정거림도 참담한 실패를 견디는 여성적인 방식이라고요. 따라서 사랑의 모터에 슨 녹을 가시 돋친 말과 신경질적인 웃음으로 주기적으로 제거하고, 연기에 장난기를 가미할 수 있는 여배우가 필요하겠지요. 빈정거림은 절망 자체인 환상을 떼어내기 때문에, 희망을 품는 또다른 방식이기도 해요. 그런데 아르노는 일찌감치 환상을 포기한 거예요. 완전히 포기해버렸다고요. 그녀가 환상을 조롱함으로써 구해보려는 것도 바로 그거예요. 그는 환상을 비웃지도 못하잖아요. 환상은 이미 죽었고, 구

---

* 바닐라 아이스크림을 넣고 초콜릿을 바른 슈크림.

원도, 부활도, 사랑이 돌아오는 일도 없을 거라고 믿거든요.

"당신을 보면 누가 떠오르는지 생각났어."

그녀는 디저트를 거의 비워가는 참이고, 그는 그녀를 관찰중이다. 차가운 눈초리로.

"?"

"드레위에르*의 〈게르트루트〉가 떠올라. 그 영화 몰라? 그 감독의 마지막 작품인데, 죽기 얼마 전에 찍은 거야. 그 영화가 형편없다고 말하는 사람들도 있고, 그의 수작으로 꼽는 사람들도 있어. 게르트루트는 남편이 너무 경박하고 속물적이라는 이유로 그와 헤어져. 그후에 사귄 애인은 그녀를 배신하고 비방해. 그다음엔 그녀 자신이 믿음직한 한 친구의 애정을 거부해. 결국 독신으로 늙은 그녀는 백발이 성성한데도 여전히 누군가를 기다리는 것처럼 보여."

"근데 내가 그 여자를 닮았다고?"

"그녀에게서 여성성의 진수, 양성간의 영원한 불화를 보는 사람들도 있어. 하지만 난…… 어느 비평가가 그녀를 불관용不寬容의 인물이라고 말했지. 난 차라리 그 의견에 동의하는 편이야.

---

* 카를 테오도르 드레위에르, 덴마크의 영화감독. 〈게르트루트〉는 그의 1964년 작품이다.

결코 만족을 모르는 여자에게 만족이란 결코 만족이 아니거든."

"난 아주 만족해, 나는. 프로피트롤이 맛있거든(그럼 당신은 누군데? 날 배신하는 애인?)."

"그 여배우의 표정이 당신을 빼다박은 것처럼 똑같아. 얘기하면서 짐짓 다른 곳을 보는 방식하며, 거만한 태도, 불손한 말투, 경멸까지. 냉혹한 배후 조종자, 말하자면, 지독한 프로테스탄트라니까."

"……"

"바꿔 말하면."

그가 말한다.

"남자들이 전부 쪼다라는 의미겠지."

그는 포도주도 커피도 마시지 않았어요. 그럼, 음, 당신이 식사값을 계산해볼래? 아니, 아니, 당신이 해. 나는 그를 바라보았어요. 공중에서 움직이는 그의 손가락들, 11에서 7을 빼고, 손목까지 이어진 파란 핏줄, 내 가슴 위에 놓였던 그의 누 손, 내 머리칼을 파고들었던 그의 두 손, 7에 4를 더하면 11, 그가 나 대신 계산을 했고, 그가 내게 주었던 빨간 장미꽃들, 1에서 7을 빼려면 십의 자리의 1을 꾸어와야지. 그의 가증스러움을 표현할 재간이 없군요.

샤틀레 부인은 마흔세 살에 자식을 낳았는데, 임신중에는 사람들에게 '늙은 엄마'라는 야유를 받았고, 뱅자맹의 어머니처럼 해산한 지 며칠 만에 죽었어요. 그녀가 임종한 침대 옆에는 남편 샤틀레, 학문적 동지 볼테르, 연인 생 랑베르가 있었다고 해요. 한 남자는 성姓을 위해, 다른 남자는 정신을 위해, 세번째 남자는 관능을 위해, 그리고 그녀의 죽음에 세 남자 모두 눈물을 많이 흘렸던 것으로 보아, 심정을 위해서는 세 남자 모두 필요했던 것 같군요. 단 한 사람에게서 욕망, 천재성, 애정과 품위를 찾아낼 수 있다고 믿지 말 것. 기꺼운 마음으로는 아니었겠지만 어쨌든 그녀가 남긴 교훈이 아닐까요? 샤틀레 부인은 당대 여성들에게 양보를 당부하면서, 그 대가를 치르면 "행복이 불가능하지 않다"고 했어요. 하지만 한 가지에 대해서만큼은 완고했어요. 꺼진 사랑을 되살리려고 하지 말라는 거였죠. "우리를 사랑하지 않는 사람은 잊는 수밖에 없다. 이 비결을 실천하기는 어렵지만, 불굴의 용기로 원칙을 지켜 행동하고 절대 감정을 따라서는 안 된다." 그러려면, 환부를 도려내야만 해요. 우정은 떼어내면 그만이지만, 사랑은 발기발기 찢어야 한다는 게 그녀의 주장이거든요.

우리는 풀이 죽어 파리로 돌아왔어요. 찢어진 것은 나였죠. 나는 사랑이 식었을 때 찢어발기는 사진이었다고요.

베즐레의 집 장면 직전에 카르뱅에서의 장면 하나를 삽입하겠다니, 그래요, 당신 생각이 옳아요. 그런데 느닷없이 날 앞질러 가는군요. 마치 내게 마음을 터놓을 작정이라도 한 것처럼, 하지만 날 겁먹게 할 셈으로요. 왜 그래요? 엘레노르가 부리는 소소한 수작들이 지겨워져서, 직접 지침을 내리겠다는 건가요? 혹시 이런 식으로 거침없이 달려가다가 나를 내팽개칠 작정이라면, 당신 실수하는 거예요. 나는 따라가는 중이고, 이제 와서 당신을 놓아줄 마음도 없어요.

엘렌은 렌터카를 몰고 역으로 아르노를 마중 나간다. 그는 부모님 댁에서 오는 길이다.

어머니의 생신이었다.

실내, 낮. 아르노의 부모님 댁. 어머니는 실내복 차림으로 식당의 식탁 앞에 앉아 있고, 남편과 아르노도 함께다. 식탁보 위에 카드들이 펼쳐져 있다. 이제 막 한 판이 끝난 참이다. 식탁 한 끝에는, 반쯤 열린 선물상자 밖으로 삐져나온 새 실내복 자락이 보이고, 그 옆에 황금색 리본과 양초들이 어지러이 널려 있다.

"근데 너한테 무슨 일이라도 생기면, 누가 우리에게 알려준다니?"

"글쎄요. 나한테 무슨 일이 생겼으면 좋겠어요?"

(아르노는 맥 빠진 어조로 대꾸한다. 그는 절대 '엄마'라는 말을 하지 않는데, 어머니에게 말할 때도, 어머니에 대해 말할 때도 마찬가지이다. 우리는 침묵으로 남는 문장의 빈자리를 알아차릴 수 있어야 한다.)

"몰라. 무슨 일이야 있겠냐만, 몸이 아플 수도 있잖니."

아르노는 망설이다가, 입을 연다.

"여자친구가 있어요. 그녀가 두 분께 알려드릴 거예요."

"아! 여자친구가 있다고. 됐다, 그럼 그애가 널 돌봐주겠구나."

"이름이 뭐냐?"

아버지가 물었다.

"엘렌이에요."

"엘렌이라, 아름다운 엘렌*."

아버지가 흡족해하며 말했다.

"엘렌에게는 리즈라는 어린 딸이 있어요."

---

* 오펜바흐의 오페라 〈아름다운 헬렌〉에 대한 패러디.

어머니의 표정이 다시 어두워지고, 이목구비에 서글픈 심술
이 도드라진다.

"아, 그래? 어린 딸이 있다고? 그럼 네가 첫 남자가 아닌 거로
구나."

"그래도 그렇지, 여보, 그런 말은 하지 말구려. 우린……"

"네, 네, 알았다고요(갑작스레 어떤 기억이 떠오른 듯 두 손으
로 눈을 가리며). 그렇긴 해도, 사랑은 한 번뿐인걸, 난 확신한
다니까. 나머지는, 후유(무시하는 한숨 소리). 난 올라갈 테니,
계속 이야기들 나누려무나."

"응! 다섯시만 잊지 말구려, 옛날 무도회에 가기로 했잖소."

그녀는 아무 대답도 하지 않고 느릿느릿 계단을 올라간다.

"걱정 마라, 그래도 네 엄마는 갈 거란다. 그 옛날 한창때는 춤
추는 걸 얼마나 좋아했다고. 게다가 어쨌든 오늘은 생일이잖니."

그는 자기 손을 바라보며 카드를 섞고, 패를 나눈다. 위층에서
지지직거리는 노랫소리가 들린다. 사랑의 기쁨은 한순간에 지나가
고, 그들은 말없이 카드놀이를 하고, 사랑의 슬픔은 평생 계속되네[*].

다음 컷. 그들 세 사람 모두 복고풍의 댄스홀에 와 있다. 무도

---

[*] 프랑스 작곡가 장 폴 마르티니가 작곡한 이탈리아 고전가곡 〈사랑의 기쁨〉의
가사.

회를 겸한 티파티이다. 아르노는 무대 위에서 어머니와 춤을 춘다. 무성 장면, 슬로모션이 좋을 듯, 순간적인 클로즈업으로 처리할 것. 이따금 어머니의 얼굴에서, 혹은 짙은 눈썹 라인에서 얼핏 엘렌의 모습이 보여야 한다. 두 사람의 몸은 밀착되어 있지 않고, 두 얼굴에는 각기 상대방의 고통이 반영되는 동시에 고통—거울에 비친 듯 동일한—에 대한 경멸이 드러나 있다. 그들은 한 자리에서 느리게 몸을 움직인다. 아코디언은 탱고를 연주하는데, 그들은 슬로댄스를 추고 있다. 리듬도 없이.

아버지는 긴 의자에 앉아 춤추는 모자母子를 바라본다. 머릿속에 꽃무늬 원피스를 입은 여자들이 빙글빙글 돌면서 춤추는 모습이 떠오르고, 그들의 헝클어진 머리칼이 보인다. 그는 허벅지에 두 손을 올리고 지그시 눈을 감는다. 아코디언 소리가 들린다.

이야기의 모순을 살리려면, 베즐레 장면 바로 다음에 그 장면과 쌍을 이루는 컷, 즉 대칭이 되는 장면이 반드시 들어가는 게 이상적이에요. 현실에서는 두 장면 사이에 몇 달이 흘렀지만, 기억이 사라진 탓에, 이야기는 일련의 반복성 경련들에 불과하죠. love, hate, love, hate, 순서는 좋을 대로 해요. 어떻게 해도 틀리지 않으니까요.

실내, 낮. 엘렌의 아파트. 새벽 한시이다.

그늘은 다투고 있다. 이유는 아무래도 상관없고, 어떤 핑계라도 무방하다. 무수히 반복되는 베즐레 장면의 또다른 버전일 뿐이다. 시나리오는 이미 몇주째 다음 속담에 머무른다. '개를 물에 빠뜨려 죽이고 싶은 주인은 개가 광견병에 걸렸다고 비난한다.' 대체로 그가 개 주인 역할을, 그녀가 개를 연기한다. 다음은 콩스탕 장면의 지문이다. '무시무시하고 끔찍하고 기상천외한 장면. 잔인한 표현들. 그녀가 미쳤거나 내가 미쳤다.' 싸움이 끝나면 시작할 것, 딱히 이유도 없이, 다짜고짜 긴장 국면으로 돌입할 것, 마치 그것이 그들의 규범이라는 듯이, 하지만 진행은 데크레셴도로.

"더는 안 되겠어. 난 갈게. 내 열쇠 돌려줘."

"당신 열쇠?"

"그래, 내 집 열쇠. 난, 처음부터, 당신한테 집 열쇠를 맡겼잖아. 그런데 당신은……"

"어쨌든, 난 그 열쇠를 한 번도 쓴 적이 없어."

"누가 아니래. 열쇠 내놔."

그는 손을 내민 채 안달이 나서 손가락들을 꼼작거린다. 제스처가 비열하다.

"온 김에 여기 둔 내 물건들을 모조리 가져가야겠어. 그게 낫겠어."

그는 이미 어깨에 외투를 걸쳤는데, 그녀는 얇은 반소매 잠옷 차림이다. 그는 단호한 걸음걸이로 아파트를 한 바퀴 돌며 선반들을 훑어보다가, 책 두세 권을 집어들고, 욕실에서 칫솔을 챙기고(일회용 면도기는 살펴보고는 던져버린다), 서랍장에서 검은색 스웨터(그녀와 같이 산 것이다)를 꺼낸다. 그녀의 얼굴이 슬픔으로 일그러지고, 그녀는 애원하는 목소리로 그의 이름을 부른다. "아르노."

"우린 안 돼, 그뿐이야. 당신은 나한테 함부로 하잖아. 당신은 몹쓸 여자야."

그녀가 그에게 매달린다. 잠깐만, 가지 마, 우리 다시 해보자, 서로 다정하게 대해주고, 정답게 지내자, 최선을 다해봐, 그다지 어려운 일도 아니잖아, 이리 와, 날 꼭 안아줘, 사랑을 나눠, 이리 와, 가지 말고 여기 있어, 불가능한 일이라도 해서 이 상황을 벗어나기로 해.

그녀는 그의 외투 깃을 붙잡는다. 마주 보는 두 사람 다 고집 불통이고 무기력하다. 그녀는 그에게, 그의 얼굴에, 그의 사랑에 집착한다. 포기하지 못한다. 무엇이 그녀를 붙잡는가? 왜 단념하기를 거부하는가? 그녀는 모른다. 그냥 그럴 뿐이다. 그저 이 힘든 상황을 받아들일 수밖에.

그는 그녀의 손길을 밀쳐내고는 그녀의 핸드백을 찾아와 그녀에게 내밀며 말한다. 내 열쇠! 그녀는 핸드백을 뒤져 열쇠 꾸러미를 찾아내 그에게 돌려준다. 그는 문을 쾅 닫고 나간다.

한동안 그녀는 라디에이터에 가만히 기대고 있어요. 시간이 지나가는 게 느껴져요. 그러다가 단번에 후다닥 움직임이 시작되는 거예요. 그녀는 부랴부랴 옷을 걸치고, 핸드백을 집어들고, 황급히 계단을 내려가, 택시 정류장까지 한걸음에 내달려요.

내가 택시와 무슨 인연이 있는지 모르겠지만, 택시는 겉모습만 택시일 뿐 내 수호천사가 틀림없어요. 그렇게, 그날 밤, 나는 아르노보다 십오 분쯤 뒤에 나왔고, 택시들이 줄지어 서 있는 걸 보면 아르노는 금방 택시를 잡았을 텐데, 그래도 그의 집에는 내가 먼저 도착했어요. 창문이 캄캄했으니까요. 운이 좋았기에 망정이지, 그가 먼저 와 있었다면 문도 열어주지 않았을걸요. 나는, 그가 도착하기 전에 아파트 건물 안으로 들어가 그가 사는 층 엘리베이터 옆 한구석에 몸을 숨겼어요. 계단을 올라오는 느리고 무거운 발소리가 나더니, 고달픈 그의 육체가 내 앞을 지나가더군요. 그가 열쇠를 꽂아 돌리고 집 안에 들어갈 때까지 부러 내버려두었어요. 그리고 전기 스위치를 찾아 더듬거릴 때, 나는 재빨리 들어가 문을 닫고 뒤에서 달려들었죠.

섹스 장면은, 두려움과 두려움에 대한 수치심으로 인해, 노골적이고 다급하고 난폭하게 진행돼야만 해요. 그는 여태껏 경험하지 못한 공격적 역량, 공포로 자극받은 근육의 힘을 발휘하고,

그녀는 그에게 맞서면서 그를 받아들여요. 각자의 두려움을 공동의 것으로 만드는 거죠. 살인 장면처럼 촬영된 이 장면에서는 각자가 살인자인 동시에 희생자이자 증인인 탓에, 상처받고 겁에 질리고 증오심에 치를 떨면서 상대의 얼굴을 응시하거나 회피해요. 상대를 떨쳐버리고, 상대에게서 자신을 지켜내고, 상대를 의식해야 할 때, 자신이 소멸되고, 사라지고, 망각되기만을 바라는 거라고요. 엉겨붙은 두 몸이 발작적으로, 칼질하듯이 리듬에 맞춰 헐떡거려요. 그는 죽일 듯이 섹스를 하고, 죽을 듯이 쾌락을 느껴요.

그리고 나서 축복의 순간, 임종을 앞둔 중환자에게 나타나는 일시적 호전상태, 그 몇 시간에 비유할 만한 균형점이 찾아오죠. 그건 순수 현재의 순간이므로 단 한 번에 촬영되어야 하고, 그 기적을 존중할 필요가 있어요. 차가운 타일 바닥에서 떨고 있는 그녀를 그가 아주 천천히, 아주 부드럽게 일으켜서는, 손을 잡고 침대로 데려가 눕는 걸 도와줘요. 그리고 자신도 그 옆에 누워요. 그들은 여전히 손을 잡아 한동안 말없이 가만있어요. 그러다가 별다른 이유도 없이 그가 영화 얘기를 불쑥 꺼내요. 자신은 어릴 때 아빠 엄마와 함께 영화관에 곧잘 갔고, 아코디언 연주가 부모님의 유일한 오락거리였고, 특히 영화를 좋아했던 엄마는 아프기 전에는 당시 카르뱅의 유일한 극장이었던, 시립 극장에서 상영하는 영화는 하나도 빼놓지 않고 봤대요. 자기는 엄마 아빠 사이에 앉았는데, 간혹 앞자리에 키 큰 어른이 앉으면, 엄마 무릎에 앉아 영화를 봤대요. 하지만 사실 제대로 영화를 즐긴 적은 한 번도 없는데, 매번 영화가 시작한 지 얼마 되지도 않아서, 지금이 몇시인지, 끝나려면 얼마나 시간이 남았는지 궁금해졌기 때문이래요. 그래서 품에서 몸을 뒤채면 엄마는 나지막하게 "쉿!" 소리를 냈고, 그럼 오 분간 잠잠하게 있다가 다시 답답해져서 "엄마, 끝났어? 금방 끝날 거야?" 하고 물었고, 엄마가 대답이 없으면 소매를 잡아당기며 금방이라도 울음을 터뜨릴 듯한 목소리로 "말 좀 해봐, 엄마. 이제 끝이야?"라고 물었다는 거예요.

그의 곁에서 말없이 듣고 있는 그녀의 눈에서 눈물이 소리 없이 흘러요. 목소리는 잠자코 있지만, 의문이 고개를 들죠.

한참 후, 밤이에요. 그녀는 설핏 잠들었다가 그의 애무에 깨요. 그는 껴안고, 핥고, 빨면서 혀로 그녀를 쾌락으로 이끌어요. 그의 몸이 여기 있는 거죠. 그는 그녀를 사랑한다고, 아주 사랑한다고 말해요. 처음 알게 된 날부터 그녀는 자기 삶의 여자였고, 그 사실을 알았으며, 바로 이 여자라는 걸 첫눈에 알아보았다고 말해요. 그녀의 몸은, 죽은 손에 다시 피가 돌듯이, 욕망으로 다시 촉촉하게 젖어요. 그들은 다시 한 번 부드럽게 사랑을 나눠요. 그후로 더는 사랑을 나누지 않고 그게 마지막이지만, 그들은 아직 몰라요. 두 사람은 함께 바흐를 들어요. 그는 바흐가 그녀라고, 그녀가 바흐의 리듬이라고 말해요. 인물 알아맞히기 놀이*에서처럼, 그녀가 음악이라면 바흐의 곡일 거라고도 말해요. 일관되게 장조에서 단조로 바뀌는 흐름, 우리를 기쁨에 달뜨게 하면서 멜랑콜리에 빠뜨리는 방식, 우리를 움켜쥐는 동시에 놓아버리는 손이라고 할까. 그 손은 환상이 현실로 변할 틈을 주지 않고 듣는 이에게도 변화를 믿을 만한 시간이 없다고 말해요. 그녀는 그의 말에 귀를 기울이고(환상이 현실로 변할 수 있을까?), 그의 목소리의 굴레에 속박당해, 어쩔 줄 몰라하며 그의 말을 들어요. 그는 자기 자신에 대한 애기를 꺼내요. 다름 아닌 자기 자신에 대해 말을 한다고요. 그리고 다시 어린 시절, 부모, 할머니 생각을 하는데, 언젠가 비디오테이프를 끝까지 보고 싶다는 그녀에게 그러라고 하면서, 행복해하는군요. "아무한테도 하지 않은 애기인데, 당신에게만 하는 거야." 하지만 프리츠 랑의 영화처럼 되지는 않아요. 매듭은 풀리지 않고, 비밀은 분 뒤에 남으며, 들리는 소리도 확실치 않거든요. 테이프에서 흘러나오는 소리는 웅얼거림, 나뭇가지들의 살랑거림, 단조로운 노래나 음악

---

* 어떤 사람의 특징적인 물건(가령 모자)을 말하고 사람들에게 그 사람이 누군지 알아맞히게 하는 놀이.

과 흡사한데, 그렇다면 말짱 꽝이고, 혹시 그 반대라면, 엄청난 것, 끔찍한 드라마가 될 테지만, 알 길이 없고, 비밀을 꿰뚫어볼 수도 없죠. 그의 비밀은 자신에게 비밀이 하나 있다는 것, 그뿐이에요. 그의 비밀은 자신이 하나의 비밀이라는 거예요.

  실내, 밤. 엘렌은 리즈의 방에 있다. 리즈에게 이야기를 들려준다.

  "게르다는 친구가 떠났지만 포기하지 않고 끝내 그를 찾아내고야 만단다. 친구는 여왕의 얼음 궁전에서 몹시 불행했지만, 심장이 얼어붙어서 그런 줄도 몰랐지. 매일같이 '영원'이라는 글자를 쓰려고 종일 얼음 조각들을 가지고 씨름했지만, 도무지 맞출 수가 없었어. 그러던 어느 날 게르다는 친구를 다시 만나게 되었어. 얼마나 기뻤던지 게르다의 눈에서 눈물이 흐르기 시작했지 뭐니. 그런데 뜨거운 눈물 때문에 카이의 심장을 둘러싸고 있던 얼음이 녹아버렸어. 카이도 눈물을 흘리기 시작했어. 그러자 눈에 박혀 있던 악마의 거울 조각이 눈물에 섞여 흘러나왔단다. 카이는 게르다를 부둥켜안고 큰 소리로 말했어. "넌 어쩜 이렇게 예쁘니. 내가 얼마나 널 사랑하는지!" 게르다도 카이를 다정하게 끌어안았지(리즈도 엄마를 끌어안는다). 여왕의 얼음 궁전을 영원히 떠나기 전에, 카이와 게르다는 '영원'이라는 글자를 썼단다(리즈와 엘렌은 눈을 감은 채, 부둥켜안고 있다)."

서로 얽힌 팔다리를 풀면서 우리는 동시에 잠에서 깼어요. 그는 버스터 키턴*처럼 내게 살짝 미소지었고, 입꼬리가 양옆으로 벌어지는 순간, 자리에서 일어나더군요. 나는 샤워를 하고 옷을 입었어요. 그가 차를 끓였는데, 집에 먹을 게 아무것도 없어서, 내가 빵집에 갔다 올까? 물었더니, 아니, 나 일해야 돼, 하는 대답이 돌아왔어요. 나는 벌써 몇 주째 그의 책상에서 굴러다니는 내 책을 집어들었어요. 책갈피가 여전히 같은 페이지에 끼여 있었는데, 그건 우리가 처음 만난 날 밤 내가 연락처를 적어준 종이쪽지였어요. 와! 아직도 이걸 간직하고 있네, 나도 그런데! 그가 내 손에서 책을 뺏더니 먼지를 털어내고 책을 덮으면서, 아! 이런 바보짓을 하다니, 당신 때문에 몇 페이지인지 알 수 없게 됐잖아, 하면서 쪽지를 손에 꽉 쥐고 구겨서 휴지통에 던져넣더라고요. 나는 차를 마시고 집으로 돌아왔어요. 얼음 궁전으로 다

---

* 미국의 영화배우. 무표정과 얼빠진 듯한 익살이 특징으로 채플린이나 로이드에 버금가는 인기배우였다.

시 온 셈인데, 아니 어쩌면 궁전 밖으로 나간 적도 없었던 거죠. 우리는 '영원'이라는 글자를 완전히 맞추지 못한 거예요.

　비밀의 밤을 보내고, 아르노는 지독한 쇠약 증세를 보였어요. 항상 눈이 아프고, 배가 아프고, 허리가 아팠어요. 게다가 주기적으로 손가락 사이에 습진까지 도졌고요. 그는 나를 바라보는 것도 아니면서 내게 시선을 고정한 채 두 손을 비틀거나, 내 면상을 후려치고 싶어서 주먹이 근질거린다는 듯이 손마디를 뚝뚝 꺾어댔어요. 그는 자기 집에 남은 사진이나 물건 같은 내 흔적을 모조리 없앴어요. 하루는 거의 다 쓴 밀크클렌징 견본을 가져다주며 말하더군요. "자, 받아. 우리 집 욕실에서 찾은 거야." 나는 그걸 받아들며 명랑하게 대꾸했어요. "아, 그래. 고마워!" 그에게 돌려받은 것이 잃어버린 보석이라도 되는 양 진심을 담아서 말했어요. 사실 태연한 척 굴었지만, 속으로는 말할 수 없이 고통스러웠어요. "아무튼, 당신은 만사 오케이야. 내가 찌그러들수록 당신은 더 피어나는군!" 또 한번은 그가 이렇게 물었어요. "당신은 지금 우리 상황을 어떻게 생각해?" 나는 방울새의 목소리로 대답했어요. "모르겠어. 우리 결혼하면 어떨까?" 내 말

뜻을 전혀 이해하지 못한 그는 그 말을 곧이곧대로 받아들였고, 냉담한 침묵 속으로 더욱 빠져들었어요. 이제 우리 집에는 거의 오지도 않을뿐더러, 전화를 걸었다가 딸애가 받으면 그애를 모르는 척했어요. 딸애가 울면서 하는 말을 듣고 내가 나무라자, 그는 기분이 상해서 소리를 질렀어요. "사실이 아니야! 걔가 거짓말하는 거라고!" 그도 마치 아홉 살짜리 아이 같았어요. 그런데도 우리는 여전히 함께 어울려 다녔는데, 내가 사태 파악을 전혀 못 했던 거죠. 가끔 콘서트에도 가고, 내게 초대권이 생기면 연극도 보고, 말없이 적대적인 눈초리로 마주 보며 술을 마시기도 한걸요. 그의 표정에 자주 떠오르는 감정은 적대감보다는 권태였어요. 옛날 의미에서의 권태, 그러니까 극심한 삶의 비애, 환멸 같은 것 말이에요. 우리는 간혹 그의 친구나 지인과 우연히 마주치기도 했는데, 그럴 때면 수치심을 감추지 못해 그의 표정이 일그러졌어요. 그 수치심은 묘사할 수는 없지만 연기할 수는 있어요. 배우들은 알 테니까요. 엉망으로 취해 빈 술병을 들고 오는 취객들과 마주쳤을 때, 그들이 자신의 주책없음을 사과한답시고 느릿느릿 제스처를 취할 때, 그 모든 것을 쫓아버리는 것과 같은 제스처를 취했죠. 그는 천박한 여자와 사랑에 빠져 도저히 헤어나올 수가 없는데, 어느 날 생각 없이 불쑥 내뱉은 말에 책임을 져야 했기 때문이에요. 그는 다른 사람에게 나를 소개하는 법이 없었고, 그런데도 나는 거기 있었던 거예요. 뒤로 주춤 주춤 물러나, 헛된 약속처럼 부인否認된 채로, 자격도 없고, 장애 자인 양, 아무짝에도 쓸모없는 내가요. 그러고 나면 우리는 인도 에서 헤어졌는데, 그는 "나 집으로 갈래. 피곤해 죽을 지경이거 든" 혹은 "나 내일 일찍 일어나야 돼"라고 했어요. 아무튼 자신 의 변절을 합리화하느라 애썼고, 일종의 반사적 예의마저 갖추 어서, 안녕, 잘 들어가, 좋은 밤 보내고, 라는 인사말도 잊지 않 았는데, 그 말이 내 폐부를 찌르더군요. 20구에 있는 자기 집까 지 그는 전철도 택시도 타지 않고 늘 걸어갔어요. 걷다보면 자신 의 육체가 뭐라 표현할 수 없는 불안을 길에다 떨쳐버릴 거라고, 오직 나 때문에 생긴 게 틀림없는 끔찍한 답답함을 풀어낼 거라 고 믿으면서요. 당시 그는 파리에서 몇 킬로미터 정도는 걸어다 녔고, 낮에도 그랬어요. 정처 없이 배회하거나 목적지를 정하지 않고 그 정도의 먼 거리를 일부러 걸었죠. 우리는 작별인사를 나 누었어요. 그는 내가 어떻게 집으로 돌아갈지 알지 못했고, 알려 고도 하지 않았어요. 헤어지고 나서야 비로소 나를 발견할 테고, 내게서 한 걸음 멀어질수록 그만큼 내게 가까워질 거라고 생각 하면서 나는 종종 머릿속으로 그를 따라가보기도 했어요. 거리 가 벌어질수록 우리는 더욱 가까워졌고, 부재로 인해 우리는 결 합되었거든요. 바스티유쯤에서는 그가 나를 아쉬워했고, 레퓌블

리크 광장을 지날 때면 나를 그리워했고, 집에 도착할 무렵에는 나를 사랑했으니까요. 그는 한두 차례 내게 전화를 걸어서 그 말을 했고, 망쳐버린 저녁 시간을 만회하고자 했고, 나를 붙잡으려 했어요. 나는 허전했는데, 그는 아직도 머뭇거릴 뿐 그런 감정까지 신경 쓰지는 못했고, 잘될 거라고, 아주 조심스럽게 다시 시작해보자고, 마치 재활치료중인 부러진 다리 얘기를 하듯이 우리에 대해 말했어요. 하지만 그러려면 우선 그의 몸이 단단한 땅 위에 서서 유연해질 필요가 있었죠. 다시 말해 끔찍한 대형 기계 설비와 마모되게 마련인 그 기계장치를 작동시키되, 그 지배권을 자신이 잡고, 주도권을 확보하고, 확인해야만 했다고요. 그래서 그는 걸었던 거예요.

그동안에, 그리고 끝날 때까지, 그는 내게 선물 공세를 퍼부었고 리즈에게도 마찬가지였어요. 생각해보니 크리스마스 선물을 준비할 셈으로 그가 상점들을 들락거리고, 인파를 헤치며 하루 종일 돌아다닌 적도 있었어요. 이제는 그런 모습을 떠올리기 힘들지만, 그래도 한때의 기억을 되살려, 나는 크리스마스 선물을 사는 그의 모습, 북적대는 거리의 사람들 틈에서 영화 속 사랑에 빠진 남자처럼 리본이 삐져나온 선물 상자들을 한아름 가득 두 팔로 안고 걸어가는 그의 모습을 상상해보았어요. 상점에서 내게 줄 사랑의 증거물들을 구입하고 계산대에서 사랑의 보증금을

지불하는 모습을 말이에요. 메리 크리스마스 내 사랑, 향수, 책, 보석, 음악, 그 모든 게 이미 옛일이 되었고, 삶의 벽에 도배된 낡은 벽지에 불과해서, 한물갔고, 죽은 것이고, 무색, 무미, 무감각한 것이었어요. 마찬가지로 그렇게 하찮은 것으로 전락하고 말 그의 마지막 선물은 같이 시장을 지나가다가 그의 눈에 띄어 산 물건이었어요. "자, 받아. 당신 이런 거 없잖아, 내가 선물할게." 그 물건을 뭐라 부르는지 모르겠지만, 아무튼 주방 싱크대 구멍을 막는 금속 재질의 거름망인데, 배수관이 막히지 않게 해주니까 사실 대단히 쓸모 있는 물건이죠. 하지만 통과. 나는 그를 떠올렸는데, 일체의 감각이 사라지고, 모든 욕망이 꺼진 상태로 파리를 헤매고 다니다가, 시간의 빚을 청산할 셈으로 향수 가게 라르티장 파르퓌뫼르로 들어가, 내게 처음으로 선물했던 장미향 향수를 다시 사거나 혹은 그저 추억에 잠기는 모습을, 향수 병에서 다시 사랑을 발견하는 모습을 그려보았어요. 네, 나는 그런 당신을 떠올렸고, 코로 사랑을 들이마시는 걸 보았고, 우리를 위해 그 향수를 사는 것을 보았어요. 그건 우리 형편에 너무 고가라 감히 넘볼 수도 없는, 아라비아의 향수를 모두 합친 것보다 더 호화로운 사치품인데 말이죠. 내 머릿속은 텅 비어 하얘졌고, 나는 당신이 내게 제공할 수 없는 것, 줄 수 없는 것, 당신 자신에게는 허용하지 않는 것을 내게 사주는 모습을, 부재를 위장하는 뭔가를 사주는 모습을, 내게 존재를 선물하는 모습을 차가운 눈길로 지켜보았죠.

실내, 밤. 극장에서. 자크와 뱅자맹 역의 배우 토마.

자크가 무대 위에 있다. 무대를 압도하는 건장한 체격, 배우의 존재도 가려버리는 카리스마.

"자네 문제는, 아주 중대한 건데, 부재를 표현해야 한다는 거야. 느껴지지 않는 것을 느껴지게 만들고, 유령을 감지하게 해야 한다는 거지. 자네는 뱅자맹의 역할을 연기하는 게 아니라 오히려 뱅자맹의 비현실적인 모습을 드러내야 하는 거야. 알겠나? 마임을 했던 경험을 살려서, 일종의 말없는 육체, 무력한 육체를 보여줘."

"알겠습니다."

토마는 무대에서 다시 자리를 잡고, 자크는 객석으로 내려온다.

"나는 지루한가? 슬기고 있나? 나 자신으로 사는 걸까?"

배우는 무대 위에서 느릿느릿 움직인다. 마치 암중모색하듯이, 어두운 공간에서 자신에게 어둠을 쏟아내는 한 점을 찾아내려는 듯이.

"누가 뭐라든 간에, 나는 감수성이 예민한 사람이었어. 하지만 나 자신이 더는 고통받지 않도록 처신했지. 마음의 고통이 너무 두려워 어떤 감정, 설령 그것이 행복한 감정일지라도 고통을 초래할 여지가 있다면 경계했거든. 내 감수성에는 어딘가 적대적인 면이 있단 말이야. 그래서 내 삶이 모순된 언행들의 기나긴 연속인 거겠지. 난 폭풍처럼 몰아치는 모순된 생각들로 갈팡질팡하면서도 하나의 방향을 찾으려 해보는데, 솔직히 어떤 게 내 의지인지도 모르겠어. 매일 아침 극심한 우울증에 시달리고, 나 자신과 타인에 대한 혐오감에 사로잡혀. 내 성격은 어둠에 속해서, 날 이해해줄 사람은 아무도 없어. 하긴 누구나 자신밖에 알 수 없는 법이지. 우리와 우리가 아닌 사람들 사이에는 넘지 못할 장벽이 가로놓여 있으니까. 게다가 사람들은 내게 조금도 관심 없어. 나는 그들을 친절하게 대하지만, 그렇다고 사랑하지는 않아. 나 역시 사람들에게 거의 관심이 없거든.

나는 완전히 실재하는 존재가 아니야. 괴롭지도 즐겁지도 않으니까. 그래서 간혹 내가 아직 살아 있는지 확인하려고 몸 여기저기를 만져보기도 해."

제발 그만해요. 안 그러면 당신을 바보라고 생각하겠어요! 아니면 오르페우스에 대한 내 견해에 복수한다고 생각할지도 모르고요.

나는 당신이 그 시대의 영화, 시대의상을 입은 인물들이 나오는 영화는 만들지 않을 거라고 믿어요. 나 역시 반대고요. 생각 좀 해봐요! 더욱이 그런 영화는 이미 만들어졌잖아요. 그런데 우리 영화는요, 뱅자냉이 나오는 장면들이 전부 리허설이라시, 배우들이 평상복 차림이에요. 이런 영화는 없을걸요. 좌우지간 자크의 연출은 역사를 재구성하는 게 아니라, 자신이 아는 것, 자기 환자들, 우리 주변에서 흔히 볼 수 있는 것과 내면의 느낌에서 영감을 길어내는 거예요. 사랑은 불가능하거나 아무튼 어렵고

드물다는 건데, 사랑 이야기가 아니라 정작 사랑이라고 이름 붙일 만한 감정, 그만한 영향력을 가지고 지속되는 감정, 이른바 사랑의 감정이 그렇다는 거지요. 사랑 이야기야 셀 수 없이 많으니까요.

그렇다면 왜 하필 뱅자맹 콩스탕이냐, 라고 물을 거죠? 그렇게 현대적이고 시사적인 영화를 만들 셈이라면, 왜 구태여 18세기의 남자, 가슴장식이 달린 옷을 입고 옛날 말을 쓰는 남자를 찾느냐고 물을 거죠?

그건 그가 첫번째 남자이기 때문에, 아마 사랑을 처음 말한 남자는 아니겠지만, 강박적으로 보일 만큼 집요하게 사랑을 분석하고, 사랑으로 엄청난 고통을 겪는 와중에도 귀에 못이 박히도록 사랑을 말로 풀어낸 최초의 남자이기 때문이에요. 다른 사람들의 드라마지만, 광기만은 우리 것이지요. 요구와 응답의 끔찍한 간극은 낯선 언어로 표현되었기 때문이고요.

그러니 18세기의 이런 이야기는 한물갔다는 편견을 버리세요. 시대의상을 갖춰입은 인물들이 나오는 영화를 만들 것도 아니잖아요! 문학에서는 의상이랄 것도 없이 누구나 알몸이거든요. 시대가 존재하지 않을뿐더러 무슨 일이든지 지금 여기서, 그와 나 사이에서 일어나는걸요. 당신 생각은 어때요?

나는, "어느 누구도 나만큼 사랑받고 칭송받고 호의를 한 몸에 받지 못했으련만, 나처럼 불행한 남자도 결코 없었다"라는 대목을 책에서 읽어요. 이 문장이 가슴에 와 박히면서, 죽고 싶을 만큼 속이 상하는군요. 출간년도가 1805년이니까, 뱅자맹의 나이 서른여덟, 아르노와 동년배가 되네요. "오! 믿지 않는 것을 얼마나 믿고 싶은지 몰라!"라는 대목에 이르러 그의 말소리가 들리고, 삶에 대한 그의 믿음마저 사라진다는 사실을 알게 되자, 나는 그야말로 죽을 맛이에요. 하지만 콩스탕의 실제 삶에서, 그 때문에 죽은 여자는 없었어요. 자살한 정부情婦는 아무도 없었죠. 그와 헤어지고 나서, 스탈 부인은 그의 단짝친구였던 프로스페르 드 바랑테의 자식까지 낳은걸요! 콩스탕이 쓴 소설의 결말이 현실보다 더 비참하고 작품에서 엘레노르가 죽는다면, 그건 어디까지나 그가 소설의 대단원과 진실을 혼동하지 않았기 때문이에요. 그는 어느 순간 자신이 여자들을, 그들 내면의 뭔가를, 자기 안에서 그들을 죽이고 말았다는 걸 깨달아요. 뱅자맹 콩스탕은 살인 없는 살인자인 셈이죠. 겉으로만 살아 있는 사람들, 시체 없는 살인도 부지기수잖아요. 사람늘이 숙어도 시신이 되어 사라지지 않는 까닭은 살아생전에 죽음이 발생했기 때문이에요. 그리고 그 상태가 눈에 띄거나 알려지지 않은 채 지속되는 거죠. 뱅자맹은, 그 자신도 그런 사람들 중 하나인 까닭에 내면이 죽어버린 자들을 알고 또 알아봐요. 무엇이 그들을 좀먹고 초췌하게 하는지, 서서히 입는 상처와 치명타가 무엇인지도 알고요. 그는 상처인 동시에 칼이거든요. 아마도 말로 표현할 수 없을 만큼 참담한 사랑의 실패가 자신이나 상대방을 죽인다는 걸 아는 거예요. 그는 자신이 보는 것을 가리키고 보여주는데, 그것은 한 남자에게서 비롯되어 한 여자를 죽게 만드는(설령 실제로 그녀가 그로 인해 죽지는 않는다 해도) 무엇이에요. 그런데 그는 사랑할 수 없는 것도 사랑받지 못하는 것만큼이나 우리를 파괴한다는 것을 의식해요. 그의 멜랑콜리는 이런 불가능성, 극단적인 대립에 기인하죠. "오! 믿지 않는 것을 얼마나 믿고 싶은지 몰라!" 이 대사야말로 정확히 당신이 만들려는 영화의 불가능한 계획(이 대사를 영화로 표현하기)인 거예요. 처음부터 내가 말했듯이, 이 말은 겹쳐진 두 개의 이미지, 즉 믿어지지 않는 것을 믿기, 느껴지지 않는 것을 느끼기, 증오하는 것을 사랑하기에 상응하거든요. 좀더 구체적으로 말하면, 일어서려고 애쓰는 반신불수 환자의 이야기라고나 할까요. 감정 장애가 있는 한 남자가 있어요. 여자를 만난 초기에는 사랑의 희망에 고무되죠. 그래서 사랑을 이루리라고, 걸을 수 있으리라고, 만사가 순조로우리라고 상상해요. 사랑하려는 노력, 아무것도 아닌 것에 쏟아붓는 이 엄청난 에너지를 영화에 담아내는 작업은 아름다울 거예요. 그리고 성불능 또한 이 영화의 주제예요. 그 사람은 내게 이렇게 말하는 것 같아요. "못 하겠어. 애써봤는데, 정말 그러고 싶은 데, 안 되는걸. 사랑은 날 너무 힘들게 해." 그런데 이상하게도 이 말에서 구원의 기미가 느껴져요. 그의 불능이 내게는 운명이 아니라 지식처럼 전달되니까요. 그가 자신의 불능을 알리는 까 닭은 내가 그것을 이해하고 개선시키고 넘어서길 원하기 때문이 고 용서해주길 바라서잖아요. 자기 경험을 증언함으로써, 그것 을 나중에 우리를 이어줄 하나의 오브제로 내게 맡기는 거라고 요. 그게 바로 릴레이 경주, 문학인걸요. 즉 누군가가 당신에게 배턴을 넘기는 거라고요. 움직이지 않는 주자走者인 독자는, 당 신도 알다시피, 뒤로 손을 내밀고, 정신을 집중한 채, 자신에게 말ﾗ이 넘어오길 기다리지 않나요? 배턴터치를 하는 순간은 얼 마나 아름다운지 몰라요. 과거를 향해 주먹을 불끈 쥔 독자가, 자기 차례가 오자 미래를 향해 내달리는 모습이라니! 문학을 한 낱 오락거리로 여기는 사람들도 있지만, 그건 문학이 시간 보내 기라는 말을 시간 계주가 아닌 심심풀이의 의미로 착각하기 때 문이에요. 숙음이 한창 작업을 진행중이니, 당연히 유언과도 관 련이 없지 않겠는데, '유언testament'은 '증언에 의한testimoniale' '유언에 의한testamentaire'과 같은 말이고, 그것이야말로 다름 아 닌 작품, 다시 말해 전달하려는 의지로 글을 써서 남긴 흔적이란 말이죠. 그런데 당신은 내가 그 유증遺贈을 거부하길 바라나요?

수령하지 않으면 좋겠어요? 뱅자맹이 『아돌프』를 쓰다가 죽었다는 건 확실해요. 그는 산 사람보다 죽은 사람에 더 가까웠고, 난 여기 있었어요. 벌써부터 여기 있었다고요. 요즘 시대의 옷차림으로요. 그런데 어느 순간, 그가 앉았던 책상에서 일어나 내게 미소짓는 거예요. 멀리서 나타난 내가, 옛날 거울에 비친 것처럼 나타난 내가, 내 얼굴이 마음에 들었나봐요. 그가 말하더군요 (이내 그의 목소리가 마음에 들었어요). "나는 내 온몸을 불살라 당신을 밝혀줄 운명의 사람이오." 그와 나 사이에, 두 세기의 두터운 창유리 따위는 없었고, 내가 들어갈 수 있게 열린 창문, 혹은 우리가 만날 수 있는 거울이 있었을 뿐이죠. 그곳은 빛으로 환하더군요. 그는 자신은 뚫고 나올 수 없다고 생각했는지 나를 그리로 들어오게 했어요. 그리고 나를 사랑하지 않음으로써 나를 죽게 만들었어요. 그러고는 날 사랑하지 못하는 고통을 털어놓음으로써 나를 구원해요. 그건 사랑이에요. 이런 뜬금없는 고백, 그건 떠나면서 남기는 나를 향한 사랑이라고요. 나는 엘레노르예요. 독자예요. 하지만 무엇보다 살아 있는 여자예요. 나 역시 그를 구원해요. 이런 오류에서, 결핍(애정결핍)에서요. 문학은 사랑의 현장이기 때문에, 다른 데서는 나타나지 않는 사랑도 여기서는 생겨나거든요. 사랑이라는 게 그 불가능성을 누군가와 나누는 것이지 별것이겠어요. 아돌프의 엘레노르가 죽지 않으려면 무슨 책을 읽었어야 할까요? 파스칼? 라 로슈푸코? 에픽테토스?* 생명을 구하는 책, 궁지에서 벗어나게 해주는 책, 비록 한 순간이지만 무의미한 것에 의미를 부여해줄 책 한 권쯤은 틀림없이 있을 거예요. 그런 책을 알아내서, 찾아나서고, 이미 출간되었기를 희망해야 해요. 그 당시 내게는 『아돌프』가 그런 책이었어요. 그 책 속에 내가 있듯이, 내 책 속에는 아돌프가 있어요. 그러니까 지금은 18세기가 아니라고 말하지 마세요. 다시는 그 말을 입 밖에 내지도 마시라고요.

네, 동의해요. 그런데 당신 메일을 읽고 깜짝 놀랐어요. 캐스팅이라니! 일이 그 정도로 진척되었으리라고는 짐작도 못 했거든요. 사실 난 구체적인 것, 엄밀한 의미에서의 연출은 생각해본 적도 없어요. 어느새 우리가 결단을 내릴 때가 되었군요.

주연배우는 갈색 머리, 나이는 서른다섯에서 마흔 사이, 하지만 사실 주연 여배우가 누구냐에 따라 달라질 수 있는 문제예요. 내 생각에는 〈금지된 사랑〉*에 출연했을 당시의 다니엘 오퇴유

---

* 프랑스 영화감독 클로드 소테의 1992년 영화. 원래 제목은 '겨울의 심장'으로, 두 남자 사이에서 방황하는 여자 바이올리니스트의 아름다운 사랑 이야기이다. 여주인공(엠마뉘엘 베아르 분)은 매력적이고 섬세한 남자(앙드레 뒤솔리에 분)보다 내성적이고 차가운 남자(다니엘 오퇴유 분)에게 마음이 끌린다.

스타일의 배우라면 좋겠어요. 소테의 이 영화는, 변증법적이지 않다는 점을 제외한다면 결국 우리 영화와 주제가 같은데, 그 인물은, 내 기억이 맞는다면, 단박에 또 결정적으로 사랑에는 문외한임이 드러나죠. 그런데 오퇴유는 매혹된 어린아이의 시선과 거의 동시에 빛이 사라진 시선, 전자가 후자를 뚫고 나타나서 눈 한 번 깜박이는 것으로 세상에서 환상이 사라지게 만들고, 욕망을 비틀고, 학대하는 방식을 연기할 줄 알더라고요.

왜 매사에 그토록 입이 무거워요? 나는 지금 당신이 어디 있는지 모를 뿐만 아니라, 여기로 올지, 자금 조달은 여의한지, 촬영은 프랑스에서 할지, 언제, 어디서 할지, 전혀 아는 게 없어요. 내게 아무 말도 안 해주는 이유가 뭐예요?

여하튼, 잊지 말고 주소 좀 알려주세요. 지금 내가 아는 건 날짜와 시간뿐이잖아요!

내가 나 자신을 조상彫像으로 만들고, 엘렌을 대리석상으로 만든다고 생각하는 모양인데, 분명히 맞는 말이에요. 그녀의 겉모습은 나와 영 딴판이라는 점을 내가 미처 깨닫지 못했어요! 하지만 걱정 마요, 그녀의 육체도 망가지고 있으니까요. 당신이 그 사실을 일깨워준 건 썩 잘한 일이에요.

아르노가 늘 여기저기 아프던 때, 내가 갑자기 하혈을 했어요. 평소보다 양이 많은 생리로 시작했는데, 끝날 무렵 오히려 출혈량이 더 많아지고 아예 생리주기가 없어진 듯 문제가 있는 것 같았어요. 달月이 나를 명단에서 지워버린 것 같았죠. 나는 피를 흘렸고, 멈출 기미가 보이지 않는데도 처음에는 아르노에게 알리지 않았어요. 혹시 내가 갱년기(어처구니없는 생각이죠, 그는 갱년기가 뭔지도 모르니까요)라고 생각해, 더는 임신이 불가능하고 사랑받을 수도 없는 석녀로 여길까봐 두려웠고, 더구나 그게 사실이면 어쩌나 싶었거든요. 그런데 출혈이 점점 심해져 입원할 수밖에 없었어요. 그는 대번에 이러더군요. 문병도 가지 않을 거고, 내가 입원하러 갈 때도 따라가지 않을 작정이라고요. 병원이라면 딱 질색이래요. 예전에 어머니를 뵈러 자주 병원을 드나들었는데 그래서 특히 냄새를 못 견디겠다고요. 그래도 내 생각을 할 거고, 틈이 나면 전화도 하겠다고, 기운을 내라고 격려했어요.

나는 이틀간 입원해 있었어요. 그때가 마침 필리프*의 기일이

---

* 저자 카미유 로랑스는 1992년 첫아들 필리프를 출산하지만, 아이는 태어난 지 두 시간 만에 의료사고로 숨진다.

라 어쩔 수 없이 그날의 기억이 되살아나더군요. 병원에서 들리는 나직한 소리들, 하얀 벽, 앙상함, 더이상 생명을 둘러싼 살은 없고 그저 뼈에 가죽만 붙어 있다는 느낌. 그다음 날, 의사가 들어와 침대 가에 앉더니, 차트를 시트에 올려놓고 여기저기 전부 진찰하고 확인한 다음 말했어요. 아무 이상도 없어요. 호르몬 이상도 섬유종도 아니고, 물론 암도 아니에요. 말하자면, 당신은 말짱해요. 그게 의사의 결론이었어요.

그때—아마도 의사와 어렴풋이 닮아서겠지만—사촌 클로드가 떠올랐어요. 예전에 둘이 화장실에 숨어서 서로 성기를 보여준 적이 있었는데, 그는 보자마자 약속을 어기고 로켓처럼 밖으로 뛰쳐나가 소리를 지르면서 아파트를 가로질러 달려갔어요. 지금 그 기억이 별똥별처럼 머릿속을 스쳐 지나가는군요. 그는 누가 큰 식칼을 들고 쫓아오는 것처럼 갈지자로 뛰면서, "계집애들은 그게 없대, 아무것도 없대!" 하며 동네방네 나팔을 불었다니까요. 엘렌은 손등이 보이게 두 손을 이불 위에 얹고, 해쓱한 얼굴로 베개를 베고 여기 있어요. 해산한 여인처럼 지친 표정으로 미소짓고 있지만, 태어나는 아기도, 집필중인 책도, 자동응답기의 메시지도 없어요. 그녀에게 아무것도 없다는 의사의 진단은 정확해요. 그녀에게는 목소리도, 사랑도, 매력도, 계획도 없어요. 그녀는 그저 피를 철철 흘리는 몸뚱어리일 뿐이고, 말을 들이 든 자루에 불과해요. 이미 몇 달 전부터 꽉 막힌 머리로 설명해보려는 이 모든 현상과 사랑 없이 살게 되리라는 직감을 거칠게 표출하는 문장들의 저장 탱크일 따름이에요.

다음 컷, 자크가 그녀를 찾아온다. 몹시 쇠약해진 그녀는 샤워를 하려고 그의 부축을 받아 침대에서 몸을 일으킨다. 그녀는 욕실 벽에 등을 기대서서 그를 끌어당긴다. 그렇게 해서 자신이 살아 있음을 확인하고 싶었을 뿐이다. 그런데 그가 그녀의 손을 바지 앞섶으로 끌어당기더니, 대뜸 움직이기 시작한다. 함께 있는 그들의 알몸 위로 샤워기 물이 쏟아진다. 욕실 커튼에 핏물이 튀는데, 무기는 생명을 주는 의기양양한 섹스인 반면 상처는 생명의 샘이라는 것 말고도 뭔가 다른 사실을 떠올리게 한다. 그녀는 그에게 화가 치민다. 그녀가 상처를 입지 않는 존재라도 된다는 듯이 강제로 그 짓을 하는 그에게, 자신의 두려움, 여자의 몸을 놓칠지도 모른다는 두려움을 대단한 자신감, 대단한 지배력, 대단한 존재감으로 위장하려는 그에게 화가 나고, 그가 충만하게 여기 있다는 것, 육체가 고스란히 여기 있다는 데 화가 나고, 그래서 자신은 그의 생명력을 느끼고, 고려하고, 받아들이고, 함께 나눈다는 데 화가 나고, 그외엔 별 도리가 없다는 데도 화가 난다.

322

(휴지통)

당신이 미워요. 당신도 아르노처럼 변태라고요. 변태라는 게 모든 영화감독의 변별적 자질, 고품격의 증거라도 되나요? 환상을 다루는 최상의 예술로서의 막후조작인가요? 나는 희희낙락해서 죄다 털어놓는데, 당신은 말이죠, 양심의 거리낌은 조금도 없이 배후조종을 하고 있단 말이에요. "그는 현실의 존재라기보다 언기된 인물이다." 아! 기 드보르 감독의 말을 인용하다니, 당신에게 딱 어울리네요! 요즘엔 뱅자맹 콩스탕보다 그 사람이 훨씬 더 유행이잖아요! 당신은 어제 내게 배역을 맡겼던 거예요. 내가 모를 줄 알아요? 누굴 바보로 여겨요? 당신의 캐스팅 이야기를 믿었다는 생각만 해도 분통이 터지는군요! 내가 머저리 짓을 한 거죠! 당신 배우들을 캐스팅하는 데 내가 굳이 필요 없을 텐데 말이에요. 당신은 내게 복수를 한 거라고요, 그뿐이에요. 당신은 고통을 줄 줄 아는 사람이에요. 주석을 입히지 않은 스튜디오 거울 뒤에 당신이 직접 서 있었나요. 보통 그런 거울 뒤에서 포르노를 찍는다죠? 핍 쇼를 찍었나요? 당신은 여기 있었던 거예요? 아주 멀리 있다고, "바다 건너 저편에" 있다고, hot-mail.com에 있다고 하지 않았어요? 그런데 눈을 말똥말똥 뜨고 여기 있었단 말이죠. 아니면 비디오로 그 장면을 다시 보며 흡족해하고 있었나요?

나는 제시간에 도착했고, 당신도 알았을 거예요. 그건 엘렌이라는 인물에게 중요한 일이고, 그런 면에서 그녀는 모범생이니까요. 다들 나를 정중하게, 아주 공손히 맞아주었는데, 나를 마치 고인의 가족처럼 대한다는 느낌이 들었어요. 장례의식을 담당하는 여직원—아차, 캐스팅 무대감독—이 카메라 바로 아래쪽, 중심에서 약간 비켜나 있는 의자에 나를 앉히더군요. 그때 바로 내가 당신의 시야에, 당신의 파인더 안에 들어간 거였나요? 당신은 어쩔 줄 몰라하는 내 얼굴을 요리조리 뜯어보며 즐겼어요? 하지만 이런 질문들이 그 순간에 떠오른 건 아니었어요. 나는 나 자신이 자유롭고 중요한 존재처럼 여겨졌고, 두 발자국 앞에서 촬영기사의 숨소리가 들렸고, 당신이 말하는 **팀**의 부산한 움직임이 느껴졌어요. 모두 긴장한 것 같지는 않았는데, 하긴 그건 흔히 하는 연습이고, 지금으로선 요원해 보이는 촬영을 위한 평범한 캐스팅에 지나지 않으니까요.

첫번째 배우가 들어왔어요. 그가 어떤 지시를 받았는지 난 알고 있었어요. 『내 죽음의 남자』의 첫 장을 읽으라는 거였고, 그러면서 갑자기 유령에 사로잡힌 연기를 해보라는 것, 계시의 얼 빠진 증인이 되어보라는 거였죠. 그런데 나는 그가 마지막 장도 읽었고, 그래서 두 이미지를 대번에 연결짓는 줄은 모르고 있었어요. 게다가 그가 곧 다른 사람으로 대체될 거라는 사실도요. 역시 갈색 머리에 미남인 그는 지킬 박사와 하이드 씨를 연기할 것이고, 그다음 또 배우가 바뀌어 다시 주제를 반복하리라는 사실도 몰랐어요. 진짜 주제는 일련의 주제들의 그로테스크한 반복, 불경한 안무법이라는 것마저도요. 마지막에, 그 배우들은 자신이 비디오 클립이나 광고용 개그(뭘 파는지는 몰라요. 혹시 악마에게 영혼을?)를 찍는다는 느낌이 들었을걸요. 그들 중 몇 명은 아르노와 소름끼칠 정도로 닮았는데, 결국 세상 사람들 얼굴은 거기서 거기인가봐요. 끔찍한걸요. 연이어 나타나는 배우들, 켜졌다 꺼졌다 하며 반짝이는 길게 연결된 전구들, 여신, 인간쓰레기, 여신, 인간쓰레기, 이들을 번갈아 바라보면서, 나는 이들이 보내는 교류전기의 전파가 내게 속속들이 전해지도록 가

만히 있었어요. 대부분 잘 선택된, 능숙하고 숙련된 A급 배우들이어서, 첫눈에 반한 육체의 기억과 심드렁해진 심정을 내면에서 찾으려 할 거예요. 자신도 그런 경험을 한 적이 있고 익히 알기에, 자기 내면의 빛, 두 눈의 불을 켜고 *끄는* 스위치를 자유자재로 다룰 수 있는 거라고요. 따라서 성탄절 장식용 채색 인형처럼 경이로운 감정을 지닌 사람이든 침울한 사람이든 모두 연기할 수 있는 거죠. 속이 메슥거리기 시작한 때가 정확히 언제였는지 모르겠지만, 아마 열두번째나 열세번째 장면, 그러니까 사람이 기계로 대체되고 시간이 퀵 모션*으로 돌아가면서 무의미하게 느껴지던 바로 그때인 것 같네요. 나는 나름대로 의미를 찾아보려 애썼지만, 그런 것은 어디에도, 아무 데도 없었어요, 의미라는 게 없더라고요. 오직 반복되는 단순한 움직임, 출생과 죽음의 순환이 있을 따름으로, 1767년 10월 25일에 태어나 1830년 12월 8일에 죽거나, 1994년 2월 7일에 태어나 바로 죽거나, 12월 15일에 태어나 그다음 날인 16일에 죽거나, 이름이 뱅자맹, 필리프 혹은 클레르인 것과 마찬가지로 아무 근거도 없어요. 그러면 그렇고, 아니면 아닌 것일 뿐. 온, 오프.

또 내가 알게 된 사실은, 사람은 뭐든 연기할 수 있다는 거예

---

* 필름을 느리게 돌려 촬영한 것을 보통 속도로 영사해 매우 빠르게 보이게 하는 영화기법.

요. 뭐든 연기할 수 있고, 뭐든 연기되었다는 거죠. 아, 당신네 영화감독들은, 사람들이 가장하는 걸 보거나 확인하면 아주 신이 나나봐요. 자신과 마찬가지로 사람들이 이런저런 척을 하는 꼴을 보면서 쾌감을 느끼는 것 같다고요. 어쨌든 그들은 실제로 존재하지 않아요. 당신들의 욕망, 공허감이 투사되는 스크린에서만 존재하니까요. 그들은 줄지어 지나가겠지만, 그저 필름이 감긴 '롤 판'을 바꾸면 되죠, 안 그래요? 하지만 비밀, 그것은 고스란히 남아요. 아르노의 영화를 볼 때마다, 그리고 지금은 에로틱한 장면을 볼 때마다, 나는 외관의 이면, 이미지 뒤에 가려 더는 보이지 않는 것들을 상상해요. 장면마다 힘들게 반복되었을 거잖아요. 알몸인 배우들은 거듭 원위치로 돌아갔을 테고, 수없이 울렸을 "커트" 그리고 "다시 합시다"라는 외침들, 자신은 더 이상 느끼지 않는 감정을 배우에게 연기하게 시키고는, 그런 감정을 느끼는 척 연기하는 배우들을 훔쳐보며 쾌감을 느끼는 파렴치한 변태성욕자의 꼴같잖은 작업을 고스란히 떠올리게 된다고요. 사실, 촬영이 끝나고 나서 배우의 시선에 허무가 깃든나서나, 조명이 꺼지자마자 포르노 배우의 시선이 공허해지리라는 건 쉽사리 알 수 있어요. 그런데도 내가 정말 이 모든 남자들을 바라보고, 그들의 눈을 들여다봐야만 할까요? 그 눈들이 악몽에 등장하는 분처럼 연속적으로 닫히는 바람에, 매번 내가 부딪혀 고통을 당해도요? 당신에게는, 팀에 대한 환상 중에서도, 유독 가족이나 사랑에 대한 환상이 그렇게도 필요한가요? 영화에서 보여주고 나면 다음 촬영 때까지 다시 거둬들이는 것인데도요. 참된 뭔가에 대한 욕구가 그토록 절실했어요? 그래서 죽음을 연습하는 게 그토록 부담스러워요? 그래서 그렇게 혼자예요?

캐스팅은 순조롭게 진행됐어요. 두 명은 확정됐는데, 둘 다 연극배우 출신이라니 잘됐지 뭐예요. 그 배우들 사진은 이미 건네받았죠? 무엇보다 아르노의 배역을 결정할 때 내 의견을 존중해주었다는 걸 알아요. 그런데 엘렌 역에는 어떤 배우가 적합할지, 좋은 생각이 있나요? 그 여배우를 뽑기 위해 어떤 장면을 연기시켜볼 셈인가요? 아르노와 똑같은 장면이요?

눈물을 흘릴 줄 아는 여배우라야만 해요.

마지막 장면. 나는 캐스팅이 진행되는 동안 보았던 것을 떠올리며 『내 죽음의 남자』 텍스트를 다시 썼어요. 하지만 기본 골자는 달라지지 않았어요. 이게 최종본이에요.

실내, 밤. 시청의 카페 2층, 한산한 날.
소리 없는 장면.
그들은 마주 앉아 있다. 클로즈업된 남자의 얼굴. 시선은 최초의 시선과 마이너스 축에서 정확히 일치한다. 따라서 무관심이 아닌 증오의 파괴적 힘을 드러낸다. "오! 내가 얼마나 당신을 욕망하지 않는지." 이것이 바로 그의 눈이 하는 말이다. 하지만 증오도 초기의 욕망처럼 강렬한 열정이므로, 어떤 의미에서는 동일한 것이다.

그의 눈은 어두운, 거의 검은 눈*이다.

똑바로 쳐다보면 민망해할 관객을 위해 뒤편 거울에 그녀의 뒷모습만 비치도록 한다. 탁자 위에 놓인 그녀의 두 손(그들의 손들)만은 보여주어도 무방하다.

그가 그녀를 비난하는 이유는, 그녀가 못생겨서, 바보라서, 뚱뚱해서, 늙어서, 실망스러워서, 쾌활해서, 우울해서가 아니다. 절대 그렇지 않다. 그가 비난하는 것은 그녀가 존재한다는 사실이다. 존재 자체가 그녀의 결함이고, 얼굴, 먹는 음식, 호흡, 언어, 섹스는 존재의 물적 증거들에 지나지 않는다. 그녀의 삶 전부가 그에게 상처가 된다. 따라서 이 결함은 고칠 수 없고 마이너스 부호를 붙여 공식을 뒤집을 수 있을 따름이다. 그녀와 마주 앉은 아르노가 원하는 것은, 그녀에게 말을 하거나 설명하거나 비난하는 것이 아니다. 지금 당장 원하는 것은, 자신이 바라보고 살고 생각하는 이 세상에서 그녀를 삭제하는 것, 정확히 이것이다. 그녀를 없애는 것. 죽이고 싶을 만큼 그녀에게 화가 난다.

---

* 러시아 영화감독 니키타 미할코프의 1986년 작품 〈검은 눈동자〉의 패러디.

마지막에, 불이 꺼지고, 차단기를 내리는 소리, 종업원은 2층이 비었다고 생각하지만, 그들이 어둠 속에 남아 있다. FIN(끝)이라는 글자.

음악은 없다.

혹은 그녀가 떠난다. 그를 남겨둔 채. 한적한 카페에 홀로 남은 그의 앞에 빈 찻잔들이 놓여 있다. 그의 모습이 좌석 위쪽 거울에 비친다. 카메라는 혼자만 비친 거울 속의 자신을 바라보는 그의 모습을 촬영한 뒤 거울 속의 그에게로 이동한다. 그는 마지막 시선을 그 자신과 교환한다. 심판하거나 측은해하지 않고, 그저 확인할 뿐이다.

"예전엔, 정다운 눈길이 내 거동을 지켜보면, 다른 이의 행복이 관련된 탓에 난 안절부절못했지. 이제는 날 지켜보는 사람도, 내가 무슨 짓을 하든지 상관하는 사람도 없어. 아무도 내 시간을 탐내 시비를 걸어오지도 않고. 난 모든 이에게 낯선 사람이었어."

III

슬어 부서진 거울에는 이제 내 모습은 없고, 그의 눈에서 내가 닮았던 거예요. 사랑은 누군가의 상상 속에서 사는 거예요. 그런데 나는 죽었어요, 그 사람 안에서 죽었던 거죠.

이게 좋은 생각인지 모르겠어요. 즉 마지막 시선이 맨 처음 시선에 호응하고, 원점으로 돌아오면, 더 계속할 이유가 없지 않겠어요? 혹시 두 인물 중 어느 한 사람만 따로 추적해본다면, 또는 두 사람을 각각 따로 추적해본다면, 결국 다른 영화 한 편을 더 찍게 되지 않을까 싶군요. 그러지 않을 거라면, 네, 물론 당신에게 제안할 다른 결말이 있긴 해요. 심지어 다수의 결말도 가능한데, 결말이야 부시기수니까요. 더욱이 유심히 살펴보면, 이미 대여섯 가지의 결말이 가능하다는 사실을 알 거예요. 처음부터 지적했듯이, 이건 결말에 대한 영화예요. 그 점이, 바로 이 영화의 독창성인 것 같아요. 영화는 시작과 거의 동시에 끝나요. 강렬한 도입부, 그리고 느리게 진행되는 임종, 질질 끄는 결말, 아니 결말들이라는 게 맞겠네요. 왜냐하면 이야기가 좀처럼 끝나지 않으니까요. 한 번만 죽는 것도 아니고요. 매 컷이 죽음에 대한 변주이고, 모든 이미지가 죽음의 복상服喪인 셈이거든요.

그러니까, 당신이 원한다면 다른 결말들을 이야기해볼 테니, 한번 골라봐요. 무슨 말이냐 하면, 여러 개의 결말을 모두 촬영하라는 거예요. 그러지 않으면, 절대 장편영화가 될 수 없어요! 그래도 결말들 중에서 완전한 결말, 결말 중의 결말, 그야말로 the end는 당신이 직접 골라요. 그건 내가 대신하지 않을 거고 대신할 수도 없는 일이에요. 끝맺는 말도 이야기의 진상도 나는 모르니까요. 결말은 미스터리로 남긴 채, 겨우 끝내는 시늉만 한 걸요. 하지만 당신의 경우는 달라요. 영화에서는, 히치콕의 영화에서조차도, 어느 한순간 의혹이 사라지거나 확인되고 의미가 드러나서, 관객이 이해하고 알 수 있어야 한다고요. 그러니 당신이 골라요. 뭐랄까, 결말의 죽음.

가령, 카사블랑카 여행이 있어요. 그곳, 약간의 색채가 가미된 하얀 도시에서 끝장을 낼 수도 있을 거예요. 거기서 뭔가가 끝났다는 것, 그것만은 확실해요. 아니면 이 여행으로 끝장난 건 바로 나 자신일까요? 어쨌든, 영화감독에겐 흥미로운 도시지요, 안 그래요? 켜켜이 때가 긴 아름다운 건물들, 그곳에서, 그곳 사람들이 우리에게, 그리고 그들 자신에게 품는 사랑과 증오.

이곳을 방문하는 것은 오래전부터 계획된 일이었어요. 나는 프랑스 문화원의 초청으로 최근에 출간된 내 책의 낭독회에 참석할 예정이었거든요. 애초에는 아르노가 동행하기로 했고 비디오카메라도 가져갈 참이었죠. 이십 년 전에 내가 살았고 그뒤로 다시 가보지 못한 이 도시를 찍기 위해서요. 하지만 출발이 확정되었을 때 그가 동행하는 것은 이미 물 건너간 일이 되고 말았어요. 시청의 카페가 우리의 종착역이었으니까.

이 도시에 다시 가도 별다른 감흥은 없으리라 믿었어요. 장소는 우리가 품은 고통을 반영할 뿐이라서, 결국 어디를 가든 고통은 마찬가지라는 게 내 지론이거든요. 그곳에 남아 있는 고통을 미처 예상치 못한 탓에, 되살아나는 고통은 훨씬 강렬하죠. 마치 고통을 처음으로 알게 된 어린아이가 느끼듯이.

나는 카사블랑카에서 삼 년을 살았어요. 그곳에 도착했을 때 스물세 살이었죠. 결혼한 지 얼마 되지 않았을 때예요. 남편과 나는 험프리 보가드와 잉그리드 버그먼이라도 된 것처럼 굴었어요.* 그는 내 양쪽 볼이 버그먼과 닮았다고 했고, 나는 기꺼이 그에게 한쪽 눈이 가려지도록 비뚤름하게 모자를 씌워주었어요.

* 험프리 보가트와 잉그리드 버그먼은 마이클 커티스 감독의 1942년 영화 〈카사블랑카〉에 함께 출연했다.

그는 "제 소개를 하지요" 하며 내게 손을 내밀었고, 목소리를 잔뜩 깔고는 "진짜 괜찮은 사내입니다"라고 말했어요. 내가 글을 쓰기 시작한 것도(처음에는 그와 함께, 나중에는 그를 위해) 카사블랑카에서였고요. 쓴 글은 전부 그에게 읽어주었고, 글에 관해 몇 시간씩 토론했고, 서로 껴안고 이런저런 이야기를 나누었어요. 나는 그의 사랑을 얻으려고 글을 썼던 거죠. 그리고 이십 년이 지나 나 혼자 이곳에 왔는데, 지난번 소설에서 내가 사생활을 침해했다며 그가 제기한 소송에서 내가 승소한 후였어요. 나는 젊은 시절 우리가 함께 살던 곳에 나 홀로 오게 된 거였어요. 그는 내가 그만 절필하기를 바랐는데, 내가 글 쓰는 걸 지겨워했고, 내 글이 너무 말썽을 일으켰기 때문이었죠. 말들이 나를 떠났다는 걸 알면, 그도 흡족해할 것 같군요.

오후 시간이 비어서, 우리가 함께 살던 집에 가보고 싶었어요. 나는 택시를 타고 물레 유세프 대로까지 가달라고 했어요. 거의 도시 전체를 가로지르는 거리였어요. 기사는 라디오를 켰고, 나는 거리의 표지판, 벽보, 간판들을 바라보며 그야말로 이름들을 빨아들였죠. 벤 사이드, 울메스, 타히티 해변, 마이애미 비치, 카베스탄, 라 메르, 올리베리, 나의 브르타뉴, 라 코르니슈, 케미사, 케니트라, 다블리츠, CCF, FOL, CAF, 라 크리에, 르 포르, 모하메디아 로路, 유엔 광장, 하야트 리젠시, 중앙시장, 레 하부

스, 회교 대사원, 아인 디아브, 아인 세바, 이븐 투메르 가街, 물
레 압달라 대로, 안파, 오아시스, 엘 한크 등대. 기억이 되살아났
고, 말들에 대한 기억이 고스란히 떠올랐는데, 물론 '퀵 에 맥
도' 만 빼고, 말들은 변하지 않았던 거예요. 택시가 느릿느릿 대
로를 거슬러 올라가자, 내가 버스를 기다리던 네거리, 빵집, 우
체국이 눈에 들어오더군요. 분홍 블라우스 차림의 똑같은 소녀
들이 학교에서 쏟아져나왔고, 예전에 공사중이던 건물들은 아직
도 그대로였어요. 자금 부족으로 완공되지 못한 채, 새 들보마다
여기서기 녹슬어 있더군요. 멀지 않은 곳에 바다가 있었어요. 그
런데, 98번지에 도착하자, 집도, 작은 뜰도, 종려나무도 찾아볼
수 없고, 그 자리에 바그다드 카페*라는 네온 간판을 단 현대식
카페가 들어서 있는 거예요. 수 킬로미터에 이르도록 달라진 게
없었는데, 그곳만, 유독 그 집만 예외였죠. 그 집은 사라지고, 영
화 제목에서 이름을 딴 카페로 변해 있었어요. 운전기사가 물었
어요. "여기서 태어났어요?" 나는 다시 차에 올라탔고, 차는 올
때보다 속력을 내서 달렸어요. 노시가 차의 움직임에 휘말리면
서, 내리는 어둠 속에서 되감기고 있었고요. 나는 스크린으로 변
한 차창에 시선을 고정시키고, 영화관에서 여기 존재하지 않는

---

* 퍼시 애들런 감독의 1988년 영화 제목.

것들을 열정적으로 바라보듯이, 그렇게 택시에 앉아 있었어요. 나는 잉그리드 버그먼이 아니었고, 기사도 별로 괜찮은 사내가 아니었어요. 나의 과거? 영화 제목 속의 영화 제목이죠. 〈카사블랑카〉는 이미 만들어진 영화니까요.

문화 담당관이 열띤 어조로 나를 관객에게 소개했어요. "이 도시를 다시 찾아주셔서 영광이며 기쁨이 아닐 수 없습니다. 독자들이 아시다시피 이곳에서 사셨고, 바로 이 근처의 샤우키 고교에서 교직생활을 하셨고, 그러니까 그게." 그가 내 쪽으로 몸을 돌렸어요. "이십 년 전에요. 맞아요, 이십 년하고 조금 더 됐지요?" "네." 내가 대답했고, 그는 말을 이어나갔고, 나는 두 눈에 손을 갖다댔어요. 잠시 어둠 속에 있으려고, 다른 생각은 하지 않을 수 있는 뭔가를 길어내려고, 그래서 자동 조종 장치로 전환될 셈으로 말이죠. "약간 더 됐어요." 그러고는 이야기를 시작했어요. 어떻게 책을 쓰는지 말했고, 지난번의 『다시 그리고 언제나』가 어떤 책인지도 설명했지요. "사실상 반복을 주제로 한 자유분방한 에세이라고 할 수 있어요. 나는 시나 음악에 반복적으로 나타나는 모티프, 후렴이나 변주, 운이나 리듬에서 나를 매혹하는 것, 즉 다시 반복되기를 기대하는 쾌락을 연구하고 있거든요. 하지만 동시에, 생활 속의 반복에는 극도로 치명적인 뭔가가 있어요. 프로이트는 그것을 죽음의 충동, 신경증의 기저로 삼았죠. 내가 이 문제에 관심을 가지기 시작한 것은 아들 필리프를 잃었을 때인데, 왜냐하면 우리 어머니도 거의 같은 조건에서 어린 딸 클레르를 잃었기 때문이에요. 그때 나는 한 살이었어요. 이런 반복이 순전히 우연일 수는 없다는 생각이 들어요. 게다가……” 그 순간, 발표를 시작할 무렵 가라앉았던 고통이 되살아났는데, 내가 뱉어내는 말들이 바로 카페 프랑세에서 아르노를 처음 만난 날 그에게 했던 바로 그 말이라는 기억이 떠올랐기 때문이에요. 나는 무의미한 말들을 쏟아내며 헛돌았어요. 그러고 나서 질의응답 시간을 가셨는데, 사람늘은 내가 여전히 모로코를 사랑하는지, 필리프를 잃고 다시 아이를 낳았는지, 사랑이 있다고 믿는지—내 책을 읽고 그렇지 않다는 인상을 받았나봐요—알고 싶어하더군요. 마지막에 간소한 칵테일파티가 열렸고, 나는 포도주가 담긴 컵을 한 손에 들고 토론을 계속했어요. 한 젊은 남자가 내게 주소를 물었고, 내 책을 읽고 싶으며, 읽고 나서 내게 편지를 쓰겠다고 하더니, 종이쪽지를 반으로 찢더라고요. 수백 개의 바늘이 가슴에 콕콕 박히면서 아르노의 얼굴이 그려졌고, 참을 수 없을 정도는 아니었지만 쑤시는 듯한 고통이 느껴졌어요. 체계적인 규칙성을 가지고 바늘들이 천천히 가슴을 찔렀기 때문에 아파하면서 고통에 익숙해질 여유가 있었죠. 젊은 남자는 눈앞에서 무슨 일이 벌어지고 있는지(나만 알 뿐) 주금도 눈치채지 못한 채 여전히 말을 이어갔고요. 그 고통은 내밀하고 세밀하며, 망막의 잔상보다 더 지속적이고, 기억보다 더 선명하게 새겨진 흔적, 내 비밀의 작은 카메오* 바로 옆에, 욕망으로 새기고 영원히 지니게 될 회한으로 두드려 만든 메달, 사라진 육체들이 우리에게 새기되, 눈이나 기억이 아닌 피부에 새겨넣은 그림, 피부에 새겨진 신비한 문신, 아르노, 필리프였어요.

토론이 진행되는 동안 베일로 얼굴을 완전히 가리고 안쪽에 말없이 앉아 있는 한 여자가 눈에 띄었는데, 예전에 프랑스 문화원에는 진보 성향의 학생들, 교양 있는 부르주아들만 드나들었기 때문에 나는 조금 놀랐어요. 내가 막 떠나려고 할 때 그 여자가 다가오더니 봉주르, 마담, 인사를 하고 남편의 성姓을 말하더군요. 나는 미소로 응답했지요. 그녀의 눈은 나이가 들었지만 목소리는 무척 젊었어요. 옛날 학생이세요? 네, 저 켄자예요. 기억 안 나세요? 늘 선생님을 포옹하고 싶어하던 여학생인데……네, 기억나요. 실은 특별히 그녀가 아니라 학급 전체가 기억났어요. 반 학생 모두에게 사랑받는 일은 결코 있을 수 없는데, 유독 그 학급만은 예외였거든요. 제르크투니 대로의 여고 2학년 학급이었는데, 반 학생들이 모두 복도 저 끝에서 나를 알아보자마자

---

* 보석 마노나 조개껍데기에 돋을새김으로 조각한 장신구의 일종.

환성을 지르며 반겼고, 내가 남자라도 되는 양 내 마음을 사로잡
으려고 앞다투어 호감을 표시했죠. 자신이 배우고 싶어하는 언
어와 만지고 싶어하는 머리칼을 지니고 프랑스에서 온 나를 보
면서 그 아이들이 드러냈던 기쁨, 그것을 내가 어떻게 잊을 수
있으며, 어떻게 잊었겠어요? 제 여동생이 여기 카페테리아에서
일해요. 요전 날 동생을 만나러 왔다가 포스터에서 선생님을 봤
어요. 동생이 선생님께 차를 대접하겠대요. 집이 여기서 멀지 않
아요. 아니, 됐어요. 고맙지만 사양할게요. 지금 호텔로 돌아가
야 해요. 다시 만나서 기뻐요. 친구들에게도 안부 전…… 나는
아무 말이나 늘어놓았고, 그녀는 서른다섯은 족히 돼 보였고, 나
는 외투를 입으려고 문 쪽으로 갔고, 그녀가 극우 보수주의자와
결혼한 게 틀림없으려니 생각했어요. 부탁드려요, 그녀가 말했
어요. 왠지 그 목소리를 듣자 거울에 비친 자신의 모습을 보는
듯한 느낌이 들었어요. 그래서 나는, 좋아요, 하지만 오래 있진
못해요, 라고 대답해버렸죠.

누 칸짜리 집이었는데, 석유곤로 위에 올려놓은 잣주전자와
침대로 쓰는 소파 말고는 실내에 아무것도 없었어요. 그녀의 동
생은 소심하고 지쳐 보였고, 부산스러워 보이는 세 살짜리 사내
아이가 있었으며, 남자의 흔적은 전혀 없었어요. 켄자가 내게 죄
송해요, 라고 양해를 구하고 베일을 벗었고, 나는 눈물을 흘리기

시작했어요.

그녀의 오빠가 한 처녀와 결혼을 약속했다가 변심했고, 처녀의 오빠가 복수할 셈으로 길 한복판에서 생면부지인 그녀에게 황산을 끼얹었다는 거예요. 그녀는 오른쪽 귀의 청력을 잃었을 뿐 아니라 당연히 남편감을 구할 수도 없었는데, 그 점을 빼면 그럭저럭 괜찮았대요. 우리는 차를 마셨고, 학교 이야기를 했죠. 어린 조카의 이름은 오마르였어요. 가슴받이가 달린 파란색 멜빵바지에 새것이라 삐걱삐걱 소리가 나는 구두를 신은 오마르는 소리를 지르며 사방팔방 뛰어다녔고, 오 분마다 엄마 앞에 멈춰서서, 냉장고 문을 여는 남자처럼 옷섶을 헤치고 젖을 꺼내 오 초 동안 마구잡이로 빨아댔어요. 나와 시선이 마주치자, 켄자의 동생은, 돈이 안 드니까요, 라고 말했어요. 나는, 그래, 하지만 결국은 돈이 많이 들걸, 나중에 대가를 치러야 하니까, 라고 생각했고요. 나는 자리에서 일어났고, 우리는 포옹을 했고, 아디외adieu 하고 작별인사를 나눴어요. 마치 신dieu이 존재한다는 듯이.

호텔 방으로 돌아와보니, 전등이 모두 켜져 있고 누가 갖다놓았는지 칵테일파티에서 남은 프티푸르*가 있었어요. 현대식 대

---

* 한입에 넣는 작은 과자.

344

형 타워 9층에 있는 그 방은, 기도 소리가 스피커로 울려나오는, 구원의 여지 없는 거대한 도시의 소음 속에 있었죠. 텔레비전을 켜니 국제 채널에서 르완다 이야기가 나와요. 분홍색 내복 차림의 한 남자가 가차차 재판관* 앞에서 자기 죄를 해명하는 중이에요. 자기 형을 죽인 그는, 나는 곤봉으로 형을 때려죽인 것을 인정한다, 라고 말했어요. 형은 바닥에 쓰러졌지만, 숨이 붙어 있는 상태였고요. 왜 그를 죽였는가? 그들이 내게 형을 죽이라고 했습니다. 하지만 네 형제도 너처럼 투치족이야, 너도 형처럼 죽어야 했을 텐데…… 네, 하지만 그들이 내게 말했습니다, 네 형을 죽여야 한다고. 그들이 누구인가? 다른 사람들입니다. 1994년 4월에서 6월 사이에 친척 274명을 잃은 여자도 그 자리에 있었어요. 르완다에서는 만나면 "안녕하세요?"라고 말하지 않고, "살아 있어요?"라고 말한다죠. 한 젊은 남자가 자신이 유죄임을 승복하는군요. 우리는 모두 셋이었고, 함께 카페를 나와 바나나를 찾다가 안나의 집으로 갔고, 그렇게 그녀를 죽였습니다. 일단 죽이면 돌이킬 수 없고, 생명에 속하는 무엇이 사라져 버리죠. 배심원단에는 그의 두 여형제와 사촌이 있고, 재판장은

---

* '가차차 재판'은 르완다 내전의 학살 책임자들 모두 처벌할 수 없어서 마련한 방편이다. 가해자가 공개적으로 죄를 시인하면 가벼운 형량을 선고받거나 봉사 활동을 명령받는 것으로 끝난다.

그의 형제입니다, 라고 화면 밖의 목소리가 밝혔어요. 가족에게, 국가에게, 르완다 국민에게 용서를 구하는 그는 따분해 보였어요. 그는 풀려나 역시 재판에 회부될 다른 용의자들을 보러 갔어요. 그가 말했어요. 거짓말은 하지 마, 그렇다고 시인해. 넌 카사바*를 훔쳤고, 어쨌든 사람들이 널 봤잖아. 하지만 주인은 이미 죽었었어. 그 점을 절대 잊으면 안 돼. 주인은 이미 죽었었다고 꼭 말해. 다른 사람들도 똑같이 말했고, 그래서 나는 주인이 이미 죽었었다고 말했어요. 응가람베 아이들이 두개골에 칼이 박힌 채 발견되었는데, 가후투라는 노인은 그 모든 일과 아무 상관이 없고 그저 뱀 한 마리를 쫓으려고 빗자루를 들고 막 집에서 나왔을 뿐인데, 재판관은 사람들이 당신을 보았다고 했어, 라고 말했어요. 증인들이 그러는데, 당신이 여러 번 공격을 도왔을 뿐만 아니라 시체에 대고 화살까지 쏘았다더군. 분홍 사탕 색깔 셔츠를 입은 노인의 완강한 시선에는 부인과 도전이 가득했는데, 기억상실인지 불명예인지 결정짓기 힘들었어요. 사실 그는 아무짓도 하지 않았죠. 한 여자는 증언하기를, 자기가 이웃 여자의 세 자식을 벌채용 큰 칼로 죽였는데, 자세한 과정은 기억이 안 나지만 자기는 그애들을 사랑했고, 아이들도 자주 자기를 보러

---

* 쌍떡잎식물 쥐손이풀목 대극과의 낙엽관목. 남아메리카가 원산지이며 덩이뿌리를 먹는다. 덩이뿌리에서 채취하는 녹말은 타피오카라고 한다.

왔으며, 자기는 무서웠고, 왜 아이들의 시신을 감추지 않았는지 모르겠대요. 카메라가 두 손을 건들거리며 구부정하게 서 있는 그녀를 정면에서 비추었는데, 푸른색 옷을 입은 그녀는 사람의 모습을 하고 있긴 한데, 아니, 이유를 설명하지 못하더군요.

네, 우린 다시 만났어요. 헤어진 지 겨우 이삼 주가 지나서였는데, 리즈와 내가 어떻게 지내느냐고 그가 안부 전화를 했더군요. 나는 리즈가 여러 번 그를 찾았다고, 리즈가 납득할 만한 말을 몇 자 적어보내주면 좋겠다고 말했고, 그는 그러겠다고 했어요. 그의 목소리는, 자동응답기에 녹음된 목소리에 비하면 쾌활하다고 할 만했어요. 그는 내가 보고 싶다면서, 만나면 좋겠고, 서로 "화를 낼" 필요가 없다면서 "내가 당신을 무척 좋아하니까"라고 덧붙이더군요. 지나치게 친절하게, 애정을 베푼다는 듯 생색내면서 자기는 이제 날 사랑하지 않지만 내가 겪는 엄청난 슬픔에 동정심을 느낀다고 말했어요. 그리고 잔인하게도 내 희망을 완전히 무너뜨리면서, 내게 닥친 끔찍한 비극을 이겨내도록 돕겠다고 약속했죠. 자신의 부재를 견디도록 자신이 와서 도울 거고 자신을 잃은 나를 위로할 테니, 내일 같이 커피라도 마시자고, 내게 그럴 용기가 있다면 자기는 기쁠 거라고 하더군요. 내가 그러자고 한 것은 차마 싫다는 말을 할 수 없어서였어요.

공들여 잘 차려입고 방금 향수까지 새로 뿌린 그는, 우리가 만나기로 한 평범한 카페에서, 내 어깨를 가볍게 두드리며 나를 맞아주었어요. 생기를 되찾은 그의 시선은 사람들과 사물들 사이를 여유롭게 활보했고요. 자기는 힘들었던 최근 보름 동안 내 생각을 많이 했고, 우리가 함께 뭔가 만들어나갔으면 좋겠다고 했어요. 내가 물었죠. "예를 들어서, 뭘?" "모르겠어…… 애정 어린 우정이랄까." "그게 어떤 건데?" "몰라, 찾아봐야지. 전화도 하고, 서로 연락하면서 지내는……" 인자하고 너그러운 미소를 지으며 그가 대답했어요. "사랑도 나누고……" 굴욕감이 너무 커서, 내게 남은 무기라고는 빈정거림뿐이었어요. 내 가슴은 거친 천에 살이 쓸리는 것 같고, 카사블랑카의 작은 메달에 갈기갈기 찢어지는 것만 같았어요. 그는 몸을 젖혀 등받이에 기대면서, 아니, 사실 내가 원하는 건 당신이 내 누이soeur가 되는 거야, 라고 말했고, 나는, 누이가 아니라 수녀bonne soeur겠지, 라고 생각했지만 입 밖에 내지는 않았어요. 아무 말도, 특히 그가 나를 밀어넣으려는 심연의 가장자리에서 느껴지는 현기증 나는 공허감에 대해서는 단 한 마디도 하지 않았는데, 당신이 원했던 거잖아, 라는 생각에서였지요. 그런데 당신은 왜 범죄 현장에 돌아온 거지?

내 삶에서, 그것도 여러 번, 남자들이 나더러 누이가 되어달라는 이유가 뭔지, 그리고 왜 번번이 내가 그 말을 순순히 받아들이지 못하는지, 언젠가는 진지하게 생각해볼 필요가 있을 것 같네요. 사실 난 그런 소망이 치명적으로 느껴져요. 그건 그들 앞에서 나 자신이게 하는 내 안의 무엇, 그들과는 다른 성性을 지워버리는 일인데다가, 그렇게 해서 그들이 느끼는 욕망과 두려움, 이 둘의 결합을 제거하고, 나를 욕망할 수 없는 친근한 존재, 불가능하므로 이상적인 육체, 섹스도 외모도 살집도 없는 여자로 만들어 모든 감각을 없애고, 무감각한 동시에 무의미한, 정말로 중성적인 존재로 만들려는 거예요. 얼굴을 가린, 그림처럼 다소곳하고 남자들에게 무관심한 수녀나 회교도 자매, 합법적인 여자, 본처—가능한 여자—를 찾아 나서기 전에 수도원 내에서 잠시 한담을 나눌 만한 여자로 만들려는 수작이라고요.

"있잖아, 나 일기를 다시 읽어봤는데, 행복했다는 걸 깨달았어, 처음엔 말이야." 그가 위로 차원의 한결같은 미소를 지으며 말했어요.

나는 아무 대꾸도 않았죠. 행복했다는 걸 기억한다고 말했으면 훨씬 좋았을 텐데.

우리는 꽤 일찌감치 헤어졌어요. "언제든 당신 전화 기다릴게"라고 그는 여종업원을 증인 삼아 측은해하는 투로 말했어요. 장거리전화라는 생각이 들더군요. 헤어지고 나서 나는 그가 쓰는 향수를 사러 갔어요. 내 경우 육체를 포기하게 하는 건 오로지 죽음뿐일 거예요.

요전 날, 자크의 집에서 '음식물의 장내 통과'라는 제목의 으스스한 논분을 읽었어요. 제사題詞로는 헤겔이 인용되었더군요. "모든 의식은 타인의 죽음을 욕망한다." 저자─정신분석학자─는 사랑의 열정을 음식물의 장내 섭취 과정에 비유해 설명하고 있더군요. 꽤 난해한 전문용어로 쓰인 글이라 완전히 이해하지는 못했지만, 구강기와 가학적 항문기, 식인풍습의 단계와 우울증 단계에 관한 것이었는데, 대체로 다음과 같이 전개돼요. 사랑의 대상은 처음엔 과일이나 먹음직한 요리와도 같아서, 우리는 그것을 음미하며 맛있게 먹어요. 대상을 눈으로 먹고 그의 말들을 마시고 맛보지요. 그다음에 소화작용이 시작되는데, 삼켜진 대상은 소화되면서 차츰 용해되고 분해되어 걸쭉한 죽으로 변해요. 우리 육체는 한동안 그 죽을 섭취해 영양을 취하지만, 적당한 기간 내에 반드시 배출해야 하고, 그러지 못할 경우에는 병에 걸리죠. 따라서 배설은 불가피할 뿐만 아니라 위안처럼 바람직한 것으로, 우리는 용도 폐기된 경멸의 대상을 버리고 다른 과일을 찾아 떠나야 하는 거래요. 계속 살아야 하니까요. 저자의 말을 간추려보면 이래요. "이 과정은 우리 현대사회의 과도한 소비욕구에 비유될 수 있다. 유통기한이 너무 짧은 탓에 우리는 누구나 끊임없이 폐기 처분될 위협에 놓여 있다. 세상이 확실하게 대변으로 변하고 있음을 확인할 수 있다. 즐기고 버리는 것이 점점 더 미친 듯이 빠른 속도로 진행되기 때문이다."

즐기다Jouir-버리다Jeter, 이 두 동사는 나의 유령 사진 두 장의 설명문으로 써도 될 것 같았어요. 눈으로 탐욕스럽게 먹어치우는 대상, 눈을 통해 퇴출되는 대상, 즉 여신Déesse-쓰레기Déchet. 그건 마치 우리가 삶의 메커니즘 자체를 추월해 엄청난 쓰레기를 버림으로써 세상을 삼키려는 것과도 같아요. 섭취한 것이 우리 자신으로 편입되기도 전에, 존재에서 추방되어 대지에 의해 소화되고, 흡수되고, 소진되는 우리 자신이 되기도 전에 말이에요. 묘지 장면을 왜 세트에서 진행시키고 싶었던 건지 이제야 기억났어요. 발레리의 「해변의 묘지」에 나오는 다음 시구 때문이에요.

과일이 쾌락으로 녹아들듯이

그 형태가 스러지는 입 속에서

그 부재가 더없는 맛으로 바뀌듯이

나 여기서 내 미래의 연기를 들이마시고

하늘은 소진한 넋에게

웅성거리는 해안의 변화를 노래하노라

아무튼 이 시구는 "대변으로 변하"는 것보다는 훨씬 더 아름
다워요, 안 그래요? 시인과 정신분석학자의 본질적 차이는, 전
자에게 죽음은 시간의 영원한 움직임을 따르는 자연스러운 것인
반면에, 후자에게는 타자에 의해 부여되고 촉진되는 것이라는
점이에요. 전자의 경우에 우리는 죽는데, 후자의 경우에 우리는
죽임을 당하는 거예요. 죽음, 그것은 타인이에요.[*]

---

[*] 사르트르의 말 "타인의 시선, 그것은 지옥이다"의 패러디.

왜 영화가 해피엔딩이길 바라나요?! 지난번 결말이 최선이라니까요. 혹시 할리우드를 겨냥하고 있어요? 당신이 지금 터무니없는 착오를 범하고 있다는 걸 알기나 해요? 기본 줄거리가 『내 죽음의 남자』잖아요. 그걸 잊으면 안 돼요.

어떤 결말을 원하는데요? 두 사람이 몇 달 혹은 몇 년 후에 다시 만나서, 상황을 명확히 정리한 다음, 아직도 사랑한다고 고백했으면 좋겠어요? 어느 날 저녁, 바스티유의 한 카페에 앉아 있는, 혹은 이탈리아 레스토랑에서 딸과 함께 저녁을 먹고 있는 그녀에게, 종업원이 휴대전화 번호와 함께 몇 마디가 적힌 메모지를 전해주는 거예요. 옆자리에 앉았던 남자가 보낸 쪽지인데, 그녀의 옆모습에 반해 그만 사랑에 빠졌다는 거죠. 그녀는 그에게 전화를 걸고, 그를 만나요. 그는 미남이고, 눈부시고, 부드럽고, 다정하고, 괴짜예요. 만나자마자 그들 사이에 전기가 통하고, 황홀한 사랑을 나누게 돼요. 이런 사람이 바로 '삶의 남자'일까요?

영화의 결말을 열린 채 두라고요? 영화가 이야기 자체의 틀 위에 깔때기 모양으로 구축되어 있는데도요! 모든 게 가차 없이 줄어들고, 빛이 점차 사라지고, 공기도 점점 희박해지는데다가, 인물들마저 산 채로 사랑에 매장되는데요! 원추의 꼭짓점까지 줄어든 초점거리가 찌르는 바람에 눈이 멀어 온 사방이 캄캄한데도요! 하늘이 밀물처럼 시커먼데 수평선을 열어놓겠다고요? 대체 돛대의 돛은 누가 될 건데요? 당신은 누구에게 "육지다!"를 외치게 할 건가요?

자크에게, 예술작품에게, 삶에게, 라고 대답하겠죠. 네, 내 생각도 그래요. 자크는 수평선을 열어 북소리를 완전히 멈출 수 있어요. 그게 바로 그의 역할이고 사실상 임무이자 직업이잖아요. 게다가 그는 이 영화에서 등한시되고 역할도 거의 축소되어 있거든요. 내가 그의 가치를 충분히 부각시키시 못했어요.

게다가 당신 말이 맞아요. 콩스탕의 실제 삶에서, 어떤 여자도 죽지 않았어요. 스탈 부인은 몇 권의 책을 썼고, 콩스탕 역시 마찬가지였어요. 그게 바로 진짜 결말이라고요. 즉 그들은 헤어지고, 그러고 나서 둘 다 각자의 이야기를 하는 거예요. 엘렌은 수설을 쓰고, 아르노는 영화를 찍어요. The show must go on(쇼는 계속돼야만 하니까요). 각자 나름대로 과거지사를 덮고 다른 일에 매달리는 거죠. 아니면 그 반대도 괜찮을 듯싶은데, 아니 뭐, 그래서는 안 될 이유가 있겠어요? 엘렌이 시나리오를 쓰고, 아르노가 자신의 내면일지를 출간하는 거예요.

그런데 구성이 허술하네요, 아니에요? 아르노의 굳은 표정 말고 다른 걸 비추면서 끝내는 건 어떨까요? 조명을 쫙 비춰서 햇살이 다시 쏟아지는 것처럼 전체를 환히 밝히면요?

무덤에서 나오기. 마지막에 부활하기. 이게 골자가 되는 거죠. 이제 대충 알겠어요. 그러니까, 우리는 네거티브 필름을 현상하는 거예요. 인-화하는 거예요. 승-화시키는 거라고요.

좋아요, 당신이 정 그러고 싶다면야. 자, 어디 볼까요.

외부, 낮. 아라고 대로. 비가 내린 뒤라 아스팔트가 몹시 번들거린다. 물웅덩이마다 은빛 반사광이 아름답게 반짝거리고, 하늘은 하얗다.

엘렌은 푹 고개를 숙이고 인도를 걷는다. 울고 있다, 참을 수 없는 눈물이 비처럼 쏟아지고, 눈물에 젖은 머리칼이 얼굴에 찰싹 달라붙었다. 그녀는 이미 이전 컷에도 등장했다. 〈당신이 키스로 날 달래주지 않을 때〉를 연거푸 들으며 발작적으로 흐느끼거나, 향수병을 코에 대고 알코올중독자처럼 아르노의 냄새를 들이마시거나, 천체물리학자 휴버트 리브스의 우주 관련 프로그램이 방영되는 텔레비전을 멀거니 바라보는 모습으로. 타인에게 줄 수도 없는데 사그라지지 않는 열정, 오로지 힘을 고갈시키고 절망으로 무기력해지게만 할 뿐인 그 열정의 수많은 기호들. 때는 가을이고, 비에 젖어 눅눅해진 낙엽들이 길에 쌓인 것으로 미루어, 그들이 헤어지고 계절이 두 번 바뀌었음을 알 수 있다. 아니면 화면 여백에 써넣어도 좋다. 육 개월 후.

나는 사그를 만날까 해서 집을 나왔어요. 가서 상담과 상담 사이에 잠깐 차를 마시거나 대기실에서 죽치고 기다려볼 셈이었죠. 아니면 무작정 좀 걸을까, 그래서 아르노처럼 내 몸이 걷는 것을 느껴볼까 싶기도 했고요. 너무 불안해서 도무지 생각이라는 걸 할 수 없던 터라, 내심 한 발을 딛고 다른 발을 그 앞에 놓는 동작이 혹시 머리를 돌아가게 할지도 모른다고 믿었어요. 하지만 괴로움으로 머릿속은 텅 비고, 크고 육중한 바윗돌이 들어앉은 듯 가슴이 답답하고, 폐가 눌리고, 돌멩이—리즈가 모은 온갖 돌멩이—라도 삼킨 것처럼 창자가 꼬이듯이 배가 아팠어요. 길은 한적한 편이라 우산을 쓴 행인들이 드문드문 눈에 띌 뿐이었어요. 나는 팽창된 우주 속을 걸었어요. 그곳의 은하계들은 서로 수백만 광년이나 까마득히 멀리 떨어져 있고, 어떤 것들

은 수세기 전부터 죽어 있지만, 우리는 그런 사실을 알지 못해
요. 대로의 가로수 몇 그루에는 줄기에 작은 안내판이 철사로 고
정되어 있었는데, 주의, 위험, 이 나무는 곧 벨 예정임, 이라고
쓰여 있더군요. 그 나무들은, 옛날 학교 운동장에 있던 것과 같
은 커다란 마로니에 고목들이었어요. 우리는 그 잎들을 따다가
잎맥—잎사귀 뒤의 뼈대—만 남도록 조심스럽게 잘라내기도
했죠. 나무들을 베고 나면 그 자리에 무엇을 놓을 것이며, 어떻
게 허전함을 메우려는 걸까요? 가로수 길을 걸어 상태 감옥의
담장이 보이는 곳에 이르렀을 때, 갑자기 어떤 외침이 들려왔어
요. 거리가 먼 탓에 무슨 말인지 알아들을 수는 없었어요. 외부
인과 연락을 취하려는 죄수가 분명했어요. 그곳을 지나다가, 건
물 정면을 향해 얼굴을 치켜든 사람들, 사랑해, 혹은 엄마는 잘
지내서, 라고 소리치는 남자나 여자들을 여러 번 봤거든요. 필요
하다면 이 장면을 촬영해야 할 거예요. 그 목소리는 아름답고 감
동적이면서 전혀 비현실적이지 않았어요. 폭풍우 속으로 사라진
외침이랄까, 마치 난파처럼 느껴지더군요. 그런데 막상 가까이
가보니, 감옥 담장 부근의 인도에는 개미 새끼 한 마리 없었어
요. 아무튼 감옥에서 들려오는 목소리는 맞는데, 어떤 감방에서
새어나오는지는 알 수 없었죠. 젊고 밝은 음색으로 미루어, 자신
의 불행이나 광기에 갇힌 남자의 목소리가 아니라, 오히려 회색

대기 속을 활보하는 남자의 쾌활하고 명랑하고 낭랑한 목소리였어요. 즐겁고 관능적인 목소리, 힘찬 목소리였다니까요.

이 목소리가 말하는 내용은 아직 또렷하지 않고, 베여나갈 나무들 사이로 카메라가 상테 감옥 담장을 따라 걷는 엘렌의 뒷모습을 사분의 삼쯤 비추다 말고, 과학 기록영화에서 퀵 모션으로 피는 꽃을 촬영하듯이, 눈물로 얼룩진 얼굴에 단박에 미소가 번지는 모습을 줌렌즈로 비출 때, 관객은 그녀가 엘렌이 아니라 엘렌과 닮은—짙은 눈썹, 얼굴 윤곽, 머리 색깔—다른 여자, 눈물 사이도 미소짓는 훨씬 젊은 여자라는 것을 알게 돼요. 그녀는 이동 레일 위에서 후진하는 카메라 맞은편에서 보조를 맞추며 카메라를 향해 다가오는 중이고, 아르노는 감옥 면회실로 통하는 막다른 길모퉁이에 서 있어요. 근엄하고 아름답고 홀쭉하고 긴장된 얼굴이군요. 자동차 한 대가 철썩하며 물웅덩이를 지나가요. 커트, 커트, 그가 말해요. 여배우는 미소를 거두고, 촬영팀 전체가 다시 술렁이면서, 피사범위를 우왕좌왕 가로질러요. 두 손으로 머리를 감싸쥐는 이노 있고, 몸을 숙혀 접안렌즈의 구멍을 들여다보는 사람, 커피를 마시는 사람, 뺨 위로 흘러내린 마스카라를 지우는 사람, 의견을 나누는 사람, 미적거리는 사람들도 있어요. 사, 다시 합시다, 아르노가 소리치는군요.

눈물로 얼룩진 여배우의 얼굴에 돌연 미소가 살아나고, 그녀는 벽을 향해 얼굴을 들어요. 남자는 여전히 보이지 않지만, 목소리만은 제법 또렷하게 들리네요. 그녀는 목소리를 다시 들어보려고 발걸음을 늦추고, 그 안을 눈앞에 잘 그려보려고, 〈아메리카의 밤〉에서처럼 눈을 감았어요.* "택시!" 남자가 열정적이고 낭랑한 목소리로 외쳤어요. "택시! 택시!"

실내, 낮. 해변—타티**가 〈윌로 씨의 바캉스〉를 촬영한 해변—이 보이는 호텔 방. 날씨가 좋다. 유리창 맨 왼쪽으로 작은 모자를 쓴 키 큰 영웅의 입상이 보인다.

엘렌은 제1제정풍의 작은 책상에 앉아 종이를 펼쳐놓고 뭔가를 쓰고 있다. 오프된 목소리—그녀의 목소리—가 지금 그녀가 주의 깊게 다시 읽어보는 문장들을 소리내어 발음한다. 혹은 우리가 종이에 쓰인 문장들을 직접 볼 수도 있다. "택시! 그가 열정적이고 낭랑한 목소리로 외쳤다. 택시! 택시!" 이번에는 그녀도 흡족해 보인다. 그녀는 이 글의 은유가 마음에 든다. 자유, 그것은 택시를 타고 가는 게 아니라 택시를 부르는 것이다. 자유,

---

* 트뤼포 감독의 영화 〈아메리카의 밤〉(내용은 아메리카와 전혀 무관하다)을 의미하는 동시에 그 영화에 사용되었던 의사야경擬似夜景(낮에 밤 장면을 찍기 위한 영화의 조명기술)을 뜻하기도 한다.
** 자크 타티. 프랑스 희극배우이자 영화감독. 〈윌로 씨의 바캉스〉는 그의 1953년 작품이다.

그것은 '택시'라는 말이다.

자크는 그녀의 뒤쪽 침대에 드러누운 채 연필로 메모해가며 『붉은 노트』*를 읽는다. 엘렌이 그에게 다가가 그의 몸 위에 몸을 포개고 눕는다. 당신은 더 잘 지내는 것 같군요, 그가 말한다. 이제 만족해요? 다시 기운을 차렸나요? 그녀는 목구멍으로 음 음음, 소리만 낸다. 내가 까다로운 여자 같아요? 그녀가 묻는다. 그는 그녀의 등과 허벅지를 쓰다듬는다. 아니요, 내가 보기엔 전혀 까다롭지 않은 여자예요. 바람직한 여자이기조차 한걸요. 그들은 웃는다. 이제 끝났어요? 그럼 아직 해가 있을 때 나가서 한 잔했으면 싶은데요.

외부, 낮. 호텔 테라스, 바다가 보인다. 동일한 두 사람. 백포도주 한 병이 개봉되어 있다. 올리브, 땅콩.

"근데 당신은, 사랑이 왜 순탄치 않은지 그 이유를 알아요?"

자크는, 자수 그러듯이, 피우던 꽁초로 새 담배에 불을 붙인다. 그의 모습은 앞 장면에서도 나왔는데, 모퉁이 담배 가게에 간다는 핑계로 빠져나와 휴대전화로 지겨운 학회, 정신병자 같

---

* 콩스탕의 자전적 소설. 그의 사후인 1907년에 출간되었다.

은 동료들, 아이는 잘 있어? 어쩌고 하며 짧게 통화한 적이 있다.

"아! 제발. 기분이 이렇게 좋은데, 우울하게 만들지 마요!"

"아니, 내 말은, 우리 이야기를 하자는 게 아니에요. 일반론을 얘기하자는 거지…… 당신은 매일 그런 사람들을 보잖아요, 변덕스러운 뱅자맹들 말이에요."

"뱅자맹들이라……"

"아닌가요?"

그가 천천히 흰 연기를 한 모금 내뿜자, 유일한 구름 한 점이 하늘에 생겨난다. 그는 날 때부터 있었던 얼굴의 점을 보이지 않으려는 계산으로 엘렌의 오른편에 앉았다.

"라캉이 말년에 신뢰하는 친구들에게 자신의 애정관을 뭐라고 말했는지 알아요? '그 여자와 그 남자는 오페라의 가면무도회에서 만나기로 약속했다네. 열두시 정각에 벽난로의 시계 아래서 만나기로. 시계가 열두 번 울리자, 그녀는 가면을 벗어. 오, 놀라워라, 그 여자가 아니잖아! 이번에는 그가 가면을 벗어. 오, 기가 막혀, 그 남자가 아니잖아!'"

그녀는 아무 소리도 내지 않고 입술만 내밀었다가 도로 오므린다. 물고기 효과. 역광을 받은 그녀의 얼굴이 침울해 보인다. 몽롱하게 촬영할 것.

"만남은 늘 어긋난다, 뭐, 그런 의미예요? 진정한 만남이란 없다? 그저 환영에 지나지 않고 가면놀이다…… 그럼, 아무도 없나요, 사랑에는?"

"네, 없어요. 더 정확히 말하면, 아무personne, 즉 페르소나persona*가 있을 뿐이죠."

"〈페르소나〉…… 베리만……"

아르노 이후로 영화 이야기라면 질색하는 자크가 내게 눈을 흘겼다. 나는 말을 이었다. 내 불안이 매 맞은 개로 변해 앉을 자리를 찾지 못하고 우리 테이블 주위로 빙빙 동심원을 그리고 있었기 때문이다.

"누구나 작중인물이라, 그 말이죠. 그런데 그뿐인가요?"

"잘 봐요, 당신이 극장에 가거나 어떤 역할, 가령 언니 역을 연기한다고 칩시다. 당신은 그게 곧 끝나리라는 걸, 막이 내리고, 조명이 꺼지고, 의상들이 이내 기억이라는 어둠 속 옷걸이에 걸리리라는 걸 알아요. 그래도 연극이 진행되는 동안은 그 내용을 믿지 않나요? 연극을 보며 행복해지고, 유익한 도움을 얻고, 즐기는 데 방해가 되던가요?"

나는 갑자기 화가 났고, 창피했다. 나는 내게 몸을 비벼대는

---

* 원래는 '가면'을 뜻하는 라틴어 단어로, 고대 연극에서 배우가 쓰고 나오는 가면을 가리켰다. 지금은 진정한 자신과 달리 다른 사람에게 드러내는 자신의 양태, 즉 외적 자기를 의미하는 심리학 용어로 쓰인다.

개를 신경질적으로 쓰다듬었다.

"난 그런 발상이 싫어요. 얼마나 참담한 이미지예요, 단 한 번의 공연이라니! 게다가……"

"하지만 공연은 또 하면 돼요."

자크는 한 손을 내 손에 얹고, 다른 손으로 우리 각자의 잔에 포도주를 더 따랐다.

"공연은 다시 하면 돼요. 끊임없이요."

내가 손을 빼내려 하자 그는 더욱 힘을 주어 꼭 쥐었다.

"네. 그래서 결국, 나하고 자주 휴식 시간을 갖는 거죠. 하긴 당신은 한꺼번에 여러 공연을 주도하니까요!"

그는 정말 기분 좋게 웃었고, 나는 손을 빼지 않았고, 개는 해변으로 달려가버렸다. 우리 앞으로 아기가 엄마 아빠 손을 잡고 지나갔는데, 아장아장 간신히 걸으면서도 겁내지 않고 거의 뛰다시피 해서 멀어졌다.

"그렇게 생각하지 마요. 나는 늘, 설령 다른 곳이나 멀리 있을 때조차, 한 인물의 역할을 하며 반복해서 대본을 읽어요. 당신을 사랑해, 당신을 사랑해, 당신을 사랑해, 이게 내가 좋아하는 역할이고, 당신과 함께하는 장면들이죠."

그는 입을 다물었다. 잠시 침묵이 흐른 뒤, 다시 말을 이었다.

"난 불행했어요, 알겠지만."

“왜 당신은 내가 당신 아이를 갖는 걸 바라지 않았나요?”

나는 그와 시선을 마주치지 않고 말을 꺼냈다. 바다를 바라보면서.

“내가 아이를 원치 않았던 건 아이가 없어서가 아니에요.”

“말장난을 하는군요. 하긴 당신이 할 줄 아는 건 고작 그런 거니까.”

모래사장은 꽤 넓게 펼쳐져 있고, 드문드문 솟은 암석들로 작은 만들이 형성되어 있는데, 유독 한곳의 바윗덩어리가 불쑥 솟은네나가 해변이 안으로 휘어진 탓에, 더는 아무것도 보이지 않았다. 그녀의 시선이 고정된 지점은 바로 그곳, 개가 자취를 감춘 곡선상의 한 점이었다(내가 아이를 갖는 일은 앞으로 절대 없겠지).

그들은 말없이 앉아 있다. 손을 잡고.

“해가 곧 지겠는데요.. 해변에 나가볼까요?”

“네.”

시로 얼싸안은 채 그들은 호텔에서 밀어진다. 정동으로 주조된 ‘윌로 씨’를 지나친다. 일본 관광객들에게 둘러싸인 윌로 씨는 완전히 사물로 변해버렸고, 그의 바캉스도 예전 같지 않다. 그들은 암석들 뒤편의 삭은 만까지 걸어가 해조와 모래버둑늘 사이에 앉는다. 공기가 감미롭다. 생각에 잠긴 엘렌, 아르노를 생각중이다. 카메오가 살을 파고들지는 않았지만, 엄연히 존재하며 여전히 고통을 안기는데, 자크는 그런 사실을 전혀 모른다. 그저 지나간 이야기거니 믿으면서 대충 짐작할 뿐이다. 두개골 안에서 펼쳐지는 영화와 라이브 르포르타주가 나란히 진행되는 이중생활이라면, 그 자신이 늘 접하는 터라 익히 알고 있다. 하지만 바로 그래서 말인데, 신발 장수가 정작 제 신발은 챙겨 신지 못한다지 않는가. 게다가 혹시 짐작한다 해도, 그런 말을 입 밖에 낼 사람이 못 된다. 그들은 서로에게 모든 것을 털어놓지 않은 채로 함께 입을 봉하고, 제가끔 침묵에 잠긴 채 침묵을 공유할 줄 아는데, 그것이 바로 그들의 비밀이다. 수평선 위에 걸린 해가 새빨갛다. 저건 환영幻影이에요. 알죠, 우리가 지는 해를 바라볼 때는 이미 해가 지고 난 후라는 걸요.

잠시 후 그녀가 입을 여는데, 처음엔 약간 과장된 말투다. 자크는 그녀의 이런 어조, 긴 독백이나 소네트를 암송해 뱉어내는 듯한 방식, 그토록 많은 지식, 그토록 많은 말을 몸에 지니고 다니는 방식에 감탄을 금치 못하면서도, 그런 내색은 일절 하지 않는다.

생각하지 말고 꿈을 꿉시다. 멋대로 하게 두자고요.
도망치는 행복과 소진되는 사랑을,

그리고 부엉이들의 날개에 스치는 우리의 머리칼을.

희망을 버립시다. 신중하고 절제된

우리 둘 각자의 영혼이

이런 평안과 태양의 차분한 죽음을 계속하리니.

"그게 뭐죠?"

"폴 베를렌의 시 「신중함」이에요."

자크는 그녀에게로 몸을 돌려 손끝으로 그녀의 어깨를 떠밀어 자기 아래로 넘어뜨린 다음, 그녀의 다리 사이에 손을 밀어넣고 당신에게 줄게요, 내가, 신중함을, 하고 말한다. 그러자 그녀가 웃으며 발버둥치는 시늉을 하는데, 월로 씨가 좋아서가 아니라 그가 해변을 착각했기 때문이다. 이곳에서 그들은 〈지상에서 영원으로〉*를 찍는다.

쾌락 장면에서 끝내기, 그것은 끝내기에 좋은 방식, 용어의 진정한 의미에서 해피엔딩일 것이다. 정말로 이미지가 멈추고, 말들도, 문장들도, 고통도, 추억도, 생각도 함께 멈출 때, 기껏해야 외마디소리가 울리거나 정적이 찾아올 때, 빛과 어둠의 경계가

----

* 프레트 치네만 감독의 1953년 흑백영화. 이 영화에 나오는 해변은 하와이 호놀룰루 해변이다.

사라질 때, 사랑의 절대 거부와 영원한 사랑, 그녀와 그, 그들이 서로 섞이고 융합되고, 마침내 객석은 어둠에 잠긴다.

이 생각은 요전 날, 그들이 다시 만났느냐고 당신이 물었을 때 떠올랐어요. 나도 내가 미처 생각 못 한 결말, 다른 식의 결말은 없는지 알고 싶었다고요. 그들은 다시 보게 될 거라고 생각했어요. 하지만 오랜 시간이 지난 다음에요.

실내, 낮. 처음과 같은 바스티유의 카페. 같은 테이블, 같은 주인, 같은 종업원.

아르노는 첫 장면과 같은 옷을 입었다. 그녀는 아니다. 특별히 차려입은 구석도 없지만 그다지 볼품 있지도 않다(아니면 그 전에 그녀가 오래 난상하는 장면이 나올 수도 있다. 그녀는 집에서 각기 다른 우아한 옷, 야한 옷들 중에서 이 옷 저 옷을 고르느라 망설이고, 방 안 거울 앞에서 그 옷들을 차례로 입었다 벗고, 헤어스타일도 이리저리 바꿔본다. 그레이스 켈리처럼 뒤로 틀어올렸다가, 페이 더너웨이처럼 풀었다가, 카트린 드뇌브처럼 매끄럽게 착 붙여 빗어보기도 한다. 화장도 공들여 한다. 눈, 입술…… 마침내 카페 안으로 들어오는 그녀의 모습이 보인다. 화장은 말끔히 지웠고, 청바지에 헐렁한 티셔츠 차림이다. 머리는 포니테일로 묶고, 입술은 파리하다). 아르노는 벌써 와 있다. 그녀는 들어서면서 그가 앉은 테이블을 바라본다.

그녀는 우선 마음이 놓인다. 그가 잘생겨 보이지 않아서, 예전의 아름다움을 찾아볼 수 없어서, 이틀 전 「르 몽드」에 실린 사진만큼 좋아 보이지 않아서. 그의 새 영화가 개봉되었다. 매 맞고 자란 남자아이가 나중에 자기 자식을 죽인다는 이야기인데, 보지 않을 작정이다. 찌푸리고 비뚤어지고 괴로운 표정을 지은 그의 얼굴이 뾰족한 안면각에서 잘려나가는 여러 개의 선분으로 이루어진 듯 보인다. 어디로 도망쳐야 할지, 어느 출구를 찾아야 될지 모르는 것 같다. 그의 머리칼은 새하얗게 세었다, 이제.

있잖아요, 이 장면의 대사는 금방은 글로 옮길 수 없을 것 같아요. 기억은 대단히 선명해요. 오늘 오후의 장면인걸요. 그냥 좀 기다려보고 싶어요. 엘렌의 고통이 약간 가라앉을 때까지, 충격이 누그러질 때까지요. 중요한 아이디어만 얘기하자면, 아주 단순해요. 그 남자와 그 여자, 아르노와 엘렌은 이 년 전에—십 년 전도, 두 세기 전도 아니고, 고작 이 년 전에—헤어졌어요. 그들이 다시 만나는데, 그녀는(그녀와 함께 관객도) 그가 그녀 자신에 대해 아무것도 기억하지 못한다는 걸 이내 알아차려요. 가령 엘렌의 딸 이름을 여러 번 틀리게, 리즈가 아니라 엘리즈라 고 불러요. 그리고 엘렌이 〈그 여자와 그 남자〉를 소상히 알고 있어서 놀라요. 사실 그건 둘이 같이 본 영화인데 말이죠. 이 영 화 때문에 둘이서 토론을 벌였었고, 그때 자신이 했던 말들을 그 녀는 아직도 고스란히 기억하거든요. 클로즈업되는 아르노의 얼굴, 그 표정에 놀라움이 어렴풋하게 섞인 세속적 관심이 드러 난다.

"아! 그래, 당신도 그 멜로물 봤어? 어때, 좋았어?"

그녀는 고개를 끄덕인다(그럼 좋았지, 되게 좋았는걸). 그를 나 무라지도, 그의 기억을 문제 삼지도, 그를 다그치지도 않는다. 미치 곧 죽을 것을 일기에 감히 비난할 수 없는 부낭하고 괴팍한 환자를 다루듯 그를 대한다. 그가 고의가 아니라는 걸, 기억상실 이 꾀병이 아니라는 걸 그녀는 안다. 언젠가 우리 영화를 본다면 그는 아마 깜짝 놀라셨지. 확신할 수 있다. 그는 내가 지어낸 거 라고, 터무니없이 수며낸 거라고 말할 테지만, 실은 그렇지 않다. 나는 녹화를 했을 따름이고, 그건 비행기 추락 이후에 남은 블랙박스일 뿐 다른 게 아니다. 논리적으로, camera obscura, 즉 블랙박스는 분명 영화감독이라고 해야 맞겠지만, 아니 천만에, 작가다. 작가야말로 두개골 안에 모든 것을 검은 잉크로 새겨넣어 모든 기록을 저장하며, 내 경우에도 저절로 그렇게 된다.

여기서 그가 기억하는 것이라고는 이 카페, 그리고 우리가 단 둘이 처음 만난 이 테이블뿐이다. 그가 이 자리를 골라서 앉았고, 바로 여기서부터 시작된다는 것, 그것이 그가 아는 전부다. 그의 영화에서도 마찬가지여서, 대개 첫 장면이 가장 성공적이다. 하지만 지금은 영화를 찍는 게 아니라 실제 상황이므로, 첫 만남을 재연할 수는 없다. 삶의 스튜디오에서 촬영은 단 한 번뿐이기 때문이다. 다시는 서로 만나지 못할 테지만, 그는 결말을 처음처럼 연기하기로 마음먹었다.

그렇지만 마지막 만남은, 눈 깜짝할 사이에, 첫 만남으로 변한다. 그녀는 그와 마주 앉은 낯선 여자이다. 그가 대화의 실마리를 찾으려고 애쓰는 가운데, 그녀는 갑자기 그녀 자신에게, 그가 유혹하는 대상인 그녀 안의 여자에게 질투를 느낀다. 누가 알겠는가. 만일 그가 용기를 내어 손을 잡기라도 한다면, 그렇게만 한다면, 그런 위험을 무릅쓴다면, 그는 그녀를 사랑할 수 있을지도 모른다.

그는 자기 집 자동응답기에 약속을 정하느라 그녀가 남긴 메시지의 끝부분이 잘려나갔다고 농담 삼아 말했는데, 그녀가 크게 말하지 않은데다가 메시지 앞부분만 녹음되었던 것이다. 그가 응답기를 구입한 게 이 년 전, 아니, 삼 년 전이던가? 아무튼 그 응답기에는 거칠게 말하는 쉰 목소리만 녹음된다는 사실을 미리 알았어야 하는데, 물론 그녀는 알고 있었다. 예전에 몇 번이나 이 기술적인 문제를 두고 둘이서 입씨름을 했을 뿐만 아니라, 농담거리로도 삼았다. 처음에 그는 "내 자동응답기가 질투하나봐. 당신이 존재하지 않는 듯이 굴기로 작정했다니까" 하고 농담하다가, "내 응답기가 메시지를 잘라먹었어. 그래서 당신일 거라고 생각했지"라고 전략적으로 말을 바꿨다. 그런데 그는 이제 아무것도 기억하지 못했다. 일화, 말, 실질들, 그 모든 게 흔적도 없이 사라졌고, 시간도 수플뢰르*의 대롱 속으로 사라져버렸다. 그의 과거는, 그녀가 출연했다는 사실을 기억하지 못하는 그가 만든 한 편의 영화였다.

"당신 『잃어버린 시간을 찾아서』를, 결국 읽긴 읽었어?"

그녀가 불쑥 묻자, 그는 의아하다는 듯 눈썹을 치켜올리며, 아니, 집에 그 책이 있긴 한데, 아직 안 읽었어, 그런데 그건 왜?

---

* 입으로 불어서 유리 제품을 만드는 사람.

라고 말했다.

　나는 찻잔으로 입술을 가린 채 거기 있었고, 분한 마음은 서서히 비탄으로 바뀌었어요. 나는 이 년째 가슴속에 새겨진 그의 초상을 품고 다녔고, 그가 새겨진 메달을 고행자의 거친 띠인 양 지니고 돌아다녔건만, 그는 아니었던 거죠. 결별 지점에서 이내 길이 갈라져버려, 평행선도 대칭도 없었던 거예요. 내 안에 새겨진 모든 것이 그의 안에서는 지워지고 없었으니까요. 뱅자맹이 뭐라고 했던가요? "그녀는 내 감정의 기억에서 사라져버렸다." 흔적 없음. 생략ellipse, 소멸éclipse. 시간은 우리 두 사람에게 각기 다르게 흘렀던 거예요. 그를 바라보고 있자니, 그의 아름다움이 되살아났어요. 그는 나를 사랑했던 사실은 기억하면서도 나를 기억하지는 못하는구나, 라고 생각했고, 이걸로 끝이야, 당신이 보자고 했고, 지금 보고 있잖아, 그에게 사랑했던 기억은 있지만, 그 대상이 나라는 기억은 없어, 라고 스스로를 타일러야 했어요. 아직도 날 사랑할 거야, 아마, 하지만 난 잉여의 존재인 걸, 그는 나 없이도 날 사랑하니까. 그래, 그런 부류의 사람들이 있어. 잊기를 더 좋아해서 과거의 일은 없던 게 되고 마는데, 사랑은 기억만으로도 그들을 죽이기 때문이겠지. 그는 밴쿠버 영화제에 다녀왔다고 했어요. 그는 몇 년 전에도 그곳에 갔어요.

2002년인가 2003년, 그래요, 2003년 10월이에요. 나는 꾹 참고 말하지 않았지만, 거기서 그가 내게 연애편지를 보냈고, 그가 가져다준 밴쿠버 국제 영화제라고 쓰인 배낭을 리즈가 자나 깨나 메고 다녔거든요. 그는 오직 범죄를 숨길 작정으로 천연덕스럽게 명백한 알리바이를 날조하는 범인처럼, 아무 말도 하지 않을 목적으로 요즘 어떻게 지내는지에 대해 이런저런 구구한 말들을 늘어놓았어요. 아무 말도 하지 않으려는 애인, 그가 무슨 말을 했던가요? 그는 자기가 읽은 책들, 자신의 일, 자신의 영화들을 들먹였고, 나는 그를 바라볼 뿐 아무 말도 듣지 않았어요. 그에게서 흘러나오는 이야기 자락들이 마치 스튜디오의 무대장치처럼 그의 뒤로 떨어지더군요. 무게도 입체감도 없는 내벽, 석회 먼지가 이는 얄팍한 널빤지와 둔탁한 소리, 정면과 측면들. 조용히 차분하게 사실을 기술하는 그의 말소리는, 고통스러운 표정과 이따금 시선에 어리는 비극적인 애정과는 대조적이었어요. 나는 이러쿵저러쿵 따지지 않았는데, 그와 말다툼을 벌이거나 칼로 물을 베기에는 나 자신이 너무 비겁했거나 슬펐기 때문이었어요. 네, 그의 맞은편에 앉은 나는 마음속으로 상황을 이렇게 정리했어요. 칼로 물 베기, 사랑으로 인해 수면이 열리거나 갈라졌다가 마치 아무 일도 없었다는 듯 이내 다시 닫히고 잔잔해지는 거죠. 너는 사랑하지 않는 애인, 그는 사랑하긴 했을까요? 더는 서로 사랑하지 않게 된다면, 그게 과연 사랑이었을까요? 나 자신이 바다에 내던져진 몸뚱어리처럼 느껴지더군요.

"당신은 잘 지내?"

그가 불쑥 물었어요.

"그럭저럭." (갑자기 얼굴이 화끈 달아오르고, 희망으로 얼이 빠져요. 그는 아직도 내 눈빛을 읽는 걸까요?)

"그럭저럭 플러스야, 아니면 그럭저럭 마이너스야?"

나는 희미하게 웃었어요.

"그럭저럭 마이너스."

그는 알아듣는 것 같았어요.

"당신…… 당신 가도 돼. 가야 되면."

나는 괘종시계를 바라보았어요.

"아무래도 가봐야 되겠어. 곧 학교가 끝날 시간이야."

나는 자리에서 일어났고, 그도 일어섰어요. 나는 다시 비옷을 걸쳤고, 그는 점퍼를 입었죠. 카페를 나오는 내 팔을 그가 붙잡더군요. 내가 돌아서며 물었어요. 왜?

"여기서 헤어져야겠다. 저쪽으로 가야 하거든."

그가 말했어요.

"그래, 그럼 잘 가." (아디외, 하는 생각이 들었어요. 다시는 당신을 보지 못하겠지.)

“나 내일 카르뱅에 가.”

그가 말했어요.

“부모님 뵈러?”

“응. 그러니까 아버지를 뵈러.”

“?”

“아, 그래, 내가 말 안했구나. 엄마가 지난주에 돌아가셨어.”

다음 두 메시지는 몇 달에 걸쳐 교환한 메일 중 마지막 것들이다. 며칠간 서로 침묵을 지킨 후에, 한 통은 상대방이 2월 3일 그곳 시간으로 12시 15분에 내게 보낸 것이며, 놀랍게도 다른 한 통은 이곳 파리 시간으로 0시 15분에 내가 그에게 보낸 것이므로, 우리가 같은 순간에, 다른 두 장소에서, 서로 답신을 보낸 것이 아니라, 엄밀한 의미에서 말 그대로 서로 필이 통해 메시지를 주고받았던 것이다. 이 사실은, 유령들은 나타나야 할 때면 언제든지 출몰할 수 있고, 영靈들은 서로 만난다는 것을 입증한다.

주註: 메일을 읽으면 상대방이 내게 말을 놓는다는 사실을 금방 알아차릴 것이다. 그는 얼마 안 돼 곧 말을 놓지만, 나는 좀처럼 그러지 못하고 있다.

　실내, 밤. 벽의 칠이 벗겨진 허름한 욕실. 긴 잠옷 차림의 그녀가 세면대 앞에 서서 약장 문의 거울에 비친 제 모습을 바라보고 있다. 잠시 후, 약장 문을 열고, 선반에 놓인 약상자들을 꺼내고, 다시 문을 닫는다. 양치용 유리컵에 물을 담아 가장자리에 놓는다. 비눗갑에서 비누를 떼어내고는, 수도꼭지를 틀어 비눗갑을 씻고 수건으로 물기를 닦는다. 그러고는 체계적이고 익숙한 손놀림으로 흰색 알약들의 투명 포장 용기를 하나씩 뜯어낸다. 비눗갑 위에 둔 다른 약상자들도 마찬가지로 차례차례 뜯는다. 클로즈업된 그녀의 손이 첫번째 알약을 집어 입으로 가져가고, 또 하나를 집어 입에 넣는다. 망설이거나 서두르지 않고 연이어 알약을 집어 입에 넣는다. 그녀의 시선이 서서히 올라가 거울에 가서 멈춘다. 거울에 그가 보인다. 반쯤 열린 문틈으로 이쪽을 바라보고 있다. 그들은 거울 속에서 시선으로 연결되는데, 도전의 기색이 느껴지지만 지나친 정도는 아니다. 그녀는 그에게서 눈을 떼지 않은 채, 계속 알약을 한 알씩 삼킨다. 이 컷은 필요한 만큼 실어져도 좋다.

(보아야 할) 다음 컷. 그 남자, 냉정한 시선, 특징 없는 목소리.

"그녀는 무단침입을 해서 내 것들을 훔치고 날 성가시게 했어. 그녀와 함께 있으면, 생각을 안 하려 해도 안 할 수가 없었어. 어디로 도망쳐야 할지, 내 안의 그녀를 피해 어디로 가야 할지 몰랐어. 그녀는 내 몸속 깊이 파고들었거든. 만사가 시들하고 내 마음은 온통 그녀에게 가 있었어. 내 삶이 그녀의 삶 속으로 사라져버렸다니까.

나는 그녀가 죽기를 원치 않았어. 살기를 바라지도 않았고. 나는 그녀가 떠나기를 원치 않았어. 그렇다고 머물러 있기를 바라지도 않았고.

그녀는 나를 뚫고 들어오려 했어. 그런데 난, 나는 원치 않았어, 싫었다고. 난 그걸 바라지 않았어."

이건 결말이 아니야. 당신 의견에 따라(내 선물이야!) 뱅자맹 장면으로 끝내려고 해. 말을 하는 건 그지만, 목소리는 내 것이지(난 이 역할이 좀 욕심나). 그렇지만 그 역逆도 언제나 참이니까, 뱅자맹의 마지막 문장만은 내 목소리로 말하지 않을 작정이야. 난 말이지, 우리가 만나게 돼서 기뻐. 바람직한 만남이고 행운이라는 생각까지 들어.

이제 당신에게 안녕au revoir이라고 해야겠네. 아니, 만나자au

voir고 해야겠지. 영화가 언제 끝날지는 모르겠어. 여전히 산 넘어 산인데다가 무슨 문제가 또 숨어 있을지 모르거든. 당신은 메일들을 출간할 테지. 그런데 내가 쓴 메일들은 안 돼. 난 이미지를 다루는 걸로 족하니까. 하지만 당신은, 소설을 써야 할 거야. 당신은 아무도 듣지 못한 것을 쓰고, 나는 아무도 보지 못한 것을 보여줘야겠지. 우리 그러기로 해. 약속하지? 이게 우리의 맹세가 될 거야.

당신에게 키스를 보내. 영화에 나오는 키스지, of course. 〈오명〉*에서 캐리 그랜트가 하는 그런 키스. 맘에 들어?

실내, 밤. 극장.

뱅자맹이 무대 안쪽에서 앞으로 걸어나온다. 스포트라이트가 그에게 쏟아지고, 주위는 어둠에 잠겨 있다.

"사람들이 이따금 내게 물어. 덜 고통스러우려면, 사랑을 파괴하지 않고 존재하게 하려면, 내게 사랑을 호소하는 그녀를 파괴하지 않으려면, 어떻게 했어야 하는지 말이야. 친구들은 불운이라는 평계를 내세워 대답해야 하는 내 부담을 덜어준다고 믿

---

* 히치콕 감독의 1946년 작품. 원제는 Notorius.

어. 그들은, 선택된 대상이 나와 어울리지 않았고 이 여자의 어떤 점을 내가 참을 수 없었던 탓이라고 하면서, 지금 내게 필요한 것은, 미련도 수치심도 버리고 내가 사랑하고 나를 만족시켜 줄 여자를 만나길 기다리는 일뿐이라고 말했거든. 그들은 내 명석한 두뇌와 섬세한 분석력을 칭찬하면서, 언젠가 그런 자질을 알아줄 여인이 나타나 서로 상처를 주고받는 일 없이 내 영혼을 채워줄 거라고 믿어 의심치 않더군.

이 친구들의 생각은 잘못이지만, 한 가지만은 옳아. 내게 내 비참함과 마음의 심연을 헤아릴 정도의 분별력이 있는 건 사실이거든. 하지만 누구나 자랑스러워하는 분별력도 행복을 찾아내거나 주는 데는 무용지물이라는 게 내 이성이 주는 단 한 가지 가르침이지. 감성은 하늘이 내리는 재능이라서, 가장 기발한 형이상학도 이런 재능이 결여된 탓에 자신을 사랑하는 여자의 심정을 찢어놓는 남자를 변호할 수는 없는 노릇이야. 나는 자신의 무능함을 늘 남 탓으로 돌리고, 잘못은 주변이 아니라 정작 나 자신에게 있음을 모르는 결함이 싫어. 새로 사귈 때마다 애인에게 실망하고, 온갖 허물을 상대방에게 덮어씌우고는, 폐허 위를 초연히 떠도는 자만심이 싫다고. 친구들처럼 나도 내 삶에서 사랑이 실패한 이유를 무수히 내세울 수 있겠지. 하지만 여건은 그다지 중요하지 않고 성격이 모든 걸 좌우해. 외부의 사물이나 사람과 관계를 끊어봐야 부질없는 짓이거든. 그래봐야 자신과의 관계를 끊을 수는 없으니까. 상황을 바꾸거나, 다른 여자에게 반할 수도 있어. 하지만 벗어나고 싶은 고통을 새 애인에게 옮기고, 애인을 갈아치우면서도 정작 저 자신은 고치지 못하니, 결과적으로 그저 후회에 회한을 더하고, 고통에 과오를 얹게 될 뿐이라고.

남자들이란, 일이 야기하는 감정에 더 강하거나 무심하고 자기가 중심이 되는 데 익숙한 나머지, 타인 안에서 타인을 위해 사는 고귀하고 숭대한 능력이 여자들보다 부족해. 심지어 어떤 남자들은 그런 능력이 거의 없다시피 한걸. 그렇다고, 그들이 괴물이라는 말은 아니야. 비록 부자연스러운 무관심을 가장하고, 자기가 불러일으킨 고통을 짐짓 무사태평으로 무마하려 할 때라도, 본성은 번개처럼 내면으로 돌아오고, 그러면 고통이 눈물처럼 솟구치게 마련이야. 그들은 자신이 씨를 뿌린 감정이 자신과 무관하다고 믿으면서도, 마음속 깊이 뿌리내렸음을 느껴. 그들은 뿌리를 뽑아내고자 하고, 결국 성공하지. 하지만 그와 동시에 영혼의 일부가 죽어버려. 그들은 사랑하는 고통을 겪는 존재가 존엄하다는 사실을 알아. 그런데 자신은 이런 고통을 느끼지 못하기 때문에, 이런 심정의 무한한 움직임을 단 한순간도 느끼지 못하기 때문에, 파도 한가운데서 요지부동인 바위처럼 그렇게 세상에 존재한다는 사실에 괴로워한다고.

일이 다르게 흘러갈 수도 있을까? 모르겠어. 불구자가 언젠가는 건게 될까? 자신이 더는 사랑받지 못한다는 걸 알아차린 여인이 느끼는 고통스러운 경악, 영원히 자신을 사랑하겠다고 맹세한 남자에게서 버림받은 여인이 느끼는 공포를 나는 알아. 자신에 대한 호감이 갑자기 거둬들여진, 더는 자신의 위치를 알 수 없게 된 여자의 심정을 난 안다고. 그토록 절대적인 믿음에 뒤이은 불신을 안다니까. 그것은 그녀가 세상 무엇보다 가장 우위에 놓았던 존재와 반대의 길을 가야 하는 탓에, 나머지 사람들에게조차 퍼져나가는 불신이지. 무슨 말, 무슨 제스처가 모자라 행복을 잃게 되었는지 자문하는 그녀에게 내가 무슨 말을 할 수 있겠어? 아직도 행복에 이를 방법을 찾으면서, 내게서 신호가 오길 기다리는 그녀에게 신호를 보내지 않을 내가 무슨 대답을 할 수 있냐고.

나는 빛이면 만지고, 석탄이면 놓아버려. 나 같은 남자들과는 삶의 행복을 위해 아무것도 이룰 수 없을걸. 중요한 것은, 그런 남자들은 만나지 말아야 한다는 거야."

이제 정말로 어떻게 끝났는지, 진짜 결말을 얘기해줄게요. 당신이 수락하지 않으리라는 걸 잘 알아요. 그래서 더 일찍 얘기하지 못했던 건데, 아무튼 이건 결국 당신 영화지 내 영화가 아니잖아요. 자크와 마찬가지로 예술과 정신을 믿는 당신은 그로 인해 자신이 고통받는 육체 이상으로 고양된다고 생각해요. 자크가 말하는 승-화를 믿는다고요. 당신은 아르노와도 흡사해요. 자신의 영화를 만들고 아름다움을 주구해서 성공을 거두니까요. 그리고 그 성공으로 사랑을 보상받으리라고, 자신이 원하는 만큼의 욕망을 채워줄 여인을 만나리라고 생각하니까요. 작품이 성공하면 인생을 망치는 일은 없을 거란 듯이 말이죠! 아! 당신이 당신 영화의 시나리오 작가라면, 정말이지 뭔가 달라질 텐데요! 당신은, 베트공에 적대적인 펜타곤의 후원으로 제작된, 지금은 제목이 기억나지 않는 졸작 시나리오 같은 걸 쓰게 될 게 뻔해요. 그런 허접스러운 영화에서는 해가 동쪽으로 지더군요! 당신 자신의 삶에 할리우드식 줄거리를 멋대로 꾸며넣을 수 있을 텐데, 그런 이야기에서는 패한 전쟁에서도 승리를 거두는 법이죠. 우리는 절대 혼자가 아니고, 슬픔에 젖거나 늙거나 패배하거나 죽는 일도 없고요.

뱅자맹을 좀 봐요. 그 사람도 그래요! 늘 허무감에 시달리면서도, 얼마나 악착같이 일과 글쓰기와 생각에 매달리는지! 그가 정치판에서 동분서주하는 걸 봐요. 고독의 대가를 치르고 얻은 개인의 자유를 만인에게 부여하려고 말이죠. "나는 자유로웠다. 사실, 더는 사랑받지 못했으므로." 그가 한 말이에요. 당신은 1830년 12월 12일 생 탕투안 거리의 성당에 있는 그를 떠올릴 수 있어요? 길에는 그의 장례 행렬을 따라 페르 라셰즈 묘지까지 가려고 수천 명이 늘어서 있어요. 루이 필리프* 정부가 콩스탕 대신의 국장을 치러주거든요. 그는 늘 다니던 단골 도박장에서 나흘 전에 쓰러졌는데, 그때는 이미 아무도 사랑하지 않은 지 수년이나 되었고, 우울증을 떨치려고 룰렛 판에 재산을 쏟아붓

---

* 1830년부터 18년간 재위한 프랑스의 왕. 7월혁명과 더불어 왕위에 올라 2월혁명까지 군림했다.

고 있었다고요. 그는 결국 도박장 바닥에 쓰러져 죽었어요. 목발도 그를 지탱해주지 못했죠. 1817년 스탈 부인이 죽고 나서 몇 달 후에 좁고 가파른 길을 가다가 다리가 부러졌는데, 결국 회복하지 못하고 다리를 절게 되었고, 그녀가 없는 그의 삶도 절뚝거렸던 셈이죠. 그는 분명 다른 식으로 죽기를 바랐을 거예요. 1822년 6월에 의자에 앉은 채로 결투까지 한 걸 보면요. 하지만 결국…… 그는 더는 사랑을 하지도 받지도 못했어요. 몇 년째 일기에는 매일 이렇게 썼죠. "일을 했다. 일을 했다. 일을 했다."

나는요, 일이 시겨워요. 내가 원하는 건 삶이에요. 문장들에 삶을 우겨넣느라 어설프게 헛된 노력을 기울이느니, 차라리 나 자신의 몸에서 순환하는 삶을 느끼는 거라고요. 책 한 권을 쓰면서 작가는 뭘 바랄까요? 남들이 자기에게 콘크리트를 들이붓게 해서 스스로 석상이 되려는 걸까요? 자신의 피를 종이 혈관에 수혈해 잉크 피가 돌게 하는 걸까요? 그럼 대체 기쁨은 언제 느껴요? 행복은요? 한 장을 정말 맘에 들게 잘 썼다고 쳐요. 그럼 살아 있는 육체를 품에 안은 기분은 언제 느끼죠?

그런 때는 절대 오지 않아요. 예술작품은 아무도 당신을 찾으러 오지 않는 대합실이거든요. 바깥은 더 나쁘리라는 생각에 겁이 나서 당신은 떠날 수도 없어요. 이유는 그것뿐이에요. 밖으로 나가면 틀림없이 숙어요. 그런데 당신 뜻과 무관하게 마침내 죽음이 닥치면, 그때―가장 다행스러운 경우에―누군가가 문을 열고 들어와, 이런저런 흔적들―담배 냄새, 의자 등받이에 묻은 지문, 유리창에 난 손자국, 덧없는 증인들―로 미루어 거기 당신이 있었음을 짐작하죠. 하지만 이미 당신은 거기 없어요. 내가 하고 싶은 말이 바로 그거예요. 당신은 이제 거기 없다고요. 오직 당신의 그림자, 생전에 한 번도 포획하지 못한 먹잇감을 유인하려고 남겨둔 그림자, 그리고 당신과 더불어 사라진 그림자가 있을 뿐인걸요. 지금도 당신은 달릴 수 있어요. 아니, 이제 달릴 수 없어요. 걸을 수도 없어요. 끝장이에요, 걷지도 못하는걸요. 문학은 우리가 파악하지 못하고, 알지 못하고, 앞으로도 절대 알 수 없는 무엇에 대한 예술이에요. 그래서 우리는 알지 못한다고 쓰고, 제대로 살고 있지 못한데 살기를 기대한다고 써요. 삶이 삐걱거린다고도 쓰고요. 난 말이죠, 할 수 없다는 걸 더는 못 참겠어요. 이런 결함을 견딜 수도 없지만, 동의할 수도 없어요. 더이상 육체가 없는 듯이 살거나, 다른 육체와 격리된다는 게 지긋지긋해요. 글쓰기는, 불가능한 지식을 향한 무한한 탐구가 아니라면, 무엇과 이어주기는커녕 분리시킨다고요. 글쓰기는 옆으로 비켜가는 거예요. 시간의 계주에서조차, 릴레이존에서 배턴터치도 하지 않고 통과하니까요. 그러니까 승화 이야기는 꺼내지도 마요. 나는 그 단어가 싫어요. 자크가 그 단어를 사용하면, 그를 마구 물어뜯고 싶어진다니까요. 숭고함은 대체 어디 있나요? 아무도 만져보지 못하고 다다르지 못하고 침투하지 못한 무엇 위로 우리 스스로를 고양시키는데, 그건 사랑의 실패를 지우려는 계략에 불과해요. 그뿐이라고요. 하지만 글을 쓰느라 엎드린 육체도 질주를 더 원해요. 내 말 믿어도 돼요. 그리고 글을 쓰는 손은 애무를 더 원하고요.

아르노, 내가 그에 관해 이야기를 하면, 그의 참모습을 놓치게 되리라는 걸 알아요. 당신이 그에 관한 영화를 만들더라도 마찬가지겠죠. 니티나는 긴 인세나 _나와 다른 사람일 테니까요. 그를 왜곡하게 되는 이유는, 내가 그를 번역하기 때문이고, 그의 몸에 말의 옷을 입히기 때문이고, 그의 삶의 질료가 여기에는 없기 때문이에요. 나는 그의 열정, 섬세함, 호의를 왜곡하고, 그의 미소를 왜곡하고, 눈빛의 미묘한 차이를 왜곡하고, 진실을 왜곡해요. 완벽한 사기라니까요.

내가 그를 배신하게 되는 것 역시 그에 관해 말한다는 오직 그 이유 때문인데요. 그는 자신의 말을 거둬들여 나를 배신하고, 나는 말을 해서 그를 배신해요. 난 그의 믿음을 저버렸어요. 그가 "커트"라고 했는데도 연기를 계속했거든요. 그가 침묵하기를, 과거지사를 덮어버리기를, 잊기를 원하는데, 나는 이야기를 계속하고, 파내고, 기억하려 했다고요. 배신으로 치면 피차일반이죠. 그는 맹세로 나를 속였고, 나는 비밀로 그를 속였으니까요.

하지만 어쩌겠어요! 무슨 일이든 생길 수 있잖아요! 그래서 당신에게 털어놓는 거예요. 실은 그 결말은 혼자만 알고 있으려고 했어요. 시청 카페에서의 마지막 장면은 그저 결말의 은유에 지나지 않아요. 하려면 콩스탕처럼 해야 해요. 자신을 안다면, 철저하게 혐오감에 사로잡혀야 한다고요. 무슨 말인가 하면, 나는 윌로 씨의 해변의 결말이 더 좋다는 거예요. 엘렌과 자크가 보여요. 나는 카메라앵글을 통해 그들을 보고 있어요. 그들이 서로 얘기를 나누며 서로를 욕망하는군요. 대중의 요구는 뭔가요? 샤바다바다* 대신 베를렌, 그야말로 아름답고, 딱 들어맞고, 거짓이 아니면서, 이미 있던 결말이잖아요. 아니라는 말은 못 하겠군요. 모래와 취기가 떠오르고, 드물게 쾌락도 떠오르고, 쾌락 자체인 결말의 영원한 새로운 반복이 기억나요. 베리만의 마지막 영화 〈사라반드〉에서 목사의 대사를 기억해요? "한 커플의 관계가 유지되려면, 최소한 두 가지, 솔직한 동지애와 변함없는 에로티시즘이 필요하답니다." 감히 이런 맥 빠지는 말, 사랑의 퇴장을 말할 수 있는 사람은 그야말로 프로테스탄트밖에 없을걸요. 그리고 정신분석의도 있겠군요. 그가 시도하는 것이라곤 이

---

* 클로드 를루슈 감독의 1966년 영화 〈남과 여〉의 주제가.

런 배출, 해소, 연민과 감동, 욕망과 무관심이 있을 테고, 그밖에
또 뭐가 있나요? 아무것도 없죠. 그런데 연민이라니, 그것만도
황송한걸요. 내가, 당신과 함께 괴로움을 나눈다고요? 너무 성
급하군요! 영혼들의 공동체라니, 꿈도 야무져요! 영혼을 치워버
려요! 나를 혼란에 빠뜨리는 영혼을 내게서 치워달라고요. 영혼
에서 날 끌어내주세요, 프시케를 치워주세요. 누가 날 좀 구출해
주세요. 혹은 내 영혼이 신중하고 억제되고 비밀스러운 것이라
면 좋겠어요. 소박하고 올바르고 착하고 육체에 생동감을 주기
에 적합한 영혼, 육체에 리듬을 부여하는 음악적 영혼이라면 얼
마나 좋을까요. 그렇다면, 사랑을 하되, 일체의 꿈을 접고 그쯤
에서 멈출 거예요. 놀라면서 말이죠. 혹은 최소한 다리가 잘려나
가는 고통을 겪거나, 상대방과의 좁힐 수 없는 거리에 충격을 느
끼면서 말이에요. 그쯤에서, 말과 제스처의 늘 불완전한 왕래에
서 멈추게 될 거라고요. 사랑은 그들(그녀와 그)이 헤어져도, 때
로는 서로 결합된다는 것을 아는 것이니까요.

하지만 그렇게 끝나지 않았어요.
그날, 그러니까, 언니와 살페트리에르(네, 중증 히스테리 환
자들의 병원이죠. 내가 지어낸 게 아니에요)에서 만나기로 약속
을 했어요. 클로드 언니는 정신병 환자들을 위한 연극 아틀리에

를 운영하고 있어요. 살페트리에르는 꼭 도시처럼 거리마다 이름이 붙어 있는 이상한 병원이에요. 우리는 정오에 샤르코 거리에서 만나기로 했어요. 바로 전날 카사블랑카에서 돌아온 나는 오랜만에 언니를 보는 거였어요. 그런데 인사를 나누기도 전에 언니가 소리를 지르는 거예요. "오! 저런, 너 엄청 울었구나!" 그 말을 듣자마자 눈물이 솟구쳤어요. 벌써 몇 주째 울어서 퉁퉁 부은 얼굴로 돌아다녔지만, 그 사실을 알아차린 사람은, 리즈를 제외하면, 언니가 처음이었기 때문이에요. 그날 아침에도 리즈는 찢어진 판지 조각들을 한 아름 안고 내 방에 들어와서는, 자신의 친절이 잔인할 수도 있음을 모르는 어린애답게 이렇게 말하더군요. "엄마, 와서 좀 도와줘. 종이 집을 허물어야 될 것 같아." 아르노는 이제 나를 쳐다보지 않았고, 투명인간이 돼버린 나는 내 실종에 눈물을 흘리면서, 얼굴을 좀더 사라지게 할 셈으로 아낌없이 물을 써가며 세수를 했어요. 오후에 병원으로 돌아가야 했던 언니는 가까운 인도식당으로 나를 데려갔어요. "무슨 일이니?" 언니가 휴대전화를 테이블 위에 놓으며 물었어요. "널 그 지경으로 만든 남자가 설마 그 망할 놈의 아르노는 아니겠지?" "그 사람 맞아." 나는 머뭇거리며 대답했어요. "벌써 몇 주째 지옥이 따로 없어. 그는 날 괴롭히고, 무시하고, 그는……" "그럼, 잠자리에선 어떤데?" "이제 그런 거 없어, 더는 안 해." 언니는 종업원을 의식하고 관능적으로 머리칼을 쓸어올리며 응수했어요. "그래, 그럼 문제될 것 없잖아. 그 자식을 차버려. 그럼 되지 뭐. 규칙은 단순해. 네가 한 사내를 클럽에 입장시킨다 치자. 그럼 그는 정회원이 되거나 후원회원이 돼야 하는 거야. 그러지 못하면……—언니가 추파를 던지고, 종업원은 금방 알아차려요—아무튼, 그 작자 변태구나. 내가 첫눈에 알아봤지. 그런 남자들은 우리 여자들을 받들어 모시다가 나중엔 없애버린다고. 그런 얘기라면 나도 잘 알지. 그 남자도 아마 그런 타입인가본데, 네가 폐암에 걸린다고만 하면, 끊었던 담배도 다시 피울걸."

언니가 짚어낸 이미지가 어찌나 정확하던지, 나도 모르게 웃음이 터져나오더군요. 네, 아르노는 가미카제이고, 당신의 죽음을 당신과 함께 나눌 사람이거든요.

우리는 닭고기 카레를 주문했어요. 클로드 언니는 휴대전화가 제대로 되는지 확인했고요.

"진지하게 하는 말인데, 이건 아니야. 렐레, 왜 도망치지 않고 미적거리니? 네 얼굴이 창백한 게 꼭 시체 같아. 토껴버려. 그가 너랑 사랑을 나눌 거란 기대는 아예 버리라니까!"

"음."

내가 대꾸했어요(도망치는 거, 그건 벌써 했고, 토끼는 것도, 정말 했다니까).

"저기, 그런데 난 언니가……"

화제를 바꿔볼 셈으로 내가 말을 이었죠.

"에베르토 극장* 소방관이랑 사귀는 것까지는 아는데. 혹시 언니 그 배우……"

나는 그 이상은 몰랐기 때문에, 언니가 말을 끝맺도록 슬며시 밀어버렸어요.

"크리스티앙? 내가 차버렸어. 그 자식 정말 개새끼야."

"그래도 언니가 되게 사랑했잖아, 아냐?"

식당 거울에 고정된 언니의 시선은 마치 식당 저쪽을 탐색하는 듯 보였어요.

"그래, 사랑한다고 믿었지."

"전에, 엄마 집에서, 언니더러 음악이라고 말한 그 사람 맞지?"

"난 아마 음악이 맞을 거야. 근데 그 작자는, 아무튼, 별것도 아니더라니까."

우리는 웃었어요. 저도 덩달아 기쁜데요, 아름다운 두 여자분이 웃으니 말이에요. 종업원이 언니에게 탐욕스러운 눈길을 보내며 말했고, 클로드 언니는 그에게 연극적으로 과장된 미소를 지어 보였어요.

---

* 파리 18구에 있는 오래된 극장.

"자, 이제 네 이야기 좀 해봐. 안색이 몹시 안 좋구나."

나는 어깨를 으쓱했어요. 웃느라 잠시 느슨해졌던 불안이 다시 목구멍을 조여오더군요. 나는 체중이 무려 5킬로그램이나 빠졌고, 아무것도 삼킬 수가 없었어요.

"넌 어쩜 이렇게 하나도 안 변했니."

언니가 말했어요.

"어릴 때부터 넌 싫은 내색 없이 다른 사람들의 짐을 도맡아졌어. 엄마가 히스테리를 부리면, 네가 달래려고 애쓰던 게 기억나. 엄마, 진정해, 괜찮아질 거야, 엄마, 하면서 말이야. 엄마가 창문에서 뛰어내리겠다고 악을 쓰면, 넌 엄마를 조리 있게 타일러 진정시켰어. 난 그동안 귀를 틀어막고 있었는데, 넌 언제나 그 모양이었다고. 마더 테레사라니까. 이제 그러면 안 돼, 그건 확실해."

저녁때 극장에서 아르노와 만나기로 했었어요. 그는 벌써 홀에 와 있더군요. 그의 얼굴 윤곽, 여전해 보이는 눈빛, 사람들 틈에 섞여 중성적으로 느껴지는 육체. 그는 내 양쪽 볼 주위의 허공에 입을 맞췄어요. 봉주르, 봉수아르, 카사블랑카에선 잘 지냈어? 응, 당신은 어때, 뭐 하고 지냈어? 오! 나야 뭐 에우리디케 역을 뺏는 오디션에 집착한 세 고삭인걸, 내가 얘기 안 했나? 안 했어, 근데 당신은 행복을 찾았어? 아니, 그는 한숨을 내쉬고는,

못 찾았다고, 계속 찾아볼 셈이라고 말했어요.

우리 좌석은 무대에서 꽤 가까웠는데, 배우들의 육체가 그 일부를 들어올려 대신 어깨에 짊어지기라도 한 듯이, 고통이 덜어지는 것 같았어요. 아르노가 의자 팔걸이에 팔을 올려놓는 바람에, 내 팔을 어디다 놓아야 좋을지 알 수 없었죠. 막간에 간단히 한잔하러 나가서 휴게실에 앉아 있었는데, 내가, 우리 그만 헤어지자, 아니, 우리 여기서 멈추자, 라고 말했어요. 첫번째 종이 울리자 내가 자리에서 일어났고, 그는 내 팔을 살며시 잡고 객석까지 데려다주었어요.

"아내를 더는 사랑하지 않아서 죄책감을 느끼나요? 아마 그럴 테죠. 하지만 인간은 자신이 느끼는 감정의 주인이 아니라고요. 당신만 해도, 아내에 대한 사랑을 멈추려던 게 아니잖아요……"

"기타 등등, 기타 등등…… 그는 사랑을 했고, 그 사랑이 식었는데, 그가 자신이 느끼는 감정의 주인이 아니라니. 이 모든 것이 진부하기 짝이 없는 생각이고 판에 박은 말들이라, 아무 도움도 못 돼요."

사샤* 역의 여배우는 아름답고 얼굴에서 빛이 났는데, 그녀의 아름다움이 고통스럽게 느껴졌어요. 아르노가 내 어깨에 손을 얹으며 묻더군요. 괜찮아? 응, 괜찮아.

---

* 체호프 최초의 희곡 「이바노프」(1887)에 등장하는 젊은 여성으로, 이바노프에게 푹 빠져 있다.

"남자들은 일에 빠져 있는 탓에 사랑을 그저 뒷전으로 밀어버리지만…… 우리 여자들에겐 사랑이 바로 삶이라고요. 당신을 사랑해, 라는 말은 당신의 슬픔을 치유해주고 당신과 함께라면 세상 끝까지도 가려는 그런 사랑을 꿈꾸는 걸 의미해요. 당신은 하나의 산을 오르지만, 나는 바로 그 산을 오르는 거예요. 골짜기로 떨어지는 건 당신도 나도 마찬가지지만요."

이바노프*는 끝에 자살을 해요. 모든 일에는 끝이 있는 법이라고요! 더는 기억이 안 나요. 비켜요! 날 내버려두라니까요! 그가 자기 머리에 총을 쏘는 것과 동시에 객석은 어둠에 잠기고, 그게 공연의 끝이에요. 나는 아르노가 샀던 밧줄이 떠올랐어요. 그는 그렇게 끝내겠다고 말했는데, 하지만 그게 나일 수도 있다는 끔찍한 생각이 언뜻 머리를 스쳤어요. 네, 그건 나였어요. 치유될 수 없는 건 바로 나였다고요. 내가 두 번 다시 보지 못한 그 밧줄, 결국 그건 하나의 이미지에 불과했을 수도 있어요.

나는 배우들이 인사하러 무대로 나올 때까지 기다리지 않고 자리에서 일어났고, 그도 나를 따라 나오더군요. 우리는 묘지를 끼고 인도를 따라 잠시 걸었고, 바깥 공기는 시원했고, 나는 마음이 아팠는데, 아르노는 회복기 환자를 부축하듯이 여전히 내

---

* 희곡 「이바노프」의 주인공. 삶의 의욕도, 아내의 사랑도 잃은 우울한 남자 병약한 아내가 세상을 떠난 뒤 사샤와의 결혼식 직전에 자살한다.

팔꿈치를 잡고 있었죠. 당신 집으로 갈까?

　우리는 침대에 몸을 뻗고 누웠어요. 나는 현기증이 났고, 그의 몸은 건드리지 않았지만, 머릿속은 온통 욕망(몇 주 전부터 그의 몸이 너무 그리워 아예 포기했거든요)과 불안으로 가득 차서 터질 것만 같았어요. 그래서 아주 간단했어요. 그가 응, 이라고 말하게 하려면 아니, 라고 하면 되었거든요. 그는 내 손을 끌어다 바지 지퍼 아래 힘차게 발기한 성기 위에 올려놓았고, 나는 쏟아지려는 눈물을 애써 참았고, 우리는 서로 옷을 벗겨주었죠. 내 손에 그의 몸이 느껴지더군요. 그는 침대에서 일어나 벽에 알몸을 기대고는 내 입을 자기 성기로 이끌었고, 나는 그걸 물고 오랫동안 빨았어요. 얼마나 맛있던지! 그는 지그시 눈을 감은 채 꼼짝도 하지 않았고, 한 손을 내 머리칼 속에 밀어넣고 황홀한 목소리로 반복해서 내 이름을 불렀어요. 바로 이때 그를 포착해야 해요. 그래야 그가 눈을 뜨는 순간 시선이 발하는 놀라운 광채를 잡아낼 수 있을 테니까요. 이때 음악은 몬테베르디의 〈오르페오〉이고, 음량은 크레셴도로 올라가요. 전경 반대 위치의 화면이 확대되면서, 아르노를 매혹한 주체가 모습을 드러내요. 바로 에우리디케의 아리아를 부르는 젊은 여자군요. 그녀는 지금 무대 위에 있어요. 갈색 머리, 창백한 피부, 우아한 자태와 가지런한 눈썹. 아르노가 그녀에게서 눈을 떼지 않으면서 캐스팅 담당 부장인 여자에게 말해요. 이름을 다시 말해봐요. 그러자 그녀가 엘렌, 이라고 대답해요. 엘렌 뭐라고, 네, 엘렌, 바로 맞았어요. 그러자 그는 그녀의 이름을 중얼거려요. 엘렌. 그런데 그의 눈빛에는 뭔가 다른 게 있는 것 같군요. 다른 감정, 경탄의 상류나 하류에서 포착되는 어떤 것, 혹은 경탄의 한가운데 있는 무엇, 눈의 정중앙에 있는 동공 같은 것, 어둠이 진하고 깊어서 뚫고 들어갈 수 없는 빛나는 까만 점 같은 것이 느껴져요. 그건 금방 눈에 띄지는 않시반, 거기 있어요. 바로 매혹의 중심에서 공포가 보이는 거죠. 지금 아주 가까이서 보니, 그 의미를 더 잘 파악할 수 있을 것 같아요. 그는 매혹되었을 뿐만 아니라 포획된 거예요. 그건 아연실색한 황홀경, 쇼크, 넋을 잃게 만드는 공포예요. 또한 로라의 죽음에 대해 수사를 벌이던 중에, 죽었던 로라가 돌아와 벌컥 문을 열 때 탐정이 짓게 될 표정이고요.[*]

그녀를 생각히며 그가 내 입에 사정을 했는데, 물론 난 그런 줄은 모르고 외부세계가 잠시 돌아가기를 멈춘 사이에 마지막 한 방울까지 정액을 삼켰죠. 다른 상황에서라면 눈치를 챘을 법

---

[*] 오도 프레밍거 감독의 1944년 영화 〈로라〉 참조.

도 해요. 하지만 그날 밤엔 마음속에 확고히 자리를 잡아가는 불안 때문에 사랑의 직감을 작동시키는 초고감도 메커니즘이 교란되었거든요. 일 년이 지나서야 신문에 난 그의 인터뷰 기사를 읽고 그 사실을 알게 되었어요. 그의 설명에 따르면, 엘렌이 없었다면 그 영화는 만들어질 수 없었을 거고 모든 게 그녀의 아름다움에서 시작되었다고 해요. 그는 또 오디션에 대해 당시 얼마나 감탄했는지 이야기했고, 그 즉시 그녀를 섭외하러 갔고, 그녀가 수락하지 않을까봐 몹시 불안했다고 했어요. 그는 엘렌이라는 이름을 여러 번 들먹였고 이 영화는 엘렌을 위한 것이라고까지 했더라고요. 그때 전철 안에 서 있었던 나는 마치 포탄 파편을 맞은 엑스트라처럼 몸이 반으로 접혔고, 신문을 바닥에 떨어뜨리고 말았어요. 그 비슷한 영화가 생각나요. 누구 영화인지 모르겠지만, 영화 속 인물이 한 여자에게 반해요. 그 이유는 단지, 아내를 처음 만났을 때 아내가 입었던 것과 똑같은 원피스를 그녀가 입고 있었기 때문이에요. 정말 기분 더럽죠. 사랑이 커서처럼 A에서 B로 옮길 수 있는 오브제들(이름, 눈썹 라인, 원피스)의 이동에 불과하다니요, 셔츠를 갈아입듯 사랑을 갈아치우다니요. 우리의 전 존재가 더러운 기분을 통해 새어나가고, 유령들 틈에서 자신의 의미를 잃고, 이름마저 분필로 쓰인 것처럼 지워지고, 완전히 삭제되면, 자신의 실질마저 빠져나가요. 참으로 끔찍한 일이지만, 우리는 재활용되거나 무無로 환원되고(incredible shrinking woman*), 자신은 살아 있다고 믿는데 상대방에겐 유령이 되고 마는 거라고요.

영화의 이 순간에, 해학적 관점, 익살맞고 애정 어린 결말을 선택할 수도 있어요. 이 영화가 정확히 말해 로맨틱 코미디물은 아니지만, 스토리 전개로 보아 고려해볼 만한 결말이에요. 섹스 후 나른한 잠에 빠져버린 남자 주인공과 달리, 여주인공은 속이 메슥거리는 게 그날 낮에 먹은 닭고기 때문은 아닐까 생각하는 숭이에요. 언니가 했던 말과 양이 많았던 카레가 입에서나 의식에서 닭고기의 썩은 맛을 완전히 없애주지 못했기 때문이죠. 이런 귀납적 깨달음은 증상의 확인과 거의 동시에 이루어져요. 설사가 난 그녀는 부리나케 화장실로 달려가고, 다행히 아파트 저쪽 끝에 있는 화장실에서 식은땀에 젖어 오들오들 떨면서 장을 비워내요.

그때, 그녀기 없이시 놀란 아르노가 미처 잠이 덜 깬 채로 그녀의 이름을 부르며 딸아이 방으로 올 수도 있어요. 그녀는 수치심을 가라앉힐 겸 그를 깨우지 않을 셈으로 그 방에 잠시 피해

* 조엘 슈마허 감독의 1981년 SF 코미디 영화 제목. 한국어 제목은 '엄마가 작아졌어요' 이다.

있거든요. 그녀는 이렇게 말해요. "몸이 안 좋아서 그래. 미안." 그는 걱정스럽게 그녀를 바라보다가 점차 장난기 어린 몸짓으로 끌어안으며, "당신은 정말로 똥싸개야, 내 사랑" 하고 말할 수도 있어요. 아니면 용서를 구하듯이 침대 아래 무릎을 꿇고, "나랑 있는 게 그렇게 지겨워?"라고 말할 수도 있고요. 설사를 이용해 멜랑콜리에서 벗어나고, 짓궂게 행동한다는 것이 극단적이긴 하죠. 물론 그래요. 하지만 거울을 깨뜨림으로써 사랑으로 돌아오는 방식, 그저 허심탄회하게 상대방을 바라보는 방식, 아무것도 아닌 보통 사람인 그대로 상대방을 받아들이는 방식, 그리고 그런 사실에 웃을 수 있는 방식, 이런 게 좋잖아요. 아름답기도 하고요. 사랑은 덧없고 위태로운 존재, 살아 있는 육체, 아직은 사라지지 않은 육체를 행복하게 공유하는 것이 되어야 하니까요.

하지만 실은 다르게, 몹시 안 좋게 끝났어요. 엘레노르는 마지막에 죽어요. 멜로물은 아니지만, 결국 멜로와 얽혀 있어요. 뱅자맹 콩스탕이 살롱의 청중 앞에서 『아돌프』를 처음으로 낭독했을 당시(1816년이었죠)에, 빅토르 드 브뢰이*가 전하는 바에 따르면, 처음엔 그가 눈물을 흘리며 흐느끼다가 곧이어 미친 듯이

---

* 루이 필리프 치하에서 여러 차례 장관을 지낸 프랑스의 정치가. 아카데미 프랑세즈 회원이었고, 스탈 부인의 딸과 결혼했다.

웃어대는 바람에 청중이 한동안 충격에 휩싸였다고 하더군요. 별 쓸데없는 이야기, 미숙함과 비겁함이 거울에 비치듯 드러나는 이야기가 감동적이면서도 우스꽝스러워서, 청중이 대체 웃어야 할지 울어야 할지 갈피를 잡지 못했다는 거예요.

나는 제발 그가 깨지 않게 해달라고, 내 소리를 듣지 못하게 해달라고 하늘에 간절한 기도를 드리며 리즈 방에 숨어 있었어요. 그가 오더니 언짢은 기색으로 방에 들어섰어요. "몸이 안 좋아서 그래, 미안. 점심에 먹은 음식이 상했었나봐." 화장실에서 악취가 풍겨니왔고, 내 방으로 돌아가야 한다고 생각하니, 내심 울고 싶을 정도로 미칠 것 같았어요. 그래서 내가 말했어요. "가서 다시 자. 곧 괜찮아질 거야. 나도 금방 갈게." 그는 옷을 다시 입었더군요. 그런 그가 방 안을 쭉 훑어보았어요. 한구석에 그가 준 종이 집 조각들이 쌓여 있고, '행복의 집' 팻말은 삼총사 그림과 함께 한쪽 끄트머리에 절연테이프로 붙여 매달려 있었죠. 그가 그걸 보고 속상해한다는 걸 알았어요. 눈빛이 냉랭해지더니, 이봐, 하고 말을 꺼내더고요. "당신도 이게 아니라는 건 알겠지, 우린 도무지 안 되겠어……" "절대 아니야, 난……" "아니, 그래. 게다가 아까 당신 입으로 직접 말했잖아, 그만두고 싶다고. 그리고 그런 씸새가 역력했어. 당신은 내 정액을 역겨워해. 우린 그 지경까지 이른 거라고." "절대 아니야, 전혀 안 그래. 확실히 말하지만, 닭고기 때문이야. 더구나 난 토하지도 않았고(사실이었어요. 토하지 않으려고 무척 조심했거든요)……오히려 좋아하는데……" "그만해, 소용없으니까. 당신은 내가역겨운 거야. 나 때문에 구역질을 하잖아." 난 고함을 지르고 싶었고, 언니와 그 망할 놈의 식당이 끔찍하게 원망스러웠어요. "당신은 내 입으로 하길 바라는 말을 자기가 하고 있어. 바로 당신이 날 역겨워하는 거잖아. 나도 잘 알아. 비단 오늘 알게 된 사실도 아니지. 벌써 몇 달째 날 개똥 취급하면서. 그래서……"

그는 쌀쌀맞게 빈정대듯 눈썹을 치켜올렸고, 입술과 코를 오므렸고, 나를 쓰레기 보듯 뚫어지게 바라보았고, 나는 온몸이 아팠고, 마음속에서 종이 집이 갈기갈기 찢어졌고, 미안해, 아르노, 미안해, 내게서는 악취가 풍겼고, 진땀이 쏟아졌고, 아팠고, 무릎이라도 꿇고 싶은 심정이었어요. 아르노, 제발 자비를 베풀어줘, 내가 존재하는 걸 용서해, 꾸르륵거리며 나는 다시 화장실로 달려갔고, 나 자신을 액화시켜 물로 죽죽 쏟아냈고, 그러고는 세면대 위 거울에 비친 내 얼굴을 바라보니, 마치 흙칠이라도 한 듯 칙칙했어요. 방으로 돌아왔을 때, 그는 어슴푸레한 빛 속에 우뚝 세워진 묘석처럼 서 있었어요. 나는 곰 인형들 사이에 다시 누웠고, 침대 가장자리에 걸터앉는 그의 입술은 모욕감으로 일그러졌어요. 그의 아름다움에 마음이 찌르르 아파왔죠. 넌 이 남자의 아이를 절대 가질 수 없을 거야. 둘이 같이 아무 짓도 안 할 테니까. 아무 짓도 안 하고, 아무것도 공유하지 않고, 아무것도 욕망하지 않을 테니까. 그와 같이 있다는 사실 때문에 그에게 화가 치밀었지만, 이미 싸울 필요조차 없을 때였지요. 그가 나를 향해 돌아섰는데, 세상에, 그 시선이라니, 용서 따윈 기대할 수 없는 시선이었고, 엄지와 검지를 눈꺼풀 위에 갖다대는 모습이 마치 자신의 주검을 보지 않으려고 눈을 감는 것처럼 보였어요. 나도 어둠에서 기적을 찾기 위해 눈을 꼭 감았지요. 하지만 아무 일도, 정말 아무 일도 일어나지 않았고, 썩은 고기 냄새만 풍길 뿐이었어요. 각사 자기 입장이 있을 뿐, 신은 거기 없었죠. Non possumus(신은 없었노라). "당신이 알아야 할 게 하나 있어." 그는 내 얼굴 위 어느 한 점에 시선을 고정시키고 말했어요. "내가 한 번도 말 안 했던 건데." (질투가 부글부글 끓어올라 나는 속이 편치 않았어요. 자기가 바람을 피웠고, 거짓말을 했고, 날 속였다는 걸까?) "뭐냐 하면, 그러니까, 우리가 처음 만났을 때, 모임에서 말이야, 만일 그때 당신이 내 앞을 막아서서 그런 미소를 짓지 않았다면(딴 얘기인데, 그날 이후로는 그 미소를 별로 볼 수 없더라고), 당신을 눈여겨보지도 않았을걸. 확신하는데, 눈에 떠지도 않았을 거니."

기운이 있는 데로 쭉 빠지고, 뭔가가 내 안에서 죽었고, 종이

집이 바닥으로 무너져내리더군요. 그가 모든 걸 도매금으로 넘겨버리는 바람에 완전히 엉망진창이 되었고 다시 똑바로 걸어놓을 그림 한 점 남지 않았어요. "그녀는 울고 싶었지만, 눈물조차 말랐다네. 말하고 싶었지만, 목소리가 나오지 않았다네." 우리는 다시 서로를 보았는데, 온통 녹이 슬어 부식된 거울에는 이제 내 모습은 없었고, 그의 눈에서 내가 죽는 것이 보였어요. 그렇게 끝났던 거예요. 사랑은 누군가의 상상 속에서 사는 거예요. 그런데 나는 죽었어요, 그 사람 안에서 죽었던 거죠.

당신은 다른 결말을 원할 테죠. 잘 알아요, 거울 저편에서 당신 말이 들리는걸요. "됐어, 붙어먹는 이야기인가 했더니, 이젠 똥 이야기로군. 포르노 다음에 배설물이란 말이지." 당신은 약탈mise à sac, **똥자루**saccus merdae[*], 해체되는 사랑에 열광하기는커녕, 형편없는 것으로 생각하니까요. 불결한 것과 오물을 싫어하고 슬픈 결말도 질색하잖아요. 하지만 나도 어쩔 수가 없군요. 유감스럽게도 그렇게 끝났고, 나는 영화를 다시 만들 수 없어요. 그렇게 끝났을 뿐만 아니라, 그렇게 끝나거든요. 왜 이야기를 하는 걸까요, 늘 이렇게 끝나는데. 실내, 밤.

---

[*] mise à sac의 철자를 바꿔 의미가 다른 라틴어 단어를 만드는 말맞추기 언어유희.

에필로그

꼭 닮은 서로의 눈을 마주했고, 말로는 표현할 수 없는 비밀, 보이지 않는 손 속에서 교환했다. 우리는 불가능한 일을 했던 것이다. 그때는, 사실, 우리가 서로 사랑했던 것 같다. 당신과 내가.

우리가 이메일을 주고받지 않은 지 꽤 오래되었다. 비록 지금은 소식이 끊겼지만, 그의 권유를 받아들여 편집자에게 지금까지 내가 한 작업을 보여주었고, 한참 전에 출간이 결정되었다. 지금은 초교지를 교정하는 중인데, 다시 읽자니 몹시 괴로웠다. 내가 보낸 메일들을 연이어 쭉 읽어보니, 대부분 몹시 냉담하고, 또 영화감독인 상대방의 열렬한 호기심에 무척 쌀쌀맞게 대답했음을 깨달았기 때문이다. 힌 장 한 장 넘길수록, 피노 눈불도 통하지 않을 것처럼 차디찬 언어, 시체처럼 뻣뻣하게 굳어버린 언어를 읽는 것 같았다. 아무것도 움직일 수 없는, 아무 감동도 없는 그런 언어. 말들은 한 사람의 몸에서 나와 다른 사람의 몸으로 들어가고, 우리는 그 움직임 속에서 글을 쓰므로, 글쓰기란

다른 사람들의 몸을 만지고, 그들에게 혼을 불어넣고, 감동시키고, 움직이게 하려는 동작이라 할 수 있다. 하지만 글쓰기로 할 수 없는 일, 불가능한 일이 하나 있다면─나는 얼마나 더 이런 시련을 겪어야 할 것인가?─바로 타인의 몸을 소생시키는 것이다. 우리는 그 일을 시도하고 노력을 기울이면서 자신이 남들보다 더 꾀바르다고 믿다가, 나중에야 불가능함을 깨닫는다. 바로 그런 이유로, 우리는 죽는다. 할 수 없는 게 아니라면, 죽음이 대체 뭐겠는가? 우리가 읽게 될 소설 역시 우여곡절이 있고, 희망이 있고, 리듬이 있는 이야기가 아니라, 아무 일도 일어나지 않고, 아무 변화도 없는 이야기, 모든 게 이미 죽어서 이따금 썩은 시체에 우글거리는 구더기의 꼬물거림이 느껴지는 이야기이다. 언젠가는 영화로 나올 테지만, 지금 내 눈앞에 있는 것은 단지 부동의 이미지, 생명 없는 캔버스, 사람들을 오브제로 그린 차가운 색깔의 정물화일 뿐이라, 미소를 짓더라도 그림 속의 해골이나 늘 지척에 있는 까만 파리에게서 오랫동안 눈을 뗄 수는 없는 노릇이었다. 내가 이 그림에 드리운 어두운 그림자는 글라시*칠을 들뜨게 하면서 화폭 전체로 퍼졌다. 따라서 그와 나의 메일 교환은 현실의 일이라고 보기 어려운데, 내가 알파벳을 괴발

---

* 밑그림이 마른 뒤 물감을 엷게 칠해 화면에 윤기와 깊이를 주는 유화기법.

개발 검은 바탕에 검은 글씨로 썼기 때문이다. 그것은 〈선셋 대로〉*가 아니라 「어둠 속의 막다른 길」**(죽은 자들이 말을 한다는 게 절대 잊혀지지 않는다)일 것이다. 나는 그 언어가, 예전에 책을 쓸 때는 한 번도 가보지 않았던 나 자신의 고장, 즉 일종의 내면의 빙산에서 유래했다고 느꼈다. 그 빙산은, 녹으면서 나도 모르는 위험에서 물리적으로 나를 보호하며 허무로 데려왔을 테지만, 대화 상대를 뼛속까지 얼어붙게 했을 수도 있다. 하지만 나는 그의 마지막 메일, 즉 한 남자가 자살하는 여자를 무력하게 바라보는 끔찍한 미지막 장면에서 삼동을 느꼈던 것 같다. 그런데 어사가 마음에 걸린 건 분명했지만, 그녀의 수수께끼를 파헤치려고 오래 전전긍긍하지는 않았다. 그가 이제 메일을 보내지 말라고 단호하게 말했기 때문에, 나는 여느 예술가들처럼 그도 내 이야기와 아르노의 이야기를 제멋대로 조작하고는, 더 쓸모가 없어지자 나를 헌신짝처럼 내던진 일종의 흡혈귀라는 결론을 내렸었다. 하지만 다시 읽어보니, 그가 여기서 하고 있는 이야기는, 내가 낌새를 챘을 뿐만 아니라 나 역시 그랬듯이, 그 자신의 삶이 투영된 에피소드임이 명백했다. 확인할 수는 없지만. 언젠가 그가 메일에 프리츠 랑의 말을 적어보낸 적이 있다. "당신은

---

* 빌리 와일더 감독의 1950년 누아르 영화.

** 프랑스 어교수 마쉴라 페슬러가 글쓰기에 관해 쓴 자료.

한 장면을 촬영할 때 거짓말을 하십니까?—모르겠는데요." 그렇다면 거울 앞에서 알약을 집어삼키는 여자는 누구란 말인가? 영화에서는 엘렌이거나 아르노의 어머니일 것이다. 하지만 그의 경우에는 누구인가? 어머니, 아내—그의 삶의 여자? 그는 현실에서 한 여자를 죽음에 이르게 한 적이 있을까? 만일 그렇다면, 그가 왜 『내 죽음의 남자』에 매료되었고, 왜 나와 접촉했는지, 그 이유가 설명되리라. 또한 마지막 메일에서 "중요한 것은, 그런 남자들을 만나지 말아야 한다는 거야"라고 쓰게 한 자신에 대한 증오심도 밝혀지리라. 비록 더는 그의 메일을 읽을 수 없지만, 불현듯 나는 깨달았다. 내가 그에게 주지 않았던 것, 하지 않았던 제스처를 그가 나에게 요구해야 했다는 사실을. 분명 우리에게는 공동의 무엇, 즉 작업이나 생각, 추구하는 의미 같은 것이 있었고 메일로 연락을 취했지만 공감대가 형성된 적은 전혀 없었다. 아니, 거의 없었다. 우리는 각자의 역을 떠맡았고, 아마도 역을 바꿔가면서 장면들을 다시 연기했던 것이리라. 우리는 아돌프와 엘레노르, 엘렌과 아르노였고, 투명하지만 넘을 수 없는 유리로 분리되어서 서로 접촉할 수도 없었다. 내게는 그가 일종의 추상개념, 유령인 남자, 타인의 그림자인 채 남아 있다. 하지만 그는 나를 다시 일으켜세웠고, 나는 내 지면들을 옥죄는 차가움과는 다른 그를 느꼈고, 그는 카프카의 말처럼 내가 얼어붙

은 바다에 도끼질을 할 수 있게 해주었다. 그래서 나는, 그가 그
러지 말라고 했지만, 영화의 진행 상황을 알아본다는 구실로 짧
은 메일을 보내면서, 가끔 내가 써보냈을지도 모르는 과격하고
신랄한 말에 대해 용서를 구했고, 결국 그가 옳았다고, 행복한
결말이어야 했다고 썼다. 나는 너무 늦지 않았기를 바랐다. 이틀
후, 그의 메일 주소로 모르는 사람이 보내온 메일을 받았다. 메
일에는 그가 자살을 기도했고, 병원에 입원한 지 한 달이 되었으
며, 아직도 심각한 '우울증' 상태이므로, 내게 답장을 보내려면
한참 설릴 거라고 쓰여 있었다.

딸애가 제 아빠 집에 가 있어서, 그 주 주말은 자크와 보낼 예
정이었다. 시골에 간 식구들에게서 확인 전화가 올지도 모른다
며 그가 외박을 꺼려서, 내가 그의 집으로 갔다. 내가 그 소식을
알리자, 그는 나를 위로하면서 내게는 아무 책임이 없다고 했다.
그는 이런 문제를 잘 알고 있었고, 그 자신도 언젠가 환자의 자
살을 미처 막지 못한 적이 있는데, 자살을 행동으로 옮기는 것은
자신의 뿌리를 현새가 아닌 다른 토양으로 옮기는 것으로, 예외
없이 별안간 과거가 다시 솟아오르기 때문이라고 했다.

아르노와 헤어진 뒤로 나는 자크 앞에서 그의 얘기를 꺼내지
않았나. 그는 이미 이 년 전부터 이 사랑의 강도나 지속 여부에
대해 어떤 예단도 하지 않았지만, 질투하고 있었으므로, 내가 아

르노와 헤어지자 안도했고, 그후로 내게 몹시 다정하게 굴었다. 라캉의 일화인 가면무도회 이야기를 들려줌으로써, 제목의 아이디어를 제공한 것도 바로 자크였다. 하지만 그가 더는 그 일화를 생각하지 않는 게 분명했기 때문에 원고를 읽어봐달라고 하지는 않았다.

"요컨대, 멜랑콜리라는 게 뭐죠? 우울증인가? 당신은 자주 보겠네요, 상담하러 오는 멜랑콜리 환자들요."

자크는 담배에 불을 붙였다.

"늘 보죠."

"세기말 질환일까요?"

"그럼요, 이미 수세기 동안 세기말 질환이었어요. 그런데 뭐랄까, 신이 죽은 후로 특히 더 나빠진단 말이에요. 신은 우리를 엿먹이려고 사라진 거죠!"

"그럼 당신은 이 질환을 어떻게 정의할 건데요?"

"멜랑콜리요? 그건 상실감이고 또 상실에 대한 두려움이에요. 모든 것에 대해 늘 애도하는 건데요, 심지어 좋은 일이 생길 때조차 그래요. 그래서 좋은 일을 좋은 일로 즐기지 못하는 거고요."

그는 자리에서 일어나 서가에 놓인 책 한 권을 집어들었다.

"여긴 별게 없어요. 중요한 책들은 사무실에 있거든요. 그래도 대충은…… 특히 강도 높은 정신적 고통이 두드러지는 우울증 증

상(나는 아르노와 내 메일 상대를 생각하며 고개를 끄덕였다),
죄책감, 외부세계에 대한 적대적 태도, 그 결과 상당히 위축되는 사랑
의 능력(나는 이미 알아차렸다), 어떤 출발의 상황을 상실로 여김.
멜랑콜리 환자는 사랑의 대상을 잃은 경험이 있는데, 비록 그 대상이
실제로 죽지 않았을지라도, 그는 완전히 잃었다고 느낀다. 대상은 일
반적으로 어머니이며, 어머니가 자식에게 자아도취적 만족감을 충분
히 느끼게 해주지 못했을 경우에 그러하다. 최초에 느낀 강한 실망감
은 나중에 주체가 맺는 모든 관계를 좌우하게 되고, 그때부터 이 관계
들은 양가성의 특징을 지니게 되어, 사랑과 증오가 끊임없이 충돌한다
(끊임없이, 맞아). 대상에 대한 강한 고착, 곧이어 느닷없이 대대적
인 애정의 투입 중단(느닷없고 대대적인), 사랑과 증오의 기이한 싸
움들이라고 할 모든 심리현상은 무의식 안에서 일어나는데, 마침내 사
랑은 도망치기를 택한다. 대상을 향한 증오심은 살인에 이르거나, 혹
은 자신의 자아 쪽으로 방향을 튼다. 후자의 경우, 창조적 능력을 가진
주체는 예술의 길에 들어서기도 하지만, 그렇지 못할 때는 자살하는
사람들도 생긴다. 이상이에요. 당신의 영화감독이야 내가 알 바
없지만, 뱅자맹 콩스탕의 경우는 멜랑콜리의 좋은 예증이 될걸
요. 그는 멜랑콜리로 인한 고통으로 일기를 도배하다시피 한데
나가 넘으로 죄책감까지 느끼잖아요. 자신을 낳다가 어머니가
죽었기 때문에요. 자, 이제, 우리 샤블리 산産 특급 백포도주나

마시면 어떨까요."

　내가 자크에게서 마음에 드는 점은, 대화를 나누는 데 무한한 기쁨을 느낀다는 것이다. 그는 대화를 섹스에 이르는 방법으로 여기는 대부분의 남자들과는 달리 대화를 나누기 위해 사랑을 나눈다고 했는데, 사실 사랑과 말은 크게 다르지 않다. 말을 주고받는다는 것은, 가깝지만 분리되어 있고 불안해하면서 신뢰하는 우리 육체가 서로 접촉하고, 위험을 무릅쓰고, 서로를 받아들이는 것과 같다. 우리는 밤이 이슥하도록 이야기를 나누었다. 엄청난 양의 포도주를 마셔가면서, 그리고 사랑을 나눠가면서.

　나는 어둠 속에서 그의 곁에 누워 있었고, 그는 잠이 들었다. 익숙한 불안이 엄습해오는 것 같아 눈을 감을 수가 없었다. 마치 오래전부터 내게서 뭔가가 빠져나가고 있는데, 정신을 집중하면, 어슴푸레한 천장의 윤곽 속에서 마침내 그 정체가 드러날 것만 같았다. 나 자신이 탐정소설을 읽다가 결말 직전에서 책을 뺏기는 바람에 궁금해서 안달난 독자처럼 느껴졌다. 대체 뭐가 궁금한 걸까? 모르겠다. 결국 나는 자리에서 일어나 소리내지 않고 책장으로 갔다. 병적인 허기증이 도진 나는, 몰래 주방으로 가서 실컷 먹어대는 사람처럼, 정신을 위한 확고한 양식을 찾아내고, 의미가 빠져나갈 우려가 있는 틈새들을 메워줄 설명들을 포식하거나, 스스로를 철학으로 깁스하거나, 존재의 구멍들을 시詩로 틀어막을 필요가 있었다. 그래서 나는 작은 불을 켜고 자크가 발췌해 읽어주던 책을 찾았다. 그 책이 정신분석 사전이라서, 나는 강박적으로 책장을 이리저리 넘겨가며 읽었다. 비교적 이해하기 쉬운 다른 항목들을 거의 한 시간이나 읽었는데, 그 이성적 확신으로 불안이 모두 가라앉았다. 나는 멜랑콜리 항목을, 요즘도 간혹 아르노의 사진을 들여다볼 때면 그러듯이, 강렬한 열정으로 처음부터 끝까지 전부 다시 읽었다. 마음을 진정시킨 나는 다시 자러 갈 참이었다. 그런데 사전을 덮으려는 바로 그 순간, 페이지 오른쪽에 있는 죽은 어머니(콤플렉스) 항목이 언뜻 눈에 띄었다. 죽은 어머니mère morte, 나란히 놓인 이 두 단어가 눈에 띈 것은 말장난 때문일까, 아니면 나도 모르는 매혹에 사로잡혔기 때문일까. 나는 피곤을 무릅쓰고 다시 읽기 시작했다. 마치 문을 밀고 들어가는 것처럼. 이 콤플렉스의 기원에는 대체로 주체 자신도 기억하지 못하는 유아기의 우울증이 자리잡고 있는데, 어머니 자신이 이런저런 이유로 의기소침했기 때문이다. 가장 심각한 경우는 어머니가 영아기의 자식을 잃은 경우인데, 그로 인해 슬픔에 빠져 다른 자식늘에게는 부관심해지기 때문이다. 그렇게 뇌면 어머니의 이마고에 급격한 변화가 일어난다. 주체가 어릴수록 변화를 이해할 방도가 없기 때문에 이런 변화는 심각한 영향을 미친다. 사랑받는다고 느꼈는데, 갑자기 모든 게 무너져내리는 것이다. 모든 게 단번에 끝나버린다. 사라진 문명처럼. 역사가들이 지금은 폐허만 남은 궁전, 신전, 건축물, 거주지가 파괴된 원인이 지진 때문이었으리라고 가정하면서 문명 실종의 원인을 찾아보지만, 허사이다. 애도의 순간에 갑자기 자식에게서 애정을 거둔 어머니, 이런 느닷없는 변화는 그것을 겪는 주체에게는 재앙이 아닐 수 없다. 이 재앙은 차가운 핵의 형태를 띠게 되고, 그로 말미암아 자기애의 외상과 앞당겨진 환멸은, 사랑의 상실을 넘어서 의미의 상실마저 초래하기에 이른다. 왜냐하면 아이는 무슨 일이 일어났는지 알 수 있는 설명을 내놓을 수가 없기 때문이다. 그가 저질렀을지도 모르는 한 가지 잘못은 존재방식과 관련 있는데, 사실 그에게는 존재 자체가 금지되었던 것이다.

잃어버린 의미를 탐색하는 것은 지적이고 환상에 속하는 자질의 조숙한 발달을 구조화시킨다. 혼란을 극복하기 위해, 아이는 그후로 사고에 예속되어 살아간다. 그는 이미 어머니의 변화무쌍한 기분에 좌우되는 혹독한 경험을 했던 터라, 이후로는 어머니의 의도를 간파하고, 어머니를 즐겁게 하고, 어머니의 관심을 끌고, 어머니를 웃기고, 미소 짓게 하고, 어머니에게 삶의 의욕을 주고, 흔히 예술적 승화를 야기하는 무엇을 주는 데 전심전력을 기울인다. 그는 죽은 어머니를 소생시키느라 녹초가 된다. 그와 동시에, 정신 에너지의 투입 중단이 거울에 비친 듯이 거꾸로 일어, 주체는 어머니를 미워하지 못하고, 어머니의 상실을 못 견뎌하면서도, 잃어버린 사랑의 온갖 흔적들, 어머니의 시선, 목소리, 냄새, 손길을 모조리 묻어버린다. 그러면 결여와 허무만 남는다.

그러므로 가장 심각한 장애가 애정생활에 나타난다. 사랑의 능력이 정지되고, 차가운 핵을 품은 채 어머니의 지배하에 있는 주체는 아무것도 나눌 수가 없다. 그는 관계를 맺는 데, 엄밀히 말해, 사랑의 대상과 관계를 맺는 데 무력한 분노를 느낀다. 그의 좌우명은 "한 번도 사랑받아본 적이 없다"가 된다. 새로운 대상을 만날 때마다, 그는 자신의 사랑의 저장고가 건재하다고 믿는다. 하지만 실은 그가 지닌 모든 사랑이 죽은 어머니에게 담보로 잡혀 있다. 주체는 매우 부자이고 인심이 후한데도, 무엇 하나 줄 수가 없다. 왜냐하면 자신의 부를 마음대로 처분할 수 없기 때문이다. 어머니는 여전히 열렬한 사랑의 대상으로 남아 있으며, 실현 불가능한 사랑을 쥐고 있는 것도 그녀이다.

그때 영화의 결여된 한 컷이 눈에 보였고, 그것이 떠올라 기억의 공백을 대체했는데, 그것이 책에는 없는 바로 그 문장, 모자이크에 남겨진 빈칸을 채울 한 조각임을 나는 알았다. 누가 내게 약속을 하고서 지키지 않았는지 알았고, 상식에 묻혀 물타버린 썰매를 보았다. 흰 지면과도 같고, 방금 태어난 아기처럼 알몸인 하

얀 벽, 그 스크린 위에서, 나는 세월이라는 필름의 편집과정에서
잘려나간 장면을 보았고, 그 자투리를 모아 다시 붙였다. 그 장면
은 어렴풋한 유령들 사이에서, 영화로 인해 추억이 만들어지듯
몽롱한 상태에서 느리게 진행되었다. 나는 종이 한 장을 집어들
고, 잠에서 깨자마자 꿈이 사라지듯 기억도 사라질까봐 기억을
더듬어가며 그 장면을 글로 옮겼다. 나는 이야기를 다시 썼다.

　어린 시절의 내 방이다. 커튼이 드리워 있고, 희미한 빛. 실
내, 낮.
　나는 아기 침대에 누워 있다. 훗날 내 딸의 것이 될 침대이다.
나는 이제 갓 돌이 지났다. 나는 방에 비친 햇살의 움직임을 바
라보며 재잘거린다. 다음 장면이 보인다. 문이 열린다. 발소리를
듣고 활짝 웃는, 환히 빛나는 아기의 얼굴을 들여다보는 어머니
의 얼굴이 상향 촬영으로 나타난다. 밝은 색깔의 블라우스 차림
인 그녀는 젊고 쾌활하며 빛이 나고, 눈은 보기 드문 광채로 반
짝거린다. 그녀는 한동안 침대 안을 들여다보며 즐겁게 렐레, 엘
렌을 반복해 부른다. 카메라는 전경에서 그리고 그 반대 위치에
서 엄마와 아기가 교환하는 시선, 둘 사이를 가로지르는 사랑을
포착한다.
　다음 컷. 실내, 낮. 12월, 눈이 내리고 있다. 이제 막 내 동생

클레르가 죽었다. 하지만 나는 모른다. 아직 말도 못 하고 걷지도 못하므로, 영문을 알지 못한다. 같은 방, 같은 아기. 그런데 슬프고 침울한 어머니의 얼굴은 죽은 사람처럼 보인다. 어머니는 검은 옷을 입고 있고, 거의 아무 말도 하지 않는다. 말을 하더라도 그 말들은 어머니의 입에서 나온 것 같지 않다. Play-back(재생장치) 같다고나 할까. 웬일이지? 무슨 일이 있었던 걸까? 이때 구노의 멜로디가 크레셴도로 울려 퍼진다. 오 아름답고 무정한 여인이여, 그대가 내게 냉정할 때/내 가슴이 강렬한 열정으로 타오를 때/그대에게 바라노니 맹렬히 타오르는 내 마음의 불길을/그저 단 한 번만 키스로 식혀주기를/오 아름답고 무정한 여인이여, 그대가 내게 냉정할 때/가벼운 키스로 내 마음을 달래주지 않을 때/그대를 향한 내 마음은 사랑의 열정에 빠지고 마누나. 아기는 두 눈으로 어둠 속을 탐색하며 생각에 잠긴다. 엄마, 무슨 일이야? 내가 뭘 잘못했어? 엄마는 왜 날 사랑하지 않는 거야?

삶에는 사각지대가 있다. 당장은 알 수 없지만 앞을 보며 어림잡아 운전하다보면 차는 그런대로 굴러간다. 하지만 그건 우리가 잘못 아는 것이다. 위험은 앞이나 뒤가 아니라, 바로 여기에 있다. 위험이 우리 높이로 다가오고 있다. 뭔가가 우리를 위협하는데, 우리는 그것을 보지 않고 볼 생각도 하지 않는다. 룸미러

쪽으로 조금만 몸을 기울이면 될 텐데. 하지만 그럴 필요가 있을까? 차는 잘 빠지고, 손은 핸들을 쥐고 있는데, 대체 무엇이 우리를 죽일 수 있단 말인가?

사각지대에 세심하게, 심지어 강박적이고 고통스러울 만큼 관심을 쏟는 사람들은 극히 드문데, 정신분석학자들이 그렇고, 작가들이 그렇다. 그들은 삶 속의 죽음에 몰두하는데, 철학적 의미에서나 '죽음을 배운다'는 스토아 학파적 의미에서가 아니다. 그들의 관심사는 먼 훗날의 죽음이 아니라, 지금 이 순간의 죽음, 임박한 죽음이다. 즉 살아 있다고 주장하는 것 속에 존재하는 죽어버린 무엇, 사랑한다는 믿음 속에 들어 있는 죽게 만드는 무엇이다. 이런 관점에서 현실과 맞서려면, 유쾌한 일도 아닐뿐더러, 혼자인데다가, 아무도 내켜하지 않는 일이기 때문에 확고한 태도와 배짱이 필요하다. 일단 결심이 서면, 정신분석학자와 동행할 수도 있고, 자동차로 훌쩍 떠날 수도 있다. 하지만 그가 동승하지는 않는다. 그는 죽은 자의 자리에 자주 앉겠지만, 당신의 옆 좌석에는 앉지 않는다. 당신 뒤에 있는 그는 당연히 당신 눈에는 보이지 않는다. 그는 사각지대에 있을 뿐만 아니라, 그 자신이 사각지대인 탓이다. 당신의 룸미러에는 형체와 색깔, 즉 비치는 즉시 사라지는 이미지들이 보일 뿐이다. 하지만 거기에는 가짜로 텅 빈 장소, 보이지 않는 가시적인 것이 우리를 농락하는 가짜 투명함, 진짜로 제기되는 유일한 질문(삶과 죽음에 대한 질문)에 대한 해답을 보지 못하게 숨기는 사고思考의 공백이 있다.

작가는 여행할 때 더욱 철저히 혼자가 된다. 여행하는 내내 거울을 가지고 다니면서, 세상을 더 잘 보여주려면 어디에 거울을 놓아야 할지, 자신은 어디에, 어느 간선도로에, 어떤 자세로 있는 게 좋을지, 반들거리는 거울 표면에 잇따르는 시간들을 어떻게 맞춰놓을지, 빛과 어둠은 어떻게 배분할지 망설인다. 때로는 거울이 미심쩍어서, 제 모습이나 다른 사람들을 비추어보기도 하고, 이 거울이 곡면경인가, 너무 오목한가, 아니면 너무 볼록한가, 좀더 큰 걸 고를 걸 그랬나, 아니면 더 작은 것, 덜 매끄러운 것, 얼룩이 덜 있는 것, 광택이 없는 것, 색이 있는 것을 고르는 게 나았을까, 자문하기도 한다. 그런 고민과는 무관하게, 그는 결국 피사체들의 아름다운 반영反映, 즉 통과하는 세계의 정확하고 바른 이미지를 거울에 비추는데, 그 이미지는 자잘한 자갈들이 뒤는 것을 막지 못해 생긴 균열들과 함께 나타난다. 하지만 모든 것이 거울의 테두리 안에 들어올 수는 없으므로, 보이지는 않지만 거기 있는 어떤 것이 우리를 추월해서 따돌리는데, 소설가는 여행을 중단할 때 그 사실을 알게 된다. 거울을 끌고 다니고 룸미러를 유심히 살피는 데 지치면, 그는 차를 세우고 헤드

라이트와 시동을 끈다. 그리고 차에서 내린다. 그는 멈춰서서, 출판 계약서에 사인하지만, 속으로는 잘 알고 있다. 무엇이 부족한지, 현실이면서 피사범위를 벗어난 것은 무엇인지, 자신이 보여주지도 묘사하지도 말하지도 못한 것이 무엇인지, 텍스트를 벗어난 것이 무엇인지, 나타낼 말도 이미지도 찾을 수 없었던 것은 무엇인지, 자신의 싸구려 손거울에 비치지 않은 것은 무엇인지, 여기 있되 얼굴이 없는 것은 무엇인지 알지만, 그 위에 얼굴을 그려넣거나 형태를 갖추게 할 수는 없다. 그것은 소실점으로 사라졌고, 사선으로 잘린 거울 모서리로 휙 자취를 감췄기 때문이다. 가만히 생각해보면, 그건 물의 기억력과도 같은 것이다.

글쓰기를 절망에 빠뜨리는 것은 이미지의 결여된 한 부분, 하얀 지면, 혹은 유일하게 작가의 도정을 입증하고 의미를 부여해줄 문장의 부재이다. 작가는 공백이 기포처럼 뽀글거리는 가운데서 글을 쓰고, 그 위로 몸을 굽히고, 명백한 맹점의 둘레에 수를 놓고, 보지도 않은 채 카펫에 문양을 짜넣는데, 그럼에도 그것은 눈에 확 띈다. 그는 차량이 뜸한 길에서 액셀을 힘껏 밟는다. 달려라 청춘이여! 그는 말한다. "나는, 보다시피, 인물(삶, 이야기, 행동)들을 유머러스한(비극적인, 내밀한, 역사적인, 서사적인) 각도에서 살피지만, 글을 쓸 때, 진정으로 가치 있는 유일한 각도는 사각死角이다."

나는 여기, 낯선 아파트에, 알몸으로 추위에 얼어붙어 있었다. 시선은 손거울을 주시하고, 무릎에 사전을 올려놓은 채, 결말을 아는 책을 다시 읽듯이, 처음부터 전부 다시 썼다. 세부묘사들이 눈에 띄었고, 새로운 해석들, 이야기 아래의 다른 이야기, '선先 이야기', 표면 위로 나타난 지층, '전前 세계', 아르노의 얼굴, 그의 잘생긴 얼굴 아래 감도는 다른 표정, 이런 형태들은 회상이 아니라 더 오래된 것, 리즈의 화석처럼 기억 이전에 돌에 새겨진 것들이었다. 나는 뭔가가 사라져버린 음울하고 냉기 서린 장소로 돌아왔다. 망령들의 나라에 온 유령인 나는 알아들을 수 없는 억눌린 소리, 맥 빠진 메아리를 들었는데, 그 말들은 내 모국어가 아니었다. 냉정한 얼굴들은 감옥이었다. 대체 무슨 일이, 어떤 드라마가 일어났던 것일까? 누구를 위해 우리 모두 상복을 입어야 하나? 우리 자신을 위해서가 아니라면? 실은 아르노, 뱅자맹, 나의 영화감독도 역시 여기 있었기 때문인데, 그들은 나와 동행이었고, 우리는 팀을 이루어서, 발이 없는 이야기의 단어들 그리고 볼 수 없는 영화, 즉 유골함 속으로 사라진 영화의 이미지들을 찾으면서 하나의 틀 안에 함께 모였고, 세례 메달처럼 가슴에 새겨진 누려움의 고봉을 느끼며 과거의 치마폭에 싸여 꽉 긴 채 여기 있었다. 우리는 아르쉬브 거리를 거슬러 올라갔고,

위협적인 어두운 정글 속으로, 기억의 엷은 황갈색 속으로 나아 갔다. 유령들, 고인이 된 냉정한 여왕들, 아름답고 무정한 여인 들을 다시 만나려는 욕망과 공포를 느끼면서.

나는 이 이야기, 「그 여자와 그 남자」라는 동화가 다시 읽기 어렵다는 걸 안다. 각자 자신의 죽은 어머니를 끌고 다니는 두 아이에 대한 이야기, 파묻지 못하는 시체, 이미지들의 봇짐, 말 름과 누더기들의 작은 보따리를 운반하는 이야기이기 때문이다. 사랑의 가면무도회에서, 남자 파트너나 여자 파트너가 언제나 어머니(어머니는 시간의 검은 늑대 가면 속에 숨어 있다)와 춤 을 춘다는, 이따위 우스꽝스럽고 그로테스크한 이미지를 받아들 이기 어려운 까닭은, 우리가 스스로 자유롭다고 믿으며, 우리 어 머니는 캐리 그랜트와 비슷하지도 않거니와, 우리는 사랑의 카 니발에서 한낱 꼭두각시가 아니며, 유령들의 가면무도회에서 우 스꽝스러운 짓을 하는 게 아니기 때문이다. 또 이야기가 항상 나 쁘게 끝나기 때문이기도 한데, 우리는 게르다와 카이가 아니므 로 퍼즐로 '영원'이라는 글자를 맞추지도 못한다. 이 책은 시도 에 불과하고, 이 메일들은 모자이크를 맞추는 조각들이다. 이 모 자이크에는 늘 한 조각, 글자나 맹세의 일부, 푸름 속으로 사라 진 하늘 한 점이 모자란다. 영화는 죽은 어머니, 끝나버린 한 세 계, 누리지 못한 낙원(환영에 불과하다)을 되살리려는 불가능한 욕망에 지나지 않기 때문이다. 어떤 이미지의 윤곽이 영화에서 드러난다. 그렇긴 해도, 그 이미지는 기묘하게 캐스팅된 양면성의 얼굴, 즉 운명에 의해 만들어진 일종의 '비포-애프터', 두 얼굴의 야누스, 사각지대에서 보지 못한 얼굴, 행복하다 불행해지고, 애정을 기울이다 소홀해지는, 살아 있되 죽은 어머니의 얼굴이다. 거울에 비치듯 그의 눈에 내 눈이 비친다. 내 시선은 사랑이 사라진 컷(한 가지 생각처럼 고정된 채 흔들리는 컷)의 틈새를 찾아 헤매고, 어둠과 침묵을 질타하며 빛과 언어를 기다리고, 주나가 주지 않게 된 것들, 시선, 목소리, 키스, 애무를 기다리고, 기다리고, 마냥 기다린다. 그 모든 것을 되찾게 되기를.

"내가 당신을 찾아냈지"라고 아르노는 말했다. 하지만 사랑은 찾아내는 게 아니라 되찾는 것이고, 사랑을 되찾는다면, 그것을 잃었기 때문이다. 사랑을 만나 두려운 까닭은 그 끝을 알기 때문이다. 플래시*는 플래시백**일 따름으로, 과거가 다시 각광脚光을 밝혀, 우리 눈을 부시게 한다. 그래도 우리는 배짱 있게 앞으로 나아간다. 불가능한 섯이 과장된 몸짓으로 우리를 매혹하고, 우리는 그것이 안개의 수의를 걸치고 있음을 알아본다. 오, 나는 당신이 누구인지 안다, 하지만 우리는 앞으로 나아간다, 그리로

* 순간 장면.
** 과거 장면으로의 순간적 전환.

다가간다. 그것은 아름다운 용기이고, 세상에서 가장 아름다운 이동이다. 우리는 그리로 간다, 우리는 걷는다. 이제 더는 숨지 않고, 다시는 은신처로 돌아가지도 않으리라. 하지만 앞으로 나아갈수록, 자신이 솟아오르게 한 것을 앗아가는 갑작스러운 큰 파도, 오래된 표류물, 난파선의 잔해가 현재라는 사실을 더욱 까맣게 잊어버린다. 우리는 다가가고 점점 가까워지지만, 그것이 이미 사라졌음을 잊고 있는 것이다.

이상이 내가 생각했던 것이다. 일렁이는 시간의 물결무늬에 늘 시선을 고정한 채, 최면에 빠진 나의 열정, 내 삶의 순간들을 기록한 책*에서 이야기되는 은밀한 고통을 이런 각도에서 파악하면서 말이다. 우리는 어쩌면 오로지 어머니를 다시 데려오기 위한 일념으로 사랑을 하는지도 모른다. 글을 쓰는 것도 아마 그저 어머니를 만지고, 기쁘게 하고, 종국에는 떠나기 위해서인지도 모른다. 나는 나 자신의 몸짓과 말들에서 이런 불순한 노력, 야심, 원한, 슬픔처럼 사라진 모든 고통을 알아보았다. 또한 아르노의 몸짓과 제스처에서도 그런 이미지, 고통스러운 그의 수수께끼를 알아보았다.

우리의 동화에는 어른들이 등장하지 않는다. 서로 사랑하는

---

* 15세기의 베리 공작이 자신의 삶을 기록한 저서 『내 삶의 풍요로운 시간들』에 대한 패러디.

것은 아이들이고, 서로 만나는 것은 유령들이다.

　나는 다시 침대에 누웠다. 자크가 내 쪽으로 돌아누워 나를 품에 끌어안았고, 당신을 사랑해, 카미유, 잠에 취했는데도 분명한 목소리로, 거의 단호하게 말했다. 당신을 사랑해.—저런, 이번 한 번만 나를 카미유라 부르게 놔두자. 그런데 당신 또 뭘 한 거예요? 몸이 얼음장처럼 차갑네요. 그가 내 다리 사이에 다리를 집어넣으며 물었다. 우리는 말없이 부둥켜안은 채 오랫동안 그렇게 있었고, 그의 품에 있으니 불안삼노 사라셨다. 나는 그의 머리칼에 입을 맞추며 말했다. “우리 영원히 이대로 있어요, 네?” “아니, 그럴 생각이 없는데요.” “왜요?” 그가 대답했다. “내 오른쪽 다리 관절이 뻣뻣해졌거든요.”

　우리는 다시 잠들었다. 나는 반수면 상태에서 많은 꿈을 꾸었는데, 뱅자맹 콩스탕과 스탈 부인도 보았다. 그녀는 제1제정풍의 드레스를 입었고, 그는 가슴장식이 달린 옷을 입고 있었다. 그들 시대에서 왔으니 그렇겠지민, 두 사림은 생 자크 거리 아래쪽에서 우아하게 택시에서 내렸다. 걷고 싶어져서 나머지는 걸어갈 작정인 듯했다. 멀지 않은 곳에서 누군가가 연주하는, 눈물이 날 만큼 경쾌한 멜로디인 소리가 들려왔다. 스탈 부인이 내게 다가왔다. 환히 빛나는 그녀의 얼굴에는 두려움의 기색이라고는 없었다. 그녀는 자신과 뱅자맹 커플을 가리키며 말했다. "저들은 각자 다른 열망을 품었고, 의견도 일치한 적이 거의 없어요. 하지만 저들 마음속 깊은 곳에는 비슷한 불가사의가 있어요." 이번엔 뱅자맹이 다리를 약간 절면서 앞으로 나왔는데, 표정에 멜랑콜리가 옅게 서려 있었다. 살짝 미소지으며 그는 이렇게 덧붙였다. "그래요, 그녀와 함께 살 수도, 그녀 없이 살 수도 없었다오. 그녀의 영혼이 내 영혼 속에서 울부짖었으니까."

그들은 손을 잡고 생 자크 거리를 거슬러 올라갔고, 곧이어 명멸하는 불빛 가운데서 움직이는 하나의 점으로 변했고(아름답고 더없이 다정한 그들이 어떻게 그토록 오랫동안 서로에게 '악의 왕자' 와 '얼음 나라 여왕' 노릇을 할 수 있었단 말인가?), 그동안 나는 당신을 생각했고, 첫날 저녁 거울 속에서 마주쳤던 당신의 시선을 떠올렸다. 그 거울에 내 시선이 떠돌았고, 시선의 유령들이 민첩하게 움직였다. 나는, 영원히 그 시선을 받으며 살리라 믿었는데, 그 시선을 다시는 볼 수 없게 되어 품은 맹렬한 적개심을 과연 거둘 수 있을지, 저버린 맹세, 번복된 말로 인한 뼈아픈 고통을 가라앉힐 수 있을지 생각했다. 또, 이제 정말로 당신을 잃게 될 참이고, 당신을 놓아주어야 한다고, 그래, 시선에서, 내 시야에서 풀어줘야 한다고, 당신이, 어릴 때 놓아준 새처럼 곤두박질칠지 날아갈지 알 수 없지만, 고통을 참느라 꽉 쥔 주먹을 펴서 당신을 놓아줄 필요가 있다고 생각했다. 그래, 당신의 눈, 손길, 목소리가 없어도 존재할 필요가 있다고, 촛불을 끄듯 내 안에서 그것들을 하나씩 꺼나가고, 혼자서 테네브레 수업을 하고, 당신의 눈, 손길, 목소리, 그것들을 불어서 끄고, 어둠으로 녹아들게 해야 한다고 믿었다. "오! 이제 그들이 길 저 위쪽에 있네. 택시가 그들을 추월했고, 그들은 지금 저 멀리 있어. 당신 아직 그들을 보고 있어? 그 사람들 맞아? 눈부신 빛이야. 아이들이 거울로 장난치는 것만 같아. 당신 여전히 그들을 보고 있는 거지? 말해봐." 아마 그때야 비로소, 그래, 믿지 않는 것을 믿을 수 있고, 내 기억을 믿을 수 있을 것 같았다. 처음에 내 눈을 믿었던 것처럼. 우리는 처음 만난 날 밤에 찢어서 서로의 이름과 연락처를 써넣었던 종이쪽지 두 장을 맞췄고, 그 쪽지들이 비록 '영원'이라는 글자를 맞추는 데 모자라는 조각들은 아닐지라도, 우리는 이따금, 가로세로 좌표로 바둑판무늬가 깔린 공간에서, 흐릿한 가면을 쓴 채 뜨거운 눈길을 나누며 옛날 무도회에서 함께 춤을 추었고, 서로 꼭 낡은 불가사의를 공유했고, 말로는 표현할 길 없는 비밀, 보이지 않는 얼굴, 서로의 육체를 침묵 속에서 교환했다. 우리는 불가능한 일을 했던 것이다. 그때는, 사실, 우리가 서도 사랑했던 것 같다. 당신과 내가.

뱅자맹 콩스탕과 관련된 글들은, 예외는 있지만, 『아돌프』
『세실』『붉은 노트』, 내밀일기와, 레카미에 부인, 안나 린드세,
프로스페르 드 바랑트와 그가 주고받은 서한집에서 인용, 발췌
해 편집한 것들이다.

마지막 장에 나오는 스탈 부인의 대사는 그녀의 소설 『코린』
에서 가져온 것이다.

이 책에는 또한 이탈리아 영화감독 안토니오니, 보들레르, 베
리만, 프랑스 영화감독 A. 카발리에, 스위스 극작가 A. 코언, 콕
토, 프랑스 여성 작가 클로에 들롬, 마르그리트 뒤라스, J. L. 고
다르, 정신분석학자 A. 그린, 위고, F. 랑, 철학자이자 작가인 리

히텐베르크, 니체, 체호프, 구조주의 학자 토도로프, 프랑스 작
가 L. 드 빌모랭, 그리고 정신분석 국제사전에서 때로 수정해가
며 인용한 문장들이 포함되어 있다.

남녀간의 사랑은 '미션 임파서블'이다

『당신도 나도 아닌』은 남녀간의 사랑에서 순진한 낭만주의적 환상의 거품을 걷어내자고 시비를 걸어오는 책이다. 제목부터 폴 제랄디가 사랑에 관해 쓴 서정시집 『당신과 나』를 비틀고 있다.

단 몇 마디로 소설의 내용을 압축한다면, 남녀간의 사랑은 '미션 임파서블'이라는 것이다. 그런데 동명의 영화에서는 주인공이 온갖 어려움을 극복하고 임무를 완수하지만, 이 책에서는 말 그대로 임무 수행이 불가능함을 시시콜콜 늘어놓는다. 사랑이 추락할 당시의 기록이 담긴 블랙박스를 열어 '어떻게'와 '왜'를 보여주면서. 그저 그뿐인데, 왜 이토록 사무치게 아름다운지…… 한숨과 탄성이 절로 나온다.

남녀간의 사랑은 마치 전쟁이나 운동경기처럼 진행된다. '전쟁'이라는 표현은 살벌하니, '운동경기'라고 하는 편이 낫겠다. 한쪽에는 Elle(그녀) 팀의 깃발 아래 여자선수들이, 다른 쪽에는 Lui(그) 팀의 깃발 아래 남자선수들이 포진해 있다. 선두에는 당연히 Elle 팀의 주장인 화자(이 책의 저자인 로랑스처럼 프랑스의 작가)와 Lui 팀의 주장인 영화감독(외국에 거주하는 젊은 프랑스 영화감독)의 모습이 보인다. 감독은 그녀의 소설(내용은 역시 '미션 임파서블')을 영화로 만들고 싶어한다. 그래서 작가와 의견 조율을 위해 이메일을 주고받는다. 이 책에는 화자인 작가의 이메일 내용만 나와 있다. 그녀의 이메일을 읽는 것이 곧 이 책의 독서이다. 이메일 내용을 통해 우리는 각 팀의 주장 뒤에서 활약하는 선수들의 모습을 보게 된다. 후보 선수는 생략하고 주전 멤버만 소개하자면, Elle 팀에는 엘렌(화자가 쓴 작품의 여주인공), 엘레노르(벵자맹 콩스탕의 『아돌프』의 여주인공), 스탈 부인(콩스탕의 연인), 저자 카미유 로랑스가 있고, Lui 팀에는 아르노(때로는 엘렌의 상대역, 때로는 로랑스의 상대역), 아돌프(엘레노르의 상대역), 벵자맹 콩스탕(스탈 부인의 상대역)이 있다. 이들은 『아돌프』의 연극 리허설을 하는가 하면 일대일로 혹은 단체로 '미션 임파서블' 경기를 벌인다. 그런데 특이한 점은, 실제 운동경기에서는 어느 한쪽이 이기거나 지거나 비기는데, 이들의 경우에는 둘 다 패배한다는 사실이다. 이들이 불가능한 임무를 수행하려고 부단히 애쓰는 가운데 시간은 흐르고, 언제부터인가 영화와 연극이, 개인 경기와 단체 경기가 차츰 뒤섞인다. 그리고 처음에 복수複數이던 양 팀의 선수들이 각기 한 사람, 즉 Elle(여성)과 Lui(남성)로 수렴된다. 결국 우리 모두의 이야기인 것이다.

원래 문학이란 '무엇'을 말하느냐가 아니라 '어떻게' 말하느냐의 문제이다. 숲으로 들어서기 전에 일단 숲을 조망하는 것은 미궁에 들어가기 선에 아리아느네의 실나래를 손에 넣는 섯과 같다. 그런 연후에는 느긋하게 나무 한 그루, 풀 한 포기, 기이하게 생긴 돌멩이, 오솔길, 새의 날갯짓, 시냇물 소리, 햇빛에 반짝이는 나뭇잎…… 이런 것들에 한눈을 팔며 천천히 숲을 통과하는 것이 좋다. 이 소설의 매력은 디테일에 있기 때문이다.

아무튼 단언하건대, 미궁을 빠져나온 테세우스에게 보상은 충분하고도 넘친다는 말을 전하고 싶다. 이 책을 번역하면서 수없이 좌절했딘 경힘에서 나온 말이다.

송의경

카미유 로랑스를 만나다

그녀의 상처에서 비롯된 '자전적 허구'는 사랑의 환상을 뚫고 비수처럼 날아와 우리 가슴에 꽂힌다.

바르르 떨리는 칼의 진동에서 아름다움이 느껴진다. 강한 힘이 배어난다.

허구이면서 또한 진실이기 때문이다. 사랑이 추락할 당시의 생생한 기록을 담은 블랙박스이므로.

로랑스와 수차례 이메일을 주고받고서야 인터뷰 날짜가 잡혔다. 2008년 5월 27일. 장소는 이메일이 몇 차례 더 오가고 나서 정해졌다. 원래는 로랑스의 아파트에서 만나기로 했지만, 아파트에서 오 분 거리에 있는 조용한 찻집으로 장소를 변경해야만 했다. 로랑스의 집 위층에서 물이 새는 바람에 시작한 천장 공사가 예정보다 길어졌던 것이다. 나는 메트로 생 미셸 역에서 내려, 좌측으로 센 강을 끼고 이삼백 미터쯤 걸이올라가다가 우측 골목으로 접어들었다. 찻집 ‘Tea Caddy’가 보였다. 약속시간인 두시가 되려면 아직 시간이 남아 있었다.

출입문 왼편 창가 자리에 앉아 장비를 점검했다. 녹음기, 카메라, 메모지, 볼펜, 로랑스의 책들까지 이상 무. 하지만 카메라는 무용지물일 것 같았다. 아침부터 계속 비가 주룩주룩 내려서 어두운데다가 찻집 안은 더 어두웠기 때문이다.

로랑스를 기다리는 동안 조금 긴장되었다. 그녀의 미모(금발, 푸른 눈, 훤칠한 키)나 마녀가 휘두르는 칼처럼 정곡을 푹푹 찔러대는 글의 아름다움 때문만은 아니었다. 로랑스의, 혹은 로랑스에 대한 글을 읽으며 내 안에 생겨난 그녀에 대한 선입견 때문이었다. 내 선입견에 따르면, 그녀는 냉담하고, 말을 하면서도 짐짓 다른 곳을 바라보며, 말투가 불손하고, 태도가 거만했다. 나는 창밖을 바라보며 나 역시 두려울 것 없는 '대한민국의 막강한 아줌마'라는 사실을 떠올리며 어깨에 힘을 주었다.

로랑스가 우산을 접으며 출입문을 열고 들어섰다. 우리는 차를 주문하고, 선물을 주고받고(나는 로랑스의 소설 한국어 번역본을, 그녀는 자신의 신작 에세이집을), 차를 마시며 가벼운 담소를 나누었다. 그녀는 한국이 무척 역동적인 나라라는 사실 외에 별로 아는 바가 없어서 미안하다고 했다. 로랑스는 사진으로 본 것보다 수수한 편이었고(맨 얼굴에 꾸미지 않은 머리, 줄무늬 원피스에 검은색 카디건을 걸쳐 입었다), 무척 친절하고 자상했으며, 말을 할 때도 미소를 띠고 상대방을 바라보았다. 이제 시작할까요? 내가 물었다. 좋아요. 로랑스가 대답했다. 나는 안도감을 느끼며 조심스럽게 녹음기의 버튼을 눌렀다.

송의경 : 언제나 사랑을 주제로 소설을 쓰는데, 그 이유를 가장 먼저 묻고 싶습니다. (웃음)

로랑스 : (웃음) 질문으로 대답을 대신할게요. 사랑보다 흥미로운 주제가 또 있을까요? 사랑이야말로 인간을 둘러싼 모든 질문, 소설이 제기할 수 있는 온갖 질문의 핵심이라고 생각합니다. 친밀하든, 사회적이든, 정치적이든 간에 모든 종류의 관계를 움직이는 보이지 않는 힘이 사랑이니까요. 이 보이지 않는 힘, 인간사의 가장 거대한 주제를 다루는 것이 나는 흥미롭습니다.

송의경 : 그렇다면 여러 유형으로 나타날 수 있는 사랑 중에서, 유독 남녀간의 사랑에 관심을 쏟는 이유는 무엇입니까?

로랑스 : 내가 여성이고, 여성인 내가 경험하는 최대의 타자성他者性이 남성이기 때문입니다. 프랑스어 Altérité(타자성)은 다른 언어로 번역되거나 다른 문화권에서 읽힐 경우에는 의미가 달라질 수도 있겠지만, 내게는 '다른 성性'을 의미합니다. 하나의 성性만 지닌 존재인 나는 나와는 '차이'를 가진 존재, 나 자신이 아닌 존재에 매료됩니다. 나는 오래전부터 무엇으로도 좁힐 수 없는 타자와의 근본적인 차이에 관심을 가져왔습니다. '차이'는 성적인 욕망, 상대의 성을 알고 싶은 욕망, 다가가려는 욕

망을 불러일으키지요.

송의경 : 그렇다면 아르노(이 책 『당신도 나도 아닌』의 남자주인공) 말인데요. 그는 병적인 어머니와의 비정상적인 관계 때문에 사랑을 하지 못합니다. 그렇다면 사랑이라는 문제에서 어머니와의 관계는 남녀 관계만큼, 아니 그보다 더 중요하다고 할 수 있지 않을까요?

로랑스 : 맞습니다. 점점 더 그렇다는 생각이 들어요. 한동안 정신분석 공부를 했었습니다. 정신분석가가 되려고 했던 적도 있었고요. 프로이트, 라캉을 비롯해 위니콧, 멜라니 클라인 같은 정신분석가들의 저서는 요즘도 많이 읽습니다. 그래서인지 내게는 사랑하는 데 장애가 되는 요인들, 즉 수많은 금기, 증상, 신경증 등에 주목해서 사고하려는 경향이 있어요. 어머니와 자식의 관계에서는 주로 아이가 출생한 초기 몇 년 사이에 문제가 발생하지요. 어머니의 사랑이 너무 넘치거나 반대로 모자라 아이에게 심각한 영향을 미칩니다. 아르노는 사실상 자기 어머니의 멜랑콜리, 중증 우울증을 물려받았다고 할 수 있어요. 어머니를 견딜 수 없으면서도, 어머니에 대한 애착이 너무 강한 탓에 다른 여자를 사랑할 수 없는 것입니다. 그런데 화자(이 책의 여주인공 엘렌과 겹치는 인물)로 나오는 인물도 자신이 소위 '죽은 어머니 콤플렉스'로 고통받고 있음을 뒤늦게 깨닫습니다. 화자의

유년기에도 자식을 잃고 우울증을 앓는 어머니가 있었으니까요. 그 어머니는 또 자신의 어머니의 죽음에 전적으로 좌우되고요. 결국 개인사에 기인한 일종의 장애가 상호적으로 작용한다고나 할까요. 아르노와 엘렌이 첫눈에 사랑에 빠지는 것은 서로 상대방의 상처받은 영혼을 알아보았기 때문입니다. 나는 두 사람이 사랑의 관계를 맺는 것은 두 사람의 무의식이 만나는 거라고 생각합니다.

송의경 : 작품 안에서 사랑이라는 주제는 다른 주제인 글쓰기, 자기 정체성과 자유의 탐구와 긴밀하게 뒤얽혀 나타납니다. 물론 의도적일 테고요. 설명을 좀 해주시겠습니까?

로랑스 : 사랑과 글쓰기의 도정道程은 동일합니다. 사랑에는 하나의 대상, 수평선처럼 다가가면 계속 뒤로 물러나는 탓에 영원히 닿을 수 없는 대상이 있지요. 글쓰기도 마찬가지입니다. 그것은 완벽한 형식과 적확한 말의 끊임없는 탐색, 현실의 뭔가를 옮겨보려는 시도인 동시에, 그 자체가 실현 불가능한 꿈에 대한 자각이기도 하거든요. 사랑의 관계와 글을 쓰는 행위 사이에는 정말로 유사성이 있다고 믿습니다. 그런데 중요한 건 길이지, 길 끝의 무엇이 아닙니다. 끝에는 결코 이를 수 없어요.

송의경 : 자유는 어떻습니까?

로랑스 : 자유는 쟁취하는 것입니다. 내 경우에는 이해를 통해

자유를 얻습니다. 이 책의 화자는, 물론 여러 면에서 나와 아주 흡사한데, 의미를 이해함으로써 불안과 사랑의 고통, 창작의 불능에서 벗어나는 인물이지요. 무슨 일이 일어나는지 알게 될수록 화자의 고통은 누그러집니다. 자신을 풍요롭게 해주는 책을 많이 읽을수록, 생각이 더 깊어지고, 골치 아픈 온갖 번민을 털어내고, 자신을 옥죄는 족쇄로부터 자유로워집니다. 독서는 내게도 마찬가지로 정신분석의 기능을 합니다. 자신을 좀더 잘 알게 되면 환상을 제거할 수 있으니까요.

송의경 : 일종의 테라피(정신치료)일까요?

로랑스 : (머뭇거림) 음…… 증상의 제거가 목적인 치료의 의미라면, 테라피가 아닙니다. 사실 글을 쓰다보면 증상이 가벼워지기도 하지만, 그렇다고 증상의 완화를 목적으로 글을 쓰지는 않아요. 정신분석과는 달리 글은 치료를 목적으로 쓰는 게 아닙니다. 따라서 그 둘은 완전히 똑같은 게 아니지요. (웃음) 늘 그런 것도 아니고요.

송의경 : 불행으로 끝난 사랑을 기술하는 것은 고통에서 멀어지는 방법이기도 하다는 얘기군요.

로랑스 : 네, 물론입니다. 고통은 완화되고 치유됩니다. 하지만 무의식이 끊임없이 새로운 고통을 만들어내거든요. (웃음) 그러니 글쓰기를 절대 멈출 수 없는 겁니다.

송의경 : 그렇다면 글은 우선 자신을 위해 쓰는 거군요. 당신은 글을 쓸 때 미래의 독자를 염두에 두나요?

로랑스 : 아니요, 미리 독자를 상정하고 글을 쓰지는 않습니다. 대신, 특정한 누구라 할 수 없는 일종의 수평선이 있다는 생각은 해요.

송의경 : 막연하나마 어떤 독자층을 상정한다는 의미로 들리는군요. 그 독자층은 상당히 수준이 높아야 할 겁니다. 이번 작품은 특히 더 어려워요. 이 책의 독자라면 문학, 영화, 음악 등의 문화 전반에 대한 기본 소양을 갖추고 있어야 함은 물론이고 프랑스의 문화적 맥락도 훤히 꿰뚫고 있어야 할 거예요. 그렇지 않다면, 프랑스인이라 해도, 이 책의 묘미를 제대로 즐기기가 쉽지 않을 테니까요. 번역하기는 또 얼마나 어려운지…… (웃음)

로랑스 : 맞습니다. 소설가로 유명세를 얻기 전에 쓴 내 초기 작품들도 무척 어려웠어요. 그리고 이번 소설이 다른 작품들보다 훨씬 어려운 것도 사실입니다. 이 책을 읽은 친구들이 복잡하고 난해하다고 말하더군요. 그런데 책을 쓸 때 나는 독자의 이해 여부에 신경 쓰지 않습니다. 그렇게 되면 작가는 타락하거든요. 시장의 기능에 부합하는 글을 쓰려는 함정에 빠지니까요. 그건 내가 원하는 바가 절대 아닙니다. 의도적으로 어렵게 쓰려는 것도 물론 아니고요. 이해에 대한 강박증을 지닌 나에게는 이해받

는다는 사실이 무척 중요합니다만, 독자를 믿고 그의 지성에 맡기는 편입니다. 독자의 사고가 단순할 거라고 전제하고 그 수준에 맞추거나 하지는 않아요. 번역하기 어렵다는 데는 동감합니다. (웃음)

송의경 : 당신이 라신을 위시한 프랑스 문학의 고전주의 작가들을 좋아한다고 어디선가 읽었습니다. 라신의 주제도 언제나 사랑, 그것도 하나같이 비극적 사랑이지요. 그런데 라신의 비극은, A는 B를 사랑하는데, B는 C를, C는 D를…… 이런 식으로 사랑이 그 주체와 대상 간의 상호감정이 되지 못하고 직렬구조로 계속 엇갈리는 데서 발생하잖아요. 라신의 관점에 대해서는 어떻게 생각합니까?

로랑스 : "행복한 사람에게는 이야깃거리가 될 사연이 없다"는 말이 있습니다. 비극이 성립되려면 극의 줄거리에 드라마가 있어야 해요. 장애물들이 필요한 거죠. 라신의 작품에서 흥미로운 점은 비극적 환상으로서의 열정입니다. 라신의 인물들은 타인에 대해서는 물론이고 자신에 대해서도 착각합니다. 열정에 빠진 탓에 있지도 않은 대상을 꾸며내는 거지요. 열정에 빠진 사람이 사랑하는 대상은 타자인 누군가가 아니라 사랑 혹은 사랑이라는 개념 자체입니다. 열정은 사랑이 아니라 방황이에요. 사랑이란, 이론적으로는, (웃음) 타인에 대한 승인, 즉 나와 상대

가 다르다는 것을 받아들이고, 그의 장점과 단점을 아무런 환상
없이 인정하는 일입니다. 열정과는 아주 다르죠.

　송의경 : 이 책을 읽으면서 특히 주목했던 점은, 사랑이 불가
능해지는 책임을 작가가 놀랍게도 남성(아르노)의 '사랑 불능
성'에서 찾고 있다는 사실입니다. 여성(엘렌)에게는 사랑의 능
력이 있다고 하면서 말입니다. 하긴 엘렌과의 사랑에 종지부를
찍은 당사자가 아르노이긴 해요. 하지만 이런 사랑의 불능성이
실제로 남성의 몫이라고 믿는 건가요?

　로랑스 : 솔직히 좀 신기하네요. 며칠 전에 똑같은 질문을 받
았거든요. 나는 다음 주에 정신분석학회에 참석하기로 되어 있
습니다. 세미나의 주제는 욕망이고요. 그런데 한 여성 정신분석
의가 내게 '여성이 남성을 사랑하기보다 남성이 여성을 사랑하
기가 더 어려운가?'라는 질문을 보내 미리 답변을 요청하더군
요. 그렇다고 했습니다. 바로 이게 내 대답이에요. (웃음) 남자
들은 대체로 사랑 그리고 사랑에 대한 여자들의 생각이나 감정
에 상대적으로 관심이 부족합니다. 그래서 사랑에 전념하지 못
하는 거예요. 물론 일반화하기엔 무리가 따르지요. 남성에게 있
는 여성적 측면도 고려해야 하니까요. 그래도 내가 느끼는 바로
는 분명 뭔가가 있어요. 다분히 경험적 견지에서, 그동안 읽고
관찰한 모든 것에 입각해서 말하자면, 여성의 경우가 친밀한 대

상에게 더욱 편향적일 뿐만 아니라 자기 느낌을 분석하고 말로 표현하려는 욕구가 훨씬 강합니다. 확실히 그래요.

송의경 : 남성의 경우에는 대다수가 자기표현에 서투르고, 타자성, 즉 여성을 두려워한다고 생각하나요?

로랑스 : 네, 그렇습니다. 하지만 남성과 여성이 이렇게 다른 이유를 도무지 모르겠어요. 여성도 남성을 두려워해요. 타자성은 물론 양쪽 모두에게 있는 거고요. 그런데 남성이 여성보다 훨씬 더 두려워하고, 혹시라도 여성에게 지나치게 빠질까봐 몸을 사려요. 그래서 오르페우스 신화가 생겨난 것이고, 그것의 재해석을 내가 이 소설에서 시도했던 겁니다. 남자들은 대부분 멀리서 사랑하기를 더 원해요. 그런 특성을 과장해서 내가 "남자들은 죽은 여자를 선호한다"고 썼지만, 사실이 그렇습니다. 이건 시원적始原的인 문제라고요. (웃음) 앞으로는 좀 바뀔지 모르지만.

송의경 : 그런데 다음 경우는 어떻게 이해해야 좋을까요? 한국에서는 남성을 두려워하는 여성이 꽤 있거든요. 문화나 사고방식의 차이 때문이라고 생각해야 할까요?

로랑스 : 남성의 어떤 점을 두려워합니까? 폭력이요?

송의경 : 물리적 폭력보다는 정신적 폭력이라고나 할까요……
남녀간 역할의 갈등, 남성우월주의 같은 유교문화의 부정적 잔재, 그리고 그로 인해 가부장적 사고를 가진 마초가 많아서가 아

닐까 생각합니다.

로랑스 : '마초가 되는 것'은 여성에 대한 두려움을 표출하는 한 방식입니다. 유럽에도 마초는 많아요. 어느 세대나 상관없이요.

송의경 : 개인차는 있겠지만 나이 든 한국 남성들―내 아버지 세대나 남편 세대―은 대체로 사랑을 표현하는 데 인색합니다. 감정 표현을 절제하는 것이 미덕으로 여겨진 탓도 있을 거예요. 요즘 젊은 사람들이야 서양인들처럼 사랑 표현에 익숙하더군요. 하지만 나이 든 세대의 남자들은 사랑한다는 말을 심지어 평생 한두 번밖에 하지 않는 경우도 있답니다. 내 아버지가 그랬고, 남편도 비슷해요. (웃음) "언어만이 사랑을 존재하게 만든다"는 당신의 지론에 비추어본다면, 이 경우는 어떻게 규정짓겠습니까? 말로 표현되지 않는 사랑은 없는 것과 같다는 의미에서 사랑의 불능을 초래할까요?

로랑스 : 사랑한다고 한 번 말하고 그 유효성이 평생 지속되리리 믿는다는 말이죠? (웃음) 물론 문화적 차이가 상당한 역할을 할 거예요. 그런데 그 경우는 사랑의 불능이라기보다는 소통의 불능이라고 해야 할 것 같은데요. 서로 대화를 나누지 않는데 어떻게 상대방을 이해할 수 있겠어요? 필시 오해가 생기는가, 상대방의 의중을 전혀 알 수 없게 되겠죠. 언어 소통이 없다면 육

체적 소통도 있을 수 없습니다. 결국엔 아무것도 남지 않게 될 거예요. 계속 서로 엇갈릴 수밖에요.

그런 의미에서, 사랑에 대한 아주 적절한 정의定義가 떠오릅니다. 잉마르 베리만 감독의 말인데, 내가 이 책에서도 인용했어요. 자신의 마지막 영화 〈사라반드〉에서 목사의 입을 빌려, 그는 이렇게 말합니다. "한 커플이 유지되려면 두 가지가 필요하다. 변함없는 에로티시즘과 허심탄회한 동지애가 그것이다"라고요. 보세요, 라신의 인물들이 내리는 정의와 다르잖아요. 사랑은 열정이 아니라는 거예요. 다분히 프로테스탄트적이면서 약간 실용주의적이라고나 할까요. 일상을 살아가는 한 커플에게는 성적性的 합의와 동시에 동지애가 필요하다는 거예요. 사실 동지애라는 말은 좀 약합니다. 대다수의 여자들이 이 말에 만족하지 않을 테고, 남편을 동지라고 부르는 걸 좋아하지도 않을 테니까요. 그런데 동지애란 서로 사랑하고, 서로 이해하고, 서로에게 해를 끼치지 않고, 서로 돕는다는 의미 아닌가요? 여기에 에로틱한 면을 추가했을 뿐이에요. 그래도 이만하면 훌륭하죠.

송의경 : 사랑이 유일하고 영원한 것이라는 낭만적 환상을 여지없이 부정하는데, 그렇다면 당신이 생각하는 사랑이란 무엇입니까?

로랑스 : 사람이 일생에 단 한 번만 사랑에 빠진다는 것은 있

을 수 없는 일입니다. 그렇기는커녕 평생 수없이 사랑에 빠지지요. 미래의 세대들은 커플에 대한 기존 개념마저 재검토하게 되리라고 생각해요. 한 번에 한 사람이 아니라 동시에 여러 사람을 사랑할 수도 있다는 말입니다. 전혀 불가능한 이야기가 아니에요. 왜 사랑이 독점적으로 혹은 순차적으로만 이루어져야 하죠? 왜 한 대상과의 사랑이 끝나야 비로소 다른 사람을 사랑할 수 있는 건가요? 오늘날은 대부분 그렇게들 하죠. 한 사람을 사랑하다가 이삼 년이 지나면 헤어지고, 다시 인생을 시작하고, 그러다 다른 누군가를 만나 사랑에 빠지고, 그와 새로운 삶을 꾸려가고…… 그렇게 말이에요. 사회적 도식입니다.

송의경 : 당신의 모든 소설이 내용상으로 '사랑'에 관한 담론이라면, 형식상의 특징으로는 구조의 복합성을 들 수 있겠습니다. 이번 작품의 구조는 특히 더 복잡하고요. 다층구조를 선호하는 이유는 무엇입니까?

로랑스 : 나는 소설 내부에 여러 층위를 통합하기를 선호합니다. 그래야 다소 복잡한 구조들과 초점의 다양성이 생겨나니까요. 피카소의 입체파 그림 속의 여자처럼, 정면의 모습과 옆모습을 한 화면에서 보게 되는 것과 같아요. 나는 동일한 장면을 소설 안에서 다양한 각도로 조명해서 제시하는 것은 물론이고, 저 자인 내가 그 안에 있다는 사실도 알리고 싶어요. 내가 지금 무

엇을 하고 있는지, 즉 소설 안에서 벌어지는 일들을 겪어나가며 그 체험의 맥락들을 기술하고자 거기 있음을 보여주고 싶은 거지요. 소설에는 단 하나의 이야기가 아니라, 그 이야기를 조망하는 또 하나의, 혹은 복수의 시선들이 있었으면 합니다. 다시 말해 시선이나 거울의 작용이 있기를 원해요. 그래서 나는 거울에 비치는 상像을 매우 중요하게 여깁니다. 아르노와 엘렌의 첫 만남도 거울 속에서 시선이 맞부딪치면서 시작되잖아요. 서로 직접 대면하는 게 아니라, 거울에 비친 상대방을 바라보는 서로의 모습을 보는 거죠. 다분히 나르시시스트적이에요. 사랑을 할 때, 우리는 상대방의 시선에 비친 자기 자신을 사랑하는 겁니다.

송의경 : 거울을 매개로 한 다층구조는 누보로망의 영향이겠지요?

로랑스 : 네, 누보로망의 격자구조에서 영향을 받았습니다. 하지만 누보로망은 늘 지나치게 냉담하고 사변적이라는 느낌이 들어요. 그보다는, 지드를 무척 좋아합니다. 요즘엔 구식으로 여겨지는 모양이지만요. 특히 『위폐제조자들』의 격자구조, 복수의 줄거리들, 단편들로 재구성되는 일종의 퍼즐 등에 푹 빠져서 그 영향을 받았다는 게 더 맞습니다.

송의경 : 복잡한 구조를 가진 정교한 건축물과도 같은 이 작품을 쓰기 전에 상세한 설계도 같은 것은 있었는지요? 집필은 어

떻게 진행되었습니까?

　로랑스 : 이 책은 유난히 힘들게 썼습니다. 완성하기까지 무려 삼 년이나 걸렸고, 다른 작품을 쓸 때와 비교하면 지옥을 경험했다고 할 수도 있어요. (웃음) 이 작품을 구상하면서 내가 원했던 것은 무엇보다, 어디로든 튈 수 있는 이야기의 골조를 세우자는 것이었습니다. 구체적으로 그 시도가 어떻게 이루어졌고, 이야기들이 어떻게 끼워 맞춰졌는지 설명하기는 쉽지 않군요. 아무튼 나는 에세이를 쓰듯이 많은 글을 썼고, 단편적인 글들의 위치를 이리저리 바꿔가며 편집했습니다. 너무 복잡해지지 않게 신경 쓰면서요. 일 년이나 일 년 반 정도, 단 한 줄의 글도 쓰지 못했던 시간도 있었습니다. 하지만 매일 작업을 하는 것과 다르지 않았어요. 왜냐하면 소설을 쓰려면 본격적으로 집필을 시작하기 전에 머릿속에서 작품 전체를 하나의 건축물처럼 조감할 수 있어야 하거든요. 두뇌에서의 잉태, 임신과 거의 흡사하다고 보면 됩니다. 책은 내 머릿속에서 진행됩니다. 처음엔 아주 작은 태아였다가 시간이 지나면서 손, 발, 팔, 다리가 생기고 자라나는 거예요. 그러다보면 이걸로 책 한 권이 되겠다는 느낌이 드는 순간이 와요. 출산은 글을 쓰면서 시작됩니다. 책은 나 자신에게서 끌어내어 언어의 옷을 입혀야 하는 것이지만, 사실 머릿속에 이미 만들어진 상태니까요. 머릿속 작업이 선행되지 않는 한, 책이

되겠다는 확신이 들지 않는 한, 나는 절대 집필을 시작하지 않습니다. 만일 내가 소설을 쓰고 있다고 말한다면, 그건 실제로 종이에 쓰는 것이 아니라, 머릿속에서 쓰는 중이라는 의미입니다.

송의경 : 빈번한 언어유희도 잉태기간 중에 생겨납니까?

로랑스 : 아뇨, 글을 쓰는 중에요. 평소에 아이디어가 떠오르면 메모해두기도 하지만, 그런 경우는 몹시 드물어요. 사실 글은 점진적으로 구축되는 것입니다. 그런데 나는 결말부터 쓰기 시작하거든요. 지금 집필중인 새 소설도 마지막 장면을 이미 '썼답니다'. 이야기가 어떻게 끝나는지 알고 있으므로, 이제 시작하는 일만 남은 거죠! (웃음) 좀 이상하게 들리겠지만, 나는 그런 식으로 소설을 씁니다. 결말을 알기 때문에 적이 안도감이 들고, 시작하고 싶은 마음도 생기니까요.

송의경 : 자전적이지 않은 허구로서의 소설을 쓸 생각은 없나요?

로랑스 : 그런 소설도 썼습니다. 초기 소설들이 그렇지요. 살인사건이 일어나고 탐정이 등장하는 추리물 형식에 글쓰기 자체에 대한 다소 지적인 탐구를 내용으로 하는 소설들이죠. 작가를 탐정으로 등장시켜 단서들을 찾아내고 보고서를 작성하게 만들었어요. 하지만 전혀 성공을 거두지 못했어요. 그러다 『필리프』를 쓰면서 순전한 허구에서 자전적 허구로 전환하게 되었습니

다. 내 아들이 죽는 순간, 처음으로, 일인칭 화자 '나'를 사용했으니까요. 그러고 나자 다시는 허구로 돌아올 수 없더군요. 앞으로는 어떨지 모르겠으나, 지금으로서는 불가능하게 느껴져요. 단편이나 짧은 원고를 청탁받았을 때조차 허구를 쓰지 못하는걸요. 자전적 글쓰기, 즉 자신에 대해 말하기와 관련된 것은 대체로 자신의 무지를 폭로하는 것과 같습니다. 뒤집어 표현하자면, 겸손의 형태라는 말이지요. 내가 증언하는 바는 결국 '나는 타인들이 누구인지 모른다'는 고백이잖아요. 그러니 '나'에서 출발하는 수밖에요. 말할 수 있는 것은 내가 세상과 타인들을 어떻게 바라보고, 어떻게 인식하고, 어떻게 느끼는가, 그것뿐입니다. 그런데 그마저 암중모색인 탓에 불투명할 따름이고, 타인은 여전히 수수께끼로 남아 있는데다가, '나'는 주변에서 무슨 일이 일어나는지 영문을 모르는 까닭에, 나의 무지를 실토하는 수밖에 없다는 것입니다. 그러므로 어떤 관점에서 보면, 적어도 내게는, 자전적 글쓰기가 겸손의 형태인 거죠. 감히 타인의 입장에서 왈가왈부할 수 없다는 의미니까요. 나는…… 그러니까…… 순전히 허구의 인물들을 창조함으로써 오류를 범하게 될까봐 무척 두렵습니다.

송의경 : 좀전에 나는 이 작품을 정교한 건축물에 비유했는데, 또한 대단히 음악적이라는 점도 꼭 말해두고 싶어요. 이 작품에

쓰인 단어, 대목, 장면들 중의 어느 하나도 다른 것들과 긴밀한 관련을 맺지 않고 우연히 존재하는 것은 없습니다. 하나는 반드시 다른 것, 그것은 또다른 것을 참조하게 만들어요. 거기서 리듬이 생겨나고요. 마치 하나의 주제가 대위법에 의해 서로 화답하며 연이어 변주되는 폴리포니(다성음악)의 푸가를 듣는 것처럼 말입니다. 게다가 실제로 음악 곡들도 자주 인용되고요. 본문에 악보까지 그려져 있던걸요. (웃음) 당신의 글과 음악의 관련성에 대해 얘기해주겠어요? 여담인데, 아까 당신의 집필방식—머릿속에서 무르익은 작품을 종이에 옮겨적는다—에 관해 듣자마자 모차르트가 떠오르더라고요…… (웃음)

로랑스 : (웃음) 내 글에서는 모든 것이 늘 다른 어떤 것을 참조하게 만든다고 했는데요. 글쎄요, 그것이 음악의 기법인지는 모르겠어요. 어쨌든 그 점이 내게는 불변의 강박증으로 작용하는 것은 사실입니다. 그래서 글 전체가 복잡해지는 거예요. 거기엔 언어유희도 한몫할 테고요. 나는 상반된 두 의미를 지닌 말에 무척 매료됩니다. 프로이트가 말의 양가성에 관해 쓴 흥미로운 글이 있는데, 이집트의 고대 언어에서는 한 단어가 어떤 것과 그 반대의 것, 가령 흑과 백, 청춘과 노쇠를 동시에 의미하기 때문에 문맥에 따라 그 의미가 정해진다고 해요. 나는 이 문제를 항상 어디에나 적용합니다. 누군가 내게 이런 말을 했다고 쳐요.

그러면 혹시 저런 말은 아닐까 하는 의구심이 드는 거예요. 나탈리 사로트의 표현대로 "의혹의 시대"인 거죠. 내 안에서는 끊임없이 이런 질문들이 제기됩니다. 어떤 의미가 숨어 있는가? 이면에는 무엇이 도사리고 있는가? 또다른 무엇이 감춰져 있는가? 질문이 계속 꼬리를 물다보면 자칫 규모가 커질 우려가 있으니 이쯤에서 그칠게요. 요약 삼아, 유명한 초현실주의 작가 리히텐베르크의 말(이 책에서도 인용했어요)을 다시 말씀드리죠. "그 반대도 여전히 진실이다."

사실 나는 무슨 말을 할 때면, 내심 그 말이 마치 이중의 의미를 지닌 것처럼, 이면에 반대 의미가 숨겨진 것처럼, 지금 뱉어내려는 말의 정반대를 말할 수도 있지 않은가, 하는 의구심을 떨쳐버릴 수가 없어요. 그리고 한없이 심연을 파고들게 됩니다. 진실은 없는 거죠. 그래서 나는 글쓰기가 무척 힘들어요. 뭔가 쓸 때마다 이렇게 되묻습니다. '다른 사람이라면 다르게 말하지 않을까?' '이 말을 다르게 할 수 없을까?' '혹시 틀린 게 아닐까?' 이런 질문들은, 이면에 있을 또다른 베일의 존재를 고려하지 않는다면, 내게 폭로의 기능을 합니다. 가면의 형태이기도 하고요. 아, 사랑에 관한 라캉의 일화가 생각나는군요. 한 남자와 한 여자가 가면무도회에서 만나요. 그리고 가면을 벗고 서로의 맨얼굴을 보자 이렇게 말해요. "그 남자가 아니었어." "그 여자가 아니었군." 가면 뒤에는 모르는 남자와 모르는 여자가 있더라는 말입니다. 하지만 현실에서는 절대 가면을 벗기지 못합니다. 결코 서로를 알 수 없어요. 계속 실제와 다른 모습을 보는 거죠. 나는 바로 이런 현실의 토대 위에서 책이라는 건축물을 짓고 있답니다. 이토록 사정이 복잡한데 단순한 사고가 어디 쉽겠어요?

(이어서 나는 로랑스가 소설을 쓰기 위해 배경으로 사용하는 고전, 즉 『사랑, 소설 같은 이야기』의 아래에 깔아놓은 라 로슈푸코의 『잠언집』이나, 이 책의 밑에 깔린 뱅자맹의 『아돌프』 같은 작품들과의 상호텍스트성, 그리고 자주 인용되는 샹송이나 그 가사들, 텔레비전 프로그램 등의 문화적 맥락에 대해 질문했고, 로랑스는 집필중인 신작 소설을 예로 들어가며 답변했다. 그런데 추후에 대담 원고를 보내 확인을 요청하자, 로랑스는 이 부분을 삭제해달라고 이메일을 보내왔다. 아직 출간되지 않은 소설에 대한 정보 때문이라고 했다. 유감이다. 별 수 없이 마지막 부분을 뭉텅 자르고 나니, 꼬리 없는 고양이 한 마리를 그린 꼴이 되고 말았다.)

로랑스가 시계를 볼 즈음해서 나는 녹음기를 껐다. 잠시 사담을 나누고, 로랑스는 벗어놓은 카디건을 다시 입었다. 서둘러 집으로 돌아가 인부들도 보내야 하고, 지금쯤 학교에서 돌아왔을 딸아이의 저녁식사도 준비해야 한다고 했다.

나는 잠시 로랑스를 바라보았다. 『당신도 나도 아닌』은 실패로 끝난 그녀 자신의 사랑에 허구의 옷을 입힌 소설이다. 아직도 실연의 흔적이 말끔히 가시지 않아서인지 그녀의 얼굴이 약간 초췌해 보였다. 내가 아는 로랑스는 자신의 말("사랑의 순간들은 있지만 사랑은 없다. 그러므로 사랑을 사랑할지언정 사랑의 환상을 사랑하지는 말자")대로 뜨겁게 사랑을 사랑하고, 그 고통 속에서 피가 흐르는 생살을 헤집어가며 사랑 이야기가 아닌 사랑을 기술하는 작가이다. 때로는 사랑이라는 생명체를 현미경으로 관찰하는 생물학자, 사랑의 실종을 탐문수사 하는 탐정, 사랑을 부검하는 검시관이 되기도 한다. 그녀의 상처에서 비롯된 '자전적 허구'는 사랑의 환상을 뚫고 비수처럼 날아와 우리 가슴에 꽂힌다. 바르르 떨리는 칼의 진동에서 아름다움이 느껴진다. 강한 힘이 배어난다. 허구이면서 또한 진실이기 때문이다. 사랑이 추락할 당시의 생생한 기록을 담은 블랙박스이므로.

찻집 출입문까지 배웅을 나선 나를 돌아보며 로랑스가 말했다. "리즈(열세 살 된 딸의 이름)가 야채를 잘 안 먹어요. 그래서 오늘 저녁엔 가지 요리를 해서 먹여볼까 해요." 로랑스가 프랑스의 평범한 주부, 한 아이의 어머니로 바뀌는 순간이었다. 절로 미소가 피어올랐다. 로랑스는 우산을 쓰고 빗속으로 사라졌고, 나는 자리로 돌아와 물건들을 챙겨 가방에 집어넣었다. 오후 네 시 이십분이었다.

지은이 **카미유 로랑스**
1957년 프랑스 디종에서 태어났고, 문학교수 자격을 획득한 뒤 모로코에서 교직생활을 했다. 발표하는 작품마다 평단과 독자들의 비상한 관심을 불러일으키며 베스트셀러에 올랐다. 『그 품안에』 『사랑, 소설 같은 이야기』 『색인』 『연가』 『헤라클레스의 역사役事』 『미래』 등의 소설을 썼으며, 페미나 상과 로노도 상을 수상했다.

옮긴이 **송의경**
서울대 불문과를 졸업하고 이화여대에서 박사학위를 받았으며, 프랑스 엑상 프로방스 대학 박사과정을 수료했다. 이화여대와 덕성여대에 출강했다. 『사랑, 소설 같은 이야기』 『슬픈 아이의 딸』 『낭만적 거짓과 소설적 진실』 『로마의 테라스』 『은밀한 생』 『떠도는 그림자들』 『혀끝에서 맴도는 이름』 『섹스와 공포』 『달을 따는 이야기』 등을 우리말로 옮겼다.

문학동네 세계문학
당신도 나도 아닌

초판 인쇄 2010년 9월 10일 | 초판 발행 2010년 9월 20일

지은이 카미유 로랑스 | 옮긴이 송의경 | 펴낸이 강병선
책임편집 황문정 | 독자 모니터 전혜진 | 디자인 이경란 이원경 | 저작권 김미정 한문숙
마케팅 정민호 김도윤 장선아 박보람 | 온라인 마케팅 이상혁 한민아 정진아
제작 안정숙 서동관 정구현 김애진 | 제작처 영신사(인쇄) 우진제책사(제본)

펴낸곳 (주)문학동네
출판등록 1993년 10월 22일 제406-2003-000045호
주소 413-756 경기도 파주시 교하읍 문발리 파주출판도시 513-8
전자우편 editor@munhak.com | 대표전화 031) 955-8888 | 팩스 031) 955-8855
문의전화 031) 955-3576(마케팅) 031) 955-2659(편집)
문학동네카페 http://cafe.naver.com/mhdn

ISBN 978-89-546-1275-3 03860

www.munhak.com